KB120350

연해주

나남
nanam

나남창작선 185

연해주

2024년 8월 15일 발행
2024년 8월 15일 1쇄

지은이   송호근
발행자   趙相浩
발행처   (주) 나남
주소   10881 경기도 파주시 회동길 193
전화   (031) 955-4601(代)
FAX   (031) 955-4555
등록   제 1-71호(1979. 5. 12)
홈페이지   http://www.nanam.net
전자우편   post@nanam.net

ISBN 978-89-300-0685-9
ISBN 978-89-300-0572-2(세트)

나남창작선 185

송호근
장편소설

연해주

나남
nanam

연해주 지도

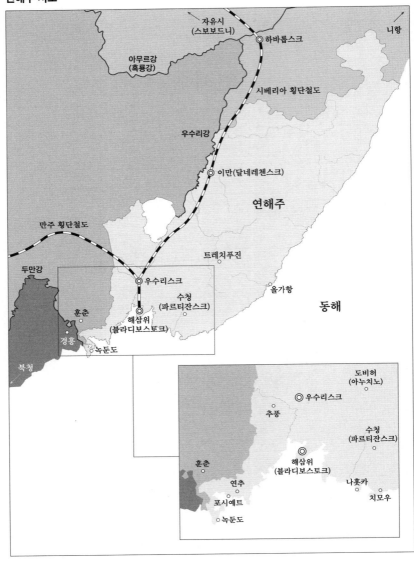

자유시
(스보보드니)

니항

하바롭스크

아무르강
(흑룡강)

시베리아 횡단철도

우수리강

이만(달네레첸스크)

연해주

만주 횡단철도

두만강

트레치푸진

올가항

동해

훈춘

우수리스크

수청
(파르티잔스크)

경흥

해삼위
(블라디보스토크)

녹둔도

북청

도비허
(아누치노)

우수리스크

추풍

수청
(파르티잔스크)

훈춘

해삼위
(블라디보스토크)

나홋카

연추

포시예트

치모우

녹둔도

연해주에는 일본군과 싸우다 죽은 젊은 한인韓人들의 영혼이 묻혀 있다. 그들은 러시아 내전에 휩쓸려 볼셰비키 혁명군 편에서 싸웠다. 레닌이 죽은 후 러시아는 약속을 지키지 않았다. 연해주로 망명한 도쿄 기병연대 조선인 장교의 꿈은 시베리아 수용소군도에서 끝났다.

　　이 소설은 사실을 바탕으로 썼다.

차례

말과 총

김훈 소설가

송호근 교수는 한국인이 근대를 통과해 나오면서 신민臣民에서 인민으로, 인민人民에서 시민市民으로 진화해 나가는 정치·사회적 과정을 천착해 왔다. 그의 노력은 학문과 소설, 두 방향으로 전개되었다.

서울의 북악산—경복궁—세종로 네거리—서울광장(덕수궁 앞)—남대문에 이르는 거리는 조선 왕조의 이념적 축선이었고 지금은 대한민국의 상징가로이다. 나는 이 거리에 올 때마다 송호근 교수의 글을 생각했다. 대한제국의 계년季年에 이 거리는 신민에서 시민으로 넘어가려는 인민들의 공론장이었다. 수천 년 역사의 모순이 이 거리에 모여서 들끓었고 폭발했다. 이 공론장이 송 교수의 사유의 현장이다.

국치 이후에 공론과 싸움은 만주와 연해주로 옮겨 갔다. 연해주는 두만강 건너이고, 발해의 성벽과 무덤들이 남아 있는 인연의 땅이다.
소설《연해주》는 싸우던 싸움을 끝까지 싸우는 사람들의 이야기다. 언어의 길이 끝나는 자리에서 사람들은 무기를 들었다. 역사는 개인의 삶 속으로 흘러들어 왔고 개인들은 몸으로 역사를 감당했다.

이 소설은 뒷부분으로 갈수록 흡인력이 강해져 335쪽(〈달빛유언〉) 이후부터 절정을 이룬다. 연해주에 거주하는 17만 한인들을 중앙아시아로 강제 이주시키는 열차가 블라디보스토크역을 떠나던 날, 역전 광장은 혼란과 비명과 통곡으로 아비규환을 이룬다. 손을 놓친 사람들은 서로를 부르고 있다. 산 사람들의 살려는 열망을 싣고 이주 열차는 20여 일을 밤낮으로 달려서 대륙을 건너갔다.

블라디보스토크 역전 광장에 흩어진 쓰레기들이 신민에서 시민으로 진화하려는 인간의 열망을 증언하고 있다.

인간과 세계 사이의 관계를 설정하는 일은 어렵고 또 어렵다.
중생계는 영원한 미완성이다.

그가 나를 데리고 연해주로 갔다

뭔가 부족했을 성싶다. 채워지지 않은 느낌, 아니면 습관적 결핍감. 강변을 걸으면 조금 나아졌다. 물살은 한결같고, 물길은 언제나 아래쪽을 향했다. 강물은 시작할 때의 마음을 잃는 법이 없다. 삶은 자주 머뭇거린다. 온 길을 되돌아가기도 하고 이 길이 맞는지를 반문한다. 우리가 살고 있는 지금 이 현실이 수상해질 때 나는 자주 거슬러 올라갔다.

그 여정에서 찾은 물줄기가 인민, 시민, 국민 탄생 시리즈 3부작•이다. 사회과학은 강물의 구도와 흐름과 물색을 살피느라 물고기와 수중식물의 생태를 놓친다. 강물이 마르면 물고기는 어디론가 숨는다. 드러난 모래톱에 말라가는 수중식물들은 죽지 않고 기어이 살아남는다. 그 생명체들이 물살을 어떻게 거스르는지, 물색에 어떻게 적응하는지가 궁금했다. 그러자 인민, 시민, 국민의 전형적 인물들이 차츰 눈에 띄었고, 나는 그들의 삶 속으로 들어가 보기로 했다.

문학 외에는 할 수 없는 일이었다. 1870년대 인민을 나는《강화도》

• 《인민의 탄생》(2011), 《시민의 탄생》(2013), 《국민의 탄생》(2020). 전권 민음사
  에서 출간.

10

(2017)에서 만났다. 무력[倭洋]과 구원(천주교) 사이에서 지배층은 쩔쩔 맸고 인민은 눈을 떴다.《다시, 빛 속으로》(2018)의 주인공은 독립한 나라로 귀향한 식민시대 작가다. 그는 자신이 원하지 않았던 전쟁에 휘말려 세상과 작별했다. 그렇다면 시민은? 3부작에 대응하는 문학작품을 일부러 구상한 것은 아니었으나, 뭔가 부족했을 성싶었다.

그러던 가운데, 김경천金擎天을 발견했다. 구한말 황실유학생이면서 일본 육사를 나온 조선인 장교. 당시 대한제국 고종의 서거로 제권帝權이 무너지자 민권民權에 눈을 떴다. 민권은 시민과 국민의 출발점이다. 그는 휴가차 경성에 와서 우연히 3·1 만세 시위를 목격했다. 그것이 자신의 운명을 결정지으리라곤 상상하지 못했다. 연해주沿海州는 그의 운명이었다. 독립을 향한 그의 의지는 볼셰비키 혁명에 휩쓸려 무산되었다. 연해주에는 국민이 되고 싶었던 조선인들의 한이 운무雲霧처럼 서렸다.

교전交戰

탕, 탕, 탕.

칠흑 같은 어둠을 뚫고 총성이 울렸다. 자작나무에 쌓인 눈이 떨어
져 내렸다. 싸늘한 밤하늘에 은가루를 뿌린 듯한 별들이 눈발 사이로
반짝였다.

경천은 총소리가 나는 쪽을 응시했으나 어떤 움직임도 포착하지 못
했다. 일본제 소총이었다. 아군도 같은 무기를 쓰고 있기에 어느 쪽에
서 총을 쏘았는지 가늠하기 어려웠다. 다만 총소리가 난 산등성이를
지켜볼 뿐이었다. 나무와 덤불숲에 몸을 숨긴 수청 독립대와 러시아
적군 연합 부대원들도 숨을 죽인 채 건너편을 응시했다. 경천이 탄 백
마가 콧물을 털어 내는 소리가 작게 들렸다.

건너편 산등성이에 조그만 움직임이 포착됐다. 경천 옆에 말을 탄 채
로 지켜보던 러시아 적군 대장 셰프첸코가 낮은 목소리로 속삭였다.

"사령관 동지, 혹시 백군이 아닐까요?"

경천이 뜸을 들이다가 대답했다.

"저 위치는 니콜라옙스크(니항)의 팔친 부대가 진을 치기로 약속한
곳인데…."

일본군이 진격해 온다는 첩보를 접하고 경천은 러시아 적군 대장과 작전을 교환했다. 올가항 부근에 진을 쳤던 러시아 혁명군은 일본군에 쫓겨 수청 산악지대로 피신했다. 그 부대와 신영동(니콜라예프카) 인근에서 합류해서 일본군과 대적하기로 작전을 짰다. 우수리스크에 위치한 러시아 적군 사령부의 지시였다.

일본군은 작년 동부 시베리아 북쪽 진입항인 니항에 진을 치고 서부와 남부 일대를 점령하려 했다. 서부엔 북쪽으로 올라가는 거점인 우수리스크가 있고, 남부에는 극동 지역의 중심지인 블라디보스토크가 있다. 두 지역을 장악하면 시베리아를 손에 넣으려는 일본의 구상이 완성되는 셈이었다.

두 도시를 포함하는 연해주(프리모르스키)는 한인 독립운동의 중심지였다. 일본군은 동부 시베리아를 우선 장악하여 두만강 유역을 어지럽히는 한인독립군을 괴멸시키고자 했다. 봉오동 전투와 청산리 전투에서 짓밟힌 일본군의 자존심을 회복하고 만주와 시베리아를 일본 영토로 세계에 선언하려는 제국 정부의 속셈도 있었다.

일본군이 신영동 북쪽 러시아 적군 군영으로 진격한다는 첩보가 우수리스크 사령부에서 내려온 것은 열흘 전이었다. 그 산악지대는 지형이 험난해서 수청(파르티잔스크) 지역으로 진입하는 골짜기가 제법 깊고 길었다. 팔친 부대는 건너편 산등성이 후사면에 진을 치고, 경천 부대는 이쪽에 자리를 잡았다. 일본군과 러시아 백군이 통과할 협곡은 산 아래로 길게 형성되었는데 골짜기 입구에서 치모우로 가는 넓은 벌판이 전개되었다. 그 벌판을 타이가 삼림이 덮고 있어서 군대가 진군하려면 아무래도 두어 개의 길을 통과할 수밖에 없었다. 경천 부대와 팔친 부대는 그 점을 노렸다.

"그렇다면 총을 쏠 리가 없는데. 무슨 일이 일어난 걸까요?"

셰프첸코는 아무래도 무언가 일이 잘못된 듯한 느낌이 들었으나 캄캄한 어둠 탓에 상황 식별이 어려웠다. 바로 앞 덤불에서 불현듯 기척이 들렸다. 암노루와 새끼 두 마리였다. 노루 가족은 놀란 눈으로 부대원들을 쳐다봤다. 경천이 탄 백마 승기昇驥가 어서 가라는 듯 고개를 주억거렸다.

경천은 손목시계를 들여다봤다. 시침이 새벽 5시를 가리키고 있었다.

탕, 탕, 탕.

이번에는 뒤편 골짜기였다. 총소리는 산등성이를 타고 올라 하늘로 솟구쳤다. 불길한 예감이 들었다. 앞쪽과 뒤쪽에서 번갈아 총소리가 날 것을 전혀 예상치 못했다. 뒤편 골짜기는 아군이 만약을 대비해 퇴각로로 지정해 둔 곳이었다.

새벽 찬바람이 자작나무 숲을 흔들어 댔다. 가문비나무와 소나무도 머리채를 한들거렸다. 산등성이 후사면에 매복한 부대원들의 모자와 어깨 위로 눈가루가 우수수 떨어져 내렸다. 11월 하순인데도 시베리아 동쪽 수청 산악의 기온은 벌써 영하 20도 아래로 떨어졌다. 대원들의 숨소리에 섞인 하얀 입김이 결빙된 채 공중에 흩어졌다.

'올가항港 참사를 되갚아야 한다.'

달포 전, 일본군과 백군의 기습으로 올가항을 사수하던 독립군과 러시아 연합중대가 몰살당한 아픈 기억이 떠올랐다.

신용걸! 경천은 신용걸을 올가항 수비대 소대장으로 파견했다. 용감하고 믿음직한 청년 장교였다. 평양 숭실학교를 졸업하고 3·1운동을 주도했다가, 일경에 쫓겨 북만주 독립군에 가담했던 그였다. 북만주에서 연해주로 건너온 그를 경천은 눈여겨보아 온 터였다. 평안남도 안주 출생으로 당시 스물여섯 청년. 경천은 그 나이 때의 울분과 분노를 보는 듯해 더욱 정이 갔다.

올여름 트레치푸진에서 개최된 연해주 총회에 그를 대동하고 다녀왔다. 돌아오는 길에 신용걸은 연해주 각지에서 모여든 독립투사들을 두루 만난 소회를 조심스레 말했다.

"의견이 워낙 달라 협력 투쟁은 물 건너가는 거 같은데…. 부대들이 힘을 합쳐야 겨우 일본군을 대적이라도 할 텐데요. 어찌해야 할지, 저는 모르겠습니다."

그러던 그가 일본군과 백군이 올가항 점령에 나설 거라는 첩보를 듣자 파견을 요청했다. 올가항은 동부 시베리아로 진입하는 요충지였다. 일본군의 공격을 저지해야만 했다. 하지만 역부족이었다. 수청 지역에 흩어진 한인촌락에서 쓸 만한 청년들을 규합해 졸속으로 구성한 부대는 잘 훈련된 일본 군대를 막아 내지 못했다.

겨우 오십여 명에 불과한 한인 청년들은 시내를 장악하고 부두로 밀려오는 일본군과 백군에 맞서 육탄으로 싸웠다. 소대원 절반이 전사하자 신용걸은 부두 끝에 매인 작은 어선에서 마지막 숨을 끊었다. 일본군에 생포되어 갖은 모욕을 당하느니 차라리 죽음으로 소신을 지키겠다는 결단이었다.

"한스럽지만 이대로 갑니다."

경천은 그의 마지막 말이 귀에 울리는 듯 했다. 차마 눈을 못 감았을 것이다.

'신용걸 소대장! 내가, 이 김경천이 기어이 갚아 주리라.'

총성이 두 번 울린 것 외에는 주변에 아직 이렇다 할 기척은 없었다. 경천은 산등성이에서 나는 총성보다 산 아래 멀리 펼쳐진 벌판의 외곽 포병대에 신경을 곤두세우고 있었다. 어둠 속에 잠긴 벌판에는 아무것도 보이지 않았다.

포병대가 일제 사격으로 한바탕 적진을 휘저어 놓은 후 기병대가 돌진할 것이다. 포진한 기병대대의 후방에는 보병이 진을 치고 있을 것임을 경천은 이미 꿰고 있었다. 일본 육군사관학교에서 익힌 터였다. 산악지대든 벌판이든 일본군의 작전은 대체로 그런 방식으로 이뤄진다. 기병대는 적의 전열을 짓밟는 돌격 부대다.

경천은 작전 개시 3일 전 전령이 가지고 온 첩보를 입수했다. 우수리스크 적군 사령관 안드레예프가 보낸 밀서였다. 올가항을 점령하고 수청 지역으로 행군하는 일본군의 규모와 지휘관 이름이 적혀 있었다. 기병 2백 명에 보병 6백 명, 그리고 야포 30문과 박격포 30문.

기병 소좌 아나미 고레치카阿南惟幾가 이끄는 기병대는 블라디보스토크와 수청 지역을 포함해 동부 시베리아 지역에서 명성을 날리는 무적 부대였다. 기병대 뒤에 진을 친 보병대는 스즈키 소사쿠鈴木宗作 소좌가 지휘를 맡았다고 했고, 포병은 경천과 일본 육사 동기생인 아베 미노阿部三野 대위가 이끌고 있었다.

경천은 육사 예비학교인 육군중앙유년학교에서 이미 아나미 소좌를 본 적이 있었다. 당시에는 중위였다. 성질이 무척 까다로웠는데, 천황에 대한 충성심은 하늘을 찔렀다. 그가 냉소를 띠며 했던 말을 경천은 아직 기억했다.

"조선은 일본의 통치를 받아야 겨우 생명을 유지할 수 있어. 천황께 은총을 내려 달라고 빌어."

스즈키 소좌는 육사 시절 훈육을 담당했던 괴팍한 성질의 장교였다. 거칠기가 짝이 없고 잔인한 기질을 유감없이 발휘한 교관이었다. 그의 무지막지한 기합과 극기 훈련은 일본인 생도들에게도 정평이 나 있었다. 일본 생도마저 가급적 그를 피하려고 했다. 하지만 아베는….

경천은 첩보를 듣고서 호흡을 가다듬었다. 아베 미노, 십여 년 전 육사 시절 내 친구, 아베 미노. 그것이 운명이었던가? 어둠 속에서 경천의 얼굴이 일그러졌다. 아베는 육군중앙유년학교 시절부터 친구였다. 아니, 얘기를 나눴던 유일한 이였다.

경천은 학창 시절을 거의 홀로 보냈다. 친하게 지낸 사람이 없었다. 주말 외출 때에는 아버지가 자주 갔던 요코하마의 한 식당을 들러 식사를 했고 주변을 둘러볼 뿐이었다. 가끔 우에노공원을 산책하기를 즐겼다. 사람들이 붐벼 누구도 자신에게 신경을 쓰지 않는 익명의 분위기가 경천의 고독한 마음을 달랬다.

일본 생도들은 조선에서 온 경천을 아예 동료로 취급하지 않았다. 노골적인 경멸감으로 대하는 이들이 대부분이었다. 아버지와 형의 만류를 뿌리치고 왜 군인의 길을 택했는지 가끔 후회가 들었지만 소용없는 일이었다. 이 길로 갈 수밖에 다른 도리가 없다고 각오를 다지던 경천에게 다가온 사람이 아베였다. 유년학교 건물 뒤편 솔밭에 그가 언제인지 경천을 따라와 서 있었다.

"긴 상, 괜찮아. 군인이란 이런 모욕도 물리치는 사람이어야 하거든. 나는 원래 교토대학을 가려고 했는데 아버지의 소원을 따라 여길 택했어. 택하고 보니 그런대로 견딜 만하고 때로는 명예심도 생겨. 조선은 우리의 이웃 나라이니 쟤들도 결국 너를 받아들일 거야. 시간이 좀 들겠지…."

아베의 위로에 경천은 아베의 손을 잡고 일어섰다. 아베의 고향은 온천으로 유명한 니카타현 에치고유자와越後湯沢에서 가까운 이시우치石打였는데, 아버지는 그 마을의 유지였다. 대토지를 소유한 그의 아버지는 아베를 장교로 만들고 싶어 했다.

'우리가 여기서 이렇게 만나다니.'

아베가 출정 직전에 밀서를 보냈다. 전날 밤 7시 즈음, 부대 정렬을 끝내고 행군 대열 정비 후 출정하기 직전 앳된 조선인 소년이 헐레벌떡 진영에 뛰어들었다. 사령관을 찾는다는 초병의 전갈이었다. 초병이 데리고 온 소년병은 경천 앞에서 숨을 몰아쉬었다. 조선인을 보자 안도했다는 표정도 얼핏 스쳤다. 경천이 물었다.

"무슨 일이냐?"

"저, 일본군 대장이 이걸 갖다 드리라 했심더…."

"너 누기야?"

경천의 입에서 저절로 함경도 사투리가 나왔다.

며칠 굶은 것이 분명한 소년병의 지친 표정이 잠시 밝아졌다.

"며, 며칠 전 올가항 전투에서 포로가 됐심더. 너무 어리다고 사형은 면했지예….”

사형을 말하다가 소년병은 울음을 터뜨렸다.

“괜찮으니 말해 보라.”

경천이 집안 어른 같은 목소리로 소년병을 위로했다.

“감옥에 갇혀 있었지예…. 어제 낮에 일본군 대장이 불러서 갔더만 이걸 줬심더. 독립군 사령관에게 몰래 갖다 주라고예. 풀어 주는 조건 이라 그랬심더.”

소년병의 목소리는 한결 부드러워졌다. 그리고 덧붙였다.

“만약에 밀서를 건네지 않고 도망가면 한인촌을 샅샅이 뒤져 목을 벤다고….”

소년병이 다시 울상이 되었다.

경천은 밀서를 폈다.

— 퇴각해, 제발. 不備禮.

아베가 보낸 쪽지가 분명했다. 임관하고 다른 부대로 배치된 후 두 사람은 편지를 주고받았다. 주로 안부를 묻는 내용이었는데, 그때마 다 경천이 여불비餘不備로 끝을 맺자 아베가 물었다. 그게 무슨 뜻이냐 고. 일본식 표기로는 불비례不備禮로 쓴다고 알려줬다. 이후 두 사람은 편지든 쪽지든 이름 대신 저 말을 썼다.

경천이 중얼거렸다. 제발 퇴각하라고?…. 내가 여기 있다는 것을 아베는 이미 알고 있었다. 하기야 내가 간도로 탈출할 때 조선이 시끄 러웠으니까. 연해주에서 일본군과 백군을 대파할 때마다 내 이름이 신문에 보도되었으니 아베가 모를 리 없었다. 그런데, 여기 지척에 네가 와 있다니.

경천이 거사를 단행하기 직전인 1919년 5월, 경천은 용산에 있는 조선군사령부로 아베를 만나러 갔었다. 천황 직할의 지역본부인 그곳에서 아베는 대위로 진급해 있었다. 우쓰노미아 다로宇都宮太郎 사령관실의 정보참모로 근무하던 아베는 경천을 반갑게 맞았다. 원래는 포병 병과였는데, 만주와 시베리아로 세력 확장을 꾀하던 육군성이 전세 파악에 밝은 그를 정보특무 담당으로 발령을 낸 터였다. 그 후 일본 정부가 시베리아에 파병을 단행할 때 시베리아 전선에 배치되었음을 어렴풋이 짐작했다. 육사 후배인 지석규(지청천)도 산둥반도에서 독일군과 싸웠다 하지 않는가. 그러니 아베가 시베리아 주둔군이 된 것은 하나도 이상할 게 없었다.

그럼에도 경천은 괴로웠다. 단짝 친구가 피아彼我가 되어 죽음의 전선에서 맞닥뜨린 것을 받아들이기 어려웠다. 어둠이 완전히 군막을 둘러쌌다. 대원들이 둥그렇게 모여 이 광경을 보고 있었지만 어떤 일이 벌어질지 헤아릴 도리가 없었다.

경천은 성냥을 그었다. 밀서는 작은 촛불처럼 불을 밝히더니 재로 날렸다. 애틋하고 끈끈했던 우정을 한낱 티끌로 날려 버릴 만큼 역사의 행군은 거셌다.

소년병은 경천의 다음 말을 기다렸다. 일본군에게 가서 밀서를 전달했다는 것을 증명해야 할 의무가 있었다. 그렇지 않으면 목을 벤다는데…. 경천이 그에게 다가오라는 손짓을 했다. 소년병 귀에 입을 바짝 붙이자 깜짝 놀란 그는 뒤로 얼굴을 젖혔다. 경천은 손가락을 입에 대고 쉿 소리를 냈다. 그리곤 속삭였다.

"가서 전하거라. '여불비'라고."

소년병은 눈을 껌뻑거리더니 고개를 끄덕였다. 경천은 소년병을 일단 먹이라고 이르고 한 시간 후 풀어 주라는 말로 사태를 마무리했다. 셰프첸코가 궁금해서 물었다.

"무슨 일이요, 대장 동지?"

경천은 나지막이 속삭였다.

"저편 화력이 막강하다는 첩자의 보고요. 주의해야 할 것 같소."

어둠이 군막을 완전히 삼킨 저녁 8시 부대는 남쪽으로 출발했다. 한인독립군 5백여 명, 러시아 적군 5백여 명으로 구성된 연합군은 매서운 바람이 불어오는 산맥을 향해 길게 움직였다. 준령을 두어 구비 넘어, 신영동을 감싸고 있는 산맥 줄기까지 족히 여섯 시간은 걸릴 것이었다. 눈이 무릎까지 쌓인 산속으로 들어서면 행군은 늦어지기 마련이다. 푹푹 쌓인 눈과 추위가 행군을 가로막았다.

새벽 3시 신영동으로 내리벋은 산줄기에 이르자 경천은 부대 산개를 명령했다. 김광택, 김유천, 이창선, 이학운, 임병극. 이 다섯 명의 청년 장교는 각 대원을 이끌고 작전 위치로 매복에 들어갔다. 한창걸 부대와 강국모 부대도 자리를 잡았다. 러시아 적군도 후사면 8부 능선에 매복했다. 호위병, 연락병, 의무병은 경천과 셰프첸코를 따라 산등성이를 넘어 저 멀리 벌판이 보이는 능선에 자리를 잡았다. 포탄 공세를 피하려는 배치였다.

푸르르르…. 승기가 콧물을 털고 발굽을 접었다 폈다. 셰프첸코가 탄 적색 말도 고개를 좌우로 흔들어 댔다. 새벽 6시. 뭔가 기적이 있어야 할 시각이었으나 사방은 여전히 적막했다. 동쪽 하늘에 샛별이 떴다. 고향 산천에서 보던 샛별이었다. 가끔 오줌 누러 툇마루로 나왔을 때 소년 경천을 반겨 주던 그 샛별이 시베리아에도 그대로 떴다. 멀리 건너편에 능선이 희미하게 드러났다.

그때 부스럭거리는 소리가 백여 미터 아래에서 들렸다. 건너편 능선에 포진한 팔친 부대 전령이었다. 그는 얼굴이 시뻘겋게 상기된 채로 숨을 헐떡거렸다. 셰프첸코가 위압감이 잔뜩 들어간 소리로 물었다.

"무슨 일인가?"

"저….'"

적군 병사는 말을 잇지 못했다.

"어서 말하라, 무슨 일이냐?"

셰프첸코의 음성이 높아지자 병사가 말을 이었다.

"대장이 전하라 했습니다. 퇴각한다고, 총성은 그 신호라고….'"

"뭐라고?"

셰프첸코의 목소리에 분노와 낭패감이 묻어 있었다. 전령이 전해 준 말에 의하면, 일본군과 백군 병력이 워낙 커서 감당할 수 없다, 이번에는 부득이 퇴각하니 훗날을 기약하자는 내용이었다. 셰프첸코는 화를 참지 못해 목소리가 갈라졌다.

"이런 좋은 기회가 또다시 올 것 같으냐, 혁명이 그리 쉬운 줄 알아, 저 제국군대에 짓밟힐 인민들은 어쩌라고. 뭐, 퇴각?"

셰프첸코의 분노는 새벽어둠을 밀어낼 정도였다. 그때였다.

쿵, 쿵, 쿵.

타이가 삼림이 거의 끝나는 지점에서 포격 소리가 둔중하게 울리더니 머리 위로 휙 소리가 났다. 포격이었다. 첫 번째 포탄은 2백여 미터 산허리에 떨어져 폭음을 냈다.

'음, 일본군이 우리의 위치를 이미 파악하고 있었구나….'

경천은 포격 소리가 다시 들리는 순간 후사면으로 몸을 피하라고 소리를 질렀다.

"모두 후퇴하라."

셰프첸코도 후퇴 명령을 발하고는 능선을 타고 몸을 숨겼다. 포격은 독립군과 러시아 연합 부대가 매복한 일대를 강타했다. 위치가 노출된 것이 틀림없었다.

'그래서였군, 그래서 아베가 그 밀서를 보낸 거였어.'

첩자가 있다는 증거다.

몇 달 전에 블라디보스토크 신한촌에서 만난 엄인섭이라는 자의 얼굴이 떠올랐다. 북만주에서 활약하다가 몸을 다쳐 신한촌에 요양차 머문다고 했다. 눈은 매서운데 말을 더듬었다. 진실을 숨기는 듯한 표정이 내내 마음에 걸렸었다.

아무튼 팔친 부대가 퇴각한 앞쪽 능선에는 포격이 없는 것으로 미뤄 이미 누군가와 내통하고 있었다는 판단이 섰다.

'혹시 저 능선에 백군이?'

포격은 쉴 새 없이 이어졌다. 비명이 여기저기 들리고, 눈과 나뭇가지, 돌멩이가 튀었다. 앞쪽 커다란 잣나무 줄기가 꺾여서 삐익 소리를 내며 내려앉았다. 눈 천지가 갑자기 지옥 천지로 변했다. 포탄은 계속

떨어졌다.

바위 뒤에 몸을 숨긴 경천은 부대원들을 살펴보았다. 샛별 빛이 내려앉은 후사면은 흐릿한 여명 속에 조금씩 모습을 드러냈다. 부상자 몇 명을 제외하곤 대원들은 대체로 무사한 듯했다. 전사면에 포진한 강국모 부대가 염려되었다.

"명령이 있을 때까지 몸을 숨겨라!"

경천의 목소리가 골짜기를 울렸는데 곧 포탄 터지는 소리에 묻혔다. 능선 일대가 쑥대밭이 됐다. 얼었던 흙까지 눈발과 같이 튀어 올랐다. 시체가 나뒹굴었다. 팔과 다리에 파편이 박힌 청년 대원들이 비명을 질렀다. 의무병이 가까스로 응급처치를 하고 있었으나 혼자서는 감당하기 어려웠다.

포격은 거의 한 시간가량 이어지다 뜸해졌다. 경천은 승기를 탄 채 능선으로 올라섰다. 아무래도 타이가 삼림 쪽이 신경이 쓰였다. 여명 속에 윤곽을 드러낸 타이가 삼림은 은밀한 내면을 감춘 신비의 영체靈體처럼 보였다. 동쪽 지평선에 붉은 여명이 뚜렷해지고 훤한 빛이 비쳤다. 날이 밝고 있었다.

타이가 삼림에 움직임이 포착됐다. 망원경 속에 비친 정체는 기마 부대였다. 뿌연 연막이 날리는 것으로 보아 기마대가 빠른 속도로 진군하고 있음이 분명했다.

"기병대다, 부대는 전사면으로 전진하라."

경천이 명령을 발했다. 세 시간을 눈밭에 웅크렸던 병사들이 겨우 몸을 추슬러 능선을 넘어왔다. 경천은 즉각 전투 대형으로 부대를 재배치했다.

"김광택 소대장은 4부 능선으로 하산해 강국모 부대와 합류하라. 김유천, 이창선 부대는 왼쪽으로, 이학운, 임병극 부대는 오른쪽으로 전개하라. 한창걸 부대는 좌측 능선을 맡고, 중앙은 내가 맡는다, 발포 명령을 기다려라."

셰프첸코의 러시아 적군도 작전 계획에 따라 자리를 잡았다. 그는 협곡을 빠져나가는 길목에 저격수 소대를 배치시켰다. 쏜살같이 질주하는 기병대를 쓰러뜨리려면 별 도리가 없었다. 저격수들의 사격술에 운명을 맡기는 꼴이었다.

기병대 척후가 멀리서 보이자 곧 수십 기의 기병이 나타났다. 그들은 빠른 속도로 행군했다. 그들이 사거리에 들어오자 경천은 박격포대와 기관총 사수들에게 발포 명령을 내렸다.

화기들이 불을 뿜었다. 산정에서 쏘는 박격포는 명중률이 그리 좋지 못했다. 기병대에서 조금 떨어진 곳에 포탄이 터졌지만 전진을 저지하는 데는 효력이 있었다. 세 대의 기관총이 난사됐다. 여기저기 사람과 말이 뒹굴었다. 경천은 아끼는 체코제 소총으로 기마병을 노렸다. 일단 말을 쏴서 낙마시키는 것이 주효함은 기병학교에서 이미 배운 바 있었다.

날이 훤해져 시야가 짧게 들어 왔다. 경천은 방아쇠를 당겼다. 세 번째 기마병이 몸을 비틀며 떨어졌다. 체코제 기관총은 작년 한인촌을 습격했던 마적단을 소탕해 얻은 노획물이었는데, 부대원들이 대장에게 선물한다며 가져왔다. 체코제 소총을 이리저리 훑어보면서 경천은 유럽 전선 혁명의 열기를 감지했다. 체코군이 겪어야 했던 비운도 동시에 감지됐다.

건너편 산등성이에서 기관총이 난사된 건 그때였다.

"백군이다!"

셰프첸코가 소리쳤다. 팔친 부대가 퇴각한 지점을 백군이 점령하고 있었던 것이었다. 경천의 예감이 맞았다. 화기가 불을 뿜는 순간 아군의 위치가 드러났고 아군이 기마병을 대적하는 때를 기다려 일제 기습을 해 온 것이다. 또다시 타이가 삼림 끝에서 포격이 시작됐다. 기관총과 포탄이 정상 일대에 비 오듯 쏟아졌다. 아군의 비명소리가 여기저기 들렸다. 4부 능선에 매복했던 김광택 소대와 강국모 부대 병사들이 산비탈 아래로 굴러떨어졌다. 아군의 피해가 점점 늘어갔다.

이미 날은 밝았다. 해가 능선 위로 솟구쳐 협곡과 산 전체를 환하게 밝혔다. 제법 따스한 햇볕이었으나 교전의 화기가 더 달아올랐다. 포격이 맹렬하게 지속되면서 아군이 나뒹굴었다. 경천은 일시 후퇴를 명령했다. 기습 작전이었는데 오히려 아군이 기습을 당한 꼴이었다.

능선을 넘어 후사면으로 이동하는 짧은 사이, 쾅 소리와 함께 승기가 털썩 주저앉았다. 경천은 눈 위로 꼬꾸라졌다. 오른쪽 허벅지가 뜨끔했다. 박격포 탄알이 터지면서 그 파편이 승기 몸뚱이를 때리고 경천의 허벅지를 관통한 것이다.

붉은 선혈이 눈을 적셨다. 승기는 쓰러진 채 콧숨을 몰아쉬었다. 흰 입김이 씩씩 콧구멍에서 뿜어져 나왔다. 경천은 승기 쪽으로 기어가 머리를 감싸안았다. 승기의 눈에 눈물이 맺혔다. 경천은 가슴이 메었다. 마적단에도 겁내지 않았던 승기가 산 능선에서 주저앉은 것이다.

의무병이 놀란 표정으로 뛰어 왔다.

"대장님, 괜찮으세요?"

허벅지에 관통상을 입어 찢어진 외투 부위에 피가 흥건히 새어 나왔다. 의무병은 옷을 헤집고 허벅지 위쪽을 가죽끈으로 단단히 묶었다. 능숙한 솜씨였다. 경천은 통증이 한결 나아졌음을 느꼈다. 그보다 승기가 쓰러진 채 숨을 거두는 모습이 더 아팠다.

"승기가 어떤지 살펴봐 주게."

"숨을 거둔 것 같아요…. 일단 피해야 해요."

의무병이 다급한 목소리로 채근했다. 경천이 말했다.

"의무병, 저기 내 소총 좀 건네줘."

포탄 소리와 총성에 묻혀 경천의 목소리가 잘 들리지 않았다. 경천은 소총을 어깨에 메고 능선에 기어올라 망원경으로 전선을 살폈다. 의무병은 걱정스러운 듯 그 뒤에 바짝 붙었다. 건너편 골짜기로 러시아 백군 병력이 내려오고 있었고, 기마병은 일단 타이가 삼림 앞에서 전열을 가다듬고 있었다. 저격수와 아군의 기총 사격이 계속됐다. 박격포도 불을 뿜었다. 백군 사이로 포탄이 터지는 광경이 눈에 들어왔다. 백군 여러 명이 쓰러졌다. 기마는 대략 40기 정도였다. 그렇다면 나머지는 어디에 숨었을까?

백군의 진격이 박격포에 밀려 잠시 주춤했다. 총성이 그쳤다. 소강 상태가 찾아왔다. 보병은 아직 모습을 드러내지 않았다. 그렇다면? 어디엔가 보병이 매복하고 있음에 틀림없었다. 완전히 기습을 당한 꼴이었고, 지금의 형세로 봐서 아군이 포위를 당했다는 판단이 스쳤다. 위험했다. 셰프첸코가 걱정스런 표정으로 다가왔다.

"대장 동지, 괜찮으시오?"

"일단 응급처치를 했소. 동지는 지금 전세를 어찌 보시오?"

한인 소대장 강신관이 달려와 통역했다. 셰프첸코의 표정이 일그러졌다. 우선 4부 능선에 매복한 김광택 소대와 강국모 부대를 8부 능선으로 올려 배치해야 했다. 백군이 백병전으로 나온다면 수적으로 열세를 면치 못해 위험하기 짝이 없었다. 경천은 명령을 하달했다. 김광택 소대가 몸을 숨기며 천천히 기어오르기 시작했다. 백군 부대는 다행히 모습을 드러내지 않았다. 셰프첸코가 단호하게 말했다.

"포위된 것 같소."

"나도 동의하오."

경천이 흰 입김을 내쉬며 끄덕였다.

"그렇다면 최후의 결단을 내릴 수밖에 없소."

셰프첸코가 각오를 비쳤다.

"최후의 일전을 준비하리다, 동지."

셰프첸코는 경례를 붙이고 러시아 병사들에게로 내려갔다. 러시아 혁명군 대원들이 셰프첸코를 중심으로 빙 둘러 모였다. 셰프첸코는 경천에게도 들릴 만한 우렁찬 목소리로 말했다.

"여러 대원들, 우리는 혁명 동지요. 모스크바는 레닌 동지가 입성한 지 오래고 볼셰비키 공화국을 선포했소이다. 우리의 전진을 일본군이 막고 있고, 마지막 남은 백군이 발악을 하고 있소. 저기 골짜기에 우리의 적이 몰려들고 있소. 우리가 적을 몰살하면 우리 가족과 공화국은 건재할 것이오. 우리의 희생이 가족과 공화국의 안녕을 위하는 길이라면, 기꺼이 여기서 생명을 바칠 각오가 돼 있소. 자 싸웁시다, 레닌 만세! 공화국 만세!"

대원들의 함성이 산을 울렸다. 이어 레우쉰 정치위원이 대원들을 격려했다.

"우리는 여러 번 죽을 고비를 넘겨 여기까지 왔소이다. 제정 러시아의 앞잡이들을 물리치고 노동자 농민의 나라를 건설하기 위해 피와 눈물을 흘렸소. 여러분은 새로운 러시아의 영웅이오. 총과 칼로 압제를 물리쳤듯, 저 밑에 운집한 백군과 일본군을 육탄전으로 물리칩시다. 우리는 죽더라도 러시아는 기억할 것이오. 우리의 영웅적인 전투를! 노농적위대의 깃발 아래, 당의 깃발 아래 마지막 충성을 모읍시다. 하늘이 지켜 줄 것이오. 러시아 만세, 볼셰비키 만세!"

대원들의 함성이 또다시 울렸다. 사기는 충천했다. 육탄전이라도 감행할 태세였다.

이번에는 경천이 몸을 일으켰다. 허벅지가 쑤셨지만 있는 힘을 모아 소리를 질렀다.

"대원 여러분, 우리는 수청 독립의병대요, 혁명단이오. 저 일본의 침략을 우리 손으로 막아야 우리의 자손이 독립된 국가를 갖게 될 것이오. 그러기 위해 가족을 두고 총을 들었소. 제국이 아무리 힘이 세도 결국 우리의 의지와 각오 앞에 무릎을 꿇을 것이오. 시작은 미약하지만 끝은 장대할 것이오. 미약한 출발을 강대하게 만드는 건 전선에 나선 우리들이오. 우리들의 희생이 결국은 대한의 역사를 밝게 비추는 횃불이 될 것이오. 이제 백병전을 준비해야 합니다. 싸웁시다. 마지막 숨결이 끊어지는 순간까지 용감하게 싸웁시다!"

이번엔 독립대원들이 함성을 올렸다.

순간 박격포 탄알이 날아와 터졌다. 대원들은 빠르게 몸을 피해 능선에 정렬했다. 죽음을 각오한 바 이 산 정상에서 죽으면 어떠랴 싶었다. 경천은 경성에 두고 온 가족이 얼핏 뇌리를 스쳤지만 떨쳐 냈다.

백군과 일본의 기마대가 서서히 움직이기 시작했다. 일본군 화력이 다시 불을 뿜었다. 백군들이 산기슭에 바짝 붙어 이쪽 등선을 오르기 시작했다. 저격수들이 혼신의 힘을 다해 총을 쏘아 댔다. 백군들이 굴러떨어지는 모습이 보였다. 일본군의 기마병은 삼각 대오로 질주했다. 포탄이 터지고 바위 조각들이 튀었다.

몇 시간을 싸웠을까, 아군의 화력이 잦아들기 시작했다. 경천은 탄약이 떨어졌음을 알았다. 호위병이 무기를 건네줬으나 방아쇠를 당길 힘이 빠져나갔다. 상처 부위가 쑤셨다. 보병은 어디에 있을까? 경천은 내내 그 생각에 사로잡혔다. 저격수들은 기마병의 질주를 막아 내지 못했다. 협곡 끝머리에 방어선이 뚫렸다. 저격수들이 하나둘씩 자리를 뜨는 모습이 보였다. 허둥지둥하는 그들을 겨냥해 포탄이 터졌다. 8부 능선에 정렬한 김광택의 소대원들도 탄약이 떨어졌다.

좌측 8부 능선을 사수했던 한창걸 부대는 능선을 넘어 퇴각하기 시작했다. 김유천과 이창선 소대, 이학운과 임병극 소대도 화력에 밀려 조금씩 후퇴하기 시작했다. 8부 능선을 사수하던 강국모 부대원들이 포탄에 맞아 나뒹굴었다.

경천은 결단을 내려야 했다. 앞에 보이는 광경이 희미해졌다. 폭음과 기총 소사로 귀가 먹먹했다. 총에 맞아 바위 위에 널브러진 독립대원들의 시신이 여기저기 보였다. 눈물이 핑 돌았다. 여기가 끝인가.

정녕 여기까지인가?

"퇴각해 제발….."

아베의 목소리가 들렸다.

처음 맞는 막강한 화력이었다. 경천의 육사 시절부터 일본은 화기 개발에 박차를 가했다. 38식 보병총을 개량해 한 번에 다섯 발을 장전하는 소총을 만들었다. 야포도 사정거리를 9천 미터 이상으로 늘렸으며, 프랑스제 호치키스 기관총을 개량해 발사 속도 분당 450발, 유효 사정거리 2천 미터, 중량 90킬로그램 일본식 기관총이 탄생했다. 경천이 연해주로 넘어와 일본군과 몇 차례 전투를 벌였지만 지금과 같이 막강한 화력은 처음이었다. 무기 개발에 온 힘을 쏟았음이 틀림없었다.

1919년 초 일본은 뤼순반도에 만주 공략의 거점을 설치하고 관동군을 창설했다. 천황에 직예直隸하는 육군성의 단독 결정이었다. 시베리아 출병이 그때 결정됐다. 일본 내지內地에서 12사단, 만주에서 7사단과 3사단이 출병했다. 경천이 마주친 일본군은 3사단 소속 정예부대였다.

도쿄기병연대에 근무했던 경천은 육군성의 동향에 신경을 쓰고 있었지만 그 내막을 상세히 파악하기는 어려웠다. 연해주에 와 독립군과 러시아 혁명군의 전투 상황을 접하면서 일본이 꿈꿔온 야욕을 실감했다. 만주와 시베리아를 일본제국의 영토로 만드는 것.

수청 독립대는 거대한 제국에 대항하는 소규모 게릴라에 불과했던 것이다. 무기와 보급품도 형편없었다. 다만 독립 열망과 투지만으로 거대한 제국과 대적해 왔다. 러시아 적군은 그래도 사정이 나았다. 모스크바에서 무기가 공급됐고 지방정부에서 보급품을 지원했다. 가는

32

곳마다 볼셰비키당과 촌락민들이 환대했다.

독립대원들은 낡은 솜 외투에 털모자를 쓰고 있었는데 추위를 겨우 막아 낼 정도였다. 대원들은 조금씩 지쳐 갔다. 포탄이 터질 때마다 몸을 한껏 웅크렸고 참나무 밑동에 밀착한 얼굴에는 낭패감과 공포감이 역력했다.

경천은 어느 때보다 막막했다. 허벅지가 쑤셨다. 통증이 오른쪽 옆구리를 타고 팔과 머리를 마구 쑤셔 댔다. 패배가 명확해졌다. 퇴각이 현실적 대안이었지만 차마 자인하기 힘들었다. 명령을 내려야 했다. 입이 떨어지지 않았다. 몸은 천근만근 무거워졌다.

셰프첸코와 레우쉰이 경천에게 포복 자세로 다가온 것은 그때였다.

"사령관 동지, 이제 육탄전 아니면 퇴각을 결정해야 하오."

약간의 침묵이 흘렀다. 퇴각은 더 큰 위험을 자초하는 일이었다. 아군의 위치가 이미 노출되었기에 일본군은 퇴각로 인근에 저격수를 배치했을 것이다. 보병이 보이지 않음은 그 징후다. 새벽 후사면에서 들렸던 총성이 떠올랐다. 매복병들이 자리를 잡느라고 바삐 움직이다가 실수로 오발한 것일 터이다.

아니면 팔친 부대원이 그리로 퇴각하다가 신호를 보냈던 것일까? 경천은 갈피를 잡지 못했다.

이제 퇴각은 기정사실로 기울고 있었다. 다만 노선이 문제였다. 남은 부대원들이 그나마 안전하게 군영으로 복귀할 수 있는 경로를 알지 못했다. 경천은 그 지역 지리에 익숙지 않았다. 셰프첸코가 시급히 제안했다.

"산기슭은 위험하니 능선을 탑시다. 서너 시간 능선을 따라가면 소스노프카라는 작은 마을이 있소. 거기는 아직 백군이 손을 못 댔으니 안전할 것이오. 자, 결단을 내리시오."

셰프첸코의 목소리에 낭패감과 좌절감이 역력했다. 레우쉰도 고개를 끄덕였다. 경천도 마지못해 고개를 끄덕였다. 셰프첸코는 명령을 내렸다. 러시아 적군이 앞길을 잡고 독립대가 뒤를 따르는 형세였다.

자작나무, 소나무, 가문비나무 숲이 번갈아 이어지는 9부 능선을 따라 한 줄로 길게 뻗은 퇴각 행렬을 중천에 뜬 겨울 해가 따스하게 비췄다. 포격은 멈췄다. 퇴각하는 부대를 전멸시키려는 의욕은 없어 보였다. 능선을 따라 일렬로 늘어선 부대를 포격해 봐야 그리 효과가 없다는 것을 일본군도 잘 알고 있었다. 퇴각 부대원들은 포격 사정거리를 벗어났다.

호위병이 징발해 온 말을 타고 나뭇가지를 헤치는 경천의 마음은 편치 않았다. 연해주로 온 이후 처음 맞는 참패였다. 백마 승기를 산정에 두고 왔다. 경천은 승기의 혼이 평안하기를 빌었다. 경천 앞쪽에 셰프첸코와 레우쉰이 서고, 뒤편에는 호위병과 의무병이 따랐다. 혹시 있을지 모를 만약의 사태를 대비한 조치였다.

경천의 눈이 흐려졌다. 눈물인지 아니면 정신이 혼미해진 때문인지 몰랐다. 아내 정화는… 지리, 지혜, 지란은 잘 있는지… . 세 딸의 얼굴을 떠올리려 했으나 감감했다.

퉁, 퉁, 퉁.

5킬로미터 정도를 전진했을 때 건너편 숲에서 총기가 발사됐다. 예상한 대로 저격수였다. 일본 보병대는 예상 퇴로를 여러 개 지정해서 저격수 수십 명을 분산 배치해 둔 것이다. 대원들이 덤불숲으로 다급히 몸을 숨겼다. 덩치가 큰 가문비나무는 그런대로 은신할 만했다. 일시에 몸을 쪼그린 대원들은 남은 탄약을 장전했다. 교전이 시작됐다.

경천은 말에서 내릴 힘이 없었다. 허벅지에서 흐른 피가 말 옆구리를 선혈로 적셨다. 저격수들은 보이지 않았지만 총알이 여기저기 튀어나와 패잔 행렬을 들쑤셔 놓았다. 희미해진 시선에 희끗희끗한 햇살이 비칠 뿐이었다. 정신은 아득했다. 난무하는 총성 사이로 아늑한 평화가 찾아왔다. 평화는 오랜만이었다. 육신은 교전 한가운데 놓여 있었는데 마음에는 평화라니. 믿기지 않았지만, 경천은 이 감미로운 평화가 눈물겹게 고마웠다.

그 순간 텅, 하는 소리와 함께 또 다른 통증이 어깻죽지를 스치는 듯하더니 곧 칼날 같은 고통이 돌아왔다. 쇠붙이 같은 단단한 것이 어깨에 박힌 것 같았다. 아픔은 온몸으로 퍼졌다. 힘을 쓸 수가 없었다. 말고삐가 손에서 빠져나갔다. 경천은 낙마하지 않으려고 말의 목을 감싸안았다. 온기가 얼굴에 전해졌다. 따스했다. 통증과 따스함이 온몸을 휘젓자 육신이 그만 나른해졌다.

그때였다. 전방에서 총소리가 온 산천을 울렸다. 수백 발이 동시에 터지는 소리였다. 저격수가 있을 것으로 짐작되는 숲과 덤불이 기총 소사로 쑥대밭이 되고 얼었던 눈이 사방으로 흩날렸다. 사격은 한동안 계속됐다. 저격수들이 자취를 감췄다. 기총 사격이 멎자 백여 미터 전방에서 러시아 적군 부대가 홀연 나타났다. 나자렌코 대장이 이끄는 지원 병력이었다. 셰프첸코가 소리를 지르며 달려가 나자렌코를 맞았다.

"나자렌코 동지, 자네가 구세주야!"

"셰프첸코 동지, 살아 있었구먼. 사령부에서 오늘 새벽에 비상 명령이 떨어져 급히 출동하는 길이네. 팔친, 그놈, 그놈이… 전선을 이탈했다는 첩보에다가 백군에 투항했다는군."

"그놈을 내 손으로 총살하고 말 거야, 이 배신자."

레우쉰이 이를 바득 갈았다.

전투에 지칠 대로 지친 독립군과 적군 연합 부대는 백여 명의 원군이 숲 사이로 나타나자 기운을 차렸다. 원군은 전투원들에게 러시아 흑빵과 소시지를 나눠 줬다. 전투원들은 반색을 하며 씹어 먹었다. 오후의 햇살이 그들을 따사롭게 비췄다.

경천은 무슨 일이 일어나는지 분간하지 못했다. 출혈 때문인지 눈이 자꾸 감겼다.

"대장 동지! 정신 차리세요."

의무병이 급히 따라와 외치는 소리가 감미로웠다. 어릴 적 고향에서 듣던 노래 같았다. 셰프첸코가 말에서 내려 다가왔다. 잠시 상태를 살펴보더니 경천을 말에 동여맸다. 말의 목을 안고 있는 자세였다. 그리곤 의무병에게 뒤에 타라고 눈짓했다.

병사는 무슨 뜻인지 금세 알아차렸다. 의무 가방을 등 뒤로 메고 말등에 올라탄 의무병이 한 손에 고삐를 잡고 한 손은 경천을 단단히 부여잡았다. 말 등은 울퉁불퉁했다. 여기서 낙마하면 모든 게 끝장이라는 결기가 말의 허리를 감싼 다리에 힘을 부여했다.

총성은 멈췄다. 저격수들과 매복병이 퇴각했거나 사정거리를 벗어났다. 나자렌코와 셰프첸코 부대, 그 뒤를 이어 수청 독립의병대가 무릎까지 쌓인 눈을 밟으며 울창한 숲 사이를 천천히 헤쳐 나갔다. 해는 벌써 서쪽 능선에 걸렸다.

경천은 스르르 눈이 감기는 것을 느꼈다. 숲이 흐릿한 자취를 남기더니 시야에서 사라졌다. 감미로운 목소리도, 말의 온기도, 통증도 작은 점처럼 점차 사라졌다. 캄캄한 천지에 별들이 은하수처럼 흘렀다. 아버지와 형의 얼굴이 떠올랐다 멀어지고, 정화와 딸아이들의 얼굴도 형체를 알 수 없는 어둠 속으로 밀려들어갔다.

아늑하고 깊은 잠이었다.

운명의 문門

대한제국

현해탄玄海灘은 잔잔했다. '검푸른 물결'이라 해서 조선인들이 언제부터인가 그렇게 부른 해협이다. 일본 본토와 쓰시마 사이를 빠르게 흘러가는 협류峽流, 광서는 시모노세키에서 쓰시마마루對馬丸를 타고 부산으로 향하는 중이었다.* 갑판엔 조선으로 가는 일본 상인들이 바닷바람을 쐬고 있었다. 오랜만에 풍랑이 잦아들어 쓰시마마루는 고요한 호수를 가로지르는 한 마리 백조 같았다.

조선이라는 미지의 땅에서 꿈을 실현하리라는 희망에 승객들의 표정은 사뭇 들떴다. 오사카에서 왔다는 장사치들, 조선총독부와 연줄을 이어 큰 사업을 일으키려는 야망꾼들, 조선에 파견된 공무원과 군무원들, 식민지 조선을 구경하려는 관광객들로 갑판은 붐볐다.

광서의 마음은 종잡을 수 없었다. 광서는 부친이 살아 계실 때 예정해 둔 혼례를 올리러 가는 길이었다. 분명 설레는 일이었으나, 조선의 시국은 어두웠다. 조선의 전통과 제도를 모조리 바꾸는 조선총독부의 야심 찬 기획이 착착 진행되고 있었다. 광서는 본격적인 식민지 운영

---

* 김경천의 본명은 김영은(金英殷). 일본 육사 입학 당시 김광서(金光瑞)로 개명했고 망명 후에 김경천(金擎天)으로 다시 개명했다.

에 진입한 일본인과 정부의 야망을 신문에서 익히 접한 터였다. 〈아사히신문〉, 〈요미우리신문〉, 〈마이니치신문〉은 연일 일본인들의 희열을 대서특필했다. 자존심을 접지 않고는 도저히 읽을 수 없는 그들의 축제였다. '일본이 조선 합병을 해냈다는 것은 천황의 은덕이자 외교의 승리', '이제 그들은 우리의 훌륭한 황제의 직접적 신민이 되었기에 안정과 번영을 영구히 확보하게 되었다' 등 기사는 당혹스러웠다. 다리 힘이 빠져 주저앉을 정도였다. 〈마이니치신문〉과 〈요미우리신문〉 기사를 광서는 가슴에 새겼다.

— 조선 황제가 조선인들의 복리를 열렬히 바라지 않았던들, 일본 황제가 조선인들을 자식처럼 사랑하지 않았던들 합병을 결코 결심하지 않았을 것이다(〈마이니치신문〉)
— 합병에 의해 일본은 하나의 대륙국이 됨과 동시에 천만의 새로운 인구와 1만 4천 에이커의 새로운 영토를 획득했다(〈요미우리신문〉)

광서는 육사 숙소에서 숨죽여 울었다. 임관 직전이었기에 조심하려 해도 북받치는 분노와 눈물을 참을 수 없었다. 신문을 손아귀에 힘껏 움켜쥔 채로 끅끅하며 울었다.
'조국은 사라졌다. 그런데 나는 일본군 장교다.'
1904년 부친과 형의 배웅을 받으며 제물포항을 출발할 때만 해도 이런 운명이 기다릴 줄은 꿈에도 생각지 못했다. 일본의 문물을 배워 조선의 울타리를 단단하게 만들리라는 각오가 비장했다. 처음 타 본 화륜선이었다. 기슈마루義州丸는 하루를 꼬박 달려 바칸馬關(시모노세키)에 도착했다. 사람들로 가득했다. 처음 가 본 일본 항구였다. 배우고자 하는 각오가 더 단단해졌다.

그런데 불과 6년 후 광서에게 내선일체의 최전선에 나서야 하는 운명이 주어졌다. 조선이 이렇게 허망하게 사라질 줄 누가 알았겠는가. 이 어처구니없는 현실을 어떻게 받아들여야 할지, 스물셋 청년 장교 광서는 쩔쩔맸다. 상의할 친구도, 같이 통곡할 동료도 없었다. 사방이 어둠으로 막혔다. 출구는 어디에도 없어 보였다.

육사 동기생들은 신문을 돌려 보면서 환희의 열창을 했다. 기미가요와 군가를 부르고 끝내 '덴노헤이카 반자이!'(천황 만세!) 소리가 숙소를 진동했다. 일본인 교관은 흐뭇한 표정을 지으며 관내를 돌았다. 약간 술에 취한 모습이었다.

광서는 소위로 임관해 도쿄기병연대에 배치됐다. 근무한 지 열 달, 광서는 결혼 휴가를 냈다. 인사과 장교가 축하한다는 말과 함께 휴가증을 내줬다.

"건강한 남아를 낳아 천황의 충정한 신민을 만들도록!"

장교가 건네는 축하 인사였다. 광서는 경례를 올려붙였다.

결혼식 하객들은 그리 많지 않았다. 신부 유정화는 마포에 사는 양반 가문의 딸이었다. 광서의 아버지 김정우와 장인은 오랫동안 친분이 있는 사이여서 혼삿말이 오갔고, 광서가 관비유학생으로 뽑혀 제물포항을 떠나기 직전 약혼식을 올렸다. 집안 어른과 친척들이 모인 자리에서 사주단자四柱單子를 보내는 것으로 이뤄진 약조였다.

광서는 혼례식 날 정화를 찬찬히 살펴볼 수 있었다. 하례를 치르기 위해 사직동 집에 온 정화와 서로 마주 앉았다. 갸름한 얼굴에 침착한 표정이 묻어났다. 보통 키에 앉은 자태가 고왔다. 한성고등여학교를 다닌 신여성풍의 재원이었다.

광서의 가슴이 살짝 두근거렸다. 이 여인과 백년가약을 맺는구나. 백년가약이라면 백년해로를 기약하는 것인데, 헤쳐 나갈 시국이 파도처럼 넘실거렸다.

"내 그대를 맞아 기쁘기 한량없소."

정화는 살짝 미소를 지었다.

"시국이 이러한데, 내가 그대를 잘 건사할지 모르겠소."

정화는 여전히 말이 없었다.

"일본군 장교가 되기는 했는데 식민지 조선에서 환영을 받을지 모르겠소, 혹시 사람들이 배척하지는 않을지 걱정이오."

정화가 이윽고 입을 열었다.

"서방님이 조선을 잊지 않으셨는데, 뭇사람이 그런들 헤쳐 나갈 밖에요."

정화의 말은 단단했다. 이미 각오가 되어 있다는 의지가 실렸다.

"당신은 믿음직한 아내요. 아내로 맞아 의지가 되오. 함께 인생을 헤쳐 갑시다."

혼례가 끝나고 하객들이 돌아가자 광서는 정화와 후원을 걸었다. 아버지가 물려준 사직동 자택은 인왕산 기슭에 자리한 아담한 집이었다. 후원이 그런대로 넓어서 살구나무, 벚나무, 버드나무, 잣나무와 소나무가 섞여 가을 정취를 더했다. 나무숲은 남쪽 야트막한 고개 너

머 경희궁과 그 건너편에 서 있는 서소문 옆까지 이어졌다. 경희궁은 총독부가 접수해 일본인 학교로 개설하는 공사가 한창이었다.

"오늘은 고생이 심했소, 하객들 인사 치르느라 정신이 없었을 거요."

"예, 조금 어수선했지요. 그래도 조용하게 잘 치렀지요."

광서는 대화의 물꼬를 트려고 말을 찾았다.

"그래, 한성고녀는 어땠소? 재미있었소?"

"신교육을 가르쳐서 흥미로웠는데 조금 어렵기도 했어요."

서슴없이 답을 하는 것으로 봐 광서가 찾은 주제가 적중한 듯했다.

"뭐가 어려웠는데?"

"수학은 통 이해가 안 돼 쩔쩔맸는데…. 국사는 흥미로웠어요."

"국사를 가르쳤단 말이오?"

"예, 조선 역사를 국사로 개칭해서 가르쳤는데 선생님이 일본 유학 파였어요. 게이오대학을 나왔다나. 통감부 눈치를 보면서 국체國體를 강의했는데, 요즘 세간에 오르내리는 신채호 선생이 한 말이래요. 그 선생은 결국 쫓겨났어요."

"신채호…. 얼핏 〈황성신문〉 기사에서 본 듯한데. 최린이 보내 줬소."

"들리는 말에 의하면 신채호 선생은 만주로 갔대요. 작년에 자결한 사람도 많았지요. 매천梅泉 황현 선생 자결 시가 시중에 유행했어요."

"매천 선생의 자결 시는 나도 일본에서 읽었소. 육년 전에는 특진관 조병세, 시종무관장 민영환의 자결 소식을 일본에서 들었고, 최익현 선생이 대마도에서 단식 투쟁 끝에 죽었다는 기사가 〈요미우리신문〉에 났었소. 슬픈 일이오. 그런데 당신은 어떻게 그런 소식을 잘 아시오?"

"신문을 읽어요. 신식 교육을 받았으니 세간의 소식을 잘 알아야 하지 않겠어요? 〈황성신문〉과 〈대한매일신보〉를 주로 읽었는데, 합병 이후에는 잘 안 봐요. 〈매일신보〉가 요즘에는 우리글로 나오기는 하지만 총독부 선전이 워낙 많아서….”

정화의 얼굴은 어두워졌다. 신여성답게 시국에 관심이 많아 여느 아녀자와는 다르다는 사실에 광서는 희열을 느꼈다.

“이제 당신과 더불어 시국을 논하면 되겠구려. 당신과 얘기를 하려면 나도 열심히 탐문해 봐야겠는데?”

정화는 작은 소리로 웃었다.

“자수를 놓다가 싫증나면 신문을 들추는 습관 때문이에요. 별게 아니죠, 제가 어찌 감히 서방님과 세상을 논하겠어요?”

잎을 가득 떨어뜨린 느티나무 밑 의자에서 둘은 잠시 말을 잊었다. 가을 햇살이 감미로웠다. 망국을 얘기하기에는 어울리지 않는 단아한 분위기였다. 정화가 입을 열었다.

“요즘에는 을사오적하고 매국오적을 죽인다고 난리예요. 작년에 의병장들이 죄다 잡혀 죽었는데 패잔병들은 만주로 갔다고 해요. 매국오적은 총독부로부터 작위를 받고 은사금을 받았대요. 은사금 받으려고 줄을 섰다는데, 매국오적 윤덕영 대감은 합병 직전 친인척에게 지방 관직을 마구 나눠줘서 큰돈을 벌었다고도 하고.”

“망국 판에 돈을 벌다니….”

“그래도 작위와 은사금을 거부하고 초야로 돌아간 이들도 있대요.”

“누가 그랬소?”

“윤용구, 홍순형, 민영달, 유길준, 조정구 대감들….”

“아, 유길준 선생도? 그분은 어디 거주하시나?”

46

"신문에 나기로는 노량 나루 뒷산에 흑석동이라는 곳이라는데요?"

"흑석동이라, 한강나루를 건너면 거기 아니오?"

"요즘은 여기 경성역에서 기차를 타면, 한강철교를 건너 노량진역에서 내려요. 그분이 요즘은 자치운동이라는 걸 한대요. 뭔지는 모르겠어요. 총독부가 그걸 봐줄지⋯."

"시국이 많이 변했구려. 당신에게 많이 배워야겠소. 휴가 열흘 동안 사람들을 좀 만나 봐야겠소."

사직동 자택에 어둠이 내리기 시작했다. 신방을 꾸몄다고 집사 선돌 애비가 와서 광서에게 귀엣말로 속삭였다. 북청 시절부터 부친의 집안일을 돌봐 온 선돌 애비와 북청댁은 머리가 희끗희끗해졌다. 세월이 읽혔다.

소슬바람이 나뭇가지를 흔들어 댔다. 가슴이 두근거렸다. 오늘 밤은 신혼이다. 신혼이라⋯. 여인을 맞을 일이 아득했다. 기대가 한껏 부풀었다.

정화의 말대로 시국은 침울했다. 다음 날 아침 〈매일신보〉를 받아든 광서의 손은 떨렸다. 11월 초 늦가을 맑은 아침이었다. 건너편 인왕산 봉우리가 한결 선명하게 눈앞에 다가왔다. 종묘사직宗廟社稷 오백 년 성상을 지켜본 바위산은 말이 없었다.

머리기사에는 '데라우치 총독 암살 모의'라고 씌어 있었다. '이승훈, 안태국 주도하에 일당 60여 명이 작년 12월 27일 압록강철교 준공식에 참석차 신의주에 갔던 데라우치 총독을 암살하려 했는데 미수에 그쳤다'고 보도했다. 광서는 알쏭달쏭했다. 안중근 의사가 이토를 암살했던 것이 엊그제였으니 그럴 수도 있겠다 싶었으나 총독이라면 조선주차군朝鮮駐箚軍의 삼엄한 호위를 받았을 텐데. 과연 암살이 가능했을까, 하는 의구심이 생겼다.

해설 기사는 조금 상세했다. 연초부터 혐의자 6백여 명을 체포했다고 기사는 전했는데 대체로 평안도 출신 신민회 회원이었다. 그중 혐의가 짙은 105인을 골라 '총독모살 미수죄'로 재판에 넘겨졌고 5년에서 10년 형을 받았다고 했다. 광서에게 낯익은 인사들이 많았다. 윤치호는 황실유학생단이 떠났던 제물포항에서 보았고, 이승훈, 임치정, 옥관빈은 정평이 났던 애국인사였는데 유동열이 거기 끼어 있었다. 유동열은 광서의 친형 김성은의 육사 후배였다.

그렇다면 성은 형도 일찍이 애국운동에 연루되어 죽었을까? 어찌 되었건 간에, 신민회는 이것으로 와해된 듯이 보였다. 많은 열사와 지사들이 앞다투어 만주와 연해주로 넘어갈 것이었다.

만일 자신이 조선주차군으로 배치되면 이들을 일망타진하는 데에 앞장서야 할 것이 분명했다.

괴로웠다. 이 사건의 진위를 떠나 그러한 상념에 사로잡히는 것만으로도 광서의 마음은 무거웠다. 자신의 인생에 결코 꿈꾸지 않았던 사태가 전개되고 있었다.

아내 정화가 부엌 창을 열고 아침 드시라, 다정한 목소리로 말했다. 정화와 함께 하는 첫 아침 식사였다. 광서는 식탁으로 발을 옮기면서 상념의 문을 단단히 걸어 잠갔다.

아무래도 만나야 했다. 육사 과정을 마치느라 가슴속에 꾹꾹 갈무리했던 그 오랜 의문의 상자를 열기 위해서 만나야 했다. 아버지와 형의 갑작스런 죽음. 러일전쟁이 일본의 승리로 끝나고 통감부 통치가 개시된 1906년에 형 김성은이 먼저 죽었고, 2년 후 아버지가 뒤를 따랐다. 광서가 중앙유년학교 졸업을 앞두고 육사 진학을 준비할 때였다. 광서는 1905년 가을 일본 정부 기관과 군사시설 시찰차 도쿄에 온 형을 반갑게 만났다. 일본시찰단 일원으로 왔다고 했다. 형은 대한제국 부령(중령) 복장을 하고 있었다. 건강한 얼굴이었다.

도쿄 시내 찻집에서 근황을 나눴다. 형은 격려도 잊지 않았다. 얼굴 어딘가에 약간의 근심이 비치던 것을 빼면, 대한제국의 원수부 장교로서 늠름한 모습이었다.

그런데 그다음 해 여름, 형의 부고를 받았다. 정신이 없었다. 물어볼 곳도 없었다. 형의 장례는 아버지 김정우 군기창감軍器廠監이 치렀다. 참척의 한이었을 거다. 광서는 형의 죽음을 가슴에 묻었다. 그로부터 2년 후 아버지의 부고를 받았다. 그때 광서는 중앙유년학교 졸업반이었다.

그는 황망한 심정으로 현해탄을 건넜다. 상주가 없었기에 학교에서 특별 휴가를 허락했다. 장례식을 치르는 내내 광서는 경황이 없었다. 조의를 건네는 문상객들에게 예를 차렸음에도 누가 누구인지 분간하지 못했다. 열여섯에 도일渡日하여 4년을 수학하다 갓 성년을 넘긴 스무 살 청년이었다. 1907년, 이토 통감의 치밀한 기획으로 제3차 한일협약인 정미조약이 체결된 후 대한제국의 통치권은 거의 일본 수중으로 넘어간 뒤였다.

군대가 해산됐고 전국에 의병이 들고 일어나던 시기였다. 그때 아버지가 죽었다. 형처럼 의문사였다. 광서는 아버지를 경기도 광주 선산에 모시고 망연히 도쿄로 돌아왔다. 왜 죽었을까. 의문은 광서를 괴롭혔으나 코앞에 닥친 육사 진학에 열중하지 않을 수 없었다.

어제 온 하객 중에 윤치성과 김형섭 선배가 있었다. 두 사람이 그 열쇠를 가지고 있을 것 같았다. 두 사람 모두 갑오경장이 진행되던 1895년 봄 일본에 파견했던 황실유학생단 학생이었는데 이들 중 육사로 진학한 이는 모두 21명이었다. 윤치성과 김형섭은 친형 김성은과 함께 세이조成城 학교를 졸업하고 육사로 진학한 동기생이었다. 육사 교육 연한은 1년, 교장은 데라우치 마사타케寺內正毅였다. 당시 육사 동기생은 의기충천한 사람들이었다. 노백린, 김형섭, 어담, 윤치성, 김성은, 김규복, 장호익, 조택현, 권호선 등이 있었다.

이들이 졸업 후 어떻게 되었는지 광서는 육사 시절과 임관 이후 시간이 날 때마다 추적해 보았지만 여전히 미궁이었다. 여기저기 흩어진 작은 단서들로는 전모를 파악하기가 난망했다.

찾아낸 것은 겨우 소소하고 이미 다 알려진 것들뿐이었다. 이들의 운명은 기구하다면 기구했다. 육사 11기생들, 이들은 1900년 가을 육사 졸업과 동시에 일본 군적을 떠나게 됐는데 대한제국으로부터 아무런 소식이 없었다고 했다. 유학생 비용도 끊겼다. 대한제국의 참위(소위) 임명장을 고대하며 도쿄에 머물러야 했다. 이들은 각기 다른 계기를 통해 조선으로 돌아왔는데 윤치성은 대한제국 기병정위騎兵正尉로 근무하다가 군대 해산에 충격을 받아 군문을 떠났다. 그리고는 회사를 차려 사업에 열중한다고 했다. 대한제국의 실상에 좌절한 노백린은 귀향해 다른 인생 경로를 궁리했고, 김규복은 알 수 없는 병을 앓다 병사했다.

윤치성은 대한제국 군부대신을 역임한 실력자 윤웅렬 대감의 사촌이어서 아버지와 형의 죽음에 중요한 단서를 갖고 있음에 분명했다. 광서의 아버지 김정우는 갑신정변 시절부터 윤웅렬을 보좌했다. 1882년 임오군란 직전 윤웅렬이 함경북도 북청 진위대장^{鎭慰大將}으로 부임했을 때 일본에서 견문했던 별기군^{別技軍} 형태의 군대를 모집해 훈련을 시켰는데 김정우는 그 무리 중 발군이었다. 윤웅렬은 그를 보좌관 겸 호위관으로 발탁했다.

한양으로 돌아온 윤웅렬에게는 뜻밖의 시련이 기다리고 있었다. 갑신정변이 3일 천하로 끝나고 친청^{親淸}정권이 들어서자 친일파로 몰려 유배형을 받은 것이다. 김정우는 유배지를 따라가 윤웅렬의 집사 노릇을 마다하지 않을 만큼 충직한 부하였다. 가장 신임했던 부하가 죽음을 맞이해야 했던 내막을 윤웅렬은 알고 있을 것이었다.

윤치성에 비하면 김형섭은 1900년 육사 졸업 이후 파란만장한 길을 걸었다. 일본에서 유길준이 주도한 정변에 연루되어 옥살이를 하다, 사형을 겨우 면하고 신안군 지도^{智島}에서 유배형을 치렀다. 통감부가 들어선 후 김형섭은 군문에 복귀했다. 1905년 이후 무관학교 학도 중대장, 시위^{侍衛} 공병대장을 역임하다가, 대한제국 군부가 폐지되어 대원군의 적장손이자 운현궁 주인이 된 이준용의 공부^{公附}무관이 되었다. 당장 운현궁으로 가면 만나 볼 수 있을 것이었다.

그리고 어담. 형 김성은의 육사 동기로 을사조약 이후 합병에 이르는 그 혼돈의 시간에 고종과 순종을 바로 곁에서 보좌한 시종무관이었다. 내막을 가장 잘 알고 있음이 틀림없는 듯한데, 합병과 함께 그는 시종무관직을 떠나 조선주차군으로 발령받았다. 고위급 장교이므

로 불과 몇 년 전 일어났던 사건, 그것도 정치적 갈등과 음모로 빚어
진 사건의 내막을 알고 있더라도 발설하지 않을 거라는 생각이 들었
다. 시간이 더 필요할지 모른다. 어딤⋯. 그를 언젠가 만나리라, 광서
는 결심했다.*

　해가 중천으로 기울기 시작한 시각에 광서는 집을 나섰다. 우선 시
종무관 김형섭을 만나기로 약속을 잡았다. 가회동 입구에 있는 운현
궁으로 선돌 애비를 보냈는데 마침 오늘 일정이 취소됐으니 저녁 겸
만나자는 기별이 왔다. 택시가 더러 운행되고 있었는데 시내 구경도
할 겸 천천히 걸어가기로 나선 길이었다. 광화문에 들어서니 공사가
한창이었다. 경복궁 전각을 헐어서 다른 용도로 쓴다고 했다. 전각에
서 뜯어낸 기둥과 서까래들이 즐비하게 쌓였다. 경복궁을 뜯어내다
니. 그곳에 조선총독부 건물을 짓는다고들 했다. 제국 통치가 본격화
되고 있다는 증거였다.
　씁쓸했다. 조선 왕조가 스러지고 그 유적조차도 어디론가 사라지는
중이었다. 안국동으로 들어섰다. 더러 일본인 상점과 식당이 개업하
고 있었고 인파가 많아졌다. 종로통 육의전六矣廛이 여전히 성업 중인
모양이었다. 북촌은 조용했다. 조선 귀족들의 고래 등 같은 기와집은
이제 위용을 잃고 처량한 모습이었다. 활기가 보이지 않았다. 운현궁
솟을대문 앞에 섰다. 집사가 기다리고 있었다며 광서를 내원으로 안
내했다.

•　　이기동,《비극의 군인들: 근대한일관계의 비록》(일조각, 1982) 참조.

김형섭은 편한 옷으로 갈아입고 광서를 맞았다. 옥살이 흔적은 없어졌고 얼굴에 화색이 돌았다. 광서의 손을 잡고 마치 옛날 육사 동기생들을 보는 듯 반겼다.

"결혼 축하하네. 새색시를 맞았으면 딱 붙어 있어야지, 바로 다음 날부터 외출인가? 그래, 육사는 여전한가?"

"예, 날로 기운이 치솟고 있습니다. 저는 도쿄기병연대에 배속됐는데 장교들의 의기가 하늘을 찌르는 중이지요."

"그때가 그립네. 어서 들어오시게."

시종무관의 응접실은 단아했다. 고종과 순종의 초상화가 걸려 있고 책상 위에는 을사조약에 항거해 자결한 민영환 공의 사진이 놓여 있었다. 얼핏 광서의 가슴을 찌르는 비수의 전율이 스쳤다. 광서가 예의를 차리고 물었다.

"요즘 편안하신지요? 시국이 말이 아닌데 심경이 어떠신지요?"

형섭의 표정이 약간 굳었다. 선 굵은 얼굴에 비애가 감돌았다.

"뭐, 죽지 못해 살고 있지. 노백린이나 유동열이 부럽기는 하지. 노백린은 어디론가 은신해 거사를 도모하는 모양이고, 유동열은 아마 곧 재판을 받겠지. 감옥이 더 편할지 몰라…."

뜻밖의 말이었다. 시종무관이면 군문에서 가장 편하고 부러움을 사는 자리로 이 꼴 저 꼴 안 보고 흘러가는 대로 지내면 그만이었다. 그런데 젊은 시절의 기억이, 인생 초기의 결의가 그 편안함을 자책의 아픈 골짜기로 내몰고 있었다.

"오랜만에 와 보니 분위기가 생각보다 살벌하네요. 제국 통치가 이렇게 냉혹할지 몰랐습니다."

"지금은 서막에 불과해. 내가 이토를 겪어 보니 신중하고 대범하고, 그 치밀함을 따라갈 자가 없었어. 교활하기까지 했지. 고종은 적수가 아니었어."

술상이 들어왔다. 형섭은 말을 잠시 멈췄다가 시국에 대한 최근의 심정을 쏟아 냈다.

"법을 총독부 자의로 뜯어고치고 있는 중이지. 통감부 시절에도 재판소구성법을 만들어 조선인들을 꼼짝 못하게 하는 기반을 만들었잖은가. 지금 총독부에서 민사령과 형사령을 손보는 중이지. 내선일체를 구실로 일본 헌법을 그대로 이식하는 모양인데, 들리는 말로는 태형笞刑을 그대로 둘 모양이네. 곤장 치는 거, 그게 근대법은 아니잖은가. 일본 경찰이 조선인을 잡아들여 곤장을 친다? 그거야말로 비극이지."

형섭은 술을 한 잔 권했다. 일본 사케가 은은하게 목구멍을 넘어갔다. 광서가 분위기를 바꾸려 말했다.

"여전히 맛있네요."

"사케만 맛있나? 초밥도 근사하지. 생선회를 주식으로 하는 민족은 아마 일본뿐일 거야. 그런데 저들이 육식 맛을 알았으니 조선 반도에 송아지가 남아나지 않겠지."

"대한제국이 양전법量田法을 시행하려다 중단했는데, 총독부가 토지 조사 사업을 한다는 소문이 들리던데요?"

"말이 사업이지 궁중토, 둔토는 물론 국가 소유의 땅을 지네들 것으로 만들려는 수작이지. 전국 토지의 삼분의 일쯤은 가져갈 걸? 을지로에 동양척식회사를 세운 지 벌써 3년이 지났네. 척식拓殖이 조선 제일의 지주가 됐을걸? 자네 귀대하기 전에 토지 문서를 잘 살펴보게."

형섭은 저 혼자 술을 따르고서 단숨에 마신 다음 말을 이었다.

"헌병 경찰제, 이 말을 들어봤나?"

"처음 듣는데요?"

"경찰을 헌병대에 귀속시키는 정말 초유의 발상이지. 경찰을 군대 휘하에 둔다는 것이고, 전국 지방 향촌에 헌병 분견대分遣隊를 설치해서 폭력 통치를 한다는 취지야. 이미 전국에 수백 개 분소가 설치됐어. 총독부가 헌병 보조원 모집 공고를 냈는데 조선 청년 수천 명이 지원했다는 기사가 났네."

"일사불란한 통치군요. 내지연장주의에 입각해, 일선日鮮 동화를 완수한다는 총독부의 의지가 이렇게 강할 줄은 예상하지 못했어요."

광서는 말을 흐리면서 화제를 돌릴 틈을 찾았다.

"그런데 선배님, 우리 형 있잖아요, 성은이 형. 선배님이 감옥살이를 한 일과 어떤 연관이 있었나요?"

갑작스런 질문에 형섭의 얼굴에 긴장하는 표정이 역력했다. 그는 술을 따라 들이켜면서 생각에 잠겼다. 10여 년 전 일, 생각하고 싶지도 않은 그 쓰린 고통을 돌이키고 싶지 않았다. 광서는 형섭 선배가 다른 화제를 끄집어내지 못하게 조금 다그쳤다.

"제가 어렸을 때여서 무슨 곡절이 있었는지 전혀 몰랐어요. 아버지도 비명에 가셨으니 그 우여곡절을 모르는 저는 불효자식이라는 자괴감에 괴로웠지요."

"그게, 실은 내가 휘말린 거지. 성은이는 일심회一心會 회원이었을 뿐 혁명일심회는 아니었어."

"일심회는 뭐지요, 또 혁명일심회는요?"

"얘기가 길어지네. 대한제국의 치부가 고스란히 담긴 그 사건…."

광서는 사케를 한 잔 들이켰다. 아무래도 마음의 준비가 필요하다는 것처럼. 형섭은 마치 먼 곳에 갈무리했던 기억을 생각해 내려는 듯, 천장을 응시하며 이야기를 시작했다. 십 년 전 절박했던 이야기, 청춘을 삼켜 버린 파란만장한 이야기, 이른바 '유길준 쿠데타'로 알려진 그 이야기였다.

— 1900년 가을 21명의 유학생이 육사를 졸업하고 임관해야 했는데, 대한제국에서는 소식을 끊었다. 그사이 친일내각이 친러내각으로 바뀌었다. 생계가 어려워진 21명의 육사 졸업생들은 울분에 차 어느 날 일심회를 조직했다. 무슨 일이 있어도 생사를 같이한다는 취지였다.

우선 조선 정부에 임관 요청을 할 장교단을 선발해 조선으로 파견했다. 선발대가 여섯 명이었는데 김성은이 거기 끼었다. 시국은 일본 유학생들에게 그리 유리한 편이 아니었다. 친러내각은 갑오경장 주동자로 일본에 망명한 정치인들에 대한 체포 명령을 발령했다. 일본 정부는 이를 거절했다. 대원군의 장손인 이준용, 박영효, 유길준, 조희연, 장박, 이범래, 권동진, 조희문 등 1급 국사범 외에 수십 명이 국사범 리스트에 올랐다. 도쿄에 남은 열다섯 명의 청년 장교들은 그 사이 혁명일심회를 조직해서 혁명혈약서革命血約書를 작성했다. 조택현, 장호익, 권호선이 주도했고 김형섭도 도장을 찍었다. 고종과 순종을 폐위하고 의친왕 이강을 옹립한다는 내용이었다.

조택현 등은 유길준 대감과 접촉했다. 유길준은 갑오경장 후 일본에 망명해서 재기의 기회를 노렸다. 《서유견문》에서 설파한 군민공

56

치君民共治, 즉 입헌군주제를 실현하고 조선을 문명국으로 만들려면 친러내각을 물리치고 일본의 후원을 받는 친일내각을 성립시키는 것이 시급하다는 신념은 변함이 없었다.

그러는 사이, 김형섭, 노백린, 어담, 김교선은 조선의 정황을 파악하기 위해 뒤늦게 귀국했다가 민영환의 주선으로 대한제국 무관학교 교관으로 발령받았다. 형 김성은은 선발대로 이미 귀국해, 공병 교관으로 직책을 받은 직후였다. 도쿄에 남은 청년 장교들은 유길준과 쿠데타 계획을 실행에 옮기고 있었다. 그러나 대한제국의 정보기관이 이를 탐지했고, 자금을 댄다고 약조한 인천의 갑부 서상집과 제물포항 감리 하상기의 농간에 의해 쿠데타 계획이 누설됐다. 귀국해서 쿠데타 날짜를 기다리고 있던 청년 장교들과 가담자들이 일거에 체포되었다. 조택현, 장호익, 권호선은 물론 김형섭, 김교선도 붙잡혔다.

일본 정부는 도쿄에 머물던 유길준에 대한 나포拿捕 명령을 다시 거절했는데 조선의 성화를 누그러뜨리려 유길준을 도쿄에서 1천 킬로미터 떨어진 오가사와라 군도로 귀양 보냈다. 갑신정변의 주역인 김옥균이 일찍이 유배 생활을 한 그 섬에서 유길준은 2년을 보냈다.

그동안 조택현, 장호익, 권호선이 사형을 당했고, 김형섭은 사형 집행만을 기다리다 일본 공사관의 항의에 못 이긴 고종이 유배형으로 감형해 주었다. 그가 목숨을 부지할 수 있던 건 순전히 천운이었다.

"자네 형, 성은이는 다행히 쿠데타 사건에 연루되지 않았어. 아마 부친께서 극구 말렸을 터이고. 아니면 원래 신중했거든, 그 친구가."

"그럼 아무 관계도 없었군요."

광서가 재차 확인하듯 말했다.

"성은이는 일심회 회원이었지만 혁명일심회는 아니었고 쿠데타 계획과 연루되지 않았어. 형사들이 들이닥쳐 모조리 훑었는데, 그 흔적을 찾을 수 없었지. 사형수들과 한패였지만 다행히 군직을 유지했어."

이제 쿠데타 연루설은 사실이 아님이 명백해졌다. 그렇다면 그 이후 어떤 중대한 일이 일어났을 것이었다. 1904년부터 1905년은 정권이 바뀌는 때였으니, 혹시 친러 정권에 의해 어떤 혐의가 씌어도 1905년이 되면 사면赦免 가능성은 컸다. 문제는 그 1905년이었다.

광서는 1905년 가을 도쿄 찻집에서 형과 만났던 장면을 기억했다. 그것일 것이다. 일본시찰단 일원으로 도일했지만 혹시 을사조약을 앞두고 초조해진 고종이 밀약密約을 꾀했을지 모른다. 의정부와 궁내부의 믿을 수 없는 대신들을 제쳐 두고 원수부 측근들로만 밀실 정치를 구사했던 고종이니 그런 추측이 가능했다. 만일 밀약이라면 무엇일까. 당시 무관학교 기병 장교로 복귀했던 김형섭 선배가 그것을 알 리는 없었다. 광서는 말을 돌렸다.

"청년 시절에 엄청난 일을 겪으셨군요. 정신적 고통이 말이 아니었을 텐데…."

"죽은 친구들이 어른거리지."

"성은 형을 언제 마지막 보셨나요?"

"일본에 시찰단으로 간다고 할 때 만나 술 한잔했지. 병과가 달라서 자주는 못 만났는데 그날은 성은이 답지 않게 폭음을 하더군. 뭔가 있나 싶었지만 묻지는 않았지. 물어본다고 말할 친구가 아니야. 당시는 일진회가 도처에 정탐객을 깔아 뒀기에 술집에서도 말을 조심해야 했어. 일본을 다녀와서는 아예 연락을 끊었더군."

그러더니 말을 이었다.

"당시 고종의 시종무관인 어담이 알고 있겠지. 무슨 일인가는. 그런데 입을 열지 않을 거야. 시종무관이 궁중 정치를 입 밖에 내면 사형감이거든."

형섭은 술을 한잔 더 하고 광서에게 술잔을 내밀었다.

"자네는 어쩌려나? 도쿄에서 장교생활 하기가 쉽지 않을 텐데."

"아무튼 부딪혀 봐야죠. 헤쳐 나갈 생각입니다. 그러다 암초에 부딪히면 그때 가서 생각해 보려고요."

"그래, 원대한 포부를 내세워 봐야 시국이 받쳐 주질 않으니 일단은 주의하는 게 좋네."

광서는 그 말을 끝으로 물러났다. 마음 한쪽에 자리 잡고 있던 어둠이 살짝 걷힌 느낌이었지만, 여전히 암담했다. 형섭은 문까지 배웅을 나왔다.

"군 생활, 무사하게 하길 바라네."

경례를 하고 돌아섰다. 술기운에 손이 똑바로 올라가지 않았다. 이슥한 밤거리에 야경꾼의 딱따기 소리가 들려왔다.

며칠이 지났다. 아내 정화와는 가까워졌다. 살뜰한 성격이었고 집안일을 도맡아 하는 것으로 봐서 강한 내면을 느낄 수 있었다. 광서가 도쿄로 돌아갈 때를 대비해 홀로 살림을 꾸릴 계획을 말했고, 토지 문서도 살펴봤다고 했다. 마포 장인어른께 인사를 드렸다. 택시를 불러 정화를 먼저 보냈고 광서는 인근 경무대에서 군마를 빌려 타고 갔다.

서소문을 지나니 성곽에 움막을 치고 사는 사람들이 눈에 밟혔다. 도성 안으로 출입이 금지된 이들은 인근 마을을 돌아다니며 걸식으로 생계를 꾸렸다. 누더기를 입은 아이들, 빨래하러 나온 아낙의 누추한 옷차림이 마음을 쳤다. 행인들과 주민들이 군마를 타고 가는 광서를 보러 길가에 나왔다.

택시를 탈 걸 괜히 그랬나, 아쉬워하던 순간 어디선가 돌멩이가 날아왔다. 군마가 움찔하며 뒷걸음질 쳤다. 교복 차림의 학생 무리 중 하나가 골목길로 도망치는 모습이 보였다. 친일파 물러가라는 외침이 허둥지둥 도망가는 학생 뒤에 흩어졌다.

'그래, 나는 영락없는 친일파로구나.'

일본 장교복을 입고 있으니 달리 변명할 여지가 없었다. 어린 학생들의 의기가 가상했다. 그런데, 저들은 제대로 먹고는 사는가? 저렇게 누추한 움막에 먹을 것이 변변할 리 없었다. 십여 년 전 한성 장안을 휘저은 호열자로 얼마나 많은 사람이 죽었는가. 가마니로 둘둘 말은 시체가 성곽에 몇십 구가 걸렸었다. 경비대가 그것을 태워 버리면 또 걸렸다. 시체를 성곽에 걸어두면 호열자 귀신이 길을 잃고 못 쫓아온다는 미신 때문이었다. 미신과는 상관없이 호열자는 가족을 모조리 열병에 앓아눕게 했다.

아내 정화의 말에 의하면 조선인이 불결해서 그렇다고 총독부가 대대적으로 홍보했다는 것이다. 화장실을 개량하고 분뇨 처리시설을 만들었다. 불결하다는 말은 맞다. 총독부가 위생 사업에 우선 손을 댄 것도 그 이유일 것이다.

장인어른을 뵙고 돌아오자 선돌 애비가 편지를 건네 줬다. 윤치성 선배였다. 윤치호 형이 결국 10년 형을 언도받았다는 소식과 울분이었다. 귀대하기 전 만나고 가라는 말과 함께 시간과 장소를 남겼다. 오후 6시, 진고개泥峴 국취루菊翠樓.

국취루라면 이토와 같은 일본 최고위급 관료와 외국 공사들이 주로 애용하는 고급 요정이라고 아내가 일러 줬다. 과연 솟을대문에 내원이 있고 일본식 단아한 기와 주택이 여러 채 들어선 넓은 요정이었다. 길게 이어진 마루 끝 방에서 윤치성 선배가 광서를 맞았다.

"이거 신방을 꾸민 사람에게 무턱대고 오라 해서 미안하이."

쾌활한 목소리가 마루를 울렸다. 술상은 이미 차려져 있었고, 기모노 입은 일본 여인이 꿇어앉아 시중을 들었다.

"안 그래도 만나 뵙고 가려는 참이었습니다. 감사합니다, 선배님."

"감사는 무슨, 친구의 동생이자 육사 후배인데 한잔 멕이고 보내야 선배의 도리지."

"안색이 좋으신데, 사업은 잘 되는가 보죠?"

"그 일진회인가 흑룡회인가, 하는 놈들이 미국인에게 넘겨주려는 광산을 가로챘지. 국가 자산인데 외국인에게 줘야 쓰나, 애국하는 셈 치고 중추원과 총독부에 압력을 넣어 내가 손에 쥐었어. 석탄이 많이 나와, 아주 좋은 광산이야."

윤치성은 그때 일을 생각하고 호탕하게 웃었다.

"일진회, 그놈들 때문에 나라 꼴이 말이 아니야. 이완용과 송병준, 그놈들을 내 손으로 죽여야 하는데. 돈만 벌고 있으니 딱하게 됐지."

"돈이 중요하지요. 어제 서소문 밖에서 서민들을 봤는데 꼴이 말이 아니더군요. 먹이고 재우는 게 나랏일 아닌가요?"

"돈이 있어야지. 그런데 돈이 있으면 무얼 하나? 정치가가 있어야지. 나라를 빼앗겼는데 서민 생계를 어떻게 돌보나, 원."

광서는 흠칫 놀라 낮게 말했다.

"목소리를 낮추세요. 혹시 여기도 일진회 정탐객들이 깔린 것은 아닌가요?"

"까짓 깔려 있으면 뭘 해, 이 윤치성을 치겠다? 그러면 치호 형하고 감옥살이나 하지 뭐."

윤치성은 또 한바탕 너털웃음을 웃었다. 성은 형의 말대로 배짱이 두둑한 분이었다. 윤치성 선배는 분이 풀리지 않은 모양이었다. 목소리가 한 톤 높아졌다.

"그래, 치호 형이 암살 주범이라고? 흥, 웃기는 소리 작작들 해라. 치호 형은 폭력이라면 아예 징그러워해요. 아버지하고 달라. 어릴 적 나하고 놀 때부터 그랬어. 내가 큰아버지 군도를 갖고 놀면 아예 질색을 했어요. 막 소리를 질러. 갖다 놓으라고. 미국 유학까지 갔다 온 사람이 권총을 쏘라 사주했다고? 형은 민주주의자야, 군왕도 폐위하고 민주제로 개혁해야 한다고 떠드는 사람인데 나는 민주주의가 뭔지는 몰라, 그런데 이것만은 알아. 형은 평화주의자야, 무력을 쓸 줄 모르는 평화주의자. 실력양성론이 괜한 소리인 줄 알아? 무력을 쓰지 않고 서민의 힘을 기른다는 것이야. 경제력! 먹고살 만한 국력을 갖추면 저절로 독립이 된다는 소리지. 나는 믿지 않지만. 이야, 이거 분이 안 풀리네. 기병 소위, 한잔하세!"

윤치성은 술을 벌컥벌컥 들이켰다. 분이 조금 가라앉는 모양이었다. 치성이 눈짓을 하자 기모노 여인은 조용히 방을 나갔다.

"며칠 전, 형섭을 찾아갔다며?"

"예, 그날 제가 많이 취하게 했어요. 김 선배의 기억을 들춰냈거든요."

"왜 안 그러겠나? 나도 감옥에 갈 뻔했지. 호익이, 택현이 모두 형장의 이슬로 사라졌으니. 형섭이는 운이 좋았어. 마침 고종의 변덕이 작용했으니까."

광서는 더 취하기 전에 그것을 끄집어내야 했다.

"안 그래도 여쭤 보려 했어요. 김 선배님은 자세한 내막을 모르더라고요. 성은 형이 왜 죽어야 했는지."

윤치성은 술을 한잔 들이켰다.

"그게…. 불운이 자네 가족을 덮친 거지. 지난 십 년간 목숨이 어디 우리 손에 있었나? 고종과 이토의 드잡이판에 우리가 놀아난 거지. 고종은 힘도 없고 대신들을 아낄 줄도 몰라. 그저 황제 자리에 연연했지. 황제 자리만 보장해 준다면 뭐라도 다 내줄 사람이었어. 밀사 정치가 다 그런 거였지. 우리 신하들은 그래도 나라를 위한 일이라고 생명을 바쳤는데 알고 보니 다 그런 암투에 얽힌 거야. 내가 대한제국 장교복을 벗어던진 이유이기도 하고."

"성은 형을 마지막 만난 건 1905년 가을이었는데, 귀국해서 일 년 후에 부고를 받았어요. 일 년간 무슨 일이 벌어졌는지, 어떻게 죽었는지, 그리고 누구 손에 죽었는지 내내 궁금했습니다. 자연사는 아닐 테고 돌연사니까요."

윤치성은 생각에 잠겼다가 이윽고 입을 뗐다.

"흠…. 이제는 얘기해도 되겠지, 다 지나간 일이니. 총독부에 항의해 봐야 깨진 항아리야. 묻어야지. 묻는다고 약조하면 얘기함세."

"예, 장교로서 약속을 지키겠습니다. 함구합니다."

윤치성은 당시 들은 바 소문과 정보를 토대로 이야기를 들려줬다. 아리송한 곳도 있었지만 대체로 당시 정황에 맞는 정연한 얘기였다. 광서는 숨을 죽였다.

— 1905년 을사조약이 체결될 것이 분명해진 가을에 고종은 시찰단을 꾸려 일본으로 보냈다. 정부와 군사기관 시찰 명분이었지만 고종의 속셈은 다른 곳에 있었다. 을사조약이 체결된다면 오만불손한 이토를 밀어내고 자신을 존중할 다른 사람을 통감에 앉히기를 원한다는 밀서密書였다. 고종이 염두에 두던 이는 이토의 정적인 고다마 겐타로兒玉源太郎 중장이었다. 당시 이토는 조선의 즉시 강제합병을 외치는 무단파에 밀렸다. 러일전쟁의 승리로 득의만만해진 무단파가 세계 여론 동향을 보고 있었던 이토를 제치고 무력 점령을 해낼 적임자를 찾고 있었는데 이게 고종의 촉수에 포착됐다. 고종은 일본시찰단에 친서親書를 들려 보냈다.

이 친서의 전달 책임자가 바로 광서의 형 김성은이었다. 고종은 일본 군부에 아는 사람이 많은 김성은에게 비밀 임무를 맡겼다. 친서는 우여곡절 끝에 고다마 중장에게 전달되었다.

그런데 그 이듬해인 1906년 4월 러일전쟁 개선 대관병식大觀兵式에 통감부는 축하 사절을 꾸려 참석했다. 이토, 하세가와, 의친왕과 수행원들이 일본으로 건너갔다. 당시 의친왕의 시종무관인 어담이 축하 사절단을 수행하면서 여러 사람을 만났다. 어느 날 고다마 중장을 만난 적이 있는데 그가 친서를 꺼내 보였다는 것이다. 조선인이 혐오하는

64

오만불손한 이토를 내치고 고다마 중장이 통감으로 부임하면 좋겠다는 내용이었다. 고다마가 내민 그 친서를 보고 어담은 간담이 서늘했다. 고다마가 그걸 비밀리에 붙였으면 좋았겠는데, 며칠 후 황궁에서 열리는 연회에서 고다마는 그 친서 내용을 이토에게 알리겠다고 했다.

어느 간사한 첩자가 그들 사이를 이간질하려 한다는 취지였다.

어담은 고다마의 위세에 눌려 말도 못 하고 물러 나왔다고 했다. 고다마로부터 친서 얘기를 들은 이토가 대노한 것은 물론이었다. 귀국하자마자 이토는 고종을 만난 자리에서 친서를 따져 물었다. 고종은 그쪽에서 먼저 요청한 것이라고 발뺌을 했다. 이토의 분노가 극에 달했다. 어전에서 새어 나오는 이토의 분노한 목소리를 어담이 직접 들었다고 했다.

이토는 즉시 고종의 사생활 단속에 들어갔다. 이른바 잡배들의 궁중 출입을 금지했고 황제를 알현하려는 자는 통감부의 허락을 받도록 했다. 황제는 경운궁에 구금됐다. 황제의 비자금인 내탕금도 통감부의 허락이 없으면 사용이 금지됐다. 황제의 내탕금은 홍콩, 상하이 은행들과 심지어는 러시아, 독일 은행에 분산 예치되어 있었는데 이 모두가 발각되었다.

이전까지 비자금 관리를 맡았던 내장원內藏院과 탁지부度支部 대신들은 이 자금을 활용하여 많은 부를 쌓았다. 뜻있는 자들은 더러 학교를 설립하기도 했는데 대부분 자기 재산을 불리는 데에 썼다. 금광 채굴권, 철도 부설권을 팔아 막대한 부를 챙긴 자들도 있었다.

이토의 정적인 고다마 중장이 1906년 7월 급사했다. 정적이 급사하자 이토의 정치적 공간이 넓어졌다. 이토는 마침 한일합방을 주장하는 일본의 흑룡회가 조선에 진출해 일진회와 공모하던 당시의 정황을 십분 활용했다. 흑룡회의 자금을 받은 자객들이 설쳐 댔다. 통감부 통치에 껄끄러운 사람들이 표적이었다.[*]

여기까지 이야기한 윤치성은 잠시 말을 멈췄다.

"자, 한 잔 받게, 우리의 운명이 그런 식으로 결딴났지."

김성은 부령의 급사 내막이 어느 정도 밝혀지는 순간이었다. 광서는 1905년 가을 도쿄에서 만난 형의 얼굴이 떠올랐다. 중앙유년학교 진학을 간곡히 만류하던 형의 모습, 왜 그랬는지 이해가 되는 듯했다. 이용당한다…. 그것이었나? 나라를 구출하기엔 이미 늦었다…. 그것이었을까? 그래도 군인이 되겠다고 굽히지 않는 동생의 결의를 격려해 줬던 형, 신바시역에서 귀국 열차에 올랐던 형의 웃음 띤 모습이 떠올랐다. 나는 네가 자랑스럽다고 했던가? 참던 울음이 흑, 하고 터져 나왔다.

결국 그렇게 죽었을까? 정치적 암투에 휘말려 형의 청춘이 희생됐다는 생각에 미치니 가슴이 북받쳐 올랐다. 한스러웠다. 정신을 수습하고 광서가 말했다.

"성은 형님도 그중 한 사람이군요. 친서 전달의 당사자였으니 이토의 복수극에 희생됐던 거…. 일진회라, 전 그때 중앙유년학교 시절이어서 뭐가 뭔지 분간할 수 없었어요. 혹시 누구에게 어떻게 죽었는지는 들은 바가 있나요?"

[*] 이기동, 위의 책 참조.

66

"일체 비밀리에 자행된 거니 누가 죽였는지 어떻게 죽었는지 알 도리가 없었지. 나는 그때 기병 장교였는데 갑자기 부고를 받고 어리둥절했어. 장례식에서는 못질한 관만 봤으니까. 부친께서는 입을 앙다문 채 아무 말씀도 안 하셨으니까."

"흑룡회… 일진회…."

"통감부 정치에 희비가 엇갈렸는데, 이토는 일본 망명객들을 대거 불러들여 정치판을 바꿔 놓았지. 친일파라고 할까, 일본에 호의를 가진 조선 정객들을 복직시키고 분위기를 쇄신했어. 이완용 내각이 고종을 제치고 전권을 휘둘렀는데, 사실은 이토의 지령을 수행한 것에 불과했지. 아예 의정부 내각 회의를 이토 주재 아래 통감부에서 했으니까. 고종에게는 사후 통보만 했어. 이토는 일진회를 앞세워 친러파를 숙청하고 일본 찬양 분위기를 조장했지. 아무도 말을 못 했어. 자칫하다간 큰 화를 입을 테니."

"그러면 을사조약에 반대했던 사람들도 모조리 숙청됐겠군요."

"그렇지. 관직을 박탈당하고 모두 유배를 갔어. 고종 친위대인 원수부에는 일진회가 미는 사람들이 요직을 차지해 고종의 손발을 묶었지."

"제 아버지도 그렇게 당하셨다는 말씀이시군요?"

내친김에 광서는 아버지 얘기로 화제를 돌렸다. 윤치성이 말이 없자 광서는 다그쳐 물었다.

"제가 그때는 급히 귀국해서 장례식을 주관했는데, 와서 보니 아예 아버지 주검을 염을 해 놨더라고요. 염을 풀어 얼굴을 볼 수도 없었어요. 풀고 싶었지만 군부에서 파견된 사람들이 지켜보고 있었으니까요."

"아마 그들 중 일진회 소속이 있었을 거야. 대한제국군대 해산에 반대하는 사람들이 대거 숙청되거나 암암리에 제거되었으니 말이야. 1907년 정미조약 당시 상황은 기억하기도 싫어. 나도 고종 폐위에 반대했으니까. 고종을 좋아해서가 아니라 나라를 완전히 빼앗긴다는 위기의식 때문에 그랬는데, 백부인 윤웅렬 대감이 다 둘러썼지. 나는 그 덕에 조금 더 군부에 남아 있었고."

"윤 대감께서 화를 입으셨나요?"

"폐위를 자기들 마음대로 할 수 있나? 백부도 고종이 좋아서가 아니라 강제적 폐위 자체를 국망國亡이라고 생각하신 거지."

"복잡했군요….."

윤치성은 광서가 일본 유학 시절 조선에서 일어난 일들을 말해 줬다. 이번에는 아버지의 급서急逝를 해명할 수 있는 감춰진 내막들이었다. 상상을 벗어난 일 앞에 광서는 한 마디라도 놓칠세라 신경을 곤두세웠다.

"정미조약은 한일합방 이전 단계라고 봐야지. 재정권, 외교권, 행정권, 조세권 모두를 박탈했고, 경찰 조직을 키우고 군대를 해산했으니까. 군대는 조선주차군으로 흡수 통합해 버렸지. 이토의 지령을 하세가와가 실행한 결과였어. 문제는 고종 폐위 사건이지. 고종은 불가하다고 완강하게 버텼는데, 결국 송병준의 협박에 굴복하고 말았지. 법부法部 검사를 하다가 애국운동을 하던 이준을 밀사 정치에 끌어들인 것도 고종이야. 정국이 결국 폐위로 돌아가니까 고종은 만국평화회의에 이준을 보냈어. 그는 이상설, 이위종과 함께 러시아를 경유해서 갔지. 폐위 강요의 불법성을 호소하고 일본군의 조선 점령을 만국에 알리려는 목적이었어. 결국 밀사들은 자격요건을 채우지 못해 회

68

의장에 입장도 못 하고 쫓겨났어. 일본 대표가 막았지. 러시아 대표조차 이들을 인정하지 않았어.

이들이 네덜란드 헤이그에 도착했을 때 이미 러시아와 일본이 만주를 분할하는 비밀 협상을 벌이고 있었지. 그러니 조선의 대표단이 헤이그에 도착했다는 사실은 일본과 러시아를 당혹하게 만들었어. 그게 유럽과 미국의 신문에 대서특필되자 일본의 침략성을 성토하는 분위기가 조성됐어. 일본 정부가 이토에게 책임을 물을 수밖에. 이토는 노발대발해 정미조약을 서둘렀고, 한 달 뒤 고종을 폐위시켰어. 순종이 황제에 올랐지만 그냥 허수아비일 뿐이지. 지금도 그렇잖은가. 허울뿐이지."

"그래서 의병들이 일어났군요…."

"궁중은 말이 아니었어. 권력 암투에 친일 경쟁에 나라는 뒷전이었지. 의병이 들끓고 조선 군대가 시내에서 총격을 벌이자 이토는 조선주차군을 출동시켰어. 경운궁을 둘러쌌지. 경운궁 밖에서는 고종 폐위를 주장하는 시위대와 분노한 시민들이 일진회와 맞붙었어. 애국계몽 단체들은 일진회 기관지인 〈국민일보〉 건물에 불을 질렀고. 이근택과 이지용 별장이 불에 탔어. 일본군 발포에 사상자가 났고, 분노한 시위 군중들은 이완용 집에 몰려가 불을 질렀어. 말이 아니었지. 그래도 친일내각은 고종을 협박해 결국 양위 결정을 얻어 냈지. 순종 황태자로 하여금 고종의 대리정치를 하게 한다는 조건으로.

쉽게 말해 완전한 퇴위가 아니라 고종을 태황제로 남아 있게 하는 것이었지만 그건 허울이었지. 박영효, 이도재, 남정철 등 대신들과 군부에서는 이희두 참장, 어담 부령, 이갑 참령도 양위를 완강하게 반대했는데 일진회 첩자에게 발각되어 모두 체포될 정도였어. 결국 고종의 양위와 정미조약 체결로 끝났지. 윤웅렬 대감과 김윤식 대감도 양위 반대 책임을 물어 삭탈관직이 됐고. 박영효 대감은 제주도로 귀양을 갔어. 몇 번째인지 몰라."

"그럼 제 아버지 김정우 군기창감도 거기에 연루된 것인가요?"

"정미조약 체결 후에 이토가 냉혹한 철권정치로 돌아섰어. 합병을 강요하는 일본 정부에 뭔가 실적을 보여 줘야 한다는 조급함이 생겨났고, 혼란한 정국을 어쨌든 다스려야 한다는 절박감이 앞섰지. 그때 흑룡회의 사주를 받은 일진회가 설쳐 댔어. 독약 세례를 받은 사람, 총에 맞은 사람, 자객의 자상刺傷을 입은 사람들이 부지기수였으니 민심이 그야말로 흉흉했지."

"그럼 체포된 군부 사람들은 어떻게 됐나요?"

"이갑 참령은 풀려나자 애국운동에 뛰어들었다 연해주로 망명했고, 어담 부령은 감옥을 나와 순종의 시종무관으로 복귀했지. 부친이 돌아가신 해가 1908년이니 아마 급서 내막은 어담 부령이 어느 정도 알고 있지 않을까? 장례식에 참석했는데 아마 자네가 못 알아봤을 거야."

이제 아버지와 형의 급사의 내막이 어느 정도 밝혀졌다. 급박하게 돌아가던 정치적 암투극에 희생된 것이었다. 일본의 야욕과 대한제국의 몸부림 사이에서 애꿎은 지사들의 죽음이 연이어 발생하고 있었던 것이다. 궁중 근처에만 없었더라도 죽음을 면했을 텐데…. 그 생각은 부질없는 것이었다.

황실유학생이자 일본 육사 출신으로 고국인 조선을 위해 한 몸을 바칠 각오를 누가 하지 않았을까만, 그런 비명횡사를 원치 않았을 터이다. 개죽음이 따로 없었다. 부친과 형의 불행한 죽음을 생각하니 또 설움이 북받쳐 올랐다. 왜 이런 불행이 우리 가족을 덮쳤을까. 아니다, 우리 가족만의 문제가 아니다. 나라와 겨레 모두에게 닥친 불운이자 비극이었다.

술이 어지간히 올랐다. 윤치성 선배가 내민 손을 어떻게 잡았는지 기억이 없었다. 광서는 진고개를 걸어 내려와 택시를 잡았다. 이슥해진 밤, 행인이 뜸했다. 그래도 아직 풀리지 않은 문제가 남았다. 누가 죽였을까? 누가 살인 명령을 내렸을까?

통감부가 갓 설치한 가스등이 거리를 밝히고 있었다. 택시는 광화문을 천천히 지나 사직동 쪽으로 접어들었다. 아내 정화가 촛불을 켜고 기다리고 있을 것이다.

요코하마공원

온통 어둠이었다. 아내가 부르는 소리가 들렸다. 부드러웠다. 둘째 딸 지혜가 칭얼거리는 소리, 갓 태어난 셋째 딸 지란이 우는 소리가 섞여 들렸다. 고향 마을 밤하늘에 은하수가 흘렀다. 젊은 어머니가 대청마루에서 순돌이를 불렀다. 순돌이는 꼬리를 흔들며 냉큼 마루로 뛰어올랐다. 고향은 봄이었다. 진달래가 산등성이를 붉게 수놓았다. 연두색을 띠기 시작한 버드나무 가지가 담장 넘어 흔들렸다. 누가 오는지 순돌이가 사립문 쪽으로 뛰어나갔다.

"어마니, 어마니, 어마…."

신열身熱이었다. 망막에 옅은 빛이 열리더니 눈이 가느다랗게 떠졌다. 물체가 흐릿했다. 땀인지 모를 끈적한 액체가 한 방울 흘러내렸다.

"대장님, 대장님, 저예요, 정신이 드세요?"

경천은 소리 나는 쪽으로 고개를 살짝 돌렸다. 형체가 희미하게 잡히는 듯하더니 얼굴이 다가왔다. 장경옥이었다.

"대장님, 저예요! 통증이 가라앉았어요?"

경천은 그제야 정신이 조금 돌아왔다.

"아, 여기… 여기가…."

"소스노프카에서 트레치푸진으로 가는 한인마을이에요. 여기는 안전하대요."

경옥은 안전하다는 말에 조금 힘을 줬다. 그때 촌로가 끼어들었다.

"괜찮습메? 내가 약초를 구해다 상처 난 부위에 발랐습. 총알과 파편은 저 건네 중국인 약방 노인이 빼냈습메. 조금 늦었다면 덧날 뻔했다 했지비. 괜찮을 거라 하고 갔습메다."

경천은 촌로에게 고개를 까딱해 감사를 표했다. 입이 말라 말이 잘 나오지 않았다. 천으로 창문이 가려져 몇 시인지 구분할 수 없었다.

그날 오후 산을 내려온 독립군과 러시아 적군 연합 부대는 일단 소스노프카에 도착하자 전열을 정비하고 곧 트레치푸진을 향해 이동했다. 저녁을 급히 때우고 언 몸을 녹인 후 일본군과 백군이 따라올지 모른다는 사령부의 정보를 접하고 내린 결단이었다. 지친 부대를 끌고 야간에 이동하기란 쉬운 일이 아니었지만, 혁명을 향한 부대원들의 신념은 워낙 무서웠다.

새벽에 트레치푸진에서 80여 킬로미터 떨어진 작은 한인촌에 들어섰다. 사령부가 지정해 둔 곳이었다. 50여 가구가 흩어진 채 어둠 속에 잠긴 마을 촌장을 깨워 쉴 곳을 구했다. 빈집이 다섯 채 있었고, 마을 창고와 마구간, 외양간, 상여 움막에 닥치는 대로 부대원을 배치했다. 기습을 당한 부대원들은 참패를 당했다는 좌절감에 기운이 없었다. 나자렌코 대장은 대원들이 애지중지 소지한 보드카를 나눠 마시게 해 사기를 돋우었다.

나자렌코와 셰프첸코 대장은 조그마한 러시아식 통나무집 이즈바를 징발해 경천을 간호하게 했다. 생각보다 상처는 심하고 깊었다. 너무 많은 피를 흘렸고, 어깨와 허벅지에 파편 박힌 부위가 시퍼렇게 부풀어 올랐다. 쇳독이 들었음이 분명했다. 예전에 중의원을 했다는 중국인 노인을 얼른 깨워 파편을 제거해 달라 부탁했고 약초를 으깨 발랐다. 그러고는 경천을 데려온 의무병더러 곁을 지키라 지시하였고, 그 병사가 바로 경옥이었다.

"지금 몇 시나 됐소? 내가 얼마나 이러고 있었지?"

옆에서 다소곳이 듣고 있던 경옥이 조용히 입을 열었다.

"새벽 다섯 시예요, 두어 시간이면 날이 밝을 거예요. 이만하길 다행이라 했어요, 중국인 노인이…."

무슨 일이 일어났는지 말하려다 경옥은 잠시 목이 메었다.

"저격수 총에 맞았어요. 여기까지 온 게 기적이래요."

허벅지에 포탄 파편이 박힌 것은 알았지만 저격수 총에 맞은 기억이 없었다. 눈 위에 선명했던 혈흔血痕, 눈과 나뭇가지가 한데 섞여 튀어 오르고 바위가 깨져 얼굴을 때리던 아비규환의 현장이 떠올랐다. 대원들의 비명소리가 아직도 쟁쟁했다.

경천은 천장을 응시했다. 얼기설기 엮어 사방으로 뻗은 통나무를 돌과 나무로 괴어 만든 엉성한 촌가였다. 벽 사이로 새어 들어오는 찬바람을 방 한구석에 놓인 장작 난로가 겨우 몰아내고 있었다. 정신이 조금 들자 통증이 다시 찾아왔다. 경천은 통증을 참느라 얼굴을 일그러뜨리며 물었다.

"대원들은 어떻게 됐소?"

"대원들은…."

답을 하려다 말고 경옥은 입을 다물었다.

"대원들은 무사하오?"

말이 없자, 경천이 지긋이 다그쳤다.

"많은 대원이… 산에….."

경옥은 차마 패전의 참상을 말할 수 없었다.

이게 끝인가? 나의 투쟁이, 나의 청춘이, 나의 분노가 이렇게 참패로 끝나는가? 온몸에서 기운이 빠져나갔다. 감은 눈에서 눈물이 배어나왔다.

"주무셔야 해요. 절대 안정하라고 중국인 의원이 말했어요. 요 며칠 부대 이동은 없다고 했어요. 사령부의 지시가 내려올 때까지 여기서 은신하라고 했어요. 모르핀을 놔 드릴게요."

경옥은 침상 밖으로 늘어진 경천의 팔에 주삿바늘을 찔러 넣었다. 팔뚝에서 여전히 강인한 체력이 느껴졌다. 경천이 가느다랗게 눈을 뜨고 다시 물었다.

"그런데, 경옥 씨는 어떻게 된 거요?"

경옥은 얼굴이 상기된 채 지난 일을 더듬었다. 경옥은 연추煙秋에서 출병한 강국모 부대의 의무병이었다. 연추는 두만강 건너 러시아 땅에 형성된 한인마을로 얀치혜라고도 불리는 지역이었다. 그 지역은 독립군을 지원하는 함경북도 사람들이 일본군을 피해 이주하기 안성맞춤이었다.

일본군은 독립군을 색출한다는 미명하에 부락을 급습했고 아예 독립군과의 접선 근거지를 없애고자 국경 인근 마을에 불을 놓았다. 수십 채 가옥이 불에 타 사그라지자, 촌민들에게 남은 것은 강을 건너는 일이었다. 겨울엔 언 강을 건넜고, 봄엔 여울을 찾아 건넜다.

경옥 집안은 헌병대의 요시찰 대상이었다. 오빠가 북만주로 탈출해 북간도 독립대원이 된 정보를 경찰이 입수했다. 경옥은 헌병대에 끌려가기 직전 야밤에 두만강을 건넜다. 달리 살아남을 방법이 없었다. 강 건너 강국모 부대에서 파견한 비밀 요원이 도강渡江을 도와주었다. 거기에 의무대원이 필요했다.

두만강 하류 도시인 경흥慶興은 중국과 러시아 국경 무역이 주업이었다. 인구 1천 명 정도의 작은 읍에 불과했는데 벌목과 콩 농사로 생계를 이었고, 약초와 생필품을 국경 너머로 팔았다. 일본군과 독립군이 수시로 출현하는 경흥에서 과년한 딸은 홀로 아버지를 간호해야 하는 형편이었다. 결혼은 꿈도 못 꿨다. 봉오동과 청산리 전투에서 뜻밖의 일격을 당하자 복수심에 타오른 일본군은 두만강 인근 마을을 습격해 모조리 불태웠다. 경흥 시가지가 화재로 전소됐고 독립군과의 접선 징후가 있는 이들을 연행해 갔다.

경흥읍에서 20리 떨어진 경옥의 집도 일본군의 섬멸 작전으로 불에 타고 바깥채 하나만 덩그러니 남았다. 50마지기 논밭을 소유한 중농이었다. 절망한 오빠가 간도로 이주한 후 연락이 끊기자 앓아누웠던 어머니는 끝내 한을 이기지 못하고 세상을 등졌다. 일본군이 들이닥친 그날 새벽, 경옥은 병상에 누운 아버지를 그대로 둔 채 집을 빠져나왔다. 작별을 고하는 경옥을 응시하던 아버지의 눈길이 그렇게 처연할 수가 없었다. 아버지는 병상에 누운 채 힘겹게 손짓했다.

"날래 가거라."

광서는 떠올렸다. 그래, 그때가 5년 전이었던가. 요코하마 항구가 내려다보이는 공원 벤치에 앉아 오후 내내 책을 읽고 있던 조선인 여학생을 만난 것이. 나는 아버지의 흔적을 찾아 가끔 가던 곳이었는데…. 대한제국 무관학교 장교였던 아버지가 일본 유학 당시 자주 찾았다던 요코하마공원은 아버지의 급서에 어떤 단서라도 주지 않을까 하는 막막한 기대를 갖게 했었다.

그곳에 가면 마음이 차분해졌다. 일본인 생도들의 따돌림을 받을 때, 동료 장교들로부터 은근한 경계의 대상이 될 때 요코하마공원을 자주 찾았다. 도쿄 신주쿠에 있는 도야마戶山 육군학교 연수 시절이었다. 그는 일본군 기병 중위로 진급했다. 가끔 산책 나온 시민들이 장교복을 입은 늠름한 모습을 부러운 눈으로 흘낏 쳐다보는 일은 있어도 요코하마공원엔 나무가 빽빽이 들어차 방해를 받지 않을 만큼 한적했다. 그때가 좋았을까…. 모르핀의 기운이 온몸으로 퍼지고 있었다. 아득했다. 그때가 좋았을까, 그때가…. 경천은 다시 깊은 잠에 빠져들었다.

— 광천이 육군학교를 연수하던 시절, 1차 대전의 전시 분위기가 한창 무르익던 때, 독일에 선전포고를 한 일본은 득의양양했다. 영국과 협력해 일본은 독일 지배하에 있던 칭다오靑島를 공격했다. 속전속결이었다. 5천 명이 주둔한 독일군 요새를 일본군 5만 명이 공격해 패퇴시켰다. 육군은 병력 규모를 늘렸고 무기 개발에 박차를 가했다. 세계가 전쟁 상황에 휩싸인 정세를 일본은 아시아 패권 국가로 발돋움하는 계기로 만들었다.

대만과 조선을 정복했고 사할린 남부를 손에 넣었다. 일본의 주권

선을 절대 방어한다는 미명 아래 주변 국가를 정복하는 소위 이익선 확장에 나섰다. 일본은 제국을 향해 진군했다. 육군 군벌의 총수인 야마가타 아리토모山縣有朋의 신념이 실현되고 있었다. 그 야욕은 머지않아 관동군 창설로 발현될 터였다. 군벌보다 정치인들의 발언이 컸던 다이쇼大正 시대의 유화 풍조에도 불구하고 조선 통치는 무단통치로 치달았다.

을사조약 당시 조선주차군 사령관이었던 하세가와 요시미치長谷川好道는 야마가타의 손발이었고, 이토가 암살당한 공백을 그의 승계자 데라우치 마사타케寺內正毅가 메웠다. 데라우치는 총과 칼을 앞세워 무단통치에 나섰던 초대 총독이 되었고, 총독부를 옹위하는 조선주차군 사령관은 모두 야마가타의 후예들이었다.

총독 시절 잠시 귀국한 데라우치를 광서는 육군사관학교에서 잠시 대면한 적이 있었다. 학교장이 불러 집무실에 갔다.

"기대가 많네."

상투적 격려와 함께 광서를 훑어보던 데라우치의 눈빛이 뇌리에 박혔다. 한 나라의 인명을 모조리 살상하고도 망설임이 없을 살기가 번득였다. 어떤 기대를 말하는가. 황군의 장교이니 조선 통치에 한 몸 바치라는 뜻인가. 차렷 자세로 경례를 올려붙이고 집무실을 나온 광서의 심정은 복잡했다. 몇 달 전 한일 합방이 강행되고 애국지사들이 자결했다는 소식을 가슴속에 묻었던 터였다. 신민회 청년들과 지사들, 지방의 명망가들이 앞다투어 상해, 간도, 연해주로 망명했다는 기사도 접했다. 〈요미우리신문〉에 난 기사를 몇 번이고 읽었다.

광서는 분노와 회한이 북받쳐, 육사 부근 아오야마 묘지에서 숨죽여 흐느꼈다. 육군중앙유년학교 후배 셋이 모인 자리였다.

지석규, 이응준, 홍사익. 그들의 얼굴은 비장했다. 나라가 망했다는 사실, 오백 년 왕조의 생명이 끝을 고했다는 현실을 감당하기 어려웠다. 그들은 그 자리에서 구국 동맹을 맺었다. 비록 젊은 청년들이지만 훗날을 기약하자는 굳은 결의였다.

도쿄기병연대에 배속된 광서는 생활이 안정됐다. 감시 당국에 일본의 현실과 세계관에 완전히 적응했다는 확신을 심어 주기 위해서라도 광서는 아예 가족을 일본에 데려오는 편이 낫겠다고 판단했다. 육사를 졸업하고 소위로 임관했던 해 맞았던 아내 정화를 일본으로 불러 지바시千葉市에 단출한 가정을 꾸렸다. 도야마 육군학교와는 좀 떨어진 곳이었는데 전차 통근이 가능했다. 퇴근길 전차를 타고 창밖을 물끄러미 바라보거나 걸어서 요코하마 해안을 산책하는 것이 낙樂이었다.

평안한 시절이었지만 가슴은 항상 북받쳐 올랐다. 가슴을 때리며 치밀어 오르는 화火가 무엇인지 광서는 어렴풋이 알았다. 그 불은 한번 점화되면 잘 꺼지지 않았다. 광서는 가끔 동경 시내로 나가 조선인 유학생들과 어울렸다. 민간인으로 변복하기는 쉬웠지만 광서는 감시자가 따라붙을까 항상 경계했다. 조선인 장교인 만큼 헌병과 경찰이 항상 감시하고 있을 거라는 확신이 들었다. 일본 경찰의 명령으로 해산된 일본 유학생 모임인 대한흥학회大韓興學會 회원들이 일종의 친목회를 다시 결성했는데, 당국을 안심시키려 학우회라 이름을 지었다.

그들은 도쿄제국대학 근처 공원에서 산책하다가, 날이 저물면 주점으로 몰려갔다. 최근의 국제 정세와 전황을 얘기했고 조선의 현실에 이르면 격렬한 논쟁을 벌였다. 신분이 제국군 장교인 광서는 술자리에 끼지 않았다. 불심 검문에 걸리면 입장이 난처해질 것이었다. 대신 그들이 보낸 소식지와 학술지, 우편물들은 집에서 꼬박꼬박 받아 봤다. 조선의 현실이 손바닥처럼 빤히 내려다보였다.

동조동근同祖同根, 황조황종皇祖皇宗이란 말이 나돈 것도 그 시점이었다. 1904년 러일전쟁 직후 대한제국이 파견한 황실유학생단 동기였던 최린崔麟이 학업을 중단하고 귀국해서 천도교 인사로 활동할 때였다. 여섯 살 위 연배였는데 유학생단에 같이 뽑혀 제물포에서 일본으로 떠나는 기슈마루義州丸에 동승했었다. 그가 총독부 신문 〈경성일보〉를 광서에게 보내 줬다. 초대 총독 데라우치가 당대의 논객이었던 도쿠토미 소호德富蘇峰를 초빙해 조선 통치의 의미를 설파한 기사였다.

— 우리 텐노헤이카天皇陛下와 국법은 무엇보다 일시동인一視同仁을 필요로 한다. 일본으로서 우리는 조선과 동포 형제관계를 원한다…. 조선인은 자자손손 일본 국민이 되는 길밖에 없다….

그렇게 씌어 있었다. 제국의 논리에 기가 막혔다.

조선이 일본 신화의 여신 아마테라스 오미카미天照大神의 자손이라고? 조선인은 황조의 자손에 입적되는 것을 기뻐해야 한다? 비록 지금 일본 육군 장교 신분이지만 천황의 후손이라는 데에는 거부감이 일었다. 나의 아버지와 아버지의 아버지는 황종이 아니다. 조선 오백 년 종사가 끝났다 하더라도 광서는 조선의 아들이고 대한제국의 자손이라는 사실을 꿈에라도 부인한 적이 없었다. 일본이 일시동인의 마음으로 조선인을 대한다 한들, 노예와 무엇이 달라지겠는가? 대안 없는 현실이 점점 가슴을 압박해 왔다.

애국계몽운동이 벌어지고 있다는 〈요미우리신문〉의 소식은 광서를 위로했다. 신민회를 일망타진하기 위해 조작한 '105인 사건'으로 곤욕을 치른 윤치호가 실력양성론을 외쳤다는 기사가 도배를 했다. 일견 동의하는 바가 있었으나 광서는 윤치호의 주장에도 의혹을 품었다. 논리적으론 맞겠으나 일본이 그것을 허용할지 믿을 수 없었다.

간도로 이주한 애국지사들은 신흥무관학교를 세워 독립군 양성에 힘을 쏟는다고 했다. 복종보다 저항을 택했다는 데에는 가슴이 뛰었다. 그런데 무력으로 일제와 맞선다? 조선이 그만한 힘이 있는가? 조선군은 벌써 해체되었고 독립군을 기른다 해도 오랜 시간과 막대한 경비는 물론 무엇보다 지식이 필요했다. 뜻있고 유능한 무관들이 천지사방으로 흩어졌는데, 누가 군대를 기른단 말인가? 참담했다. 육군중앙유년학교, 육군사관학교, 그리고 지금 육군학교에서 일본군의 실력을 충분히 경험한 광서에게 이도 저도 대안은 아니었다.

신혼살림이 만들어 준 생기와 활력은 무기력한 공간으로 흩어졌다. 생각의 돌파구가 보이지 않는 현실이 갑갑하기 짝이 없었다.

며칠 전에는 최린崔麟에게서 편지가 왔다. 검열을 피해 '김영서'라는 가명을 썼고 주소도 광서의 사직동 자택 주소를 썼다. 광서의 사촌형쯤이 동생에게 보낸 편지로 위장한 것이었다. '김 군,'으로 시작한 편지의 분위기는 침울했다.

— 김 군, 기병 중위로 진급했다는 소식을 들었소. 그리고 첫 딸을 얻었다는 소식이 들리는데 멀리서나마 축하하오. 가까이 있었으면 한

잔 대접할 터인데, 조선의 현실이 점점 암울해져 큰일이오. 총독부가 여러 방면에서 전횡을 하고 있는데 중의원들은 힘을 못 쓰고 사후 결재만 하는 하수인 꼴이니…. 요즘에는 종교계까지 목을 죄어 옵니다. '포교 규칙'을 일방적으로 공포해서 불교와 신도神道만 공식적으로 인정하고 여타 종교는 불온한 종교 내지 사이비종교로 몰아세웠소이다. 신자 백만 명에 달하는 천도교가 급기야 불령 종교로 낙인 찍혔소. 〈매일신보〉는 천도교를 '유민遊民구락부'라 하오. 3대 교주 손병희 선생께서 천도교를 인정해 달라고 총독부와 막후교섭 중인데, 총독부는 냉정한 태도로 일관하고 있소. 천도교를 길들이려고 작정한 것 같소이다. 앞날이 캄캄하오….

안 그래도 광서는 한일합병이 일어난 다음 해 〈매일신보〉에 실린 천도교 관련 기사를 읽고 가슴이 쿵 내려앉았었다. 최린이 고군분투하고 있을 것을 생각하니 당장이라도 달려가고 싶었지만, 육사 생도 신분이니 어찌할 도리가 없었다.

'천도교는 구습이 상존하야 영적靈迹이라 칭하는 허망의 참설讖說로 민심을 교사하며… 민재를 취렴聚斂할 뿐만 아니라 소위 교주는 의절儀節이 범람하야 왕자에 의擬하고….'

한마디로 말해 민중을 혹세무민하는 사교邪敎라는 것이었다. 대체 앞날이 어떻게 될 것인지 출구가 보이지 않았다. 그럴수록 육사의 훈련과정에 더 정신을 쏟을 뿐 다른 도리가 없었다. 그런데, 수업 시간에, 휴식 시간에 불쑥불쑥 광서를 괴롭히는 문제가 돌발적으로 튀어올랐다.

건장하시던 아버지의 급서, 성은 형의 의문사. 누가 죽였을까? 몸이 약하기는 했지만 그렇게 죽을 형이 아니었다. 형은 궁중을 호위하는 대한제국군의 부령이었다. 1905년에는 일본 육사와 무기 제조 공장을 시찰하러 정부 요원들과 함께 도쿄에 건너오지 않았는가?

두 사람 모두 죽임을 당했음이 분명했다.

육군학교 연수 시절에 약간의 여유가 생기자 광서는 주말 오후에 자주 요코하마공원으로 갔다. 아버지가 일본 유학 시절에 애용했던 장소였다. 그 인근에 아버지의 흔적이 서린 하쿠슈엔 주점이 있었다. 광서는 그곳에서 늦은 점심을 먹고 느긋하게 인근 공원을 산책했다. 초가을 따스한 햇살이 낙엽송 사이로 쏟아져 내렸다. 광서는 한적한 숲을 지나 멀리 도쿄만*이 내려다보이는 벤치에 앉았다. 가을 햇살과 함께 식곤증이 몰려왔다.

아버지의 급서 소식을 듣긴 했어도 구체적 내막은 드러나지 않았다. 생각은 미궁 안을 돌 뿐, 한 치도 진전되지 않았다. 인간의 생과 사에는 구구절절한 사연이 서려 있기 마련인데, 그냥 귀천했다는 연락을 받았다. 1908년 육사생도 시절이었다.

산책을 나온 노부부가 천천히 지나갔다. 노부부의 뒷모습에 눈길을 주다가 십여 미터 떨어진 벤치에 앉은 젊은 여인이 눈에 들어왔다. 어쩌면 아까부터 거기에 앉아 있었을 거라는 생각이 들었다. 단정한 차림새로 봐서 대학생이거나 전문학교 학생인 듯했다. 어린 누이동생이 태어났으면 저 정도 나이가 되었겠지, 잘 돌봐 줬을 텐데…. 마침 불어온 바닷바람이 어깨까지 내린 그녀의 머리칼을 흩날렸다. 책을 읽는 모습이 자못 진지했다. 옆모습으로 봐선 일본인처럼 뵈는데 왠지 조선인 풍취가 풍겼다.

이 고즈넉한 가을 오후에 옆 벤치에 앉은 낯선 여인에게 눈길을 줄 필요는 없었다. 광서는 천천히 고개를 돌려 넉넉히 펼쳐진 동경만을 바라봤다. 검은 연기를 뿜으며 화물선과 객선이 오고 갔다.

가까이 요코하마항에는 갓 진수를 마친 신축 군함이 정박하고 있었다. 일본의 국력은 날로 강해지고 있었다. 얼마나 지났을까, 그 젊은 여인이 벤치에서 일어나 걷는 기척이 들렸고 곧 광서의 시야를 스쳐 천천히 지나갔다. 일본 여인의 걸음걸이가 아니었다. 산중山中을 헤치 듯 씩씩하게 내딛는 모습으로 봐서 조선인의 걸음걸이였다. 광서의 말이 튀어 나온 건 순간이었다.

"혹시 조선인이세요?"

그녀가 흠칫 소리 나는 쪽으로 눈을 돌렸다. 그리곤 아주 작은 목소리로 말했다.

"예, 그런데요."

그녀는 잠시 뜸을 들이더니 곧이어 물었다.

"장교님이 어떻게 조선말을 하세요?"

어색한 분위기를 물리치듯 광서가 웃으며 말했다.

"예, 조선인이죠. 그런데 일본군 장교가 됐답니다. 뭐, 그리 자랑할 거는 못 되지만요."

그녀가 다소 안심했다는 듯 입가에 옅은 미소를 띤 채 받았다.

"아니요, 그런 뜻은 아니고…. 약간 놀라긴 했어요. 이 한적한 공원에서 조선인을 만나다니, 그것도 일본군 장교를."

"놀라게 해서 미안합니다. 귀가하는 모양이죠? 저도 집에 가야 하는데 제가 정류장까지 동행해도 될까요?"

광서는 몸을 일으키며 말했다. 전차 정류장은 공원 아래 시내 한복판에 있었다. 해가 공원 뒤쪽 능선에 걸리고 저녁을 예고하는 가을바람이 다소 쌀쌀하게 느껴졌다. 낙엽송 누런 잎들이 우수수 떨어졌다. 행인들이 여유 있는 표정으로 오고 갔다. 평화로웠다.

"학생이요?"

"예, 지바에 있는 간호전문학교요. 간호원이 되려고 왔어요."

"간호원이라…. 나는 군인이 되려고 왔고, 결국 장교가 됐지요. 지금은 육군학교에서 연수 중입니다."

말이 끊겼다. 공원 입구가 멀리 보였다. 그녀의 발걸음이 또박거리는 소리를 냈다.

"멀리 왔군요. 고향이 어딘데요?"

"조금 멀긴 하지요. 함경북도 경흥."

"아, 경흥임둥? 난 북청이오!"

무의식적으로 튀어나온 광서의 사투리에 젊은 여인은 깜짝 놀랐다.

"그렇습둥? 아, 반갑습네다!"

"그럼 경성도 가 봤습둥? 바로 여기로 오진 않을 것임메."

"나는 아바지가 장로니끼니, 경성 정신여고로 갔다가 간호사가 되려고 이리로 왔습메."

이 먼 이국땅에서 그것도 항구 공원에서 고향 사람을 만났다는 사실이 믿기지 않았다. 아까부터 마음속에 자리 잡았던 경계심이 무너졌다. 정류장에 전차가 경적을 울리며 들어섰다. 도쿄만을 빙 돌아

지바현 중심가로 운행하는 전차였다.

둘은 전차를 탔다. 승객들이 장교와 젊은 숙녀가 나란히 앉은 모습이 부럽다는 듯 힐끗힐끗 봤다. 분위기를 의식해서인지, 두 사람은 음성을 낮췄다. 광서는 일본에 온 이후 다닌 학교와 임관, 육군학교에 오게 된 경위를 나지막한 소리로 얘기해 줬다. 젊은 여인은 가끔 놀라는 표정을 지었다. 갸름한 얼굴에 맑은 표정이었지만 깊숙이 숨겨진 우수憂愁가 드러나기도 했다. 고향 누이동생을 만난 느낌에 광서의 마음은 조금 들떴다.

도쿄기병연대 얘기에서 육군학교 장교들의 웃지 못할 얘기들에 그녀는 빠져들었다. 그녀가 빠져든 것보다 광서가 더 빠져들었을지 모른다. 전차가 지바시 중심가로 들어섰다. 그녀가 몸을 일으켜 내릴 채비를 했다.

"아, 여기서 내리는구나. 그럼 잘 지내시고….."

그녀가 고개를 숙이고 인사를 했다.

"건강히 잘 지내세요. 얘기 즐거웠어요."

그녀가 내리고 전차가 움직이기 시작했다. 광서는 그때 깨달았다. 그래, 이름도 못 물어봤구나. 이름이?

두어 주가 지났다. 육군학교 연수생들은 장차 일본군 간부가 될 정예 요원이었다. 천황의 신정국가에 몸을 바칠 각오가 단단히 된 의기충천한 장교들이었다. 그들은 만주 공략의 필요성에 열을 올렸다. 조선을 정벌하고 이제는 만주로 가야 한다, 만주를 정복하고 그 여세를 몰아 중국 본토를 점령해야 한다고 소리 높이 외쳤다. 저녁에는 삼삼오오 신주쿠 주점에 모여 제국의 열기를 토했다. 그들의 의기는 하늘을 찔렀다. 광서는 그러한 모임에는 나가지 않았다. 조선은 제국의 통치에 신음하고 있을 텐데. 도저히 같이 어울릴 기분이 아니었다.

1차 대전의 여파로 곡물 가격이 오르고 있었다. 제국 정부가 조선의 곡물을 징발해 가격 조정에 나섰다는 기사를 읽었다. 함경도와 평안도는 식량이 항상 부족한 형편인데 어떻게 할당량을 채울지 광서는 은근히 걱정이 앞섰다. 제물포, 군산항, 원산항, 부산항에 곡물을 실어 올 일본 화물선이 즐비한 사진이 〈요미우리신문〉에 실렸다.

제국의 조선 통치는 이제 시작이었다. 어디까지 갈까, 광서가 보기에 결국 조선은 군비 조달의 보급창이 되고 말 것이다.

데라우치의 그 음험한 눈빛은 조선 민중의 삶을 초토화시킬 만한 위력을 뿜고 있음을 광서는 새로 인식했다. 총독이 바뀐다는 소문이 들렸다. 데라우치가 일본의 총리로 발탁되고 그 자리를 하세가와로 채운다는 소문이 돌았다. 하세가와는 데라우치의 직속 후배이자 군벌의 계승자였다. 우울한 나날이었다.

초겨울로 접어든 주말 오후에 광서는 요코하마공원으로 산책을 갔다. 최린에게서 온 최근의 국내 소식이 점점 더 암울해서 도쿄만에 마음을 달래고 싶었고, 그 젊은 여인이 궁금하기도 했다.

그 젊은 여인이 거기 있었다. 반가운 마음을 억누르며 광서가 다가갔다.

"다시 뵙는군요. 반가워요."

"아, 예. 반가워요…."

젊은 여인의 표정에 얼핏 스치는 설렘을 광서는 놓치지 않았다.

"그땐 제 얘기만 해서 미안했어요. 이름도 물어보지 않았네요."

그녀는 약간 망설이는 듯하더니 작은 입술을 열었다.

"경옥, 장경옥이예요."

"저는 김광서입니다. 88년생."

얼떨결에 생년을 말해 버렸다.

"예, 저는 95년에 경흥에서 났어요. 엄청난 눈보라가 산천을 다 덮고 두만강이 얼어붙었다고 했어요. 몇 년 만에 몰아친 추위였다나요. 여기 날씨는 추워도 언제나 봄이지요."

스물한 살. 고향 처녀, 아니 고향의 누이동생이었다. 옆에 앉은 광서의 마음은 한결 부드러워졌다.

"그때 읽던 책이 뭐였어요?"

"톨스토이의《전쟁과 평화》, 지금으로부터 꼭 백 년 전 러시아 얘긴데요, 불란서를 흠모했던 러시아 귀족들이 나폴레옹의 침공에 환상을 깨는 얘기면서… 전쟁의 참상을 알려주는 소설이죠. 1차 대전에 휩싸인 지금의 유럽이 꼭 그런 상황일 거예요."

나폴레옹…. 광서가 군인이 되기로 마음을 먹게 한 세기적 영웅. 백마를 타고 러시아 대평원을 진군해 들어가는 그 위용에 육군중앙유년학교 생도 광서의 마음은 설레었다. 도쿄 서점가에서 구해온 나폴레옹 전기를 읽고 또 읽었다. 훗날 나폴레옹과 같은 영웅이 되고 싶었다. 경옥이 조심스럽게 입을 뗐다.

"러시아 귀족들은 불란서를 흠모해서 생활양식을 모두 불란서풍으로 바꿨어요. 많은 귀족들이 불란서로 유학 갔을 정도니까요. 나폴레옹은 그들의 영웅이었지요. 그런데 나폴레옹 군대가 쳐들어왔어요. 궁중은 혼란에 휩싸였어요. 더러는 군대를 이끌고 나가 싸우기도 했는데 많은 귀족들이 모스크바를 버리고 떠났어요. 서민들도 생명을 부지하러 짐마차에 가족을 태우고 떠났지요. 러시아 사령관인 쿠투조프 장군은 모스크바를 전소시켰어요. 식량조차도 태워 버렸어요. 나폴레옹 군대가 모스크바를 점령했는데 남은 것이 없었어요. 귀족들도 보이지 않았고. 겨울이 닥쳐왔어요. 나폴레옹 군대는 혹한을 겪어 보지 않았어요. 식량도 바닥난 상태에서. 결국 철수를 결정했지요. 민병들로 구성된 쿠투조프 장군의 러시아군대가 이들을 공격했어요. 숲속에서, 땅 밑에서 두어 달을 은신해 있다가 혹한에 얼어붙은 나폴레옹 군대를 쳤지요. 나폴레옹이 겪은 최초의 참패였어요. 그렇다 해도 전쟁은 언제나 민중들의 삶을 짓밟아 버리죠. 백 년이 지났는데도 지금 유럽에서 그런 참화가 다시 일어나고 있잖아요.”

광서는 할 말을 잃었다. 광서의 영웅인 나폴레옹이 러시아 민중들의 삶을 짓밟는 세기적 악마가 되었다. 경옥은 쿠투조프 장군을 발음할 때 약간 어조가 흔들렸는데 혹시 조선에도 그런 장군이 태어나기를 원하고 있을지 모른다는 생각이 얼핏 들었다.

쿠투조프 장군…. 저항군 사령관, 러시아를 나폴레옹의 손아귀에서 벗어나게 해 준 농민들의 영웅. 광서는 머리를 한 대 맞은 듯 정신이 번쩍 들었다.

“저는 전쟁이 싫어요. 간호원이 되려는 것도 상흔을 치료하는 직업을 갖고 싶었을 거예요. 아버지가 만류했는데도….”

그때 광서가 할 말이 생겼다.

"그래요? 저도 아버지가 만류했지요. 군인보다 기술자가 되라고. 사람들에게 실용적인 이익을 주려면 기술자가 제일이다, 엔지니어가 되라고 했어요. 아버지는 조선군 군기창 책임자였는데, 여기 공업전문학교를 나왔어요. 저기 공원 입구 건너편 하쿠슈엔 주점 있지요? 거길 애용하셨다고 몇 번 말씀했지요. 이제는 제가 거길 가끔 가요. 아버지 생각이 나면…."

대화가 잠깐 끊겼다. 경옥은 먼 생각에 잠긴 듯했다.

"혹시 점심 전이세요? 하쿠슈엔에 같이 갈래요? 내가 살게요."

경옥은 조금 뜸을 들이다가 고개를 끄덕였다. 낯선 사람과 점심을 같이 해도 될는지 하는 경계심을 거둬들였다.

점심시간이 지나서인지 식당은 마침 한산했다. 둘은 창문 옆에 자리를 잡았다. 창밖에 기모노를 입은 여자들이 오종종한 걸음으로 분주하게 움직였다. 하오리와 하카마를 입은 사람들도 더러 보였다. 어디를 초대받아 가는 모양이었다. 그들의 떠들썩한 웃음과 대화는 창에 막혀 들리지 않았다. 무성영화를 보는 듯했다. 경옥이 입을 뗐다. 아까부터 뭔가를 감추고 있는 표정이었다.

"제가 장교님께 이런 말을 해도 될지 모르겠어요…. 오빠가 간도로 탈출했다고 아버지 편지에 적혀 있었어요. 어머니는 앓아누우셨다고."

"간도라, 독립투쟁 하러 갔군요. 용감한 사람이에요."

의외의 답에 경옥은 다소 기운을 냈다.

"장교님이 혹시 만주에 가시면 제 오빠는 살려 주세요. 이름은 장경호, 장경홉니다."

광서는 소리 내 웃었다. 경옥이 정색하고 말했다.

"오빠는 평양고보를 졸업하고 고향에 돌아와 학교를 세우려 자금을 모았어요. 대구에 있다던가, 어떤 비밀결사와 연결돼 활동하다가 헌병대의 눈에 띄었대요."

"그럴 리가요. 조선 사람이 조선인을 쏘겠어요?"

그렇게 답을 했지만 광서는 자신이 없었다. 만주에 파병되면 조선인을 쏴야 하는 모순의 순간이 닥쳐올 것이다. 방아쇠를 당길까? 자신이 서질 않았다.

"저는 도쿄에 주둔하는 기병연대니, 거길 갈 가능성은 거의 없어요."

그렇게 말하면서도 청도에 파병된 육사 후배 지석규를 떠올렸다.* 만주로 배치될 가능성이 없지는 않은데…. 광서는 말을 돌렸다.

"그래서 어떻게 하려고요?"

"간병할 사람이 없어서 돌아가야 할까를 고민하고 있어요. 소작인들도 보살펴야 하고."

"그래도 전문학교는 졸업해야 하지 않을까요?"

"다음 학기에 졸업인데…. 그때까지 사정을 좀 보려 해요."

경옥의 얼굴엔 수심이 가득 찼다. 음식은 접시에 그대로 남겨져 있었다. 늦은 오후에 이들은 전차를 타고 지바시市로 돌아왔다. 광서는 집 주소를 알려 주고 소식을 전해 달라 부탁했다. 이런 때엔 아무도 없는 것보다 그래도 의논할 상대가 있으면 좋다는 상투적인 말과 함께. 경옥은 지바시 중심가에서 전차를 내렸다. 멀어지는 그녀가 차창

•   지석규는 광서의 일본 육사 후배로 두 번 개명을 했다. 연해주 시절에는 지청천(池靑天), 광복군 시절에는 이청천(李靑天).

에 보였다. 쓸쓸한 뒷모습이었다.

가끔 그녀에게서 편지가 왔다. 광서는 연수 과정을 마치고 본대로 복귀를 서둘렀다. 혹시 이사 갈지 몰라 도쿄 본대의 주소를 적어 주었다. 1917년, 해가 바뀌었다. 어느 날 편지에 이렇게 씌어 있었다. 새해가 한참 지나고 봄이 오는 3월이었다.

― 장교님, 저 귀국하기로 결정했어요. 작년 가을은 행복했어요. 낯선 일본인만 욱실욱실한 도쿄에서 그나마 장교님이 계셔서 잘 버텼어요. 어마니가 돌아가시고 이저 홀루 남은 아바지를 제가 돌봐 드려야 해요. 만주로 파병되지 않기를 기도할게요. 언제 다시 뵐지는 모르지만, 꼭 뵙기를 하느님께 빌겠어요. 경흥은 하냥 춥겠죠?

방황 彷徨

전 세계를 광풍에 몰아넣었던 1차 대전은 점차 종전을 향해 치닫고 있었다. 독일의 패색이 짙어졌다. 일본의 공세로 독일은 남태평양 섬을 일본에 내줬고, 영국과 프랑스 동맹군도 유럽 전선에서 선전善戰을 거듭했다. 독일을 힘겹게 막아 냈던 러시아는 2월 혁명의 발발로 독일과 종전 협상에 들어갔다. 서부전선 러시아 군대는 황제의 전선 사수 명령을 버리고 이탈하기 시작했다. 볼셰비키가 일으킨 프롤레타리아 혁명군에 가세하기 위한 복귀였다.

굶주린 채 적군의 총탄을 맞아야 했던 노동자 농민군은 차르 정권에 대한 반감을 더욱 키웠고 군대 내부에 스며든 볼셰비키 당원들은 이런 반감을 부추겼다. 마침 볼셰비키가 독일과 휴전 협상을 예고하자 노동자 농민군이 전선에 남아 있어야 할 명분이 사라졌다. 유럽의 동부전선은 이렇게 소강상태에 이르고 서부전선은 영·불 연합군의 공격에 무너지고 있었다.

일본의 기세는 등등했다. 전투다운 전투를 해 보지도 않은 채 중국 내 독일 점령 지역을 손쉽게 얻었을 뿐만 아니라 러시아와 협상으로 랴오둥반도에 전진기지를 구축했다. 랴오둥반도에서 일본은 대륙 진출의 기회를 노렸다.

일본인의 전쟁 찬양은 절정에 달했다. 도쿄 시내에 전승戰勝 축하 깃발이 도처에 펄럭였고 대륙 진출을 독려하는 플래카드가 휘날렸다. 거칠 것이 없었다. 광서가 근무하는 도쿄기병연대는 시가행진에 자주 동원됐다. 진정한 제국의 반열에 올랐다는 국가적 자부심을 기병대만큼 자극하는 가두 행진은 없었다. 선두에 선 군악대가 행진곡과 일본 군가를 연주하고 거기에 발맞춰 백여 기에 달하는 기마병대가 삼열 종대로 행군하는 모습은 장관이었다. 그 뒤를 학생 연합대가 교복을 입은 채 따랐다. 소년들이 함성을 지르며 내달렸고 시민들은 일장기를 흔들어 댔다.

광서는 신명이 나지 않았다. 기병대를 지휘하면서 도쿄 시민의 열렬한 박수와 환성이 마음에 닿지 않았다. 명예심과 자부심보다는 회의가 밀려들었다. 나의 고국 조선은 식민통치에 신음하는데, 나는 식민 종주국 수도에서 그들을 기쁘게 하는 대열에 앞장서고 있는 꼴이었다. 화려한 장교복의 견장이 그렇게 무거울 수가 없었다. 어깨에서 허리춤으로 가로지른 휘장도 어릴 적 본 유랑 광대의 치장처럼 느껴졌다.

나는 광대인가? 어느 날 문득 예기치 않은 자문의 공격을 받았다. 식민통치로 가는 그 음모의 길에서 아버지와 형이 희생되지 않았는가. 누가 죽였는지, 누구의 지령인지 아직도 아리송하지만, 일본 통감부와 친일정권 사이에 비밀 거래가 있었을 터이다. 아버지와 형을 죽음으로 몰고 간 그들의 야욕을 멋지게 화장하는 분장사에 불과한 것인가. 침울한 얼굴로 돌아오는 광서를 대하는 아내 정화의 시선은 애처로웠다.

"요즘 당신 얼굴에 그늘이 졌어요. 무슨 일이 있으세요?"

"아니 별 건 아니고…. 부대 업무에 신이 나지 않아서."

"그 마음 이해해요. 여기서 그런대로 풍요하게 사는 게 저도 마음에 영 걸려요. 고국을 생각하면 밥이 잘 안 넘어가요, 요즘."

칭얼대는 둘째 딸 지혜를 안고 정화가 공감한다는 대꾸를 했다. 최근 장인이 까닭모를 신열에 몸져누웠다는 전갈을 받은 터였다. 신열로 갑작스레 죽은 경성 시내 사람들이 늘고 있다는 것도 덧붙였다.

"신문에 의하면 '만주감모'라고 해요. 엄청난 전염력을 가진 돌림병이라고 하던데 양약도 탕약도 소용이 없다고. 약수동 뒷산 시구문 밖에 돌림병으로 죽은 시체가 쌓였다고들 해요. 경성 장안 분위기가 뒤숭숭하대요."

"돌림병이라고 했나? 호열자가 아니고 만주감모?"

"만주에서 옮아왔대요. 유럽에서 러시아를 거쳐 왔다는 얘기를 들었어요."

"그러면 1차 대전의 여파겠군. 아무튼, 장인어른이 걱정이오. 워낙 쇠약하시니…."

우울한 마음을 달랠 겸, 주말에 조선유학생학우회에 나가 보았다. 사복으로 갈아입으니 한결 홀가분했다. 학우들은 다소 들뜬 표정이었다. 1차 대전이 끝나면 식민지 통치에 대한 국제 여론이 바뀔 것이라는 둥, 미군이 유럽에 배치한 대군을 아시아로 이끌고 오면 일본은 수세에 몰릴 것이라는 둥, 지금은 일본이 승전국에 끼어 있지만 미국과 결국 일전을 벌일 날이 올 것이라는 둥 설왕설래가 오고갔다. 도쿄대학과 게이오대학 등지에 흩어져 있는 장덕수, 신익희, 김도연, 최팔용, 조용은(조소앙), 송계백이 달변을 토했다. 조선은 어떻게 될 것인지가 학우들의 공통 관심사였지만 누구 하나 딱 부러지는 결론을 내놓지 못했다.

승승장구하는 일본이 과연 조선에서 순순히 물러갈 것인지는 불분명했다. 일선융화, 일선동체를 주장해 온 일본이 국제 여론에 밀려 조선을 독립시킬까? 청일전쟁과 러일전쟁에 수천 억 엔을 쏟아붓고 획득한 전리품인데 일본이 조선을 내놓을 리 만무했다. 학우들은 육군성의 내부 동향에는 무관심했다. 오직 동양평화론, 도덕과 예의론의 관점에서 일본이 마땅히 해야 할 선정善政의 선택에 집착했다. 성질 급한 송계백이 광서에게 물었다.

"1차 대전이 종전되면 독일은 결국 식민지를 내놔야 할 텐데 승전국도 그럴까, 일본 육군성이 어떻게 나올지 선배님은 짐작하고 있겠지요?"

"글쎄, 나도 들은 바가 미천하니 명확히 뭐라 답하기가 난망하네."

장덕수가 단도직입적으로 물었다.

"일본 정권이 민권 사상에 기울어 수상을 바꾼다는 소문이 돌던데요? 데라우치 수상이 물러나면 하라다카시原敬가 물려받는다지요. 그는 자유주의에 투철한 정치인이니 조선을 존중하지 않을까, 선배님은 어찌 생각하세요?"

"하라다카시가 계승해도 육군성의 기세를 꺾지는 못할 걸세. 최근에는 군 규모를 감축하는 조치를 취했는데 그건 재정 적자 때문에 그런 것이고, 아마 경제가 나아지면 원상 복귀하지 않을까. 내가 보기엔 랴오둥에 있는 관동도독부를 그냥 철수하지는 않을 것 같소. 대륙 진출의 희망을 절대 접지 않을 거요."

학우들의 얘기에는 희망과 절망이 교차했다. 광서의 마음엔 허전함과 답답함이 교차했다. 학우들은 아직 인생의 길을 선택하기 이전의 자유인이다. 광서는 이미 군문을 선택한 사람이고, 천황의 군대에 충성을 맹세한 신분이다. 조선에 파견된다면 조선인을 '충정한 신민'으로 만드는 전사戰士이자 일선동화를 앞장서 실천해야 할 몸이다. 광서는 자신이 서질 않았다. 이미 정해진 전사 역할을 반납하고 싶었다. 오히려 학우들과 섞여 자유롭게 토론하고 모색하는 의로운 객客이 되고 싶었다.

그게 가능하지 않음을 광서는 알고 있다. 돌아오는 전차에서 광서는 승객들을 꼼꼼히 살펴봤다. 조는 사람, 옆 친구와 얘기하는 사람, 웃는 사람, 창밖을 물끄러미 바라보는 사람들로 찻간은 붐볐다. 모두선한 표정이었다. 이웃 나라 사람들을 짓밟고 재물을 빼앗고 감옥에 가둘 반인륜적 처사를 스스럼없이 행할 사람들 같지는 않았다.

그런데 천황의 부름을 받아 전선에 나가면, 모두 가면을 둘러쓴 야수가 된다. 산둥에 파견되어 독일군과 싸웠던 지석규가 언젠가 집을 방문한 자리에서 토로한 적이 있다. 그렇게 선한 사람들이 전투에서는 잔인해지더라고. 그걸 이해할 수도 설명할 수도 없다고. 산둥반도 전투에 5만 명이 투입됐는데 아예 압살 작전이라고 했다. 고지를 점령한 일본인 병사가 총에 맞아 기어 나오는 독일군 병사를 그냥 쏴 죽였다. 소대장인 자신이 미처 말릴 겨를도 없었다. 그 일본 병사는 농민 출신이었는데 그런 잔인함이 어디서 나왔는지 어리둥절했다. 아마 사무라이들에게서 배운 것 아닐지 애써 이해하려고 했지만 허사였다.

"조선에서도 이런 짓을 하지 않을까 걱정이 됐어요."

"하기야 의병들을 소탕할 때 재판도 없이 현장에서 즉결 처분했으니까….”

광서는 십여 년 전 의병소탕 작전에서 일본군이 자행했던 잔악한 행위를 익히 들어서 알고 있었다. 국제 여론이 악화될까 쉬쉬했을 뿐 조선주차군은 비적 토벌의 정당성을 앞세워 공포 분위기를 조성했다. 포천, 철원, 춘천, 원주로 이어지는 의병봉기의 선을 조선주차군은 여지없이 끊어 냈다. 춘천과 원주 산악지대에 의병들은 일본군의 화기에 꼼짝 못 한 채 산등성이에 나뒹굴었다. 시체는 덤불 속에 버려졌다. 조선주차군에 발령받았다면 그런 일을 해내야 했다는 생각에 광서는 몸서리쳤다.

지석규의 마음에 짙어진 그늘 속에 뭔가 결단의 싹이 고개를 쳐들고 있다는 느낌을 받았다. 그러나 먼 얘기였다. 인생의 길을 바꾸는 게 그리 쉬운 일이 아님을 광서를 알고 있었다. 두 사람의 대화를 듣고 있던 아내의 얼굴에도 수심이 피어났다.

2년 전 학우회가 발행한 〈학지광〉에 현상윤의 글이 실렸었다. 현상윤은 광서보다 다섯 살 아래 후배로 평양대성학교와 와세다대학 철학과를 다닌 수재였다. 당대 문명의 격변 속에서 조선이 일어서려면 '무용적 정신'이 중요하다고 설파했다. 철학도가 무용武勇 정신을 제창하는 글을 읽고 광서는 부끄러움을 느꼈다. 일본의 무적 정신, 무사 정신이 일본을 세계 제국으로 끌어올린 힘인데, 조선은 고구려 시대의 의기를 잃어버리고 한낱 식민지로 전락했음을 개탄한 내용이었다.

— 내가 일본에 와서 깊이 놀란 것은 무적 정신의 왕성이니, 죽기를

경輕히 여기는 사람들에게 가적可敵할 자 누구이며, 사람 죽일 공부를 이렇게 면려하는 백성에게 소득이 어찌 없으리오.

지금도 기억나는 이 구절을 두고두고 곱씹었다. '가강지술可强之術의 중추인 무용 정신의 부활을 대성질호大聲疾呼한다!'고 현상윤은 글 말미에서 외쳤었다.

그런데 나는 누구를 위해 군문에서 분투하고 있는 것인가? 광서는 생각했다. 일본이었다. 그는 의심할 바 없이 일본군이었다. 육사 시절부터 임관, 육군학교 연수 시절에 이르기까지, 숨차게 달려오느라 접어 두었던 질문이 광서를 괴롭혔다.

가끔 이 정체성 질문이 머릿속을 점령하면 요코하마공원에 가기도 했다. 한참을 앉아 있거나 산책을 했다. 그 의문을 소슬바람에 날려 보냈을까, 아니면 고개를 들이밀고 나오는 의심의 창고를 닫아 버리려 했을까? 아마 후자였을 것이다. 창고 문을 굳게 닫으면 모든 풍경이 정상적으로 돌아온다. 그런데 문이 열리는 순간 광서의 주변은 알 수 없는 화염에 휩싸이거나 폭풍이 몰아쳤다.

하루는 〈마이니치신문〉에 난 기사가 광서를 당혹케 했다. 여느 날처럼 전차를 타고 평범하게 돌아온 저녁, 우체통에서 신문을 집어 들었다. 상해에서 조선인들이 〈대동단결선언〉이란 걸 발표했다는 기사였다. 대동단결선언? 광서는 급히 읽어 내려갔다. 조선독립운동의 구심점을 만들기 위해 임시정부를 수립하자고 했고, 이를 위한 민족대회 소집이 필요하다고 역설했다.

이 문건의 주역인 신규식은 아버지를 통해 들어 익히 알고 있었다.

대한제국 무관학교를 졸업하고 을사조약에 항거했다가 면직됐고, 후에 윤치성과 함께 황성광업주식회사를 운영했다. 사정이 여의치 않자 중국으로 건너가 독립운동에 투신한 그야말로 열혈 투사였다. 선언문의 내용은 실리지 않았다. 광서는 최린에게 편지를 써 그 내용을 보내 달라고 했다. 한 달 후, 발신인 '김영서'라는 이름으로 선언문이 도착했다. 놀라웠다. 경악스러웠다.

— 융희 황제가 삼보三寶를 포기한 8월 29일은 즉 오인吾人 동지가 삼보를 계승한 8월 29일이니 그간에 순간도 정식停息이 없음이라. 오인 동지는 완전한 상속자니 저 제권帝權 소멸의 때가 즉 민권 발생의 때요, 구한舊韓 최종의 일일은 즉 신한新韓 최초의 일일이니⋯ 한인 간의 주권 수수는 역사상 불문법의 국헌國憲이오, 비한인에게 주권 양여는 근본적 무효요. 고로 경술년 융희 황제의 주권 포기는 즉 우리 국민 동지에 대한 묵시적 선위禪位니 우리 동지는 당연히 삼보를 계승하여 통치할 특권이 있고 또 대통大統을 상속할 의무가 있도다.

광서는 아찔했다. 고종이 여전히 군주로 남아 있는 광서에게 제권은 끝났고 민권이 시작됐다는 선언은 광서의 가치관을 일시에 뒤집어 놓을 만큼 충격적이었다. 더욱이 신규식은 대한제국의 무관이 아니었던가. 민권 시대가 개막됐다! 그 민권은 우리 것이다, 따라서 일본에 양여한 것은 무효다! 신규식의 포효가 들렸다.

최린이 덧붙였다. 상해에서 일단의 지사들이 '신한청년단'이라는 조직을 만들고 있다, 독립운동 조직으로 아직 창립은 안 되었으나 익숙한 이름들이 보인다, 김규식, 정인보, 신채호는 익히 들어 아는 바였고, 일본 유학생으로 조용은, 장덕수가 참여하고 있다고 했다.

조용은은 황실유학생 동기이고, 장덕수는 유학생회에서 자주 만나던 사이였다. 지난달 만났던 이 친구들이 언제 상해로 넘어갔는지 그 신념이 놀랍고 부러웠다. 조용은이 기어이 일을 내는군.

그가 선언문 작성에도 깊이 관여했다고 최린은 적었다.

"용은이가 결국 일을 해낼 것 같으이….."

용은, 그러니까 조소앙이라면 논리가 정연하고 언술이 발군인 친구였다. 몸이 약해 보여 탈이었는데 그 내심은 광서의 무장보다 몇 배 강한 것임을 깨달았다. 광서는 육사에서 연마한 군력이 이때만큼 초라하게 느껴진 적이 없었다.

그런데 융희 황제는 우리의 군주가 더 이상 아니라는 각성은 광서의 마음을 심하게 흔들었다. 일본도 천황을 하늘처럼 모시지 않는가. 일본이 천황 국가인 것처럼, 조선도 황제께서 살아 계시는 한 어엿한 국가로 생각해온 터였다. 순종은 허수아비라 해도 태황제(고종)께서 여전히 살아 계시지 않은가. 국망國亡이라는 기사 논조와 지사들의 외침은 광서에게는 여전히 실감이 나지 않았다. 신규식은 그렇다 치더라도 친하게 지냈던 용은조차 국망을 신한新韓의 기점으로 삼아야 한다고 주장하고 있었다.

융희 황제의 제권은 막을 내리고 민권이 시작됐다? 대체 민권이란 무엇인가? 황제가 내려 준 것이 아닌가? 대대로 무관 집안인 광서에게는 태황제가 곧 하늘이었고, 지금은 비록 일본군이 될 수밖에 없지만 황제에게 일생을 바쳐야 한다는 생각에는 변함이 없었다. 황실의 은덕을 입어 유학 왔고 결국 군인이 되었다. 아버지는 군기창감, 형은 황실 친위대였으니 무관은 황제를 보필하고 목숨으로 사수해야 한다. 그것이 곧 국가를 위한 길임을 광서는 한 번도 의심치 않았다.

그런데 선언문은 제권의 종언, 민권의 개막을 선언하고 있었다. 무관은 민권에 어떻게 헌신해야 하는가? 광서는 생애 최초로 떠오른 낯선 이 질문에 답을 내리지 못했다. 백성을, 인민을 보호해야 한다는 것은 본능적으로 수긍하지만 황제가 없는 상황이라면 다 무용지물이라는 굳은 관념을 오랫동안 간직했던 광서는 길을 잃었다. 기실 아버지와 형을 죽음으로 몰아간 대한제국에 일말의 회의가 들기는 했었다. 그럼에도 군주가 있어야 부모 형제도 존재하는 것 아니던가?

삼보三寶란 국가, 토지 그리고 인민일 터인데, 경술년 한일합방 이후로 삼보가 국민에게 이양되었다는 논리를 어떻게 이해할 수 있을까. 우리 동지들의 것, 이라고 선언문은 단언하는데 그렇다면 우리 동지란 누구를 지칭하는가? 신한청년단 같은 조직인가? 그 조직이 만들어지더라도 일부 인사들의 것이지, 인민의 것이 아니잖은가.

그즈음 광서는 술이 늘었다. 답이 모호한 질문은 끝없이 맴돌았고, 일본제국의 장교 신분을 합리화해 줄 만한 그 어떠한 논리도 찾을 수 없었다. 도쿄기병대의 사기가 충천할수록, 만주를 점령하라는 도쿄시민들의 요구가 하늘을 찌를수록, 천황 찬양가가 거리에 울려 퍼질수록 광서의 술은 늘었다. 아내가 가끔 말렸다.

"여보, 술이 건강을 망쳐요."

"그렇겠지. 헌데 술이 쓸데없는 망상을 막아주는 걸 어찌하오. 술이야말로 내 평생의 신념을 지켜 주는 친구요."

"친정아버지도 젊은 시절 과음해서 몸이 망가졌어요. 갑신정변 때 군주를 몰아내려던 김옥균 일당을 역적이라 했죠. 일본으로 도망간 김옥균을 잡아 죽여야 한다고 전국 유림에 방을 돌렸는데, 유림들 반응이 미적지근해 더 화가 나셨어요. 술로 세월을 보내다가 그만 탈이 나셨지요."

"윤웅렬 대감이 친일파로 몰려 유배 간 것도 그때잖소? 우리 부친이 윤 대감을 모신다고 같이 유배 생활을 했는데, 사실 그분들은 친청파의 오해를 산 거였소. 그런데 지금은 세월이 달라져 군주제 자체를 폐해야 한다는 주장이 날로 번성하는 중이오. 나 같은 군주론자는 어디로 가야 하오?"

답이 궁색한 아내에게 할 말은 아니었다.

1917년 늦은 가을이었다. 오사카 보병연대에 근무하는 지석규가 찾아왔다. 출장 중 들렀다고 했다. 광서는 모종의 출구를 찾은 듯 반갑게 맞았다.

"선배님, 요즘 미국 윌슨 대통령의 민족자결주의가 입에 오르내리고 있어요. 들으셨죠?"

"듣긴 했네만, 그게 그렇게 큰 파장이 있을 거라고는 생각지 않았네."

"저는 한동안 민족자결주의라는 말에 마음이 들떠 있었는걸요. 원칙대로라면, 조선독립은 곧 이뤄지는 게 분명해 보이니까요."

"글쎄…. 그렇게 쉬울까?"

"생각해 보세요. 윌슨 대통령이 아직은 구체적 내용을 내놓지는 않았지만 올해 초 '승리 없는 평화' 연설이 기사에 났잖아요. 1차 대전을 종결하기 위한 구상이라고 봐요. 아무튼 윌슨은 식민 통치는 식민지인의 동의에 의한 통치여야 한다고 얘기했어요. 그게 뭘까요? 제국은 식민지의 동의를 받아야 하고, 제국 통치는 식민지인이 원하는 바를 십분 반영해야 한다는 것이죠."

"그건 고무적인 일인데, 만약 제국이 식민지인의 기대를 저버리면 어떻게 되지?"

"그게 문제지요. 국제군이 있는 것도 아니고 국제적 조약을 헌신짝처럼 버리는 나라에 대해서는 처벌할 수도 없으니…. 그래도 이런 인도주의적 원칙은 없는 것보다야 백배 낫지 않겠어요?"

"그렇지, 속이 시원하지는 않으나, 축하주라도 한잔할 만한 진전이기는 하네."

"요즘 선배님 주량이 늘었다더니만…. 형수님이 그러시더군요. 걱정이 이만저만이 아니라고."

"하하, 미안하이. 내가 신세타령이나 하고 있을 줄 나도 몰랐네."

"요즘 일본도 미국을 비롯해 국제 여론 동향에 신경을 쓰고 있어요. 영국과 프랑스가 남태평양과 중국으로 진출하려는 일본의 본심을 파악하고 견제에 들어갔고, 미국도 일본과 막후 협상을 하고 있대요. 아시아와 태평양으로 더 팽창하지 말라는 뜻이겠지요."

"일본의 욕심이 어디까지일지 모르겠네. 그나저나 우리는 일본군이니 육군성의 결단에 따라야 할 운명 아닌가?"

광서의 목소리에 조소가 섞였다. 예전에 목소리에서조차 빛이 났던 자부심은 간데없고 자조自嘲가 얼굴과 음성에 스며들었다. 원대 복귀를 서두르는 지석규가 그걸 놓치지 않았다.

"도쿄역으로 가야 해요. 오늘 밤까지는 원대 복귀를 해야 하거든요. 선배님, 기운을 좀 내셔야겠습니다."

지석규는 경례를 올려붙이고 저녁 길을 나섰다.

도쿄의 겨울은 음산했다. 찬비가 내렸다. 광서는 아픈 배를 움켜쥐었다. 요즘 자주 통증이 일어났다. 근무 도중이나 저녁을 마친 다음 통증은 시도 때도 없이 광서를 괴롭혔다. 정신적 고통이 육체에 옮아 붙었다. 술 때문일 것이다. 약간의 취기 속에서 경옥의 목소리가 가끔 생각났다.

'경흥은 하냥 춥겠죠?'

눈이 산천을 덮었을 것이다. 어릴 적 가 본 겨울 두만강이 눈에 어른거렸다. 강물은 얼었고, 둔덕 너머로 연주 대평원이 펼쳐져 있었다.

아버지는 거기가 로서아 땅이라 했다. 로서아. 어린 광서는 입술을 모아 '로서아'를 발음했다. 어딘가 이국적인 풍취가 느껴졌다. 그 이국적 기억 속에서 경옥의 얼굴이, 벤치에 앉은 고즈넉한 모습이 떠오른 건 순전히 취기 탓이었다.

광서는 그 추위가 그리웠다. 얼어붙은 두만강의 초라한 풍경이 그리웠다. 일본군도 없고 혼잡한 국제 정세도 없으며 단지 겨울바람에 납작 엎드린 초췌한 풍경이 사무치게 그리운 것은 자신도 모를 일이었다.

겨울이 지나자 국제 정세는 급격하게 바뀌었다. 미국의 윌슨 대통령이 과연 평화원칙 14개 조항을 발표해서 세계가 들끓었다. 〈마이니치신문〉이 14개 조항과 그 의미를 대서특필했다. 이번 연설에서 윌슨 대통령이 처음으로 '민족자결'이라는 용어를 썼고, '모든 명확한 민족적 염원은 최대한 충족되어야 한다'고 천명했다는 것이다. 또한 1차 대전의 원만한 처리를 위해 파리강화회의를 개최할 것을 제안했다고 보도했다.

거기에 해설 기사가 달렸는데, 10월 혁명으로 정권을 장악한 러시아의 볼셰비키가 식민 지배를 받는 모든 민족에게 자결권을 줘야 한다고 주장한 것에 대한 미국의 응답이라고 덧붙였다. 광서는 14개 조항 중 5항을 연거푸 읽었다.

— 모든 식민지 법의 개정改正은 그 식민지 백성이 원하는 대로 처결할 일.

광서는 눈이 번쩍 뜨였다. 식민 통치는 식민지인이 원하는 바대로 따라야 한다는 것은 대체 무엇을 의미하는가. 이대로 시행된다면 광서는 자신이 천황의 군대라는 자조를 버려도 된다. 조선인이 원하는 바를 시행하는 전사라면 자발적으로 나서도 된다는 뜻이었다. 오랜만에 출구가 보이는 것 같았다. 광서는 기지개를 켰다. 경옥의 말대로 러시아 장군 쿠투조프가 되지 않아도 무관의 꿈을 간직할 수 있다는 뜻이다.

과연 여름에 접어들자, 도쿄 유학생들의 움직임이 활발해졌다. 장덕수, 조동호, 조용은은 상해를 들락거렸다. 여운형이라는 인물이 상해에서 신한청년당을 결성하여 독립 청원서를 준비한다는 은밀한 소문이 돌았다. 미국 대통령에게 보낼지, 파리강화회의로 보낼지는 아직 결정하지 않았지만 특사를 파견할 것임은 분명하다고 했다. 유학생학우회는 국제정세 파악에 분주했다. 윌슨 대통령이 과연 조선독립을 지원할 것인지 그 여부를 판단하기 위한 토론 모임이 자주 열렸다.

독일의 패전이 분명해지자, 학우회는 식민지 국가의 운명이 어떻게 될지에 관심을 쏟았고 희망과 기대에 부풀어 있었다. 볼셰비키 러시아도 식민지 해방을 부르짖는 이 마당에 독일도 식민지에서 퇴각해야 한다고 소리 높이 외쳤다. 거기에는 일본에 대한 규탄이 서려 있었다. 모임에는 일본 비밀경찰이 자주 목격되었지만 학생들은 아랑곳하지 않았다. 기왕에 국제 정세가 식민지인에게 유리하게 전개되는 바에야 경찰인들 무슨 걸림돌이 되랴 싶었다.

일본제국은 무대응과 침묵으로 일관했다. 오히려 육군성은 윌슨 대통령의 민족자결주의가 국가를 여러 인종으로 나누라는 뜻이 아니라 동종동족의 민民을 규합하여 대집단을 만들라는 취지라고 반박했다. 광서는 육군성의 이러한 논리에 새삼 놀랐고 절망했다. 아니 어찌 보면 당연한 반응이었다. 〈마이니치신문〉은 육군성의 기본노선을 이렇게 요약했다.

— 민족자결주의를 일본에 적용한다면 대만, 조선, 일본의 유대를 굳건히 만들어 외부로부터의 침략을 막아 내는 것이다.

광서는 앞이 캄캄했다. 제국군대의 대응이 무서웠다. 국제 여론을 아랑곳 않는 논리가 무서웠다. 일본의 행보는 거침없었다. 모스크바 정권이 독일과 단독 휴전을 맺자, 볼셰비키 혁명을 저지하기 위해 일본은 시베리아 파병을 결정했다. 미·영·프·일 동맹국이 5만 명에 달하는 체코군 구출을 명분으로 내린 결의였지만, 사실은 볼셰비키 정권에 대항하는 반혁명세력을 지원하려는 숨은 의도가 있었다. 일본 육군성은 기다렸다는 듯, 시베리아에 2만 8천 병력을 급파했다. 지석규의 육사 동기인 이응준 소위가 파병 대열에 끼었다.

더위가 물러갈 즈음, 육군성은 곧 증파를 단행한다고 도쿄기병연대에 은밀히 알려 왔다. 상상했던 우려가 현실이 되는 순간이었다. 시베리아 파병, 광서도 결국 그 대열에 낄 것이었다. 십만여 명 조선인 이주민이 거주하는 곳, 일본군을 괴롭히는 독립군 기지가 산재한 연해주에 조선인 장교를 보낼 것이 분명해 보였다.

이 사태만은 피해야 했다. 내 손으로 조선독립군 전사들을 죽이는 일만은 피해야 했다. 그들을 도와주지는 못해도 생명을 끊어 내는 극악무도한 행위는 도저히 행할 수 없었다. 아버지와 형이 분명 하늘에서 지켜볼 것이었다. 경옥이 한 말이 귀에 맴돌았다.

"우리 오빠, 장경호. 경호 오빠를 쏘지는 않겠죠."

그 사태가 현실이 되어 목을 졸라 왔다.

군복을 벗어야 하나? 군문을 벗어나 어디로 가서 살 수 있을까? 경성 사직동에 집은 있지만 젊음, 군문에서 닦은 기량을 그대로 묵힐 수는 없었다.

아내 정화는 말이 없었다. 아기 티를 갓 벗은 두 딸이 정화 주변을 천진난만하게 맴돌았다. 초가을로 접어드는 저녁에 광서는 아내에게 말했다.

"아무래도 당신은 애들과 경성으로 귀국해야겠소. 국제 정세가 혼란하니 내가 파병될지 몰라 그래요. 이응준 소위는 시베리아로 보내졌고, 곧 증원이 있을 거라 참모부가 귀띔했소. 나에게 특별히 일러준 걸 보면 준비하라는 뜻이겠지."

"그럼, 당신은 어떻게 하시려고요?"

"일단은 병가病暇를 낼 생각이오. 그동안 휴가 한 번 못 갔으니 병가를 허락하겠지. 위장이 탈이 나서 쉬긴 쉬어야겠소. 날 걱정하지 말고 귀국을 서둘러 주시오."

1차 대전이 드디어 끝났다. 전쟁의 포화가 완전히 멈춘 것이다. 유학생학우회가 바쁘게 움직였다. 이참에 조선의 독립 의지와 정당성을 만천하에 고하려는 결의로 가득 차 있었다. 광서는 사복 차림으로 학우회에 자주 참석했다. 일본 비밀경찰의 감시 눈초리가 광서에게 쏠리곤 했지만 기왕 병가를 결심한 마당에 초연하기로 마음을 먹었다. 마음이 한결 가벼워졌다.

유학생들은 이승만이 윌슨 대통령에게 독립 청원서를 제출했다는 사실에 들떠 있었다. 조만간 조선독립이 현실이 된다는 기대에 한껏 부풀었다. 게이오대학 강당에서 학우회 웅변대회가 열렸는데 민족자결, 실력양성, 민족적 염원 같은 말들이 엇갈리고 뒤섞였다. 실력이야말로 민족자결의 전제조건이라는 주장에는 모두 고개가 숙연해지더니, 윌슨의 원칙은 강국과 약소국의 차이를 인정하지 않는 '권리 평등'에 해당한다는 주장에는 박수갈채와 환호성이 터져 나왔다.

학우들의 논리에는 제각각 옳고 그름이 있었으나, 조선독립이 곧 이루어진다는 기대와 희망은 한결같았다. 웅변대회를 끝낸 학우들은 술집으로 우르르 몰려갔다. 광서는 홀로 강당을 빠져나와 내리막길을 걸었다. 마음은 씁쓸했다.

며칠 전 최린이 보내 준 안창호의 담화문이 내내 걸렸다. 안창호가 흥사단원들에게 경거망동하지 말라고 발표한 것이었다. 이승만처럼 독립 청원서를 윌슨 대통령에게 건네준들, 아무런 소용이 없다는 질책과 함께 일본이 그리 쉽게 조선을 내놓지 않을 것임을 단언했다.

— 일본이 자기 나라의 운명이 끊어지기 전에는 조선을 결코 내놓지 않을 것인데 미국에 교섭해서 무슨 득이 있겠는가.

냉혹한 진단이었다. 그 대신 정신상 독립과 생활상 독립을 먼저 꾀하자며, 정신무장을 촉구했다. 안창호는 대동단결이 우선되어야 함을 역설했는데, 그것이 어떻게 가능할까. 광서는 내내 대동단결을 생각하고 있었다. 그 방법은, 대상은, 이념은? 생각은 꼬리에 꼬리를 물었다.

그렇게 해가 바뀌었다. 아내가 두 딸을 데리고 귀국한 지 두어 달째, 광서는 홀로 새해를 맞았다. 1919년 1월이 되자 유학생학우회가 모종의 청년단을 결성한다는 소식을 전해 왔다. 데라우치가 실각하고 하라 다카시가 수상에 취임한 때라 약간의 자유로운 분위기가 정국에 생겨났다.

광서는 이른 저녁을 먹고 와세다대학으로 향했다. 골목마다 여기저기 유학생들이 모여드는 모습이 보였다. 더러는 면식이 있었고 처음 보는 학생들이 대부분이었다. 여학생들이 끼어 있다는 것이 놀라웠다. 와세다대 작은 강의실에 유학생들이 꽉 들어찼다. 2백여 명은 족히 넘어 보였다. 광서는 그 모임에서 《무정無情》의 작가 이광수를 처음 만났다. 작년쯤인가 그 소설을 아내가 권했지만 아직 읽지는 못했다. 신여성답게 정화는 《무정》에 심취해 있었다. 신소설에 진력이 난 뒤라, 더욱 신선하고 충격적이었다고 아내가 만면에 미소를 띠며 말했다.

"신소설처럼 귀곡성鬼哭聲이나 무녀巫女의 칼춤 같은 것이 안 나와 좋아요. 왜 옛날얘기에 자주 등장하는 소재들 있잖아요, 처첩, 노비 음모, 도깨비불, 관리 토색질 같은 거, 그런 게 전혀 없어요."

"그럼 자유연애 같은 것?"

"그렇죠, 주인공 형식이 경성 학생인 선영을 사랑하는 얘기인데, 고향 처녀 영채와 심적 갈등을 겪어요. 진정한 사랑이 무엇인가를 묻고 있지요."

"그런데 왜 무정이오?"

"영채가 십 년 만에 고향에서 찾아왔는데 형식의 마음은 이미 선영에게 가 있거든요. 하숙집 노파가 형식을 탓하듯 말해요. 어찌 그리 무정하게 구오? 그래서 무정이죠."

광서는 〈매일신보〉에 연재된 그 소설이 구태에서 벗어나려 애쓰던 조선의 공립학교와 민립학교 학생들을 열광시켰음은 알고 있었다. 이광수는 당시 청년들에게 신문명 보급과 계몽에 앞장선 선각자로 비쳤다. 도쿄의 화려한 문명에 충격을 받아, 구습과 미몽에서 벗어난 사회 개량이 필요하다는 글을 자주 접했던 터였다.

광서와 두 살 터울인 이광수는 벌써 연해주와 이르쿠츠크, 상해를 두루 견문해서 국제 정세를 환히 꿰뚫고 있었다. 유학생 모임에서 그는 단연 주인공이었다. 그가 전하는 최근 상해 소식에 학우들은 반갑고 희열에 찬 표정으로 그를 둘러쌌다.

"신한청년당이 드디어 출범했소. 여운형 선생이 주동이 됐고, 김규식, 신채호 선생을 비롯해 장덕수, 조동호, 선우혁, 조용은이도 있소."

이광수는 호흡을 가다듬고 말을 이었다.

"파리강화회의에 제출할 독립 청원서를 작성했고, 김규식 선생이 한 달 전에 파리로 출발했소. 그 사본이 여기 있소이다. 연해주와 북간도에서도 독립 선언서를 작성하고 있다는 소식이오. 바야흐로 독립 분위기가 무르익었소. 한량없이 기쁘고 가슴이 뛰오. 내가 연해주와 이르쿠츠크, 상해를 둘러보니, 우리가 여기서 이러고 있는 것과는 비교도 안 됩디다. 그들, 독립전사라 할까, 젊은 청년들은 물론 의병을 하다 망명한 사람들, 구식 군대 무관들, 뜻있는 지사들이 한데 뭉쳐 학교도 세우고 자금도 모으고, 무기도 구입해서 싸우고 있습니다. 입만 나불대는 나 같은 식자는 부끄러워 죽는 줄 알았소."

좌중이 숙연해졌다.

"지금 상해에서는 임시정부 수립을 논의하는 중이오."

이광수가 침묵을 깨고 충격적인 소식을 꺼냈다. 환호성이 터져 나왔다. 눈물을 글썽이는 학우들도 보였다. 독립이 온다, 드디어 독립이! 학우들은 급기야 서로 껴안고 울부짖었다. 누군가 감정이 격해서 '조선독립 만세!'를 외쳤다. 그러자 송계백이 벌떡 일어나 주의를 줬다.

"제군들의 심정을 압니다. 나도 그렇습니다. 하지만 주의하십시다. 제국 일본이, 비밀경찰이 지켜보고 있습니다."

와세다대 정치학과에 재학 중인 최팔용이 일어났다.

"이럴 때일수록 신중해야 합니다. 상해와 연해주에서 독립 단체들이 성명서를 발표하는 이 와중에 소위 식자라고 자부하는 우리들이 이러고 있어야 되겠소? 파리강화회의가 시작돼 강대국들이 식민지 처리 문제를 논의하고 있다고 합디다. 광수 군의 말을 들으니 여기서 어떤 메시지라도 만들어 세계만방에 내보내야 한다는 사명감이 앞섭니다. 제국 중심부에서 발신하는 식민지 청년들의 메시지는 더욱 감동적이고 설득력이 있을 겁니다. 도쿄발 조선 청년의 메시지! 자, 어떻습니까?"

함성이 일어났다. 너무 감격해 발을 구르는 학생들도 있었다. 이쯤해서 자리를 떠야 했다. 광서는 밀집한 청년들을 헤치고 강의실 밖으로 나왔다. 아우성이 아직 진동했다. 복도가 꺾어지는 곳에 두어 사람이 서성이고 있었다. 단정한 차림의 건장한 인상으로 봐서 비밀경찰일 것이다.

국제 정세가 어떻게 돌아가는지 대강은 짐작이 됐다. 독립 청원서를 국제기구에 제출하는 것, 해외에 단체를 결성해 독립운동의 전진 기지로 삼는 것, 그것이었다. 그렇다면 일본은 어떻게 나올까? 복도 끝에 서성거리는 비밀요원의 존재는 일본제국의 더듬이다. 탐지 정보를 종합해 전략이 만들어질 터. 미래를 안심할 수는 없다.

광서는 안창호의 신중론을 떠올렸다. 이승만과 안창호. 둘 중 어느 노선이 현실에 부합할지 가늠하기 어려웠다. 사실 어떤 노선이든 시작하는 것이 더 중요하다는 생각에 미쳤다. 대동단결이란 일시에 이뤄지는 것이 아닐진대 갈등과 분열, 노선 투쟁에 의한 이합집산을 거칠 것이다.

그렇다면 오늘 내가 본 것은 시작이다. 시작에 불과하다. 학우들이 내지른 감격의 함성은 조선독립이 이뤄진 상태를 축원하는 것이지만, 그것은 상상 속 현실이다. 거기까지는 아득하고 먼 거리였다. 아득하고 먼 길이 시작되는 이 시점에서 나, 일본군 장교는 어떻게 해야 하는가. 어둑한 도쿄의 거리에서 위장 통증이 재발했다.

1월 22일, 〈요미우리신문〉에 한 기사가 대문짝만하게 났다.

— 대한제국 태황제 고종 붕어崩御!

아침 출근길에 펴든 신문을 읽다가 광서는 손이 벌벌 떨렸다. 전차 승객들은 무표정했다. 기사를 보고 그리 대수롭지 않다는 말투였다.

"이젠 조선도 군주가 없어졌군. 천황 폐하께 오면 되겠구먼!"

"아직 태황제라는 인물이 살아 있었어? 황제는 무슨, 일개 왕일 뿐이지. 서거라니, 그냥 죽은 것을. 천황 품에 안기면 더 행복할 거 아닌가?"

고종의 서거가 도쿄 시민들에겐 일개 가십 정도였다. 진땀이 났다. 그날 기병대 사무실에서 넋이 나간 채 앉아 있는 광서를 보고 야마모토 대대장이 질책했다.

"천황 군대의 장교가 그리 혼이 나가야 쓰나, 조선 군주가 사라졌으니 이제 간단해졌어. 천황께 영원한 충성을 다시 맹세하게나. 자네, 가끔 조선을 생각하는 듯한 표정을 짓곤 했는데 이제 심정이 간단해진 것을 축하하네. 자, 일어나서 자네 애마를 타고 연병장을 한 바퀴 돌면 기분이 훨씬 나아질 거야."

대대장 권고대로 연병장을 한 바퀴 돌았다. 그날따라 애마 돌풍突風

도 기운이 부쳤는지 여간해서 달리려 하지 않았다. 광서는 돌풍이 걷는 대로 두었다. 연병장 한 모퉁이에 이르자 돌풍이 섰다. 푸르르르 하고 소리를 냈다. 우는 것일까. 광서의 눈에 눈물이 맺혔다. 군주가 죽었다! 이젠 군주가 없는 나라가 됐다. 친위대 부령인 형이나 군기창 감 아버지 모두 그 존재 이유는 군주였다. 군주는 곧 나라였고, 군주 보필은 나라 보위와 다르다는 생각은 한 번도 하지 않았다. 군주의 손에 죽는다 해도 운명이려니 받아들였을 것이다. 아버지와 형의 죽음을 그렇게 덮어 두고 있었다. 그것을 부정하면 광서 자신의 존재도 부정해야 하는 사태에 직면할 것임을 어렴풋이 예감했다.

그런데 이런 사태가 올 것이라고는 예상하지도 않았다. 군주가 죽으면 왕세자가 계승하면 되지만, 이토의 손에 쥐여 있는 순종은 군주로 여겨지지 않았다. 어리고 어리석었다. 할 수 있는 일이 없었다. 이토의 지시를 앵무새처럼 읽는 대리인에 불과했다. 게다가 순종은 지금 도쿄에 거주하고 있지 않은가? 몇 년 전 조선에서 중추원 시찰단이 왔을 때 순종을 알현한 적이 있었다. 체구가 작은 순종이 내민 손은 여리고 애처로웠다.

고종이 살아 있는 한, 어엿한 군주국이라고 자신을 달랬다. 모순이었지만 그 모순을 붙들고 여태까지 버텼다. 그런데 그 모순의 주인공이 사라진 것이다. 광서는 자신의 존재가 소멸한 듯한 허무감을 느꼈다. 돌풍은 고개를 주억거릴 뿐 나아가지 않았다.

숙소에서 광서는 흰옷을 구해 갈아입었다. 장례 옷이 없어 당번 사병에게 부탁했다. 사병은 상관의 뜻을 금세 알아차리고 흰옷 상하의를 구해 왔다. 광서는 북쪽을 향해 꿇어앉았다. 곡례哭禮를 올려야 했지만 숙소 장교들이 있는 마당에 그럴 수는 없었다. 광서는 속울음을 울었다. 통곡 대신 눈물이 쏟아졌다. 아버지와 형의 죽음이 가세했고, 아버지 잃은 조선이 속울음을 부추겼다. 천황 군대의 장교라는 모순에 마음이 닿자 급기야 꺽꺽 소리가 났다. 모순의 감옥에 갇혀 꼼짝달싹 못 하는 신세가 서러웠다.

며칠 후 지석규에게서 전갈이 왔다.
— 사태가 심상치 않아요. 휴가를 내고 경성에 가 보려고 해요.

광서도 그날 참모부로부터 병가 허가서를 받았다.
— 사유: 위장병 치료. 기간: 5개월. 1919년 2월 1일~6월 30일. 귀대: 1919년 7월 1일 자정. 도쿄기병연대 참모부장 중좌 이시이 시로石井四郎.

2월 1일, 광서는 시모노세키로 가서 쓰시마마루를 탔다. 언제 다시 돌아올지 모를 여정이었다. 시모노세키항 뒤로 작은 산들이 솟아 있었다. 광서는 그 풍경을 가슴에 새겼다.

운명의 문

경성은 낯설었다. 8년 만에 돌아온 광서에게 익숙한 것은 오직 인왕산과 사직동 가옥이었다. 주변 동네는 허물어지고 일본식 건물이 들어섰다. 정겹던 골목길이 사라졌다. 전봇대가 섰고 가스등이 달렸다. 아내가 단장을 하고 맞았다. 셋째 딸 지란이 어미 품에 안긴 채 칭얼거렸다. 선돌 애비와 북청댁이 일손을 멈추고 뛰쳐나왔다. 인왕산에 석양이 걸렸다. 붉은 노을이 어스름한 어둠 속으로 사라지자 별들이 반짝이기 시작했다.

그제야 광서는 마음이 놓였다. 익숙한 분위기가 집안을 둘러쌌다. 광서는 별채에 마련된 아버지와 어머니, 형의 위패位牌에 예를 올렸다.

'돌아왔습니다. 완전히 돌아왔는지, 아니면 다시 돌아갈는지는 모르겠습니다. 부디 길을 가르쳐 주십시오.'

위패 앞에 앉은 광서의 마음은 오랜만에 아늑했다. 황야를 헤매다 아비 어미 품으로 돌아온 새끼 늑대였다. 방황의 기억을 잠시 잊었다.

온 나라와 인민이 방황하고 있는데 나 하나쯤 그 난류亂流에 몸을 실은들 어떠랴 싶었다.

'태황제도 서거하셨습니다.'

아버지의 위패가 움찔하는 것 같았다.

117

'그러냐? 나라의 슬픔이구나, 경운궁 앞에 나가 곡례를 올려야지.'

그런 목소리가 들리는 듯했다.

'곡례를 올린들 무슨 소용이 있겠습니까? 순종은 군주 역할을 못하고 일본 별궁에 연금 상태로 있습니다. 지아비 잃은 인민이 어디 따로 있겠습니까? 이젠 새로 옹립하지도 못해, 나라는 돛을 잃은 조각배와 같습니다. 뱃사공도 없는데 저도 거기에 몸 실은 한낱 인민에 불과합니다. 세류에 묻혀 사는 게 마음 편할 것 같습니다.'

그러자 아버지의 호된 질책이 들렸다.

'이놈아, 그러려고 일본 유학을 했느냐? 일본에서 배워 뭣에 써먹으려 했느냐? 시류에 편승한다고? 이 못난 놈!'

그러자 어머니가 마음이 아팠는지 옷고름을 고치며 아버지를 뜯어말리는 듯했다. 형의 목소리가 들렸다.

'아버님, 그냥 두십시오. 사람은 제 운명이 있으니까요. 저를 보세요. 이렇게 할 일도 못하고 죽었으니까요.'

아버지가 목이 메어 겨우 말했다.

'그건… 그건…. 나도 그렇구나.'

방을 나와 정화와 마주앉았다. 오랜만에 찻상을 두고 앉은 시간이었다. 새들이 지저귀는 소리가 정겨웠다. 겨울의 마지막 추위를 피해 산에서 인가로 날아든 새 떼였다.

"도쿄엔 까마귀뿐이더니 여긴 새소리가 정겹구려."

"혼자 고생이 심했지요? 여기는 이제 안정이 됐어요. 딸들도 잘 자라고 있고요. 가끔 아빠를 찾곤 했는데 곧 오실 거라고 달랬지요. 첫째 딸 지리는 벌써 다섯 살이고 지혜는 세 살이 됐어요. 지금 재웠어요."

"당신 홀로 고생이 심했구려. 다섯 달쯤 병가를 얻었으니 우리끼리 오순도순 잘 지내봅시다."

정화의 얼굴에 화색이 돌았다.

"마포 아버님이 위독하세요. 제가 간병한다고 했는데, 워낙 일손이 모자라서요. 명을 다하신 듯해요."

"가 뵙시다. 급한 일을 마치는 대로."

이튿날 광서는 집을 나섰다. 조선군사령부에 병가 보고를 하러 가는 길이었다. 인력거를 탄 광서의 눈에 경성 거리가 활동사진처럼 스쳐 지나갔다. 행인들은 바삐 움직였으나 어딘지 기운을 잃은 듯 보였다. 장안이 조용했다. 남대문을 지나 용산 방향으로 내달리는 인력거꾼의 거친 숨소리만 들릴 뿐이었다.

사령부 앞 헌병들이 차렷 자세로 거수경례를 했다. 군기가 바짝 들어 있었다. 우쓰노미아 다로宇都宮太郎 사령관이 광서를 반갑게 맞았다. 단호한 인상에 노련한 경력이 얼굴에 뱄다.

"우리의 자랑스러운 기병 장교가 경성에 나타났군, 환영하네!"

"어제 도착했습니다. 경성 거리가 많이 달라졌더군요. 집을 못 찾을 뻔했습니다."

광서는 조금 과장된 어투로 우쓰노미아 사령관의 환대에 응답했다. 비서가 다과를 갖고 들어왔다.

"김 중위, 대일본제국은 어떤가? 도쿄 신민들은 욱일승천하는 기분으로 살고 있겠지?"

"여부가 있겠습니까? 육군성에서 새로 관동군사령부를 뤼순에 설치하고 병력을 증강했지요. 만주와 시베리아 쪽으로 진군할 채비를 마쳤습니다."

"그래, 축하할 일이지. 지나支那와 만주는 곧 우리 것이 될 게야. 시베리아도 물론이고. 거기에 포병이 부족해서 나의 소중한 참모도 파병하기로 했네. 아베 대위 말이야."

"아베 미노? 아베가 여기에 와 있습니까?"

"참모본부에 내가 차출했지, 내가 부임할 때. 그 친구, 자네 육사 동기라지?"

"그렇습니다. 단짝이었습니다."

우쓰노미아 사령관은 최근 조선의 정세를 잠시 이야기하고 동태를 잘 살펴 달라 부탁했다. 경례 후 집무실을 나오는 광서를 아베가 맞았다.

"김 중위, 잘 돌아왔어. 귀국 축하하네!"

둘은 얼싸안았다. 광서는 아베의 손에 이끌려 그의 자리로 가 앉았다.

"자네, 위궤양이 심하다며. 친구의 동향은 내 다 알고 있지."

"소식 하나 빠르군. 난 자네가 여기 온 줄 몰랐어. 기병 근무에 빠져 있었지. 왜 연락이라도 하지 그랬나?"

"놀래킬 겸 언젠가 자네가 알 테니, 그때 가서 이런저런 얘기를 나눌 수 있으리라 기대하고 있었거든. 지금이 바로 그때로군."

"가족들은 다 두고 왔나? 자네 부인이 자넬 많이 그리워하겠군."

"뭐, 여기에 미인이 더 많더군. 그건 그렇고, 최근 조선 정세가 안 좋아. 뭔가 일어날 것 같은 예감이 드네. 우리 일본인들은 저항 같은 걸 모르는데, 조선을 겪어 보니 저항심이 아주 심하더군. 심지어는 학생들까지도 우리를 미워하는 표정이 역력해. 말을 안 해서 그렇지, 일단 문이 열리면 쏟아져 나올 듯한 느낌이랄까?"

"그래, 잘 봤네. 그게 조선이야. 자네 인류학자가 다 됐군. 내 친구 아베 인류학 교수?"

둘은 오랜만에 유쾌하게 웃었다. 광서는 업무에 지장을 줄까 싶어 다음을 약속하고 돌아섰다. 아베가 귀엣말로 속삭였다.

"김 중위, 자네 신변을 주의해야 해. 아마 사찰 요원이 붙을 걸세."

예상한 일이었다. 사찰 요원이라….

광서는 인력거를 타고 보성고보로 가자 일렀다. 최린이 교장, 황실 유학생 동기 유병민이 교사로 재직 중이었다. 보성고보는 화동 기슭에 자리 잡고 있었다. 급사가 달려 나오더니 광서를 교장실로 안내했다.

"김 중위! 자랑스런 우리 동기 김 중위, 잘 왔네!"

"오랜만입니다. 최 선생님, 그나저나 그 어려운 메이지대학 법학부를 어떻게 졸업까지 하고 또 조선에서는 천도교를 호령하고 계시니 그 능력에 감탄할 따름입니다."

최린, 최남선은 황실유학생 동기였지만, 최린은 6년, 최남선은 2년 연상이었다. 광서는 최린을 '선생님'으로 불렀다. 품이 넉넉해 호남아로 불린 최린은 동기생들에게는 큰 형님이었다.

"최 선생님께서 보내 주신 기사들 덕분에 조선 상황을 대강은 파악하고 있지요. 일천하기 그지없지만 그런대로 정세 파악에 도움이 됐어요. 제가 경성에 있는 동안 많이 가르쳐 주십시오."

"가르칠 게 뭐 있나, 젊은 기상에 불을 지피기만 했지. 도쿄에서 얼마나 마음고생이 많았나, 그래."

그때 유병민이 교장실로 들어왔다.

"병민이, 얼마만인가? 공부 잘하더니 훈장이 되셨구먼. 그래, 학생들 가르치는 맛이 좋지?"

"기마 타는 것보다야 못하지만 똘똘한 학생들 눈망울을 보는 일은 즐거운 일일세. 내 한잔 사지, 언제 시간 나거든."

최린이 고종 붕어에 대한 얘기로 말머리를 돌렸다.

"들리는 말로는 고종이 독살당했다는 소문이 퍼져 있어. 확인할 방법은 없는데 사람들이 그 말을 믿는 눈치거든. 요즘 같아선 무슨 말을 해도 믿을 걸세. 대소 인민들이 화가 날 대로 나서 툭 건드리면 금방 터져 버릴 것 같거든."

광서는 경악을 금치 못했다. 독살?

"대체 무슨 일이 있었던 건가요?"

"다 아는 비밀이지."

얼이 빠진 듯 입을 다물지 못하는 광서에게 최린은 떠도는 소문을 일목요연하게 이야기했다.

— 파리에서 평화회의가 개최되었는데, 가장 먼저 '한국독립사건' 이 의제로 올라왔다. 일본 공관은 '우리는 이유 없이 대한을 버리지 않을 것이다'라고 답했다. 그러나 평화회의 참석자들이 못 믿겠다고 하자, 일본은 은밀히 구경舊經 대신들에게 일본을 배척하지 않는다는 국왕의 옥쇄를 받아오라고 지시를 내렸다. 이완용은 정당 대표, 이재곤은 귀족 대표, 윤덕영은 종척 대표, 송병준은 사회 대표, 조중응은

노동 대표, 김윤식은 유림 대표로 각각 도장을 찍게 해 증거를 만들었다. 그런데 파리평화회의 측이 '국왕의 도장이 없어서는 안 된다'고 하자, 태황의 처소로 가 도장을 찍으라고 황제를 협박했다. 태황제가 꾸짖으며 거부하니, 이완용 등은 크게 두려워하여 숙직사무관 한상학과 불미한 일을 꾸몄다. 내시 2명에게 밤에 식혜를 올리라 지령을 내렸는데, 그것을 마침내 주상이 받아 마셨고 머지않아 피를 토했다. 얼마 후 촉탁의 안상호가 맥을 짚으니 중환이었다. 새벽에 가미오카 촉탁의도 참내하여 진료를 도왔는데 차도 없이 6시 30분에 중태에 빠졌다. 드디어 주상이 새벽에 갑자기 붕어했음을 확인하고 첩자가 문협文協을 열어 신보信寶를 빼내 증서에 찍고 떠났다. 이를 비밀에 부치려고 즉시 내시 2명을 살해하여 입을 없앤 다음, 다음 날 전의감을 불러 검사하게 하여 사인을 뇌일혈이라 했다.*

"자, 어떤가, 김 중위. 믿을 만한 얘기 아닌가?"

광서는 넋이 나간 채 아무 말도 못 했다. 유병민이 입을 뗐다.

"십수 년 전 네덜란드 헤이그 사건도 있었으니 이번에도 혹시 고종이 밀사를 파견하지 않았을까, 일본이 의심하던 차였네. 그래서 아예 입을 막으려고 한 짓이겠지."

"그래도 그렇지 독살이라…. 상상하지 못할 일이라 뭐라 얘기할 수가 없네. 과연 그랬을까? 그랬다면 천인공노할 일이지. 일본이 과연?"

* 김황,《기미일기》'음력 2월 1일' 부분 및 서동일,〈유학자 김황의 3·1운동 경험과 독립운동 이해〉그리고 한국역사연구회,《3·1운동 100년 2: 사건과 목격자들》(휴머니스트, 2019)을 참조.

최린과 유병민의 표정은 진지하고 비장했다. 최린은 뭔가 말하려다 다시 입을 다물었다. 광서가 정신을 수습하고 다그쳤다. 최린이 드디어 운을 뗐다.

"사실 자네가 알고 있을 일은 아닌데…. 지금 경성 지도층에서 모종의 거사를 구상하고 있네. 자네가 알아서 득이 될 것은 없어서 말을 아끼네만, 조만간 일이 터지고야 말거야."

"그게 무슨 일인가요? 제가 좀 자세히 알면 안 될까요? 군인의 명예를 걸고 함구하겠습니다."

"내가 괜히 운을 뗐네만, 황실유학생과 군인의 명예를 걸고 약속하면 얘기하지."

"제 명예를 걸겠습니다."

"그래…. 다름 아니라 천도교와 기독교단을 중심으로 독립운동을 시작한다는 얘길세. 파리평화회의에 대표단을 보내기가 어려우니, 전국적인 만세 운동을 벌이면 세계에 알려질 것이고, 자연히 평화회의 참가국들도 소식을 접하게 될 걸세. 우린 그걸 노리는 거지."

"전국적인 독립운동이라…."

"지금 전국 유림들이 경성에 올라올 채비를 하고 있어. 태황제 습의 習儀가 3월 3일이잖나. 유림들이 경운궁 앞 외곡반外哭班에 나아가 곡례를 올린다고 하네. 국장 의례도 조선식이 아니라 일본식으로 한다 해서 전국 공론이 들끓고 있어. 불만이 이만저만이 아니야."

최린은 말을 삼가면서 침울한 표정을 짓고 있는 광서를 바라봤다.

"그런데 문제가 좀 생겼어. 최남선이 선언문을 작성하고 있는데 누구 명의로 할지가 쟁점으로 부상했지. 전국의 민족대표를 누구로 하느냐, 이런 문제 말이야. 불교계 대표인 한용운이 지금 전국을 다니며 호소하고 있는데 호응하는 사람이 별로 없어. 거창의 유림 대표 곽종석에게도 거절당했거든. 참 낭패할 노릇이지."

광서가 나설 일은 아니었다. 민족 대표로 나설 사람이 궁하다는 현실에 뭐라고 대꾸할 말은 더욱 궁색했다.

"아무튼, 함구하고 자네만 알고 있게. 일본군 장교가 알아서 득 될 것이 없어…."

"알겠습니다. 함구하겠습니다. 말할 사람도 없어요."

최린과 작별하고 운동장을 나서는 광서를 유병민이 배웅했다. 공을 차고 있는 학생들은 씩씩하고 활달했다.

"이런 아이들하고 지내니 행복하겠군."

"우리의 희망이지. 이 학생들이 성인이 되기 전에는 조선독립을 이뤄내야 하지 않겠나. 나라를 빼앗긴 건 우리의 책임이지, 저 아이들이 무슨 죄가 있을까. 아무튼 유학 동기들 한번 만나야 하지 않겠나? 다들 자네를 그리워하네."

"그거야 좋지. 나도 원하는 바네. 그들이 보고 싶네."

교문까지 따라 나온 유병민과 악수를 하고 거리로 나왔다.

거리에는 벌써 어둠이 깔리고 있었다. 광서는 허탈한 마음을 달랠 겸 사직동까지 천천히 걸었다. 인적은 드물었는데 육조거리는 공사로 어수선했다. 광화문을 헌 자리에 들어서는 건물은 조선총독부라고 했다. 조선의 흔적이 모조리 사라지고 있었다. 고종도 죽었고, 나라도 지워지고 있었다. 허탈했다. 술 생각이 났다. 친구를 붙잡고 대성통곡

하고 싶었지만 지금 시간에 만날 사람도 마땅치 않았다. 집 부근에 누군가 어른거리는 모습이 보였다. 사찰 요원이라는 생각이 순식간에 스쳤다. 아베의 말이 맞았다. 경시총감부나 종로경찰서에 요원을 배치했을 것이다.

광서는 며칠을 두문불출했다. 산새들이 지저귀는 소리를 위안 삼아 후원을 거닐거나 딸들과 시간을 보냈다. 아이들 재롱은 역사의 어두운 흐름과는 무관했다. 흐뭇했다. 그 천진난만한 표정 속으로 망명하고 싶었다. 정화와 못 다한 정념이나 나누면서 그냥 평범하게 살고 싶었다.

유학생학우회 동기 한상우에게서 편지가 왔다. 발신은 북경, '정만호'로 되어 있었다. 그는 유복한 집안 출신에 한량 기질이 농후했는데 학업보다는 일본 유람을 즐겼다. 일본을 알려면 방방곡곡 다녀 봐야 한다는 것이 그의 지론이었다.

과연 그는 북해도에서 나가사키까지 샅샅이 훑었다. 인류학자가 따로 없었다. 한일합방 직전 도쿄 찻집에서 만난 그는 한마디로 정리했다. 조선이 일본을 따라가려면 적어도 오십 년이 필요하다고. 게다가 강력한 리더가 필수적이라고. 그는 그길로 귀국해 사업에 뛰어들었다가 북간도로 이주했다. 어떤 영문인지 모르겠으나 북간도 독립운동에 헌신하고 있었다. 편지에는 이렇게 쓰여 있었다.

— 김 중위, 자네가 귀국했다는 소식은 접했네. 우리도 고국에 다 귀가 있어. 북간도에서 유지와 지도인사들이 독립 선언서를 준비 중인데 아마 곧 세계로 발신할 것이네. 우리 동기 조소앙(조용은)이 당

대 사상가에 문장가잖나. 소앙이 정말 자랑스럽네. 단군교 교주 김교헌, 김규식, 김좌진, 이승만, 안창호, 박은식 선생이 참여했어. 이만하면 자랑스럽지 않은가. 북간도에 십만 조선 이주민이 살고 있네. 우리 민족 후손들…. 잘 생각하게. 이만 총총.

용은이가 역시 큰일을 하고 있구나. 그럴 줄 짐작은 했지. 황실유학생 가운데 발군이었으니. 한상우는 자금책인 모양이라고 짐작했다. 그러자 광서는 우울해졌다. 다정한 필체에 숨겨진 엄중한 질책이 튀어 나왔다. 자네는 뭘 하고 있는가? 한상우가 물었다. 잘 생각하게.

무슨 뜻인가? 광서는 후원을 걸었다. 봄 햇살을 온몸으로 받았다.

"너는 뭘 하고 있는가?"

스스로에 질문을 던지면서 광서는 윤치성을 만나러 약속 장소로 향했다. 대문을 나서는데 이번에는 경희궁의 후문인 무덕문 쪽에 그림자가 어른거렸다. 못 본 척했다.

광화문통 네거리에 위치한 명월관은 그런대로 사람들로 북적였다. 윤치성 선배가 반갑게 맞았다.

"얼굴에 웬 수심이 그리도 가득한가?"

"요즘 시국이 편치 않아 그럽니다."

"그럴 만하지. 일본군 장교가 보기에는 불안할 거야. 인산^{因山} 인파들이 상경하고 있으니 말이야. 여관이 가득 찼다는군. 그래도 거리는 한산한 편이네. 명월관은 예외야."

"모두 여관에서 자숙하고 있나 봅니다."

"자숙이 문제가 아닐세. 자네 들었나? 며칠 전 도쿄에서 사건이 터졌어. 조선독립청년단이라든가, 유학생학우회가 〈2·8 독립 선언서〉를 발표하고 모두 잡혀 갔다나? 참 갸륵한 일이야. 후배들이 오히려 믿음직하이."

"제가 귀국하기 직전에 만났지요. 집회에 참석했는데 토론이 얼마나 열띠던지 흐뭇했습니다. 뭘 내자고 결의하기 직전에 나왔지요. 그게 독립 선언서군요."

"내용은 아직 밝혀지지 않았네만, 이광수가 기초했다는 거야. 그친구라면 능히 그럴 만하지. 이광수는 박영숙과 상해로 급히 도피했고, 주동자격인 김도연, 최팔용, 백관수 등과 유학생 오십여 명이 체포된 모양일세. 풀려나기는 하겠지만 고초를 겪겠지. 영웅은 그렇게태어나는 법이야."

"안 그래도 소식을 받았는데 북간도에서도 뭔가 움직임이 있는 모양입니다. 우리 동기 조용은이 선언서를 작성하고 있대요. 많은 지사들이 참여했다고 합니다."

"그게 다 파리평화회의 때문이야. 국제 정세에 올라타서 식민통치의 불법성을 만방에 알리고 싶어 할 텐데 선언만 한다고 일이 풀리겠나? 일본은 눈 하나 꿈쩍 안 할걸. 자네는 아예 신경을 끄게나. 패가망신하면 어디 가서 호소할 데도 없어. 고종도 죽은 판에."

윤치성은 광서의 수심에서 어떤 기미를 발견했다. 망설이고 있음을, 모종의 결단을 찾고 있음을.

"아예, 신경 끄고 살게나. 길게 봐야 해. 자, 술이나 들지."

"아무리 그래도 조선 인민들의 풍습도 배려해 줘야지요. 지난번 경

운궁에서 거행된 봉도식奉悼式도 신도식神道式으로 했잖습니까? 조선인
도 아닌 이토 히로쿠니伊藤博邦가 제관장을 하다니…. 그건 조선인의 분
노를 부추기는 소행이지요."

"아하, 이 사람아, 식민지이니 별수 없지. 총독부가 그리한다는데,
별 도리가 없지 않나?"

치성의 목소리에 체념이 섞여 있었다.

"1812년 나폴레옹이 러시아를 침공했을 때 쿠투조프가 어떻게 했
나? 천하무적을 상대하기는 버거웠지. 잘못하면 러시아군을 몰살시
킬 위험이 있어서 납작 엎드렸지. 겨울이 모스크바를 지배할 때까지.
식량도 가옥도 다 불태우고 말이야. 나폴레옹은 러시아의 혹한과 싸
우러 간 꼴이 됐지. 그러고는 퇴각하는 나폴레옹 군대를 쿠투조프가
박살을 내지 않나. 납작 엎드리는 것, 그것이 필요한 때야, 지금 조
선은. 그리고 말이야…. 쿠투조프가 필요하네. 자네 한 사람만이라도
납작 엎드려 시기를 보게. 우리 군대가 창설되는 날, 그날만을 기다리
게. 자네 후배들 있잖아, 지석규, 이응준, 홍사익 같은 발군의 친구들.
모두 그날을 기다려야 해."

윤치성은 답답해졌는지 술을 벌컥벌컥 들이켰다. 옆방에서 갑자기
대한제국 군가가 울려나왔다. 취기가 섞인 목소리였다. 치성이 냉소
를 띠며 말했다.

"총독부로부터 남작, 백작 작위 받은 놈들. 게다가 은사금을 받았
으니 어디 가서 돈 쓸 데도 없잖나. 지 놈들도 양심이 조금은 남아 있
는 모양이지."

오랜만에 광서도 취했다. 위 통증이 커졌다. 아무래도 내일은 동기

김태진에게 다녀와야겠다고 마음을 먹고 윤치성 선배와 헤어졌다. 쿠
투조프가 필요하다, 조선은. 젊은 시절 광서의 영웅 나폴레옹의 액자
는 벽에서 내려졌고, 그 자리에 쿠투조프가 들어섰다. 그러나 추한 얼
굴에 땅딸막한 키, 뚱뚱한 몸집의 그가 광서에게 영웅이 되기에는 아
직 시간이 필요했다. 아침 해가 뜨고 있는 일본에 대적하기에는 시기
상조다, 그러니 엎드려 있어라. 그래, 엎드려 있자. 광서는 그 말을 몇
번 중얼거렸다.

쿠투조프와 함께 경옥이 갑자기 떠올랐다.

'저는 쿠투조프가 영웅이라고 생각해요.' 그렇게 말했던가? 수심이
가득한 얼굴이 생각났다. 술기운 때문인가.

'경흥은 하냥 춥겠죠?'

그럴 거다. 지금은 2월이니 아직 두만강 얼음이 녹지 않았을 거고
강 건너 연주 평야에 해운海雲이 가득 끼었을 텐데. 두만강이 그리웠
다. 그 평원을 기마로 달리고 싶었다. 경흥 어딘가에서 눈물짓고 있을
경옥은 어떻게 지낼까.

2월 하순이 되자 봄 햇살이 한결 따사로웠다. 최린에게서는 아무런
소식이 없었다. 모종의 거사라…. 바쁜 모양이었다. 무슨 일일까? 독
립 선언서? 청원서? 일본제국에 대적한다? 무엇으로? 최린은 전국에
천도교도가 3백만 명이라 했다. 기독교 교단도 동참한다면 아마 5백
만 명 정도는 되지 않을까? 봉기蜂起일까? 빈손으로 봉기한다? 광서는
일본군의 무력을 익히 알고 있었다. 용산의 조선군이 출동하면 대참
사가 일어날 텐데. 헌병 경찰도 잔인하기 짝이 없는데 봉기를 한다?

만약 그렇다면 최린은 용감한 지도자다. 멸사봉공滅私奉公이 따로 없다.

너는, 광서는, 그럴 용기가 있느냐?

아버지가 말렸다.

'패가망신한다. 우리 집안 혈통이 끊어진다, 제발 엎드려 있어라. 세 딸의 아버지, 대를 이을 종손, 거기에 일본군 장교인데, 어쩌려고 수심이 그리 깊으냐.'

광서는 아픈 배를 움켜쥐고 땀을 흘렸다. 옆에서 자고 있는 정화가 놀라서 깼다. 2월 마지막 날의 밤은 여전히 깊었다.

아무래도 윤치호 대감을 만나야 했다. 최근 정세를 묻고 그분의 의견을 들어봐야겠다는 생각이 떠나지 않았다. 한말 풍운을 겪었고, 미국 유학을 다녀왔고, 유럽과 상해까지 두루 견문한 어른의 조언이 절실했다. 3월 첫날이었다. 날은 흐렸다. 종로 YMCA 집무실에는 이상재가 와 있었다. 그들은 건물 옆 식당으로 이동했다.

칠십 고령의 원로는 여전히 눈빛이 빛났다. 갑신정변, 갑오경장을 겪고, 서재필과 함께 독립협회와 만민공동회를 조직하여 활약했던 시대의 선각자였다. 고종의 명을 받들어 헤이그만국평화회의 밀사 파견에 활약했다 관직에서 물러났고, 이후 초야에서 살다가 윤치호와 함께 YMCA 종교부 총무와 교육부장을 겸하고 있는 지도자였다. 얼굴에는 시국의 풍파를 겪은 흔적이 역력했다. 윤치호가 마련한 오찬 자리에서 광서는 이상재에게 인사를 올렸다.

"김광서라고 합니다. 황실유학생으로 일본 육사를 졸업하고 잠시 병가차 귀국했습니다."

이상재는 그 형형한 눈빛으로 광서를 쳐다봤다.

"자네같이 능력 있는 무인이 우리에겐 필요하네. 일본은 이미 오십여 년을 길러 왔으니 세계를 호령하는 제국이 된 것일세."

"저도 그렇게 생각합니다. 그게 아쉽지요."

이상재는 화제를 돌려 묵묵히 듣고 있던 윤치호에게 물었다.

"윤 대감, 파리평화회의에 독립 청원서를 제출해야 한다는 여론이 비등하고 있어. 자네가 적격이라는데, 어떻게 생각하나?"

아까부터 어떤 생각에 잠겨 있던 윤치호는 정신을 수습했다.

"예, 그런 요청을 듣고 있어요. 얼마 전에는 최남선이 찾아와 종용하더군요. 그런데 제가 그랬어요. 모두 부질없는 짓이라고. 헤이그에서는 어땠나요? 주권이 없는 나라는 입장도 못 했잖아요. 얼마나 서러웠어요? 괜히 일본 정부의 성질만 건드렸어요. 이토가 합방에 박차를 가한 건 순전히 그것 때문이지요. 일본 정부의 호된 질책을 들었으니까요. 또 무단파가 약진할 기회를 줬고요. 데라우치가 뒤에서 이토를 얼마나 비난했습니까? 이토가 자존심이 상해 일사천리로 해치웠지요. 고종도 양위讓位를 하지 않았을 테고⋯."

윤치호의 말에는 이상재에 대한 약간의 비난도 서려 있었다. 겸연쩍었던지 이상재가 입을 다물었다. 광서가 분위기를 누그러뜨릴 겸 물었다.

"그럼 독립 선언서다, 청원서다, 하는 최근의 움직임도 그럴까요?"

"없는 것보다야 낫겠지만 결국 분노한 총독부가 무력통치의 끈을 바짝 죄겠지. 조선이 무슨 힘이 있나? 인민이 아직 무지한 상태를 벗어나지 못했으니, 산업이야 말할 것도 없고. 재정도 모두 총독부의 손에 쥐여 있는 상황인데 자율권을 달라는 식민지의 호소를 들어주겠나? 시기상조야. 조선은 아직 자치정부를 내세울 준비가 안 돼 있네. 실력양성이 최고지. 제국의 힘을 빌려 힘을 키우는 것, 그것이 무엇인지 찾아내 준비하는 일이 우리 지도자들이 할 일이지. 물론 오래 걸리겠지만."

윤치호의 말은 설득력이 있었으나 가슴을 뛰게 하지는 않았다. 원로를 모신 오찬 자리가 원론적인 자책으로 기울자 조금 미안했는지, 집무실에서 차를 대접하겠다고 윤치호가 권했다. 종로 거리에는 조문弔問 차림의 행인들이 늘고 있었다. 시골에서 상경한 유림들, 촌로들이었다. 더러는 백립白笠을 썼고, 흑립黑笠에 창호지를 덧댄 사람도 있었다. 두루마기는 모두 흰색이어서 흰 물결이 흐르는 듯 보였다. 그 모습이 우스꽝스러웠는지 윤치호가 거침없이 말했다.

"이젠 의복도 바꿔야 해요. 저 유림들 고리타분한 옷차림 좀 보세요. 상투를 잘라야 한다고 외친 게 언젠데 여태 저러고 있으니, 원. 향촌 골짜기에 파묻혀 살면 그래도 좋은데, 여긴 도회지이고 경성 한복판인데, 세기가 바뀌어도 저리 고집을 피우고 있으니 실력양성이 되나?"

오늘 회합 분위기를 반전시키기는 틀렸다. 광서는 차나 한잔하고 얼른 옆 골목 김태진의 의원에 들러야겠다고 생각했다. 그 역시 황실 유학생 동기인데 일본 의대를 졸업하고 종로통에 개원하고 있었다. 집무실에 다시 들어선 시각은 오후 2시가 조금 지나서였다. 창문 밖으로 종로 거리가 훤히 내려다보였다. 윤치호가 입을 뗐다.

"오늘은 유난히 인파가 많군. 인산 전전날이기는 하지만, 웬일로 인파가 이리 몰리는가?"

그때였다. 파고다공원 쪽에서 함성이 일었다. 무슨 소리인지 분간은 안 됐으나 상당한 규모의 인파라는 것은 충분히 짐작이 갔다. 또 함성이 일었다. 윤치호와 이상재의 얼굴빛이 변했다.

"뭐고? 소문이 들리더니 사실이었나 보이."

이상재가 창밖을 응시하며 혼잣말처럼 중얼거렸다. 얼굴에 반색이 잠깐 돌다 흐려졌다.

이윽고 사람들의 세찬 함성이 귓가에 또렷이 들리기 시작했다.

"조선독립 만세! 조선독립 만세!"

세 사람은 동시에 일어서 창문 쪽으로 갔다. 탑골공원 쪽에서 인파가 밀려오고 있었다. 흰색 물결이었다. 사이사이 검은 교복을 입은 학생들도 섞여 있었다. 누가 주동했는지, 어떤 목적인지 분간할 수 없었지만 함성은 또렷이 들렸다.

"조선독립 만세! 조선독립 만세!"

그때 비서가 뛰어 들어와 소리치듯 말했다.

"총무님, 태화관에서 독립 선언서 낭독이 있었답니다. 조선군사령부 차가 와서 모두 연행해 갔대요!"

비서는 숨이 차 헐떡여서인지 목이 멨다. 태화관이라면 오찬을 하던 식당에서 불과 백여 미터 거리였다. 어쩐지 평소와는 달리 골목에 긴장감이 배어 있었다는 생각에 미치자, 광서는 두근대는 마음을 진정시키지 못했다. 불과 백여 미터 떨어진 곳에서 엄청난 사건이 벌어지고 있던 것이었다. 윤치호와 이상재도 놀랐는지 의자에 털썩 주저앉았다.

'독립 선언서라…. 독립…!'

광서는 마음 깊은 곳에서 치솟아 올라오는 한과 울분과 감동을 주체하지 못했다. 꾹꾹 눌러 놓았던 독립의 기대와 희망이 바위 같은 누름돌을 벌컥 열어젖히고 솟아 올라왔다. 아, 얼마 만에 느끼는 희열인가. 마음을 누르던 바윗돌 빗장이 열리자 광서의 몸은 날아갈 것 같았다. 손이 떨렸다. 황실유학생으로 기슈마루를 탔던 십수 년 전의 그 설렘이 몸을 감쌌다. 제물포 앞바다 파도가 뱃전을 때렸다.

전율이 솟았다. 십수 년 동안 광서를 칭칭 감았던 포승줄이 '탁' 소리를 내며 풀려 나갔다. 한과 울분이 감동의 화염으로 변했다. 그 화염에 젊음을 태우고 인생을 불살라도 좋다고 생각했다. 생애 처음 느껴보는 자유였다.

자유! 창밖 대로에 인파가 몰려오고 있었다. 손을 흔들고 구호를 외쳤다. 흰색과 검은색 물결이었다. 촌로와 학생이 대오를 이루고 행인들이 가세했다. 가두 상점 주인들이 나와 만세 물결에 합류했다. 광서는 집무실을 뛰쳐나왔다. 뛰는 가슴이 시킨 일이었다. 근심과 희망이 교차된 채 상기된 표정을 짓고 있던 원로들의 만류도, 황망히 하직 인사를 올리는 광서를 말리지는 못했다. 다행히 사복 차림이었다. 광서는 어느덧 인파와 한 몸이 되었다.

가두에 정렬한 헌병 경찰과 순사들이 눈을 부리부리하게 뜨고 주동자를 색출하고 있었다. 유독 열심히 구호를 외치는 사람들을 골라 끌어냈다. 주로 학생이었다. 몸싸움이 벌어졌는데 누구 하나 말리지 않았다. 순사들이 그들을 어디론가 연행해 갔다. 대규모 시위에 놀란 경찰도 몇 사람을 연행했을 뿐 달리 손을 쓰지 못한 채 보고만 있었다.

시위대가 광화문을 지나 경운궁 대한문^{大韓門} 쪽으로 나아갔다. 성공회 성당에서 여학생들이 몰려나와 시위대를 거들었다.

앞장선 사람들이 경운궁 안으로 진입했다가 돌아 나왔다. 고종이 승하한 경운궁은 텅 비어 있었다. 구호는 경운궁의 빈터를 휘젓고 끝내는 메아리가 되어 시내 상공을 울렸다.

남대문 쪽에서 기마대가 정렬하는 모습이 보였다. 조선군 사령부의 긴급출동 명령을 받은 듯 완전무장에 전투태세를 갖췄다. 광서는 긴급한 사태가 벌어질 것을 직감했다. 광서가 외쳤다.

"니현^{泥峴} 쪽으로! 니현 쪽으로!"

시위대는 진고개로 방향을 틀었다. 다행히 기마대의 급습은 없었다. 한숨을 돌린 광서는 주변을 살폈다. 종이신문 뭉치를 팔에 끼고 삐라처럼 뿌리는 청년을 발견했다. 〈조선독립신문〉이라는 제하에 '금일 탑골공원 집결 독립운동 시동'이란 기사가 대문짝만하게 실렸다. 조직이 움직이고 있었다는 증거였다. 이러한 대규모 시위를 결성하고 움직이는 조직이 있다니. 경성에도 그런 조직이 활동하고 있었구나! 광서는 이제 혼자가 아니었다. 모여든 이 시위대도 혼자가 아니었다. 흩어진 울분을 한데 모아 한 몸으로 만드는 모종의 힘이 있다는 증거였다.

광서는 손을 불끈 쥐었다. 황실 유학을 떠날 때부터 지금껏 내내 혼자였다. 도쿄 술집에서, 아오야마 묘지에서 후배들과 몰래 울분을 터뜨리기도 했지만 이런 대명천지에 서로의 몸을 부딪고 의지하며 울분을 토하는 이 하나의 몸체에 합류했다는 것만으로도 광서는 자신의 현재 신분을 잊었다.

시위대는 니현을 넘어 동대문 부인병원 앞에 이르러 다시 만세를 불렀다. 부인병원 창문마다 간호부들이 얼굴을 내밀더니 곧 만세로 열렬히 응답했다. 시위대의 함성이 높아졌다. 시골에서 올라온 촌로가 힘에 겨웠는지 거리에 주저앉았다. 패진 주름살에 눈물 자국이 선명했다. 광서는 촌로를 일으켜 세워 쉴 곳을 찾아 앉혔다.

"고맙소, 젊은이!"

경찰 기마대가 시위대 뒤를 줄곧 따라붙었다.

해가 인왕산에 걸리면서 뉘엿뉘엿 저물기 시작하자 시위대 인파도 지쳤는지 각자의 길로 흩어졌다. 귀가할 시간이었다. 광서는 종로 쪽으로 돌아 천천히 걸음을 옮겼다. 행인들이 감격인지 허탈인지 모를 표정을 짓고 있었다. 무언가 예상치 못한 사태가 일어나기를 기다리는 것도 같았다. 집에 돌아온 광서를 정화가 근심 어린 얼굴로 맞았다.

"오늘 시위가 있었대요. 별일 없었지요?"

아내의 괜한 걱정을 살까, 광서는 짐짓 아무렇지 않은 투로 말했다.

"별일은? 오후에 YMCA에 있었는데 시위대가 지나기에 두루 돌아봤지요. 굉장하더구면."

"뭐가요?"

"조선인의 독립 열정 말이오. 조직도 있는 모양이고."

"독립 선언서를 낭독한 사람들이 줄줄이 잡혀갔다고들 하네요. 종로경찰서에 연행된 학생들이 가득 찼대요, 글쎄."

광서는 늦은 저녁을 먹고 후원을 거닐었다. 감동에 들뜬 마음을 다잡고 시위대와 한 몸이 된 초유의 체험이 자신의 인생에 대체 어떤 의미가 될 수 있는가를 한참 헤아릴 뿐이었다.

광서는 며칠을 혼자서 지냈다. 장안을 휘젓는 온갖 소문이 사직동 집안에도 넘실댔다. 삼삼오오 모여 수군거리는 이웃의 모습이 자주 눈에 띄었다. 연행된 민족대표들이 조선군사령부에서 고초를 겪는다, 일본군이 비상경계에 들어가 경성 시내가 삼엄하다, 모종의 조직이 대규모 시위를 다시 일으킬 것이라는 등의 소문이 떠돌았다. 경성 상점은 철시에 들어가 분위기가 썰렁했다.

시위가 점점 전국으로 퍼져나갔고, 시골 장터에서도 시위가 발생했다는 소식이 들렸다. 사람들이 잡혀 죽었다! 연행되거나 칼에 찔려 죽었다는 소식은 공포심을 몰고 왔다. 정화가 장을 보러 나갔다가 총독부가 발행하는 〈경성신문〉을 구해 왔다. '황당무계한 유언 선동에 휘둘리지 말라'는 제목의 기사가 실렸다.

— 다년간 해외에 있으면서 현재 조선의 상태를 알지 못하는 무리가 우연히 파리강화회의에 제출 토의된 민족자결주의를 방패로 하여 조선의 독립을 기도하고, 내지에 있는 조선인 유학생 일부 혹은 조선의 모 종교관계자가 생각이 천박한 학생들과 비밀리에 상통하여 민심을 유혹 선동한 결과, 이와 같은 불상사가 일어난 것이다.

한일합방 당시 작위와 은사금을 받은 어느 귀족의 담화였다. 종로 대로에 물밀듯 모여든 그들은 과연 유언 선동에 속은 것일까? 조선독립은 불가능한 것일까? 당장은 그렇다 해도, 인민의 가슴에 독립 의지가 횃불처럼 타오른다면 불가능할 일도 아니다. 거리에서 주운 독립 선언서 첫 구절은 광서의 마음을 울컥하게 만들었다. 등사판 먹물이 어른어른 번진 구겨진 문서엔 광대한 지평이 펼쳐졌다.

— 오등吾等은 자玆에 아我 조선의 독립국임과 조선인의 자주민임을 선언하노라. 차此로써 세계만방에 고하야 인류평등의 대의를 극명하며, 차로써 자손만대에 고하야 민족자존의 정권正權을 영유케 하노라.

이런 문장이 유언 선동인가? 선동이 이토록 웅대한 뜻을 품고 있다면 거기에 휘둘려도 좋겠다고 광서는 생각했다. 과연 최남선답다. 와세다대학 재학 중 교수가 조선을 경멸한다고 중퇴하고 귀국해 버린 담력이 이 문장에 서려 있다. 광서는 후원을 거닐면서 최남선이 작성한 독립 선언문을 읽고 또 읽었다. 눈물이 흘렀다. 닫힌 마음을 활짝 열어 주는 신천지가 거기에 있었다. 갓 백일이 지난 셋째 딸 지란을 안고서 정화는 후원을 서성이는 광서를 근심 어린 눈으로 바라봤다. 광서가 스스로에 묻고 스스로에 답했다.

너는 일본으로 돌아가려 하느냐?
글쎄, 자신이 서지 않는다.
지나支那 혹은 시베리아에 파병되면 갈 것인가?
그건 불행이다. 결코 가고 싶지 않다.
그러면 너는 망명을 궁리하고 있느냐?
가족이 있기에 그것도 망설인다.
이도 저도 아니면 여기 사직동에서 그냥 범부로 지내려 하느냐?
그건 더욱 못 할 짓이다.

그럼, 이놈! 무엇을 하려 하느냐?

이 자문에는 끝내 답이 궁했다. 무엇을 하려 하느냐고? 안절부절못하는 광서에게 전갈이 왔다. 조선군사령부의 아베 대위였다.

— 긴 상, 나의 친애하는 긴 상, 주의하게. 시위대에 있던 자네를 밀고한 사람이 있어. 不備禮.

그제야 광서는 정신이 퍼뜩 들었다. 나는 일본군 도쿄기병연대 중위 김광서. 안절부절못할 때가 아니다. 유언 선동에 휩말린 인민들을 계도할 책임이 있지. 게다가 유언비어를 날조한 조직을 찾아 일망타진할 책임도 있고. 다시 술을 입에 댔다. 김태진이 술을 멀리하라 했건만 이런 시국에 마음의 갈피를 잡지 못할 때 그의 망명지는 취기였다.

유학생 동기 김영섭이 만나자고 한 날이 다가왔다. 그는 40명 유학생 중 유일하게 신학을 택한 친구로 성격이 여리고 인간적인 면모가 두드러졌다. 인천 내리교회 부목사인 그가 만나자고 한 데는 까닭이 있었다. 그가 동기생 간 연락을 담당했기 때문이다. 교회 부목사를 수상하게 여길 순사는 없을 것이기에 기꺼이 그가 연락책을 맡았다. 어려움에 처한 동기들을 위로하고 탈선한 동기들을 회개시키는 것이 그의 몫이었다.

점심이 가까워진 늦은 오전에 집을 나서 야주현夜珠峴을 천천히 걸어 넘었다. 정동교회로 가는 길이었다. 경성지방법원 앞을 지날 때 중년 여인이 경시청 차를 보고 연방 눈물을 훔쳤다. 차 안에는 어디선가 연행된 청년 네 명이 힘겹게 앉아 있었다. 가슴이 무거워졌다. 교회 뜰에 벌써 홍매화가 피었다. 김영섭은 두 팔을 벌려 광서를 맞았다.

"광서 군, 이게 얼마 만인가, 그리웠네. 내가 그리스도 주님께 언제나 기도했지. 내 친구 광서가 근사한 장교가 되게 해 달라고 말이야."

"다 자네 덕이군 그래. 도쿄기병연대 중대장 김광서, 어때?"

"멋지네, 그런데 요즘 시국과는 안 어울리니 말이지, 하하."

"그렇지 않아도 불편한 시간을 보내고 있네, 왜 하필 이때 귀국했는지 몰라. 하느님도 야속하지."

교회 찻집 여종업원이 차를 내왔다. 향기로운 꽃차였다.

"봄이 왔구먼, 꽃차와 함께."

"그런데 김 중위, 북간도 한상우에게서 전갈이 왔네. 그걸 전해 주려고 했지."

"뭔가? 상우 그 친구가 워낙 눈치가 빨라서 말일세. 내 마음을 훤하게 읽고 있거든."

김 목사가 말을 시작하는 순간 남대문 방향에서 함성이 일었다. 지난번 종로보다 두 배는 더 큰 함성이었다.

"뭔가 일어나고 있군!"

"김 군, 진정하게. 자네의 일이 아니야."

"아닐세. 이건 우리의 일이야, 조선인의 일!"

광서는 김 목사의 팔을 잡고 찻집을 나와 소리 나는 쪽으로 무작정 걸어 나갔다. 김 목사는 광서의 힘에 끌려 내키지 않는 걸음을 옮겼다. 경운궁 돌담길을 빠져나오자 남대문 앞에 엄청난 군중이 모여 있었다. 3월 1일 만세 시위보다 두 배는 컸다. 〈조선독립신문〉이 바닥에 어지러이 뿌려져 있었다. 머리기사에 한성임시정부 이름이 보였다.

'한성임시정부라…. 정부가 출범했다는 말인가?'

광서의 가슴이 뛰었다. 임시정부가 섰다고? 이거야말로 단순한 시위가 아니잖은가? 김 목사도 영문을 몰라 했다. 군중들 앞에 주동 단체로 보이는 일군의 청년들이 두 팔을 걷어붙이고 고함을 쳤다.

"조선독립 만세! 대한독립 만세!"

"한성임시정부 만세!"

군중들은 어디서 준비했는지 태극기를 흔들어 댔다. 학생들과 귀향하는 촌로들이 섞였다. 중학생부터 고등학생, 전문학교와 대학생에 이르기까지 다양했는데 두루마기에 백립을 쓴 촌로들과 유림들이 마치 보호자처럼 그들을 둘러싼 형국이었다. 경성역에서 기차를 기다리던 향촌민들이 함성을 좇아 시위대와 합류했다. 오늘 시위는 지난번과 확연히 달랐다. 지휘 본부가 있는 듯했고 사전 준비가 치밀했다.

군중들이 경운궁 방향으로 움직이기 시작했다. 그때 광서의 눈에 기마대가 들어왔다. 조선군사령부에서 출병한 기마병이 분명했다. 전투복에 칼과 총을 찼다. 완전 군장을 한 기병 백여 기가 광화문 쪽에서 서서히 대한문으로 접근하고 있었다. 일촉즉발의 위기였다. 시위 군중은 기마대를 보고도 행진을 멈추지 않았다. 무기를 들지도 않았는데 설마 살상殺傷하겠는가, 하는 막연한 기대였다.

"조선독립 만세! 대한독립 만세!"

시위 군중 선두가 대한문을 지났다. 서서히 접근해 오던 기마대는 성공회 성당 앞에 이르자 공격 자세로 군도를 높이 빼 들었다. 햇빛에 칼날이 번득였다. 저것은 공격 태세다. 위기의 순간이었다. 광서는 숨이 멈추는 듯했다. 누군가 막아서야만 했다. 기마대든 시위대든 충돌로 인한 인명 살상은 막아야 했다.

순간 광서는 그쪽으로 뛰려 했지만 이번에는 김 목사가 광서를 붙잡는 바람에 몸이 말을 듣지 않았다. 김 목사가 애걸하며 외쳤다.

"김 군, 제발 그만두게나. 가면 자넨 끝장이야."

"이 팔 놓게. 내 앞에서 민간인이 살상되는 걸 그냥 둘 수는 없는 노릇이니."

광서가 김 목사의 손을 뿌리쳤다. 그가 달려 나갔다. 그리곤 기마대와 시위 군중 사이에 섰다. 광서는 두 손을 번쩍 올리면서 외쳤다.

"그만 정지, 정지!"

시위 선발대가 움찔움찔 걸음을 멈췄다. 기마대도 뜻밖의 사태에 놀라 급히 고삐를 당겼다. 일본군 중위가 탄 선발 기마가 울음과 함께 앞다리를 쳐들었다 내렸다. 일본군 중위가 화가 난 듯이 외쳤다. 군중도 잠시 함성을 멈췄다.

"너는 누구냐? 기마대를 막아서면 군법에 따라 처리하겠다, 당장 길을 비켜라!"

"나는 일본군 도쿄기병연대 중대장 김광서 중위다."

"그래서 무슨 일이냐? 왜 막아섰느냐? 나는 천황 폐하를 받드는 조선군사령관의 명을 수행하고 있다!"

"민간인을 살상하는 것은 기마대의 불명예임을 중대장은 모르는가? 무기도 들지 않은 사람들을 공격하라고 배우지 않았다!"

"저들은 유언 선동에다가 제국을 비방하고 헛소문을 날조한 범죄자들이다. 기마대는 범죄인을 즉결 처치할 권한을 부여받았다. 비켜라!"

"안 된다! 법에 따라 처리할 것이지 심문 없는 민간인 살상은 살인이고 군법회의감이다. 천황의 군대는 천명을 존중하고 생명을 중히 여긴다. 저 민간인들에게 천황의 은덕을 베풀어 진정시킬 일이지, 죽음을 주는 것은 의義를 배반하는 일이다. 의는 산악보다 무겁다고 〈군인칙유〉에 명하지 않았느냐!"

시위대에서 환호와 박수가 터져 나왔다. 태극기가 물결처럼 나부꼈다. 일본인 중대장은 분을 참지 못한 채 칼을 거두라고 명령했다. 일본군 중위가 막아서고 있는데 공격은 난망하다는 판단이었다. 기마대가 뒷걸음치며 길을 터줬다. 시위대가 환호성을 지르며 틈새를 흘러나갔다. 좁은 바위틈을 빠져나가는 강물 같았다. 시위 군중들이 광서를 힐끗힐끗 쳐다봤다. 광서는 그들 모두를 응시했다. 모두 순진한 얼굴들, 식민통치에 시달린 지친 얼굴들이었다.

일단 충돌은 막았다. 광서는 숨을 몰아쉬며 김 목사에게 돌아왔다. 긴장이 풀린 얼굴이었다. 그때였다. 헌병 몇 명이 광서를 둘러쌌다.

"일단 가십시다."

헌병에 연행되어 끌려가는 광서의 뒷모습을 김 목사가 넋을 잃고 바라만 보았다.

시위 군중은 끝없이 흘렀다.

결행 決行

용산 조선군사령부에 어둠이 내렸다. 낮의 소동이 무색할 만큼 주변은 조용했다. 막사에 전등이 켜지고 군인들이 무장을 푼 채 들락거렸다. 시위 진압에 출동했던 트럭들도 막사 뒤쪽에 가지런히 도열해 있었다. 남산에 작은 가스등이 켜져 고즈넉했고, 한강은 봄바람에 일렁거렸다.

건너편 노량 언덕에도 점점이 불이 켜졌다. 김포 조강祖江에서 어물을 실고 올라온 고깃배들이 마포 어구에 짐을 부렸다. 사람들은 여느 때처럼 어선 주변에 모여들어 고기 값을 흥정했다. 근해에서 잡아 올린 주꾸미와 도미, 개펄 바지락과 소라가 선창에 내려졌다. 포구 술막에 켜진 전등 빛을 벗 삼아 어부와 일꾼들이 삼삼오오 술을 마셨다. 소문은 선창가에도 넘실거렸다. 오늘 남대문과 광화문통에서 일어났던 일은 단연 화제였다. '와' 하는 감탄사가 터져 나왔고, 취기에 젖은 노랫가락도 흘러나왔다.

취조실은 어두웠다. 용산 조선군사령부 특수조사대는 우쓰노미야 사령관의 불호령을 받고 분주하게 움직였다. 사령관은 대노했다.

"일본군 장교가 일본군 기마를 막아섰다고? 그것도 대일본제국의

우호적 통치를 규탄하는 불령 시위대를 죄 없는 민간인이라고 했다
며? 무기를 들지 않았을 뿐이지, 그놈들 입은 불온한 선전 도구고 그놈
들 시내 행진은 선동 조작이 목적인데 그걸 진압하면, 뭐? 〈군인칙유〉
에 어긋난다? 의義는 산악보다 무겁고 죽음은 깃털보다 가볍다. 그래,
맞는 말이지. 천황 폐하의 은덕을 모르는 놈들은 의義가 없는 놈들이
야, 그놈들은. 깃털보다 가볍게 죽여야 하는데 그걸 가로막았다고?"

　사령관은 제 성질을 못 이겨 펄펄 뛰었다. 무엇보다 일본군 기마대
의 진압 작전을 일본군 장교가, 그것도 도쿄기병연대의 중대장이 가
로막았다는 사실을 이해할 방법이 없었다.

　"고급 교육을 시켜봐야 헛공사지. 육사가 어떤 곳인데 조선인을 받
아서 이런 꼴을 당하게 만드나, 내가 하세가와 총독께 무슨 낯으로 대
할 수 있을까, 육군성은 또 어떻고? 고까짓 시위 하나 못 막아서 세계
만방에 저항 시위가 일어났다고 알려? 식민 통치는 다 조선인을 위한
것인데 왜 이것들이 못마땅해서 이 난리야 도대체?"

　보좌관인 어담 중좌가 우쓰노미아를 진정시키느라 애를 먹었다. 집
무실 문 앞에 부동자세로 선 어담은 죄송하다는 말을 연발할 수밖에
다른 도리가 없었다.

　"제 불찰이었습니다. 죄송합니다. 다시는 이런 일이 재발하지 않도
록 최선을 다하겠습니다. 김광서 중위는 제가 책임지겠습니다. 천황
폐하께 불경죄를 저질렀다고 시말서始末書를 쓰게 하겠습니다. 그걸 신
문에 내면 도쿄의 분노가 조금 진정될 겁니다."

　밤이 이슥해지자 우쓰노미아의 울분도 조금 가라앉았다.

　"자네도 조선인이니까 그놈 심정을 잘 파악할 걸세. 도쿄의 분노를

146

가라앉혀야 하니, 조서 잘 쓰도록 하게. 보고서를 올려야 하니까."

우쓰노미아는 탁상 위에 놓인 술을 벌컥벌컥 들이키더니 문을 쾅 닫고 나가 버렸다. 어담은 한동안 문에 서 있었다. 만세 시위는 전국으로 퍼져나가고 있고, 시골로 갈수록 저항이 심해지는 작금의 사태가 걱정이었다. 광서가 불을 질렀다. 어쨌든 광서의 사건을 수습해야 한다는 간절한 마음뿐이었다.

저녁을 먹는 둥 마는 둥 하고 어담은 취조실로 들어갔다. 어깨 위 중좌 견장이 번쩍였으나 마음은 한없이 어두웠다.

'김광서 중위와는 악연이구나. 아버지와 형의 시신도 내가 거뒀는데, 하나 남은 혈육의 불경죄를 내가 처리해야 한다니. 불경죄가 아니라 군법 위반, 아니 그보다 더 큰 반역죄에 해당하는 저 경솔한 행동을 내가 어찌해야 할까.'

광서가 의자에서 엉거주춤 일어났다가 어담을 알아보고 거수경례를 했다. 당직 사병이 건네준 작은 쪽지가 왼손에 쥐어 있는 채로였다.

— 김 중위, 자네의 심정을 이해하겠네만, 솔직히 다 말하고 깊은 반성을 표명해야만 목숨을 건사할 수 있어. 친구의 부탁이네. 不備禮.

어담은 무거운 몸을 의자에 내려 앉혔다. '털컥' 하고 소리가 났다. 책상 위에는 무슨 서류 같은 것과 종이 그리고 펜이 놓여 있었다. 사방이 시멘트벽으로 막힌 방이었다. 공기가 탁했다.

"김 중위, 오랜만이군. 여기선 만나지 말아야 하는데, 이렇게 됐네."

"죄송합니다. 우발적인 행동이었습니다. 참고 견뎌야 했는데. 성질을 이기지 못했습니다."

"성질 문제가 아니야, 이건 천황 군대에 대한 반항이지. 아니 반란일지도….'"

"죄송합니다."

"자네는 우쓰노미아 사령관의 명령을 거역했어. 아니, 저지했지."

"죄송합니다."

"조선군사령관의 명령은 곧 총독부 총독의 명령이고, 총독은 천황에 직예한다는 것쯤은 익히 알고 있겠지? 직예란 총독의 모든 행위가 곧 천황의 의지라는 뜻이야. 그러니 천황의 뜻을 거역한 것, 천황에 반기를 든 것이지. 이건 군법 회의보다 더 무거운 중죄야. 이 자리에서 처형해도 할 말이 없어."

어담은 거기까지 말하고 천장을 올려 봤다. 한숨이 길게 나왔다. 광서는 머리를 조아렸다. 그를 이토록 난처하게 만들었다는 생각에 미치자 다른 수가 없었다.

"자네가 기마대를 막아선다고 시위대가 다치지 않을 것 같나? 지금 시위가 전국으로 번져 가고 있어. 총독부가 이 사태를 어떻게 해결할 것인지 본국과 논의하고 있는데 아마 무력 진압이 하달되지 않을까 해. 지금은 초기 국면이니 두고 보는데, 장기화하면 병력 투입을 불사할 거야. 세계의 이목이 있으니 조속히 불을 끄고야 말겠지. 선동자와 주동자를 색출해 효수형이나 총살을 명령할 걸세. 본보기로 말이야. 자네의 행동은 불온한 선동자들에게 휘말린 철없는 시위에 기름을 부은 꼴이네. 자네가 그렇게 한다고 총독부의 전략이 바뀔 것 같나?"

148

머리를 조아린 채 듣고 있던 광서가 고개를 살짝 들었다. 뭔가 말하고 싶은 표정이었다.

"말해 보게."

"그들은 범죄자가 아닙니다. 천황의 은덕을 배반하는 불온한 사람들도 아니고."

"뭐? 그럼 뭐야?"

어담의 목소리가 높아졌다.

"저는 단지 무기가 없는 시위 군중에게 발포하거나 칼을 들고 진압하는 것이 기마대의 불명예라고 생각했을 뿐입니다."

"그럼 기마대의 명예로운 행동은 뭔가?"

"적진을 돌파해서 교란하는 것, 기선을 제압해 적의 예봉을 꺾는 것입니다. 적의 무력이 막강해서 아군이 움츠러들 때 적진을 휘저어 아군의 사기를 높이는 것, 저는 육사에서 그렇게 배웠습니다."

"자네는 아군의 사기를 높였나? 외려 움츠리게 만들었잖아? 자네의 항의를 듣고 나쓰메 중위가 칼을 거두었거든."

"아군의 사기는 그런 것이 아닙니다. 적진이 막강할 때 사기를 높여야 하는데, 적진은 약하기 한량없는 민간인들이었습니다. 더욱이 적도 아니고요."

"적이 아니라…. 그럼 뭐지?"

"제국 통치를 받는 선량한 사람들입니다. 다만, 제국 통치가 그들의 마음을 사지 못했음을 증명할 뿐이죠."

"제국 통치가 틀려먹었다?"

"그런 게 아니라 제국 통치에 대한 불만이 높아졌다는 사실이고, 그렇다면 통치의 기조를 바꿔야 한다는 말입니다."

"자네는 정치가가 아니야. 그런 건 제국 정부가 정하는 일이고 총독부 소관이지. 우리는 군인일 뿐이야. 명령을 받드는 군인!"

"조선인들이 자율권을 원한다면 왜 그런지 따져 묻고 그간 식민통치의 단점과 약점을 파악해야 하겠지요. 아무리 군인이라도 무장하지 않은 민간인을 살상하면 식민 통치에 더 큰 화를 초래하게 됩니다."

"그 또한 정치가의 몫이지, 우리들 본분과는 상관없는 일이다."

"귀국하기 전에도 그랬지만, 최근 국제 정세가 식민지에 유리하게 돌아가고 있습니다. 식민지를 독립시켜야 한다는 국제적 여론이 비등하고 있고, 국내외에서도 그에 호응해 선언서, 청원서들이 여기저기 나오고 있잖습니까. 왜 제국 정부는 이런 정세에 귀를 막고 있습니까. 뭔가 유화적 태도를 취해야 하는 것 아닌가요? 총칼로 진압하면 식민 통치가 더 단단해질까요? 우리 조선인 장교들은 총칼로 조선인들의 요구를 짓밟아야 할까요? 일본인 장교라도 그것은 군인의 명예가 아닙니다. 군은 외적으로부터 신민의 안전을 보호하는 일이 우선이지요. 일선동화라고 했잖습니까? 조선인도 다 같은 신민이지요. 천황의 신민. 그렇다면 그것은 군대의 중추라 할 수 있는 기병대의 자존심을 무너뜨리는 길입니다."

어담은 말을 끊었다가 천천히 입을 열었다.

"제국 정부는 독립운동을 허용하지 않네. 그것도 아주 철저히. 작년 봄, 박상진이를 체포해서 조직을 일망타진했지. 비밀 결사 두목이었어. 조선국권회복단을 조직했고 후에 대한광복회 총사령관으로 활동한 자야. 신흥학교 자금책이기도 했지. 내 친구 노백린이도 회원으

150

로 포섭됐고. 박상진은 아직 대구형무소에 있네. 사형을 언도받았지. 만세 시위가 지금처럼 퍼져나가면 아마 사형을 집행할 걸세."

"노백린 선배가요?"

"그래, 김좌진하고 한패가 됐어. 북간도로 도피했다고 하더군."

"결국 그렇게 망명했군요."

"신흥학콘가 뭔가 하는 게 그게 번듯한 무관학교인 줄 아나? 다 쓰러져 가는 오두막에 오합지졸이 모인 허섭스레기에 불과하지. 그런 걸 갖고 독립운동이다 뭐다, 대체 가당찮은 소리야."

광서는 말을 잃었다. 기세를 다소 회복한 어담이 말을 돌렸다.

"자네같이 경솔한 짓을 하면 일본군에 속한 조선인 장교들이 어떤 화를 입을지 생각해 봤나?"

"그건 미처 생각하지 못했습니다."

"그래, 모두 전선으로 내몰리거나 한직으로 밀려나겠지. 또는 본국 장교를 투입하지 못하는 난처한 업무로 배치될 걸세. 조선인 장교에 대한제국 정부의 불신이 커진다는 말이지."

광서는 잠시 침묵하다, 입을 열었다.

"그렇겠습니다만, 결국 우리의 운명은 그렇게 결정돼 있는 게 아닐까 합니다."

"뭐라고, 결정돼 있다고?"

"말씀하셨듯이, 비밀 결사래 봐야 취약하고 힘도 자원도 없으니 독립운동이 제대로 되지 않겠지요. 최근 제국 정부의 국제적 위상이나 국력으로 봐서, 통치가 이삼십 년은 더 갈 것 같습니다. 그 이삼십 년 동안 조선인 장교들은 소모품이나 총알받이로 쓰이겠지요."

"이삼십 년이라…."

"저도 임관할 당시 그런 생각은 하지 못했는데 지난 십 년 동향으로 봐서 저 역시 그렇게 소비될 거라는 생각이 더 뚜렷해졌습니다. 제가 일본과 조선 사이에서 쩔쩔맨다고 할까요. 죄송합니다. 이런 말씀을 드려서."

"군문을 떠나겠다는 말인가?"

"중좌님의 판단을 알고 싶습니다. 대한제국부터 삼십 년을 겪어보셨으니 지금 제가 어떻게 해야 하는지 알려 주십시오. 간절히 청을 올립니다."

그는 한숨을 길게 내쉬었다.

"지금 난 자네를 취조하는 중이야. 여기 조서가 있잖은가? 이걸 작성하는 게 내 임무고. 자네와 인생을 논하는 자리가 아니란 말이야!"

어담이 목청을 높였으나, 목소리가 흔들렸다.

"자, 본론으로 돌아가지. 도쿄 정부와 육군성이 충분히 납득할 수 있게 반성문을 쓸 텐가? 아니면 자네 운명을 나도 장담할 수 없네."

어담은 곧은 목소리로 다그쳤다. 광서는 눈을 들어 천장을 올려봤다.

"쓰겠습니다만…. 조건이 있습니다."

"무슨 조건?"

잠시 침묵이 흘렀다. 어담은 광서의 표정이 변하는 것을 눈치챘다. 먼 기억으로 돌아가는 듯한 시선이었다. 마치 사랑하는 가족과 작별하고 돌아서는 표정 같았다.

"아버지와 형이 누구에게 죽임을 당했는지만 말씀해 주시면, 저의 모든 생각을 접겠습니다. 유년학교와 육사 시절 이래, 내내 저를 괴롭히던 문제였습니다. 치성 선배님께 대강 얘기는 들었는데, 어떻게 죽었는지, 그리고 누가 죽였는지 알고 싶습니다."

"그건…. 곤란하네."

"십 년도 넘은 일인데 곤란할 게 뭐가 있겠습니까? 더군다나 태황제도 붕어하셨는데."

태황제 붕어가 떠오르자 어담은 맥이 풀렸다.

"사실 나도 태황제께서 서거하셨다는 소식을 듣고 억장이 무너졌네. 내가 품고 있던 마지막 존재의 징표가… 사라졌으니."

뜻밖의 발언에 광서는 긴장했다.

"당시 주군의 사정을 발설하는 것이 시종무관의 본분에 어긋난다는 것을 알지요. 그런데 이미 붕어하셨고 조선은 군주가 없는 고아가 됐잖습니까. 저도 들은 바를 함구하겠습니다. 저의 집안일인데 감히 누구에게 말을 하겠습니까?"

어담이 다시 천장을 올려보며 긴 한숨을 쉬었다.

"좋네, 다만 나도 조건이 있네. 도쿄에 보고할 시말서, 그것도 아주 처절한 반성문을 써야 하네. 거기에 기마대의 명예 따위는 적지 말아야 해. 그리하면 답하지. 다만 내 입으론 말하지 않고, 고개만 끄덕이겠네."

상황이 뒤집혔다. 광서가 묻고 어담이 답하는 모양새가 됐다.

"좋습니다. 그리 약조하겠습니다."

광서는 자세를 고쳐 앉았다. 이제 끝내 미궁에 빠졌던 문제에 답을 얻는 순간이었다.

"성은 형을 누가 죽였습니까?"

광서는 종이 위에 글자를 썼다.

— 흑룡회.

그러자 어담의 고개가 아래위로 끄덕였다.

"어떻게 죽였습니까?"

광서는 다시 썼다.

— 권총?

어담이 고개를 좌우로 가로저었다.

— 자객?

어담이 고개를 아래위로 끄덕였다.

"아버지는 누가 죽였습니까?"

— 흑룡회.

고개를 가로저었다.

— 일진회.

끄덕였다.

— 자객?

가로저었다.

— 독살?

그가 고개를 끄덕였다.

광서의 목울대를 뚫고 참던 울음이 북받쳐 올랐다. 형은 일본 극우
파의 칼에 맞았고, 아버지는 일진회의 지령을 받은 조선인에게 독살

되었던 것이다. 조선과 일본이, 자신이 태어난 조선과 자신을 교육한 일본이 각각 형과 아버지를 죽였다. 광서의 육체와 정신의 산모産母가 광서의 혈육을 죽였다는 말이다. 어떤 극형에 처할 일을 했기에 칼을 맞고 독을 삼켜야 했을까. 그도 그렇지만, 자신의 육체와 정신이 조선과 일본 그 자체라는 생각에 이르자 식은땀이 났다. 치가 떨렸다.

자신의 멀쩡한 육체와 정신을 번득이는 칼날로 벅벅 긋고 싶었다. 뻘건 피로 범벅이 되어 죽어 가고 싶었고 자신이 고통스러워하는 꼴을 보고 싶었다. 운명의 모순이 그렇게라도 해야 해소될 것 같았다.

광서는 머리를 쥐어뜯었다. 몸과 정신에서 조선과 일본을 통째로 뜯어내고 싶었다. 육체가 말라비틀어지고 정신의 창고가 텅 비더라도 다 들어내고 새로 시작하고 싶었다. 다 들어내는 것, 이게 독립운동의 출발점일지 모른다. 자금도 없고 사람도 없다고 독립운동이 어려운 것은 결코 아니다. 자금이, 인재가, 기회가 없기에 독립운동의 명분은 도리어 선명해진다. 학교는 오두막이고 사람들은 오합지졸이기에 독립 정신은 더욱 필요하다.

광서는 고종의 붕어가 뜻하는 바를 새롭게 이해했다. 군주가 사라지고 고아가 된 것은 새로 시작하라는 하늘의 명령이다. 망국지군亡國之君이라 해야 한다. 전제군주 시대가 끝나고 새로운 시대가 시작됐다는 뜻이다. 고아가 아니라 신생아라고 해야 한다. 신생명, 신원기新元氣, 신시대가 출범한다는 뜻이다. 연약하고 대책 없는 만세 시위가 바로 그 뜻을 결집하고 있는 것이 아닌가!

광서는 이제 해야 할 바가 분명해졌음을 깨달았다. 마음은 훨씬 가벼웠다. 밤새도록 시말서를 썼다. 얼마나 시간이 지났을까. 문이 열리고 아베 대위가 밖에 서 있었다.

"자, 이제 나오게."

광서는 비틀거리며 일어섰다. 창문으로 쏟아져 들어오는 아침 햇살에 눈이 부셨다. 아베가 광서의 어깨를 감싸안으며 말했다.

"차를 대기시켜 놨네. 집에 가서 푹 쉬게나."

만세 시위는 전국 방방곡곡으로 퍼져나갔다. 우발적이고 자발적이었다. 시위에 참여한 사람들, 시골 평범한 농민들 중에는 조선이 이미 독립된 줄로만 알고 읍내, 면사무소, 장터에서 다짜고짜 만세를 부른 사람이 많았다. 일본 경찰에 불만을 품은 사람들은 무작정 주재소로 쳐들어가 기물을 부쉈다. 독립이 되었으니 일본으로 돌아가라고 고함을 질렀다.

어느 마을에서는 부락민들이 마을 뒷산으로 몰려가 불을 놓고 독립만세를 불렀다. 산 정상에서 농민들은 화톳불을 피우고 밤새 소리를 질렀는데, 마치 봉화를 올리는 것 같았다. 이 산 저 산 타오른 봉화는 조선독립을 서로 알리고 교신하는 기쁜 신호였다.

태극기와 깃발이 나부꼈다. 장터 시위에는 태극기뿐 아니라 민족 대표를 자칭하는 깃발이 자주 등장했다. 민족 대표가 각 동네와 읍내마다 쏟아져 나왔다.

시위를 주도하는 뚜렷한 조직은 없었다.

3월 1일 고종 인산 행사 이후 전국 향촌 고을에는 망곡望哭과 봉도奉悼 의식이 행해졌다. 광무 황제를 애도하는 사람도 있었고, 애도를 빙자해, 제국 정부에 대한 불만을 풀려는 사람들이었다. 공화共和 만세 깃발이 등장한 것도 그즈음이었다. 공화의 정확한 의미가 무엇인지, 그것을 이해할 수 있는 사람들이 얼마나 됐는지는 상관할 바가 아니었다. 그저 사람들이 모여 만세 소리를 목청껏 부르면 그만이었다.[*]

조선총독부는 조직도 없고 주동자도 없는 이 전국 단위의 시위에 어리둥절했다. 사람이 모이면 만세 함성을 지르고 보는 조선인의 행동을 이해할 수 없었다. 불온 삐라에 출현한 한성임시정부는 어느 정도 정체를 파악했으나 조선독립단, 청년단, 노인단, 혁명단 등은 그 실체가 아리송했다. 총독부의 기조가 바뀌었다.

경찰의 검거 선풍이 불어 닥쳤다. 주재소를 쫓겨난 순사들이 돌아왔고 치안대가 대오를 정비했다. 사람들이 모이는 곳엔 총과 칼이 등장했다. 칼에 맞아 죽는 사람이 속출했고, 어디선가는 발포 소식도 들렸다. 경찰 기마병이 장터를 급습했다. 조선군사령부는 기마대를 출동시켜 경성 시내를 경비했다. 철시한 상가에는 사람들의 그림자를 찾을 수 없었다. 전차역 건물과 골목 곳곳에 긴장한 표정의 학생들과 청년들이 모였다가 흩어지곤 했다.

광서가 조선군사령부에서 돌아와 사직동 집에 틀어박혀 지낸 지 며칠이 지났다. 머리는 맑아졌다. 최남선이 쓴 독립 선언서의 구절처럼

---

[*] 권보드래, 《3월 1일의 밤》(돌베개, 2019) 3장.

신천지가 전개되는 듯했다. 신천지는 스스로 만들어야 한다는 것도 분명해졌다.

총독부가 발행하는 〈매일신보〉에 윤치호의 담談이 발표됐다. 만세 시위를 '조선인에게 비극'이라 평했다고 기사는 전했다. 파리강화회의에서 조선독립 문제가 상정되지 않을 것이고, 독립이 주어지더라도 조선은 아직 준비를 덜 갖췄으며, 단순한 만세 시위만으로는 독립을 얻을 수 없다고 했다. 심지어는 제국 정부의 불신을 초래해 무력 통치를 연장시킬 위험도 있다고 덧붙였다. 윤치호는 만세 운동을 주도한 천도교 세력에 대한 불신을 품고 있었다.

광서는 신문을 덮었다. 언제 준비가 될까? 무력 통치하에 준비가 가능하기라도 한 걸까? 제국 정부가 그러할 의지도 의사도 없음을 광서는 알았다. 취조실에서 오열할 때 자신은 아무것도 없는 빈손임을 처절하게 깨달았다. 조선의 현실하고 똑같았다. 지나온 길은 모두 파괴되어 돌아갈 곳이 없었다. 돌아가서는 안 된다는 사실도 이제는 명백해졌다. 신천지를 만드는 것만이 해답이었다.

조선군사령부로부터 명령서가 왔다.

— 군법 위반으로 병가 한 달을 단축함. 1919년 5월 31일 자정까지 귀대할 것. 귀대 이후 군사재판에 회부 예정.

각오한 바다. 그러나 돌아갈 수는 없다. 아버지와 형을 죽인 제국의 손에 나마저 죽임을 당할 수는 없다. 인왕산 중턱에서 끼룩끼룩 새 울음이 들렸다. 외출했다가 돌아온 선돌 애비가 시내 분위기를 전했다.

기마대와 경찰이 삼엄한 경비를 펴고 있어서 사람들의 발길이 뜸하고, 집 주위에 사찰 요원 같은 사람이 어른거린다고. 골목에도 집 문쪽을 살피는 낯선 사람이 가끔 나타난다고. 예상한 바였다. 경시청과 조선군사령부에서 파견된 감시원이다.

망명 계획을 은밀히 고백한 그날 밤 광서의 아내는 펑펑 울었다. 운명을 탓하는 울음이었고 운명을 받아들인 울음이었다. 망명이라는 낯설고 막막한 삶 앞에서 두 사람은 어떤 기획도 기약도 할 수 없었다. 다만 두 손을 잡고 점점 짙어지는 어둠을 맞이할밖에, 다른 도리가 없었다. 봄 새가 울었다. 아이들은 자고 있었다.

망명이 알려지면 가족이 고초를 당할 거다. 선돌 애비와 어미도 잡혀가 문초를 당할 테니 나중에 다짐을 잘 받아 달라. 일단 참고 견뎌라. 설마 죽이기야 하겠는가. 땅과 집이 있으니 당분간 먹고사는 데는 지장이 없다. 생활고에 부딪히면 시골 땅을 팔아라. 땅문서는 여기 문합에 있다. 망명에 성공하면 어떻게든 연락이 닿을 거다. 조선의 운명이 이러하니 우리의 운명도 하늘에 맡기자. 다른 수가 없다. 일체 내색도 하지 말라. 정화는 입을 앙다문 채 고개를 끄덕였다.

종로경찰서 김영팔 형사가 찾아왔다. 감시 책임자라 했다. 떡 벌어진 어깨에 야심찬 표정을 짓고 있었다. 말할 때 가끔 야릇한 냉소를 흘렸고 눈동자를 좌우로 굴렸다. 매일 동향 보고를 올리니 귀대할 때까지 수상한 행동을 삼가 달라는, 조언인지 경고인지 모를 말을 덧붙이고 돌아갔다.

후원에 산수유가 꽃을 피웠다. 개나리와 진달래도 꽃을 피울 기색이 역력했다. 느티나무와 버드나무에 연두색 싹이 움텄다. 광서는 후원을 거닐었다. 낯설고 두렵고 새로운 망명 계획을 이리저리 구상했는데 막연하기는 마찬가지였다. 감시망은 촘촘했다. 주도면밀하지 않으면 그 망을 뚫을 수 없었다. 종로경찰서, 경시청, 조선군사령부가 밤낮 쌍심지를 켜고 보고 있다.

지석규가 광서를 찾아왔다. 병가를 냈다고 했다. 명월관에서 그 둘이 만나는 장면이 포착됐다. 감시망은 긴장했다. 일본군 보병 중대장 지석규도 감시자 명단에 올라 있었다. 술잔을 놓고 몇 시간 담화를 나눴는데 명월관을 나올 때는 두 사람 모두 대취했다는 보고가 올라갔다. 옆방에 정보원을 배치하지 않았다고 경시청 간부가 김영팔 형사를 호되게 질책했다. 김영팔은 정신을 바짝 차렸다. 명월관의 기생을 정보원으로 강제 포섭했다.

며칠 뒤 광서가 지석규와 진고개 국취루에서 만났다는 보고가 올라왔다. 무슨 목적인지 무슨 이야기를 나눴는지는 아직 파악 중이라 했다. 김영팔 형사는 또 질책을 당했다. 이번에는 국취루의 기생을 포섭해 뒀다.

광서는 김영섭 목사와 정동교회에서 다시 회동했다. 지난번 김 목사가 말하려다 못한 소식을 듣기 위한 자리였는데, 그것은 놀랍게도 한상우의 전갈이었다.

'필요하면 요원을 밀파한다. 도움을 받아라.'

김 목사는 조선독립청년단에 속한 국내 활동가일 거라 했다. 정보원이 근접하지 않고는 두 사람이 귀엣말처럼 속삭이는 내용을 파악할 수 없었다.

160

감시 정보가 최종 수합되는 조선군사령부 사찰과에서 어담 중좌와 아베 대위가 마주 앉았다.

"김 중위가 요즘 요릿집을 자주 드나드는데 돌아갈 준비를 하는 건지, 아니면 회의에 빠진 건지 분간이 안 되네. 어제는 명월관 기생과 밤을 새웠다고 하더군. 그럴 친구가 아닌데 말이야."

"급성 위궤양이라고 하던데, 술에 빠져 있으니 딱해요."

"사직동 집에는 별 특이점은 없고 방문하는 객도 없다 하니…."

"며칠 전에는 종로 김태진 의원을 방문했다가 어디론가 사라졌어요. 정보원이 놓쳤다고 합니다. 밤늦게 귀가했는데 그날은 술을 안 마신 모양입니다. 귀대가 아직 한 달 반 정도 남았으니, 더 지켜볼 수밖에요…."

수원 어느 교회에서 예배를 보던 기독교인들이 몰살당했다는 소문이 나돌았다. 예배 도중 만세를 불렀다는 게 이유였다. 수원 분원에서 출동한 기마대가 예배당 문을 잠근 뒤 사격을 가했고, 불을 질러 수십 명이 타 죽었다고 했다. 아녀자와 노인이 대부분이었다. 보병 장교 아리타 도시오有田俊夫 중위는 일본에 대해 반감을 가진 일단의 불령 무리가 모여 만세 시위를 했다고 반박했다.

그는 만세 시위의 주모자인 예수교도와 천도교도를 박멸하고 그 근거 소굴을 뒤엎어 화근을 끊는 것이야말로 군인의 성스러운 임무라고 주장했다고 기사가 전했다.

광서는 신문을 손에 쥔 채 부르르 떨었다. 마치 아버지와 형이 그 교회 안에 있었던 것 같은 고통이 엄습했다. 일본군 보병 장교 지석규도 이 소식을 접하고 통한의 눈물을 흘릴 것이었다. 그러나 별일 없는 듯 태평스러운 표정을 잃지 않아야 했다. 경찰은 광서가 자주 사라진 종로통 골목을 뒤졌으나 별다른 소득이 없었다. 모두 노인이거나 시내에 장사를 하러 다니는 장사치들, 경성 시내에 물자를 대는 상인들만이 낯선 표정으로 정보원을 맞았다. 웬 골목길을 뒤진담? 대문 앞에서 햇볕을 쬐던 노인들은 투덜거렸다.

5월 중순, 별일 없이 한 달여가 지났다. 봄이 활짝 만개한 낮 시간이었다. 종로경찰서 김영팔 형사는 점심을 먹고 돌아와 책상 위에 놓인 쪽지의 내용을 읽고 환호성을 질렀다.

김광서가 금강산 여행 기차표를 끊었다는 정보였다. 5월 20일 아침 10시 경원선. 청량리에서 탑승해 금강산을 가로질러 원산으로 가는 기차였다. 김영팔은 오래 다져 온 감으로 확신했다. 북청으로 가는군. 북청에서 두만강을 건널 모양이야. 정보원을 세 명 배치하고 끝까지 따라붙었다가 놈이 두만강을 넘기 직전 체포한다. 김영팔은 북청 지서에 비밀리에 통지하고 정보원을 배치했다.

5월 20일 새벽, 광서는 부모님과 형의 위패 앞에 머리를 조아렸다.

"부모님, 이제 갑니다. 간도일지 연해주일지 모르겠으나 신천지로 갑니다. 신천지를 만들기 위해 갑니다. 이게 저의 운명입니다. 부모님, 길을 밝혀 주십시오. 형님, 저를 안전하게 인도해 주십시오. 원수를 갚겠습니다. 고국의 원수이면서 저의 원수입니다. 앞길이 험난하겠지만 제게 허락된 유일한 길입니다."

광서는 두 번 절을 하고 하직을 고했다.

여행복 차림으로 갈아입었다. 아내와 딸아이들을 안았다. 선돌 애비와 북청댁은 울며 서 있었다. 밖은 새벽 여명으로 어스름했다. 광서는 뒤안 돌담을 넘었다. 둥지에 튼 새도 눈치채지 못했다. 뒷산을 돌아 경희궁 옆길을 따라서 골목을 내려왔다. 청계천변 골목 허름한 집에서 양복 차림으로 바꿨다. 정보원으로부터 위조신분증, 일화日貨, 위조 여행권, 기차표 등이 들어 있는 가방을 건네받은 다음, 택시를 타고 서대문 고개를 넘었다. 이대로 수원역까지 달려 내려가 지석규와 조우할 참이었다.

9시가 돼도 사직동 광서의 집 대문이 열리지 않자 사찰 요원이 문을 박차고 들어갔다. 집 안에 김광서 중위는 보이지 않았다. 정화가 말했다. 아침 일찍 청량리역으로 나갔다고. 정보원은 서둘러 돌아와 청량리역에 비상경계 태세로 돌입할 것을 요청했다. 경찰서에서 밤을 새운 김영팔 형사는 다급해졌다. 청량리역에서도 김광서가 탑승하지 않은 것이 밝혀지자, 김영팔은 그제야 비상을 걸었다.

조선군사령부 사찰 팀도 부산해졌다. 어담 중좌와 아베 대위가 급히 마주 앉았다.

"김 중위가 사라졌네. 금강산행 기차를 타지 않았어."

"그럴 리가요. 이상한 행동은 없었는데요. 그 친구 결국 귀대할 겁니다."

"아니야, 내 직감이 맞다면 망명길을 나선 걸세."

"망명이요?"

아베는 가슴이 쿵 내려앉았다.

"아무튼, 당장 비상경계를 내리고 전국 기차역에 검문검색을 강화하게."

아베로서는 내키지 않은 일이었다. 친구를 수배해야 한다니. 체포되면 그길로 끝장이다. 감옥에서 몇 년을 살아야 할지 모를 일이다. 삶이 끝난다고 내가 몇 번 주지시켰는데, 조금 더 참고 기다리라고 했는데. 그럴 리 없다 고개를 가로저었다. 아베 대위는 전국 분원에 비상경계를 하달했다. 힘이 빠져나갔다.

늦은 오후 수원역에는 경찰과 순사가 깔려 있었다. 헌병 보조원도 여럿 보였다. 광서는 일본인으로 보이는 경찰에 다가가 유창한 일본어로 말을 걸었다.

"수고가 많아요. 무슨 일이 있는 모양이지요, 조선인은 대체 믿을 수가 없단 말이야. 신의주행 기차표를 어디서 사지요?"

일본인 경찰이 기차표 판매 창구와 개찰구를 가리켰다. 개찰구에도 순사들이 지켜보고 있었다. 중절모에 양복 차림, 거상에게 어울리는 고급 가방을 든 광서를 순사들이 부러운 듯 쳐다봤다. 광서는 일본어로 그들을 위로했다.

"이 저녁에 고생이 많아요. 대일본제국을 위한 애국자가 따로 없군."

승강장에 삼삼오오 모인 탑승객 사이에 얼핏 지석규의 모습이 보였다. 역시 양복 차림에 고급 지팡이를 들고 있었다. 마찬가지로 돈 많은 사업가 행색이었다.

오후 5시 신의주행 기차가 수원역 플랫폼에 들어섰다. 광서는 석규와 다소 떨어진 좌석에 따로 앉았다. 앞좌석에는 중년의 일본 신사가 앉았다. 조선에 사업 기회를 찾으러 온 도쿄 거주 사업가라 했다. 광서는 유창한 일본어로 그 중년 신사와 대화를 했다. 광서는 신주쿠와 지바현에 살았던 경험을 이야기했다. 헌병 보조원이 객실로 올라타 검문을 시작했다. 광서는 신분증을 내줬다.

만주 장춘에 곡물을 구입하러 가는 길이라 했다. 곡물 파동의 여파가 아직 가시지 않은 시국이라, 헌병 보조원도 금세 의심을 거두고 신분증을 돌려줬다. 지석규도 헌병 보조원에게 뭐라고 하는 모습이 보였다. 두어 번 경적을 울리더니 기차가 움직이기 시작했다. 차창엔 경찰과 순사가 다음 기차 수색을 위해 부지런히 움직이는 모습이 뒤로 슬슬 밀려났다.

밤 11시경에 도착한 평양역, 비밀리에 접선을 약속한 이응준은 탑승하지 않았다. 그의 좌석이 비었다. 새벽 신의주역에서 기차는 또 잠시 멈췄다. 단둥으로 가려면 검문을 받아야 했다. 광서는 여행권을 내줬다. 헌병 보조원은 건성으로 확인한 후 물러갔다. 두어 번 경적이 울리고 기차는 압록강 철교로 서서히 진입했다. 새벽 여명에 압록강 물이 넘실거렸다.

혁명의 전선

연해주

러만露滿 국경을 넘은 기차는 천천히 앞으로 나아갔다. 풍경이 달라
졌다. 광활했다. 인가는 보이지 않고 끝없는 초원이 펼쳐졌다. 초원
끝에는 아스라이 보이는 숲이 수평선처럼 아물거렸다. 승객들은 알
수 없는 말로 떠들어 댔다. 중국어와 러시아어가 섞여 뭉게구름처럼
피어올랐다. 거기 가끔 일본어와 조선어가 간간이 들렸다. 반가웠다.
자신의 육신과 정신을 만든 저 말들로부터 천신만고 끝에 탈출한 망
명의 길에서 불쑥 마주친 이 느닷없는 반가움을 경천은 애써 물리쳤
다. 돌아가서는 안 되는 그 시간들을 이 연해주 대평원에 다 묻고 새로
운 시간을 만들어 내야 했다.

저 멀리 나타난 마을 풍경은 사뭇 달랐다. 통나무집이 얼키설키 서
로를 의지하며 붙어 있었고 키가 높은 나무들이 마을 둘레를 감싸안
고 있었다. 평화로워 보였다. 그러나 저 마을 내부에 평화를 깨뜨리는
일들이 일어나고 있을 것이다. 촌민들이 오순도순 살아가는 평범한
생활을 파괴하는 회오리바람은 만주를 집어삼켰고, 연해주의 드넓은
평원을 향해 돌진하고 있을 것이다.

압록강을 건너 겨우겨우 도착한 신흥무관학교는 러시아 혁명의 열

기에 들떠 있었다. 1917년 10월에 볼셰비키 혁명이 일어났으니 이미 2년이 경과한 때였다. 신흥학교 교관과 학생들은 수백 년 지속된 제정帝政을 뒤엎고 노동자 농민 반란이 일어났다는 사실에 감격을 금치 못했다. 대독일 전선에 행동 당원들을 잠입시켜 병사들을 선동한 볼셰비키의 전략에 감탄하기도 했고, 전선을 이탈한 병사들을 재조직해 제정 러시아 군대와 내전을 벌인다는 사실에는 숙연해졌다. 뜻있고 유능한 청년들을 규합해 군대를 만들고 저 압록강을 건너 국내로 진격하는 날이 어서 오기만을 고대했다.

김광서와 지석규의 출현은 그들의 열기에 불을 붙였다. 신흥학교의 형편이 어려웠던 때라 일본 육사 출신 장교가 합류하자 그들은 곧 조선독립이 볼셰비키 혁명처럼 퍼져나갈 것임을 믿어 의심치 않았다. 대한무관학교 출신 신팔균이 그들을 열렬히 맞은 덕이기도 했다. 그와의 조우는 뜻밖의 일이었다. 신팔균은 대대로 무관 집안 출신으로, 조부는 강화도조약의 전권대사였던 신헌申櫶 장군이고, 아버지는 한성부 판윤과 병마절도사를 지냈던 신석희申奭熙였다. 정미조약의 강제 체결로 군대가 해체되자 분노한 그는 군문을 떠나 의병 투쟁에 가담했다가, 비밀결사인 대한청년단 활동을 벌였다. 이후 사정이 여의치 않자 서상일, 김동삼과 서간도로 망명한 애국지사였다.

서간도 고산자孤山子 산협에서 의기투합한 이 셋은 의형제를 맺었다. 각자의 이름에 하늘 천天 자를 새겨 넣어 그 증표로 삼자고 결의했다. 지석규는 지청천靑天, 신팔균은 신동천東天, 김광서는 김경천擎天으로 개명했다. 지난 시간과의 단절, 새로운 시간의 염원을 이름에 새겨 넣었다. 광서는 그때부터 '경천'으로 불리게 되었다.

170

상황이 열악해도 교관과 학생들의 열기는 움츠러들지 않았다. 제국 정부와 일본 국민의 온갖 지원을 받아 날로 번창하는 일본군의 상황을 잘 알고 있는 경천은 안쓰러웠다.

모여드는 청년들을 훈련할 교본도 인력도 변변치 않았다. 무기가 부족해 총을 만져 보지 못한 청년 단원도 다수였다. 그럴수록 교관들은 빈자와 빈농이 구체제에 저항해 총을 들게 만들었다는 이념의 힘에 막연한 동경심을 품었다. 사회주의가, 공산주의가 정확히 무엇인지 아는 이는 드물었으나, 러시아 혁명 소식은 고향을 등지고 위험천만한 만주 땅에 와서 오로지 일제의 총칼에 대적하는 자신들의 의로움을 달래기 충분했다. 레닌은 위대한 인물로 받아들여졌다. 한민족에도 그런 인물이 태어나기를 염원하는 교관과 학생이 더러 있었다.

그러나 니콜라이 2세가 처형됐다는 소식에 그 믿음이 흔들리기 시작했다. 군주를 처형할 만큼 사회주의라는 이념은 냉혹한 것인가. 고종 독살설이 간도에도 알려졌는데 눈물을 흘리는 사람이 많았다는 이야기를 들었다. 일제의 잔학함에 대한 저항인지 조선의 마지막 군주에 대한 연민이었는지는 모르지만 러시아 혁명은 이들에게 반란과 독립 사이 그 어딘가에서 새로운 시간을 탄생시키는 미지의 힘으로 인지되었다.

신흥학교의 상황은 악화일로에 놓여 있었다. 이상룡이 망명할 때 갖고 온 재산과 물자는 거의 동났고 인근에 흩어져 사는 한인들은 가난하기 그지없었다. 겨우 목에 풀칠하고 살았다. 게다가 마적^{馬賊}들이 한인촌락을 자주 습격해 곡식을 약탈하거나 자식들을 인질로 잡아가 부려 먹었다. 마적단의 습격을 피해 고산자 협곡으로 학교를 이전했지만 궁핍한 상황이 말이 아니었다.

대책위원회가 열렸다. 무엇보다 무기와 물자가 필요했다. 오랜 논의 끝에 대책위원회가 결정을 내렸다. 김경천과 지청천, 그리고 군사학 교관인 신동천을 무기 구입차 북간도로 파견하는 결정이었다. 북간도의 한상우에게 연락을 취했다. 초가을에 이들은 길을 떠났다. 이상룡, 김동삼이 나룻배를 타는 이들을 배웅했다. 독립투쟁에 보낸 고난의 세월이 주름살에 박혀 있었다.

경천은 북간도로 가는 도중 장춘에서 연해주로 방향을 바꿨다. 체코군단이 연해주로 패주하고 있다는 소식이었다. 체코군단은 5만 명에 달하는 규모였는데 모스크바 혁명정부가 독일과의 협상에서 제정러시아를 도운 이들을 내치자 갈 곳이 없어졌다. 전쟁 중 점령한 체코를 휘하에 남겨 두려던 독일은 체코군의 귀향을 막았다. 체코군은 결국 시베리아로 향했다. 귀국할 수 있는 유일한 통로였던 시베리아행은 멀고도 힘든 여정이었다.

체코군은 생존과 귀국 자금을 마련하기 위해 무기를 팔았다. 경천에게는 좋은 기회였다. 북간도에도 무기 구입이 어렵다면 아예 연해주로 가 직접 부딪혀 보자는 생각이었다. 그곳은 혁명과 분열, 내란과 투쟁, 빨치산 의병대와 제국군대가 대평원의 평화로움을 한꺼번에 깨뜨리고 있는 역사의 현장이었다.

연해주에 닥쳐온 러시아 혁명은 생존의 고통을 끝내 주는 어떤 신선한 힘이거나, 새롭지만 예상치 못한 고난을 강요하는 불길한 기운

일 것이다.

망명길 위의 경천은 여기 기차를 같이 타고 있는 승객들의 심정이 그럴 것이라고 생각했다. 등짐을 한껏 꾸린 차림으로 보아 국경을 드나들면서 장사하는 이들이 많았다. 짐 보따리마다 시큼하고 퀴퀴한 냄새가 풍겼다. 어떤 짐에서는 피가 배어 나왔다. 토막을 낸 생닭과 돼지를 마구잡이로 싼 짐이었다. 중국산 비단이 삐죽 튀어나온 짐은 주인이 정성스레 품에 안았다. 러시아 상인과 몽골 상인이 알 수 없는 말로 얘기를 주고받았는데 품에 안은 보퉁이를 조금 풀고 벌써부터 흥정하는 듯했다.

경천은 한상우가 일러준 대로 니콜스크역 근처 해로海老 여관에 여장을 풀었다. 우수리스크에 붙어 있는 작은 도시였다. 계절은 초겨울로 접어들었다.

여관 주인은 오래전 남편을 잃고 과부가 된 초로의 러시아 여인이었는데 마음씨가 좋고 품이 넉넉했다. 젊은 나이에 홀로 투숙한 경천이 안쓰럽다는 듯 가끔 자신이 먹는 음식을 나눴다. 이름이 '예바'라 했다. 저녁을 먹고 나면 예바는 연해주에서 일어나는 일들을 들려줬다. 그녀는 시장에서 일어나는 예삿일처럼 이야기했는데 경천에게는 결코 평범한 일들이 아니었다.

내륙에서 쫓긴 제정 러시아 백군들이 몰려들고 있었다. 백군들은 기차를 징발해 귀족들과 재물을 한껏 싣고 이르쿠츠크를 거쳐 우수리스크로 물밀듯이 내려온다고 했다. 니콜스크 시장에 가면 귀족들이 팔려고 내놓은 진귀한 물건들이 즐비한데 그까짓 것들을 뭣에 쓰냐며 웃었다. 우리에게는 먹을 것과 입을 것, 의약품이 소중하다고 했다.

그런데 패주하는 백군을 진압하고자 볼셰비키 혁명군이 서서히 출현하기 시작했다. 그전까지만 해도 백군들은 흰색 복장에 휘장까지 걸치고 시내를 나다니고는 했는데 요즘은 통 보이지 않는다고. 저 북쪽 타이거 삼림 어딘가에서 대대적인 전투가 벌어졌고, 니항(니콜라옙스크항)에 일본군이 대거 상륙해 진을 치고 있다는 소문이 들린다고. 블라디보스토크에는 해외로 망명하려는 제정 러시아 귀족들과 백군 장군들이 들끓는데 이들에게 배편을 알선하는 거간꾼들이 큰돈을 벌고 있다고 했다.

"하여튼 요지경이에요."

예바는 혀를 끌끌 차며 자러 들어갔다. 러시아 말에 익숙하진 않았으나 경천에게는 이 요지경이란 말이 예사롭게 들리지 않았다. 오랫동안 몸속에 은둔하던 열정과 의욕이 불을 댕기듯 일시에 터져 나오는 느낌에 그 자신도 놀랐다.

경천이 원하던 곳이었다. 혁명의 열기가 펄펄 끓는 곳에서 자신의 혁명을 위해 몸을 던지고 싶었다. 독립의병대를 조직해 막강한 군대를 만들려면, 거대한 소용돌이가 현실을 뒤집는 곳이어야 했다. 빨치산 게릴라 부대가 역사의 정의를 향해 진군하는 현장에서 평화는 거추장스러운 사치일 뿐이다. 게다가 일본군이 상륙해 진을 치고 있다지 않는가. 서간도의 일본군이 산자락을 타고 침투하는 소규모 부대라면 연해주는 일대 전면전을 벌일 수 있는 곳이다.

경천은 백마를 타고 평원을 질주하는 자신을 그려 보았다. 군도를 높이 들고 일본군을 향해 진격하는 자신의 모습을 상상했다. 얼마나 고대하던 광경인가. 국경을 넘어올 때 목격했던 광활한 초원에서 독립의병대를 끌고 일본군과 대적하는 꿈, 자신의 육신과 정신을 만든 조선과 일본의 역사적 모순을 일시에 쇄신하는 그 상상에 경천은 잠을 설쳤다.

달포가 지났다. 일본군 기병 장교 경천이 연해주로 왔다는 사실이 서서히 알려졌다. 우수리스크에 사는 강콜랴에게서 연락이 왔다. 강콜랴는 한상우와 정보를 주고받는 비밀 연락원인데, 작년에 부모님을 잃고 홀로 됐다고 했다. 사업을 일궈 그런대로 재산을 모았던 아버지를 누가 볼셰비키 끄나풀이라고 밀고해, 블라디보스토크 감옥에 갇혔고 백군과 일경의 모진 고문 끝에 세상을 떴다. 그러자 어머니가 남편을 따라 목을 맸다. 강콜랴는 남은 재산과 여생을 독립군 지원에 바치겠다고 각오를 다졌다.

늦은 오후에 경천은 집을 나섰다. 우수리스크 시내에 작고 아담한 집이었다. 강콜랴는 반갑게 경천을 맞았다. 올해 스물다섯 살 청년의 얼굴은 밝았으나 남모를 슬픔을 숨기고 있었다. 강콜랴가 경천을 거실로 안내했다.

"이렇게 뵙게 돼서 영광이라예."

"반갑습니다. 김경천이라 하오."

"얘기는 들었는데, 길을 떠나니 얼마나 고생이 심합니꺼?"

"고생은요, 마땅히 해야 할 일이지요. 근데 연해주 사정이 어떻습니까? 처음 온 곳이라 얼떨떨하고 돌아가는 사정이 궁금하기도 하고…."

"그리 밝지만은 않지예. 저 뭐라카노, 볼셰비키들이 막 밀려오는 중 아닌교. 백군은 이리저리 흩어져 나댕기고, 한인의병대도 덩달아 여기저기 쏘다니고. 사태가 어찌 될지 누가 알겠능교. 장교님 같은 군인이 필요한 때라예."

강콜랴가 설명해 준 연해주의 사정은 대강 이러했다.

— 러시아 혁명이 발발한 이후 연해주는 혁명의 마지막 전선이 되었다. 혁명군에도 멘셰비키파와 사회혁명당파가 있는데 이들도 볼셰비키 군대에 밀려 연해주로 오고 있다. 볼셰비키 당원들은 멘셰비키와 사회혁명당을 믿지 못하고 서로 이념 투쟁 중이다. 한인 지사들도 마찬가지로 몸살을 앓고 있다. 작년에는 하바롭스크에서 한인사회당 결성을 주도했던 김알렉산드라 스탄케비치가 멘셰비키군에 의해 총살되었다. 정말 아까운 사람이다. 러시아 백군은 연해주를 최후의 보루로 삼고 결사 항쟁하고 있다. 일본군이 백군을 돕기 위해 작년에 블라디보스토크와 니항에 상륙했다. 일본군은 백군을 돕는 것보다 한인의병대를 몰살하는 데에 더 주력하고 있는 것 같다. 아직은 이렇다 할 전투가 없으나 곧 대규모 접전이 벌어질 것 같다.

이런 사태를 두고 연해주 한인사회가 하나로 결집하지 못하는 것이 가장 큰 문제였다. 대체로 정통성 싸움이다. 작년 3월에는 하바롭스크에서 조선인 '정치망명자회의'가 개최되어 일본군의 시베리아 출병에 대한 대책을 논의했는데 그 자리에서 이동휘, 한형권, 김알렉산드라, 김립, 유동열이 한인사회당을 결성했다. 유동열은 한인사회당 휘하 부대 백여 명을 이끌고 백군과 전투에 나섰다가 절반 이상을 잃었다. 이후 여전히 독립군 조직에 애쓰고 있다.

블라디보스토크에는 정재관이 깊이 개입한 '대한국민의회'가 결성
돼 활동 중이다. 대한국민의회는 안창호의 뜻을 따라 공화제 민족주
의를 주장하고 있는데 싸움에 나설 청년들도 병사들도 없는 것이 가
장 큰 문제다. 볼셰비키 혁명이 주도권을 잡는 날에는 러시아 적군의
도움 없이 독립투쟁을 지속하기가 매우 어렵다. 그런 점에서 적군과
의 잠정적 타협 노선이 설득력을 얻고 있는데 연해주에는 십여 개에
달하는 독립의병대들이 제각각 공산당과 연줄을 잇기 위해 노력하고
있다.

예를 들면, 한족회가 만든 무장대를 이중집이 끌고 있고, 김규면의
신민단과 연대한 황병길은 국민의회 훈춘지부 무장대를 지휘하고 있
는데 러시아 적군과의 관계를 고민 중이다. 유동열의 한인사회당 의
병대를 비롯해 강국모, 한창걸, 한운용의 독립무장대가 있는데 역시
볼셰비키군과의 관계가 아직은 애매하다.

이에 비하면, 이르쿠츠크파 오하묵의 자유대대, 김표도르의 이만
군대, 최니콜라이의 다반군대, 박그레고리의 독립단군대, 박일리야의
니항군대는 볼셰비키 세력 안에 있다. 최재형이 지도하는 독립단은
민족 노선을 고수한다. 이들 부대는 규모가 그리 크지 않아 대원이 대
체로 1백 명에서 2백 명 정도다. 북간도와 훈춘지구에서 활약하는 최
진동의 대한군무독군부, 안무가 이끄는 군무도독부군과 연대하는 방
안을 찾는 이유이기도 하다. 아예 볼셰비키 혁명에 가담한 부대도 있
지만, 아직 머뭇거리는 것은 볼셰비키 혁명이 이뤄진 후 러시아 적군
이 일본군과의 투쟁에 전면적으로 나설 것인지 불확실하기 때문이다.
러시아가 일본과 선전포고를 한다면 무장 독립대가 앞장설 것인데 그

날이 언제일지는 확실하지 않다.

강콜랴는 긴 설명을 마치고 침을 꼴깍 삼켰다.
"어떻습니껴, 좀 복잡하지예."
경천은 상상을 초월하는 이 복잡한 상황에 잠시 아득해졌다. 이에
비하면 서간도는 사정이 단순했다. 앞으로의 행보가 만만치 않겠다는
생각이 들었다. 강콜랴가 생각에 잠긴 경천에게 불쑥 말을 던졌다.
"마침 한형권 씨가 내일 장교님을 만나자 합니더. 내일 이리로 온다
카데예. 그리고 블라디보스토크 신한촌에서도 연락이 왔어예. 해가 바
뀌면 정재관 선생이 한번 내려오시라 합니더. 주소는 내한테 있어예."
무거운 마음으로 나서는 경천에게 강콜랴의 목소리가 들려왔다.
"내일은 밤에 오이소. 밖에 눈도 있고 해서예."

늦은 밤, 경천은 강콜랴에게로 갔다. 두 사나이가 거실에 앉아 있다
가 일어섰다. 한형권과 김아파나시라고 했다. 연해주에 널리 알려진
한형권은 건강하고 지적인 얼굴이었다.
한형권은 연해주 최고의 지략가로 만세 시위가 일어나기 전 대한국
민의회를 결성해 지휘부 일원이 되었다. 경천의 일본 유학 동기인 조
소앙이 기초하고 김좌진, 박은식, 신채호, 안창호, 이동휘, 이승만 등
39인이 서명한 무오독립 선언서를 성사시키는 데에 막후에서 활동한
일등공신이었다. 이동휘를 추종해 한인사회당을 결성했다가 상해임
시정부가 발족되자 그 휘하에 고려공산당을 조직해 활동했다.
그들은 연해주와 상해를 잇는 가교 역할에 주력했는데, 그게 쉬운

일은 아니었다. 연해주 내에서 이르쿠츠크파와 상해파가 분열하고 대립했으며, 임시정부의 통합 제안을 받아들인 상해파도 투쟁 경력이 전무한 임시정부를 인정하는 데에 주저했다. 독립운동의 대동단결이라는 절박한 과업을 실천한다는 각오는 누구보다 비장했으나, 서로 다른 이념 노선 그리고 러시아, 중국, 일본 간 상호 적대감이 한형권의 꿈을 방해했다.

김아파나시도 무척 지적이고 사려 깊은 인상이었다. 일찍이 블라디보스토크 극동대학을 나와 공산주의 운동에 뛰어든 한인 지도자 중한 사람이었다고 했다. 러시아 적군의 풍습과 관행에서 계급투쟁 노선에 이르기까지 예리하고 풍부한 혁명 사상으로 무장한 청년 지도자로 알려졌다. 두 사람은 인사했다.

"나 한형권이라 하오. 반갑소이다. 여기는 김아파나시 동지라고 볼셰비키 당원이오."

볼셰비키 당원이라는 말에 경천은 살짝 경계심이 일었다.

"반갑습니다. 늦은 밤 저를 만나러 왔다니 송구합니다. 무슨 일로?"

"일 얘기는 차츰 합시다. 일본군 장교로 복무한 인재가 여길 왔다하니 어찌 기쁘지 않겠소? 우린 고대했소이다. 김경천 씨 같은 탁월한 실력을 갖춘 군인이 나타나길 말이오. 연해주에는 많은 애국지사들이 있지만, 군사학과 전투에 밝은 사람은 드물지요. 더욱이 일본군과 대적하려면 그쪽 군사 전략과 전술을 잘 알아야 하거든요. 소식을 듣고 기뻤답니다. 진심이오."

"예, 과찬의 말씀입니다. 다만 독립 의지와 결의를 다진 사람의 하나일 뿐입니다."

"여러 사람 중 하나가 아니라, 유일한 사람이오. 북간도에는 홍범도나 김좌진 같은 사령관이 있는데, 우리에겐 그런 분이 없어 안달할 뿐이었소. 잘 왔소이다."

말없이 듣고만 있던 김아파나시가 입을 뗐다.

"김아파나시라고 합니다. 저도 환영하는 바입니다. 군대를 지휘할 사람이 절실했지요. 그런 임무를 맡아 주신다면 우리의 앞날이 밝아질 것입니다."

경천이 김아파나시의 찬사에 잠시 침묵했다가 물었다.

"저는 볼셰비키가 아닙니다. 다만 고국 독립을 위해 한목숨 바치겠다고 다짐한 사람일 뿐이지요. 여기 와 보니 내전에 분파에 어디에 발을 붙여야 할지 모를 지경입니다. 찬찬히 살펴보면 되겠지요."

김아파나시가 다시 말을 이었다.

"다그치지는 않겠습니다. 다만, 독립투쟁도 볼셰비키군과 협력하는 것이 낫습니다. 지금 백군은 일본군이 뒤에 버텨 준다 해도 지리멸렬 직전이고, 연해주를 볼셰비키가 장악하면 일본군도 결국 물러가게 돼 있습니다. 그때 러시아 적군의 도움을 받아 국내로 진격할 수 있을 겁니다."

그러자 한형권이 나섰다.

"김경천 씨, 저는 지난여름에 상해임시정부를 다녀왔어요. 상해파 공산당위원 자격으로. 임시정부에는 정치인들만 득실대고 투쟁할 의지도 인력도 없더군요. 제가 그랬어요. 독립무장단체 없이는 일본과의 투쟁은 말싸움에 불과하다고. 아예 임시정부를 연해주로 옮겨야 한다고 말이지요. 연해주에는 투쟁에 나설 한인 청년들이 많아요. 오래전부터 이주해 온 한인들이 십여만 명이나 살고 있습니다. 지금도 북쪽 아무르 지역과 니항 인근 지역, 연추와 수청에는 많은 독립무장단체가 활동하고 있지요. 무기가 부족하고 지도자가 없어서 탈이지만. 저희들이 여기 온 이유는 바로 그것입니다. 김경천 씨와 같은 장교가 연해주 한인총회의 독립부대를 맡아 주십사 요청하려고요. 한인총회는 공산당, 사회당, 국민의회를 모두 총괄한 연합단체가 될 거요."

경천이 물었다.

"연해주 한인총회는 결성되었는지요?"

"그건… 곧 결성할 겁니다."

요청은 고마운데 좀 더 상황을 살필 시간이 필요하다는 말로 일단 자리를 파했다. 한형권과 김아파나시가 작별 인사를 하고서 뒷문으로 빠져나갔다. 경천은 여관에 돌아왔다. 문을 두드리니 예바가 하품을 하며 나왔다.

"에고, 우리 젊은 양반이 밤늦게까지 재미 본 모양이네, 부러워라."

해가 바뀌었다. 연해주의 겨울은 춥고 눈이 많이 내렸다. 시내 건물과 가로수가 잔설을 업고 햇빛에 빛났다. 시베리아에서 발원한 바람도 날카로웠다. 경천은 해로 여관에서 겨울을 지냈다. 경성에 두고 온 가족이 그리웠다. 잘 있을 거라고 애써 마음을 다졌다. 거쳐 온 망명 길이 아득했다. 경천은 시를 한 수 지어 마음을 달랬다.

달은 어둡고 서릿발 옷에 가득한데
외로이 배 타고 강 건너는 길손아

본래 너는 북청 사나이다마는
지금은 풍운 속을 지나고 있구나*

추위가 조금 누그러진 날 경천은 블라디보스토크 신한촌으로 갔다.
중앙역에는 일본군 모습이 자주 보였는데 무언가에 잔뜩 긴장한 듯했
다. 신한촌은 시내 외곽 바다가 보이는 언덕에 형성되어 있었다. 한인
들이 조성한 규모가 제법 큰 마을이었다. 정재관과 장기영, 박군화가
기다리고 있었다.

정재관은 한말 경성사범학교를 졸업하고 구국운동에 뛰어든 애국
지사였다. 안창호가 미국에서 공립협회를 조직할 때 실무를 맡았고
이후 안창호의 뜻에 따라 연해주로 이주하여 국민회와 권업회勸業會를
조직했다. 지난 3·1 만세 시위 때에는 연해주 애국지사들을 규합해
대한국민의회에 합류하고 대한독립 선언서를 공표하는 데에 주도적
역할을 했다. 1909년 이상설과 함께 연해주로 왔으니 12년 세월을
독립투쟁에 바쳤다. 얼굴에는 고난의 흔적이 역력했다.

평소에 안창호를 존경했던 경천은 그의 뜻을 받드는 정재관의 대한
국민의회 쪽으로 마음이 쏠렸다. 다른 단체들은 사회주의와 공산주의
쪽으로 기울어져 경계심을 늦추기 어려웠다. 정황으로 봐서 볼셰비키
와 어느 정도의 제휴는 불가피하더라도 볼셰비키 자체가 되는 것과는
사뭇 달랐다. 정재관은 그러한 최소한의 금기를 굳건히 지키고 있다
고 생각했다. 경천이 먼저 인사했다.

• 　　김경천, 《경천아일록 읽기》(학고방, 2019), 123쪽.

"이렇게 뵙게 돼서 영광입니다. 김경천이라 합니다."

"내가 오히려 영광이오. 그렇지 않아도 군대가 필요한 시점인데 이렇게 와 주시니 기쁘오."

장기영과 박군화도 이구동성으로 말했다. 군대가 필요하다고. 정재관이 그간의 경험과 최근 정세를 차분히 얘기했다.

"처음 와서 정세를 파악하기 어려울 것이오. 제정 러시아는 무너지고 있소. 백군이 마지막 몰린 곳이 이곳 연해주인데 적군과 백군의 목숨을 건 전투가 벌어지고 있고, 작년에 상륙한 일본군이 백군에 가세했소. 지난 십 년간 연해주에는 독립단체들이 우후죽순으로 생겨났소. 나는 국민회와 권업회를 조직해서 독립투쟁 역량을 규합하려 애썼는데 공산당과 손잡는 단체들이 생겨났소. 공산주의 단체도 급진적인 이르쿠츠크파와 온건한 상해파로 갈려 대립 중이오. 그 외에도 적군파와 무작정 제휴하는 무장단체들이 많아요.

나는 사실 안창호 선생의 뜻을 따라 공화주의를 고집하는데 독립한 조국이 공산주의가 되는 것을 극도로 경계하오. 지금은 러시아 외에 독립투쟁을 지원할 국가도 여의치 않지만 국제 정세가 바뀌면 미국이 나설 것으로 희망하오. 아무튼 정세는 그렇소.

내가 그동안 공립협회보, 권업회보 등 언론 활동도 해 보았고 학교를 세워 교육에 매진하기도 했는데 지금은 군대가 필요한 시점이오. 북간도에 여러 부대가 활동 중인데 그곳도 사정이 여의치 않아 국경 북쪽으로 밀리고 있잖소. 연해주에 통합적인 독립군 부대를 만들고 대일본 투쟁을 선도하는 것이 지금 필요하오. 다만 전략상 러시아 적군과의 일시적 제휴는 필요하겠지요. 그 정도는 양보할 수 있소. 어떻소? 김경천 씨가 주도해 주기를 바라오."

경천은 정재관의 설명에 전혀 저항감이 들지 않는다는 사실에 감사했다. 인간적 매력이 있는 한형권의 요청에는 경계심이 일던 것과는 사뭇 달랐다. 전략가 한형권과 사상가 정재관이 연대할 수는 없을까 하는 생각이 얼핏 들었다. 정재관이 덧붙였다.

"우리에게는 막강한 후원자이자 지도자가 있어요. 우수리스크에 사는 최재형 선생이오. 선생은 일찍이 연해주로 이주해 사업에 성공한 재력가로서, 독립투쟁을 물심양면으로 돕고 있지요. 연해주 한인의 어른이라고 할까."

최재형의 얘기는 경천도 익히 알고 있던 터였다. 그런 분이 있어 한결 마음이 놓였다. 경천의 표정에서 수락 의사를 읽자 정재관이 구체적으로 계획을 말했다.

"신한촌은 인구 밀집지역이라 군대 조직에는 적합하지 않아요. 내가 이미 장소를 물색해 놨소이다. 바로 수청 지역이오. 한인들이 3천 호 가량 살고 있소. 연추 지역에 6천 호가 있으니 연해주에서 두 번째로 클 거요. 러시아 적군과도 제휴하자고 선을 대 놨소이다. 수청 지역 진입 마을이 치모우항※이오. 거기 한인 숙소가 있는데 달포 후에 접선합시다."

경천은 그제야 마음속 여러 진단을 끝내고 확답했다.

"미리 계획을 짜 놓으셨군요. 저도 마음의 각오를 단단히 하지요."

그러자 정재관이 조심스레 덧붙였다.

"하나 마음에 걸리는 게 있소. 열흘 전, 저 북쪽에 있는 니콜라옙스크 항(니항)에서 큰 전투가 있었소. 볼셰비키군과 한인 무장대가 합세해서 일본군 진영을 기습했는데 일본군에 큰 손실을 입혔소. 전사자가 4백여 명에 달했으니까. 일본 정부가 게릴라 부대를 해산시키라고 러시아 정부를 윽박지르고 있는데 제정 러시아가 그걸 들어줄 힘이 없질 않겠소. 분노한 일본군이 대규모 보복 공격을 준비하고 있다는 정보요. 만약 사실이라면 상륙 이후 처음 가하는 대규모 작전일 거요. 이걸 염두에 둬야 하오. 그럼 수락한 것으로 알고 치모우에서 만납시다.”

경천은 마음이 부풀었다. 그렇게 고대하던 군대를 드디어 만들 수 있다! 한인 가호가 3천여 호가 된다니 5백에서 1천 명 규모의 군대를 조직할 수 있을 것이다. 최재형이 체코군단에서 사들인 최신 무기가 타이가 삼림 어디엔가 저장되어 있다 하지 않는가. 시간을 쪼개 촌락 청년들을 훈련하고 무장하면, 어엿한 군대가 된다! 게다가 공산주의와는 무관한 별개의 민족주의 의병대다. 오랫동안 원했던 꿈이었다. 경천은 들뜨지 않을 수 없었다. 짐을 싸는 경천을 여관 주인 예바가 부러운 듯 바라봤다.

“드디어 아리따운 여인을 만났나 봐. 가족이 생기면 놀러 와요. 내가 러시아 음식을 근사하게 대접할 테니.”

봄 햇살이 따뜻하게 내리쬐는 날, 경천은 치모우항 한인 숙소에서 정재관 일행과 조우했다. 그들은 봄날에 어울리지 않게 표정이 비장했다. 군대를 조직한다는 역사적 과업에 한층 고무되어 있었다. 그들도 연해주 십 년 투쟁 세월에서 한 번도 해보지 않은 역사役事였다. 정재관은 사전 준비를 마쳤다고 반갑게 말했다.

"수청 지역의 한인촌장이 우리 계획에 만족을 표했어요. 게다가 물자와 인력을 마음껏 지원한다고 약조했고요. 우리 한인들이 백군과 왜병들에게 얼마나 시달렸으면 그러겠어요. 나라 잃은 백성들이 가엽기 짝이 없지요."

정재관을 보좌하는 장기영과 박군화는 수청 지역을 이미 두루 답사했고 촌민들에게 방위부대 계획을 알렸다고 말했다. 방위부대는 유사시에 독립군으로 활약할 것이라는 점도 일러뒀는데 모두 쌍수를 들고 환영했다고 덧붙였다. 경천은 마음이 놓였다. 군대를 조직하는 일이 그리 쉽지는 않지만 촌민들의 동의를 얻었고 기반 작업을 끝냈다고 하니 흐뭇했다. 내일 출발을 앞두고 이런저런 얘기로 밤이 이슥해졌다. 각자 잠을 청했다.

쾅, 쾅, 쾅.

경천은 우레와 같은 천둥소리에 잠을 깼다. 지붕이 날아가고 창문이 깨져 나갔다. 경천은 벌떡 일어났다. 영문을 몰라 어리둥절하는 사이 총소리가 연발했다. 총알은 창을 뚫고 들어와 방 안의 기물들을 부쉈다. 아직 동이 트지 않은 새벽이었다. 경천은 기습공격임을 본능적으로 알아차렸다. 아래층에서 우왕좌왕하는 정재관 일행을 데리고 뒷산 쪽으로 몸을 피했다. 총알은 여기저기 난사됐다. 어둠에 가려 어디서 쏘는지 짐작할 수 없었다. 다행히 포격은 멈췄는데 총알이 빗발치듯 풀숲을 때렸다.

경천은 일행을 도와 산 능선에 다다랐다. 아래를 굽어보니 한인 여숙은 불에 타고 있었고 촌락이 화염에 싸여 검은 연기를 뿜고 있었다.

일본군의 기습이었다. 해안 가까운 마을은 모두 공격을 받은 듯했다. 여기저기 화염이 치솟고 비명소리가 아스라이 들렸다.

　그 길로 일행은 내ꚃ수청을 향해 산악을 타고 달렸다. 얼마나 갔을까, 산 아래 좁은 길에 짐을 실은 우마차가 천천히 가고 있었다. 일행은 마차에 다가가 수청까지 태워 달라고 부탁했다. 한인 농부였다. 일행 모두 옷도 제대로 챙기지 못해 거의 헐벗은 채로 발은 바위와 나뭇가지에 긁혀 피투성이가 됐다. 치모우에 분산한 러시아 적군을 제압하려는 목적일 거라고 막연히 짐작했는데, 정재관은 얼마 전 적군과 한인 무장대가 합세한 니항 습격에 대한 보복이라고 단정했다. 그렇다고 민간인 가옥을 무작정 포격하는 것은 전투 규칙에 어긋난 그야말로 잔학한 행위였다. 일본 육사에서도 그렇게 가르치진 않았건만, 실상은 다르다는 것을 경천은 뼈아프게 깨우쳐야 했다.

　내수청 다우지미大字地味에 도착하니 촌민들이 나와 있었다. 그들이 통나무집을 마련해 주었는데 적이 안심이 되었다. 며칠 후 촌장이 전한 소식은 엄청난 충격이었다. 대강 이러했다.

　─니항 사건을 보복한다는 명분으로 시베리아 주둔 일본군은 1920년 4월 4일 밤을 기해 연해주 주요 도시와 지역을 포격하여 시내 볼셰비키 건물을 파괴하고 인명을 살상했다. 블라디보스토크를 위시해 우수리스크, 하바롭스크, 포시예트, 달네레첸스크, 나홋카, 치모우, 올가항 일대가 포격을 받았다. 러시아 적군 시설이 파괴됐고 적군 병사와 지휘관이 생포됐다. 이 기습공격으로 인해 적군 빨치산 부대와 한인무장대가 큰 피해를 입었다.

일본군은 민간인 학살까지 자행했다. 신한촌의 가옥과 건물, 학교 수백 채를 파괴했으며, 촌민과 기관 관계자, 교사와 학생들을 학교 강당에 가둔 채 방화했다. 방화는 곳곳에서 자행되었다. 불행하게도 그날 밤 최재형이 우수리스크에서 체포되어 어디론가 끌려갔는데 살해된 것으로 추측된다. 4월 4일 일어난 기습공격에 희생된 병사와 민간인이 거의 5천여 명에 이른다.*

정재관은 최재형의 흉사에 눈물을 흘렸다. 연해주의 보루가 무너진 것이다. 앞이 까마득했다. 경천은 경악했고 분노했다. 자신이 몸담았던 일본군이 이렇게나 잔악하다는 사실을 새삼 깨달았다. 그들의 잔혹함에 경악했고 미증유의 만행에 분노했다. 군대는 민간인을 죽이는 무기가 아니다. 군대는 인간을 불법적 무력에서 보호하기 위해 존재하는 것이고, 공격보다는 외적外敵 방어가 우선적 목적이다. 경천은 치가 떨렸다.

새로운 군대를 조직해야 했다. 민간인을 살상하는 군대가 아니라 잔학한 행위를 일삼는 군대를 징벌하는 새로운 병단兵團, 빼앗긴 나라를 찾아 주인에게 돌려주는 군단軍團을.

경천은 촌락대표자회의에서 전권을 위임받았다. 일본군의 만행이 촌민들의 공포심을 일으켰다. 정재관이 미리 설득 작업을 한 것이 주효했고, 제정 러시아의 통치력이 무너진 마당에 외부 불량 세력의 습격을 막는 자경단 같은 조직이 필요한 시점이었다.

* 1920년 4월 4일에 일어난 이 학살 사건을 '4월참변'이라 부른다.

188

내전에 의한 통치력의 붕괴는 무질서를 초래했다. 사람을 죽이고 재산을 약탈해도, 아녀자를 겁탈하거나 납치해도 지켜 줄 주체는 소멸했다. 무정부 상태가 따로 없었다. 러시아 적군은 한인마을에 우호적이었는데 백군은 수시로 출몰해 괴롭혔다. 마적馬賊이 날뛴다는 얘기에 경천은 경악했다. 간도라면 몰라도 연해주에? 마적단 구성은 복잡했다. 중국인 불량배, 적군과 백군 탈영병, 중국 유민들이 뒤섞인 무리들이 마을을 습격해 아녀자를 인질로 잡고 닭과 돼지를 닥치는 대로 징발해 간다고 했다. 볼셰비키 혁명이 발생한 해부터 더 극성을 부린다는 것이었다.

자경단을 조직해야 할 시급한 이유였다. 한인마을에서 그것은 의병대와 겹쳤다. 소집된 청년들은 알고 있었다. 평시에는 자경단이고 유사시에는 독립의병대로 나선다는 사실을. 청년들은 실력을 갖춘 일본 육사 출신 장교가 왔다는 소식에 흥분을 감추지 못했다.

경천은 여기저기 흩어진 마을을 3개 구역으로 구분해 대대大隊 번호를 부여했다. 전투 경력이 있는 청년들을 골라 대대장과 중대장으로 임명했다. 이학운은 이르쿠츠크파에서 활약한 의병대원이었는데 백군과의 전투에서 부상을 당해 수청으로 내려와 치료 중이었다. 상해파 활동가였던 임병극 역시 우수리스크에서 일본군과 충돌해서 총상을 입고 은신 중이었다. 강신관은 건장한 청년으로 블라디보스토크 시내 학교 교사였는데 정재관을 따라왔다.

경천은 대대별로 대략 2백여 명씩 차출할 것을 지시했는데, 인근 지역에서 소문을 듣고 제 발로 찾아오는 자원입대자들이 많았다. 경천은 그들을 눈물겨운 마음으로 맞았다. 농민들이 의병대 조직에 목

말라 있었던 증거였다. 자경단을 '창해청년단'이라 이름 붙였다. 아직 독립무장대가 되기에는 일렀다.

정재관이 마차를 동원해 타이가 삼림 속 병기고에서 무기를 가져왔다. 체코군단에서 사들인 최신 무기였다. 군대를 조직한다는 소식을 듣고 러시아 적군들도 무기 지원을 아끼지 않았다. 모든 것이 착착 진행되고 있었다. 다만 시기가 초여름 농번기였기에 농사가 끝난 저녁 무렵 대대별로 훈련을 진행했다. 제식 훈련에는 방향을 못 잡아 서로 엇갈리고 목총을 들고 똑바로 서는 것조차 어색했던 청년들이 한 달 훈련에 제법 군인다워진 느낌이었다. 병기고에 탄약이 충분했기에 날을 잡아 사격 훈련도 진행했다. 처음에는 총소리에 지레 겁을 먹더니 차츰 방아쇠 당기는 아찔한 동작을 즐기게끔 되었다. 개중 사격 솜씨가 훌륭한 청년을 골라 저격수로 뽑았다. 저격수로 임명된 청년들은 동료들에게 우쭐댔다. 가족들에게, 애인에게 자랑이 늘어진 청년들의 웃지 못할 얘기가 들렸다.

한인마을에는 안도의 분위기가 넘쳐흘렀다. 이제는 자신의 손으로 가족을 지키고, 여건이 허락한다면 국내로 진격할 수 있다는 자부심에 절로 노래가 나왔다.

그러던 중 경천은 마적단이 마을을 습격한다는 정보를 입수했다. 한인촌마다 기왕에 운영하던 비상연락망을 통해서였다. 촌장에게 들어 보니 당시 마적단의 악명은 연해주 일대에 자자했다. 그들 뒤에는 일본군이 있었다. 일본군은 마적단을 각별히 대우했다. 그들에게 무기를 공급하고 자금을 제공하여 한인촌락을 습격할 임무를 암암리에 지시한다는 것이다. 습격이 성공하면 그만한 보상금이 따로 주어진다고 했다. 대략 3백여 명 규모의 마적단이 다우지미 뒷산을 넘어 접근해 온다는 정보가 입수됐다. 시간이 없었다. 경천은 일단 몸이 날랜 청년 1백여 명을 소집해 무장시켰다. 마적단 토벌 부대였다. 지도를 놓고 중대장들과 작전을 짰다. 아녀자들은 불을 끄고 문을 걸어 잠갔으며, 몇몇 촌로들은 근심 어린 표정으로 이들을 지켜보고 있었다. 경천은 작전 명령을 내렸다.

계곡마다 저격수들을 배치하여 선발대와 두목을 우선 사살할 것, 방어망이 뚫리면 일단 후퇴했다가 역습 기회를 노릴 것. 역습의 전략은 당시 전황을 살펴 김경천 대장이 중대장들에게 하달한다는 것.

이튿날 오전, 경천은 마을로 진입하는 길목 산 정상 부근에 저격수들을 배치했다. 흥분한 청년들은 두려움에 떨기도 했지만 경천이 안심시켜 산 능선에 올려 보냈다. 이학운이 진두지휘했다. 나머지 부대원들을 강신관과 임병극 지휘 아래 산 입구 양편에 배치해서 마적단의 전진을 막으라고 지시했다. 경천은 옆에 전령을 두고 기관총 분대를 따로 꾸려 따르라 명했다. 유사시에 자신이 직접 기관총을 발사할 예정이었다.

해가 중천에 이를 즈음 산 정상에 배치한 기수가 깃발을 올렸다. 마적이 오고 있다는 신호였다. 말굽 소리가 점차 커졌다. 마적들이 길목을 통과하는 순간 경천은 사격 명령을 내렸다. 저격수들의 사격이 시작되었다. 하지만 전투 경험이 없는 청년들에게는 역부족이었다. 마적단은 꽥꽥 소리를 지르며 쏜살같이 산길을 통과했다. 산 입구에 배치한 병력이 화력을 내뿜었다. 몇 명이 쓰러졌을 뿐 마적단은 그대로 통과해 마을로 진입했다.

그러나 마적들도 갑작스런 공격에 당황한 기색이 역력했다. 마적단은 마을로 진입한 직후 곧 수비 대형을 갖췄다.

멀리서 망원경으로 본 마을은 아수라장이었다. 마적단은 일단 가옥에 불을 질러 촌민들을 내몰고자 했다. 그러나 사람의 그림자는 보이지 않았다. 경천이 미리 마을을 소개疏開했던 탓이었다. 마적들은 화가 났는지 닥치는 대로 가옥을 부수고 불살랐다. 닭과 가축들이 천방지축 내달았다. 그 아수라장을 목격한 경천은 마음이 아팠다.

마적단은 마을 주변에 경계를 단단히 세웠다. 지금껏 한인촌은 대체로 무방비 상태였고 기껏해야 마을을 비우고 인근 산등성이로 피난하는 것이 전부였다. 소총과 기관총 사격에 마적들은 적이 의아했을 것이다. 군대가 아니고는 그러한 공격을 받은 적은 거의 없었다. 촌락 민병대의 규모를 파악하지 못한 마적단은 단단한 수비대형을 갖췄다. 날이 이슥해 일단 그곳에서 밤을 새울 모양이었다. 경천 부대는 수적으로 밀려 다시 공격할 수도 없었다.

소강상태가 찾아왔다. 경천은 역습 전략을 하달했다.

새벽에 경계가 허술해진 틈을 타 최대한 가까이 접근한 후 일제히 기습을 가할 것, 마을 뒤쪽 퇴로를 일부러 열어 두고 적을 뒷산 폐탄광 쪽으로 몰아붙일 것. 그다음은 출병 전 미리 작전을 공유한 사비츠키의 러시아 민병대가 오기만을 바라야 했다.

경천은 2개 중대를 마을이 보이는 중턱에 배치했고, 이학운 중대를 마을 가까운 개천에 위치시켜 접근 사격을 가하도록 지시했다. 마을

192

불길이 사위였다. 마적단은 경계병을 촘촘히 세워 두고 마을 안에서 대책을 세우는 것 같았다.

마침 여름이라서 산에서 밤을 새우는 일이 그리 어렵지는 않았다. 새벽이 되자 마을이 조용해졌다. 화염도 잦아들었다. 닭 우는 소리가 났다. 경천은 작전 개시를 명령했다. 가옥 근처까지 포복 자세로 접근한 1중대 대원들이 사격을 시작했다. 이학운이 지휘하는 1중대 대원들은 용감했다. 마적단의 습격으로 가족을 잃었거나 재산을 몰수당한 한恨의 복수였다.

총소리가 산을 울렸다. 경계병들이 하나씩 사살됐다. 산허리를 지키는 임병극과 강신관 중대는 마을에서 뛰쳐나온 마적단을 겨냥해 사살했다. 반격도 만만치 않았다. 밭 둔덕에 총알이 튀었다. 산 중턱 나뭇가지가 부러져 나갔다. 쓰러지는 마적이 점차 늘어나자, 마적단의 수괴와 그의 참모들은 허겁지겁 마을을 뛰쳐나와 뒷산 쪽으로 도망치기 시작했다. 경천의 기관총이 난사됐다. 오랜만에 잡아 본 기관총이 그렇게 통쾌할 수 없었다. 경천은 총알이 떨어질 때까지 방아쇠를 당겼다. 기관총 분대 청년이 말했다.

"대장님, 총알이 떨어졌어요!"

경천은 첫 승전에 환호하는 대원들에게 명령을 하달했다. 도주하는 놈들을 추적하라고.

해가 솟았다. 3개 중대는 각각 산개하여 도주하는 마적단을 쫓아 산허리를 조심스레 돌았다. 산비둘기가 푸드덕 날았다. 마적단은 예상한 대로 폐탄광 지역으로 몰리고 있었다. 갱 입구가 군데군데 보였고 자갈과 석탄이 섞인 흙더미가 산 아래까지 흘러내렸다. 마적단 후미가 뒤쪽을 돌아보며 소총 사격을 가해 왔다. 청년 대원들이 응사했다. 그때였다. 마적 떼가 폐탄광을 지날 때 산 능선에서 일제 공격이 가해졌다. 수십 발의 수류탄이 산비탈에서 터졌다. 마적단은 비탈길에서 지리멸렬했다. 사비츠키가 이끄는 러시아 민병대였다. 사전에 그와 짠 협공 전술이었다.

경천은 그들이 약속대로 나타나 준 것이 눈물겹게 고마웠다. 서민들이 겪는 고통과 애환은 러시아인과 조선인이 마찬가지였다. 함께 총알을 퍼부었다. 산 아래로 구르는 마적들이 수십 명에 달했다. 말은 비탈길에서 쩔쩔매며 힝힝 울었다. 행렬에서 낙오된 마적들은 산 아래쪽으로 도주하기 바빴다. 러시아 민병대원들이 조준 사격을 가했다.

마적 수십 명이 갱 속으로 허겁지겁 피신하는 모습이 보였다. 사비츠키 부대는 갱 입구에 조심스레 접근해 수류탄 공격을 가했다. 수류탄 수십 발이 갱 속에서 터졌다. 마적들이 쏟아져 나왔다. 기선을 제압당한 적들은 혼비백산 뿔뿔이 달아났다. 경천은 소총 방아쇠를 당겼다. 마적들이 굴러떨어졌다.

한 시간이 지났을까 주위가 조용해졌다. 경천은 임병극 중대장에게 근접 정찰을 지시했다. 조심스레 접근한 임병극은 소총을 들어 올렸다. 제압했다는 신호였다. 창해청년단과 러시아 민병들의 환호성이 산을 울렸다. 경천은 사비츠키에게 다가가 악수를 청했다. 갱 속에는 마적 시체 1백여 구가 널브러져 있었다.

연해주에서 경천이 치른 첫 전투였다.

수청 고려의병대

정재관이 앓아누웠다. 중국인 의원이 만주감모라 했다. 유럽 전선에서 발원된 돌림병이 시베리아를 거쳐 연해주에 닿았다. 돌림병은 만주 일대를 휩쓸고 연해주에 들이닥쳤는데 도시인과 촌민들이 신열과 지독한 통증에 고통을 받았다. 많은 사람들이 고열로 신음했고 죽는 사람들이 속출했다. 혹시 전염이 확산될까 두려워 시신을 마을에서 멀리 떨어진 산 중턱에 묻었다.

환자들을 격리 수용한 별채에 가 보니 출입 금지 팻말이 붙었다. 경천은 개의치 않고 문을 열고 들어갔다. 정재관이 반가운 얼굴로 대했으나 곧 근심어린 표정으로 바뀌었다.

"이리 오지 말게나. 전염된다고 하니."

"쾌차가 있으신지 걱정이 돼서 왔습니다."

"곧 일어서겠지. 그런데 내가 할 말이 있었네. 거기 멀찌감치 서서 듣게나."

권고였다. 일종의 제안이기도 했다. 대강 간추리면 이러했다.

마적 떼들이 또 올 거다. 그놈들은 반드시 보복한다. 잔악하기 그지없는 무도한 놈들이다. 창해청년단을 잘 훈련해야 한다. 청년단은 유사시에 독립군으로 나설 수 있게 만들어야 한다. 지금 일본군이 니항 사건 보복에 그치지 않고 수청과 연추 지역 의병대들을 소탕하러 전열을 정비하고 있다는 정보다. 이르쿠츠크에서 패배한 백군은 연해주 전 지역에 퍼져 항전을 감행하고 있는데 일본군과 긴밀한 공조 체제에 들어갔다. 그간 만든 조직을 더 단단히 해서 독립군을 발족시키는 것이 필요하다.

경천은 정재관의 제안을 경청했다. 마적단과 싸우면서 경천도 절감했던 바였다. 백군이 몰려들수록 적군 혁명군은 도처에서 출몰했고, 전투가 잦아질수록 연해주는 무정부 상태로 빠져들었다. 한인촌은 물론 주요 도시에서 행정과 치안은 벌써 마비되었다. 도시든 농촌이든 범죄가 급증했다. 치안은 지극히 불안해져 대낮에 나다니기가 겁이 났고, 촌락에서는 간밤에 누가 침입할까 두려워 자위대를 운영했다. 경천은 그렇게 하겠다고 약조했다.

그때 정재관이 한마디 덧붙였다.

"촌민위원회에 가면 신용걸이라는 청년이 기다리고 있을 거요. 그를 잘 가르쳐 주시오."

경천은 건강을 회복하시라는 말을 뒤로 물러나 왔다. 촌민위원회 가옥에 그의 말대로 건장한 청년이 기다리고 있었다. 신용걸이라 했다. 경천은 악수를 청했다. 손은 고왔으나 심지는 단단해 보였다. 자기소개를 했다. 그는 평양숭실학교를 졸업하고 고향에서 3·1운동을 주도했다가 일경에 쫓겨 북만주 독립군에 가담했다. 거기서 연해주 최재형의 소문을 듣고 신한촌으로 왔다가 지난 4월 포격을 받았다고 했다. 겨우 탈출해서 숨어 있는 동안 최재형의 서거 소식을 들었다. 너무 참담한 나머지 돌아갈까도 생각했지만 정재관을 찾아 여기로 왔다고 했다. 평안남도 안주 출생으로 나이는 스물여섯이었다. 그의 얼굴에 비장한 빛이 감돌았다. 경천은 그를 언젠가 조직할 독립의병대 간부로 점찍었다.

경천은 신한촌의 상황을 물었다.

"엉망입니다. 비참해서 못 볼 지경이에요. 사상자가 2백여 명인데, 약이 없어 치료를 못 할 정도입니다. 가옥과 학교 건물이 부서져 거리에 나앉은 사람이 많고, 학생들은 갈 곳이 없어 안절부절못하고 있어요. 게다가 만주감모가 덮치는 바람에 사람들이 방에 틀어박혀 나오질 않습니다. 지하실에 갇혀 죽은 이들 장례도 겨우 치렀어요. 서로 통 만나지를 않습니다. 겨우 먹고 사는 정도지요. 대책위원회도 겨우 꾸려진 모양인데, 가서 도와주질 못하니 마음이 아픕니다."

경천은 말속에 비친 각오를 알아보고 그를 보좌관에 임명했다. 신용걸은 기쁘게 받아들였다. 경천은 창해청년단의 재편 작업에 들어갔다. 상황이 바뀌면 독립의병대로 개칭할 작정이었다. 이학운, 임병극, 강신관을 3개 구역 대대장에 임명해서 청년들을 더욱 촘촘하게 조직하도록 지시했고, 구역별로 정예병 1백 명, 보충병 1백 명 정도로 해서 총병력을 6백여 명으로 편성했다.

경천은 대대장 회의를 열어 각 대대별로 훈련 계획을 짰다. 제식훈련을 기초로 방어와 공격에 필요한 기본 지식을 습득하게 하였고 마을에서 떨어진 산속에서 사격 훈련을 실시했다. 줄거나 시시덕거리던 단원들은 훈련장에서는 정신을 바짝 차렸다. 총에 익숙지 않았던 대원들은 마적들과 몇 차례 전투를 치르자 사격을 즐기게끔 되었다. 아직 죽음을 상상하지 못하는 청춘이었다. 전투에 나설 수 있는 장년壯年

2백여 명을 예비병으로 선발하여 비상소집에 응할 수 있도록 설득했다. 장년들은 대체로 가장이어서 전투에 나서는 일을 극도로 두려워했는데 '사상자가 많아 부득이할 경우'라는 단서를 달았다. 생사가 달린 전투 상황에서 가족을 보호하려면 장년뿐 아니라 노인이라도 나서야 한다.

창해청년단의 이름이 알려지자 입대를 원하는 청년들이 여기저기서 몰려왔다. 신용걸이 한 사람씩 면접해 각 대대에 배치했다. 경천은 그런대로 마음이 놓였다. 아직은 훈련이 필요한 민병대 수준이지만 그토록 고대했던 군대를 조직했으니 연해주로 온 보람을 느꼈다.

마침 농사가 한창이어서 이들을 일단 밭에 투입했다. 한겨울 밥이라도 얻어먹으려면 일손을 보태야 촌민들의 불만을 재울 수 있을 것이다. 마적단의 출몰이 조금 뜸해지자 촌락 내에 갈등이 불거졌다. 촌민들의 구성과 신분이 다른 탓이었다.

일찍이 연해주로 이주해 러시아 국적을 취득하고 조상 대대로 땅마지기를 일군 사람들을 원호原戶, 이주한 지 얼마 안 돼 땅도 국적도 얻지 못한 사람들을 여호餘戶라 불렀는데 그 빈부의 격차가 컸다.

창해청년단의 운영 비용을 부담하는 일은 주로 원호들의 몫이었다. 그들은 제 자식까지 선발해 가는 일은 부당하다고 툴툴댔다. 운영비를 아예 못 내거나 적게 내는 여호 자식들만 청년단 병사로 차출해야 형평에 맞는다는 논리였다. 여기에 '외잠자리'라 불리는 일종의 난민도 많았다. 집도 절도 없이 홀로 연해주로 건너온 사람들과, 내전과 불의의 사고로 가족을 잃고 고아가 된 이들을 통칭하는 말이었다. 외잠자리들은 원호들 집안일이나 농사를 거들면서 겨우 입에 풀칠했다.

원호의 자식들보다 그들이 청년단 일에 열심인 것은 먹고 자는 것이 해결되기 때문이었다.

마적은 두어 차례 더 수청 지역을 공격해 왔으나 청년단의 활약으로 큰 피해를 입지 않았다. 피해를 입은 쪽은 오히려 그들이었다. 마적단은 다른 지역으로 관심을 돌렸다.

4월참변을 일으킨 일본군은 특수 조를 편성해 적군 빨치산들과 몇 차례 교전을 벌였을 뿐 해안 경비에 주력하고 있었다. 일본군이 언제 기습공격해 올지 모르기에 마음을 놓을 수는 없었다. 연해주 각지에 흩어져 산발적 투쟁을 벌이고 있던 한인 독립무장대들은 일본군의 공세에 대비해서 연대의 필요성을 느꼈다.

오랫동안 독립투쟁을 해 왔던 김규면이 하바롭스크에서 고려빨치산회의를 소집하여 '고려혁명군'을 창설했다. 가을에 접어들자 한창걸, 강국모, 한운용 부대가 추풍 근처 솔밭관에서 사회혁명군을 발족했다는 소식도 들렸다. 한창걸은 시베리아 북쪽 한인들을 규합한 독립군 대장이었고, 강국모는 두만강 국경 지대인 연추와 추풍 지역 한인촌을 기반으로 활약하고 있었다. 한운용 부대는 하바롭스크 동부와 삼림 지역 한인 청년들로 만든 의병대였다.

각 지역에서 소규모 게릴라전을 벌이고 있던 이들은 4월참변 이후 상호 연대의 필요성을 절감했다. 그러나 러시아 혁명군이 계파 분열로 서로 반목하는 것만큼이나 한인독립군 부대들은 이름만 거창하게 내세웠을 뿐 실질적 연대를 이뤄내지 못했다.

한인사회당 파견특사로 모스크바로 간 한형권은 결국 레닌을 설득하는 데에 성공했다. 마침 볼셰비키당이 추진 중인 코민테른의 세계 전략과 맞아떨어졌다. 레닌은 극동 끝에 붙은 조선에서 공산당이 세를 확대하기를 고대했다. 레닌에게 조선은 일본과 태평양으로 나아가는 관문이었다. 레닌이 약속한 200만 루블은 공산주의의 태평양 거점을 확보하는 것에 비하면 그리 크지 않은 자금이었다. 한형권은 그중 선금 조로 40만 루블을 받아 상해로 갔다는 소식이 들렸다. 그 자금이 고려혁명군이나 사회혁명군에 전달될는지는 미지수였다.

한형권이 연해주한인총회를 그토록 고대했던 것도 독립투쟁의 구심점을 만들기 위한 열망이었는데 연해주 독립의병대들의 사정은 제각각 달랐다. 각자 추구하는 이념이 달랐고, 사회주의나 공산주의를 이해하는 방식도 달랐다. 이들을 물심양면으로 돕는 한인들 중 공산주의를 정확히 이해하고 있는 사람은 드물었다. 원호들은 재산과 토지가 징발당할까 두려워했고, 여호들은 땅을 불하받을지 모른다는 막연한 희망을 품고 있었다. 그러나 공공연히 말하는 사람은 드물었다.

가을걷이가 끝난 빈 밭에서 경천은 본격적인 군사훈련을 시작했다. 한자리에 모인 6백여 명 부대원들에게 경천은 큰소리로 외쳤다.

"우리 수청부대는 한인들과 가족들의 재산과 인명을 지켜 줄 뿐만 아니라 일본군의 파괴 공작을 막아 내는 연해주 수호 부대입니다. 더욱 힘을 길러 국내로 진격할 날이 머지않소이다. 조국이 독립할 그날을 위해 싸웁시다!"

함성이 하늘을 찔렀다. 경천은 며칠 전 입수한 승전 소식을 알렸다.

"대원 여러분, 지난 10월 중순 북간도 청산리 전투 대첩 소식을 들었을 겁니다. 김좌진 장군과 지청천 부대가 일본군 수백 명을 사살했습니다. 그리고 며칠 전 봉오동 전투에서 홍범도 장군이 일본군을 대파했습니다. 사살된 일본군이 3백여 명이 넘습니다. 독립할 날이 머지않았습니다!"

승전 소식을 들은 청년들은 흥분을 감추지 못했다. 그날의 사격 훈련은 마치 일본군을 몰살시키는 광경을 눈앞에 연출하는 듯했다. 진격하는 대원들의 함성과 총소리가 빈 벌판을 가득 메웠다.

그러나 흉보가 날아들었다. 패배의 굴욕을 씻으려는 일본군의 반격 작전인 훈춘사건이 일어났다. 4월참변만큼이나 끔찍했다. 대학살이었다. 봉오동에서 치욕을 당한 일본군이 짜낸 잔혹한 계략이었다. 여기에도 마적이 동원됐다. 일본군은 북간도에서 악명이 자자했던 마적 창장하오를 매수해 훈춘 내 일본 영사관을 공격하도록 꾸몄다. 마적단은 중국인과 조선인을 살상하고 영사관에 불을 질러 영사 및 직원들을 살해했다. 이를 구실로 일본은 함경북도 나남에 주둔하던 19사단을 북간도로 출병시켜 훈춘과 두만강 유역 조선인 마을을 무차별 습격하고 불을 질렀다는 것이다.

두만강 유역 일대 마을이 화염에 휩싸였다. 러시아 영토인 연추 지역에 인접한 함경북도 마을은 끔찍할 정도로 파괴되었다. 경흥은 초토화되었다. 북간도의 한인마을도 불에 타 집을 등진 유민들이 들끓었다. 불에 탄 가옥에서 한인 가족이 사체로 발견되기 일쑤였고, 청장년들이 경찰에 끌려가 모진 고문을 당했다고 했다. 일본군의 학살 작전에 죽은 사람이 수천 명에 이른다고도 했다.

침울했다. 두만강 유역 마을이 불탔다, 경흥이 초토화됐다니…. 경천이 일본군에 복무할 때조차 이렇게 천인무도할 짓을 저지를 수 있다는 것을 상상조차 못했다. 독일군과 전투를 치렀던 지청천의 말이 떠올랐다. 온순한 그들이 전쟁터에서는 잔악한 인간으로 돌변한다고. 총상을 입고 항복한 독일 병사들을 그 자리에서 사살하는 일본 병사를 중대장인 자신이 제지하지 못했다고.

소식을 접하고 침울해 있는 경천에게 우수리스크의 강콜랴가 소식을 전했다. 지청천의 전갈이었다. 장춘에서 헤어진 후 처음 받는 소식이었다.

— 선배님, 오랜만에 소식 전합니다. 청산리와 봉오동 전투에서 그동안 쌓인 울분을 한껏 씻어 냈는데 그만 일본군의 반격에 쫓겨 북쪽으로 이동합니다. 무강無疆을 빕니다.

살아 있다는 소식에 경천은 일단 한숨을 놓았다. 경천은 군대 발족을 서둘렀다. 훈춘사건처럼 언제 일본군이 연해주 한인마을을 쑥대밭으로 만들어 놓을지 안심할 수 없었다. 최후의 순간까지 투쟁의 방아쇠를 당겨야 했다. 창해청년단을 '수청 고려의병대'로 이름을 바꿨다. 겨울을 나는 동안 자원입대자가 늘어나 부대원이 8백여 명에 달했다. 예비병 2백여 명을 포함하면 대략 천여 명 규모에 달하는 독립군 부대가 탄생한 것이다.

아직 타이가 삼림에 은닉한 무기도 충분한 상태였고 수청 지역 한인들도 적극적 지원을 아끼지 않았다. 일본군의 공격에 자신들이 평생 일군 재산이 언제 재로 변할지 모른다는 두려움이 앞섰다. 대원들의 사기는 높았다. 연해주 최대 규모의 독립의병대라는 사실 그리고 일본 육사 출신 실력파 장교가 이끌고 있다는 점이 이들의 자부심을 높였다.

봄에 접어들자 정세는 급변했다. 볼셰비키 혁명군을 저지하기 위해 미국, 영국, 프랑스 연합군이 니항에 파견됐다. 연합군 규모는 총 6개 사단으로 상상을 초월할 정도로 컸다. 이들은 패주하는 체코군단을 보호한다는 명분을 앞세웠으나 사실은 볼셰비키 혁명이 연해주를 점령하고 태평양 지역으로 확산하는 것을 막고자 했다.

기왕에 출병한 일본군의 명분은 더불어 커졌다. 일본군이 연해주 지역 내부로 서서히 진출하고 있는 증거들이 속속 입수됐다. 경천은 긴장했다. 일본군은 해안 지역에서 내부 백여 킬로미터에 있는 지역에 이르기까지 전진초소를 수십 개 가설하고 있었다. 일본군 사령부가 위치한 블라디보스토크는 경비가 삼엄했다. 니항에서 치모우항에 이르는 긴 해안 지역은 이미 일본군 손에 들어가 있었고, 내지에서는 백군과 적군이 자주 맞붙었다. 연해주 전역에서 산발적인 총격전이 벌어졌다.

경천은 블라디보스토크 동쪽 백여 킬로미터 떨어진 산악지대인 노보로시야 외곽 초소를 습격하기로 마음을 먹었다. 신한촌 정보원의 말에 의하면 일본군은 노보로시야를 전초기지로 수청 지역을 진격하는 계획을 세웠다는 것이었다. 노보로시야는 수청 고려의병대가 있는 다우지미로 통하는 길목이어서 위협을 느끼기 충분했다. 노보로시야와 다우지미 사이에는 험한 산맥이 가로놓여서 대규모 전투는 어렵지만 전초기지를 그냥 방관할 수는 없었다.

하지만 위험도 뒤따랐다. 혹시 일본군을 잘못 건드려 수청 지역에 대한 공세를 공연히 촉발할 위험이 그것이었다. 경천은 회의를 소집했다. 노보로시야 전진기지를 그냥 두고 볼 수 없다는 것과, 일본군을 자극할 수 있다는 우려를 논의했다. 둘 다 모두 수청 고려의병대에는 위험 요인이었다. 만약 일본군이 대거 공격한다면 의병대는 고려촌이 있는 북쪽 트레치푸진으로 퇴각해야 할 형편이었다. 그곳에는 한인이 적어 지원이 끊어질 우려가 있었다.

1천 명에 달하는 의병대는 하루에도 엄청난 양의 음식을 먹어 치웠는데 한인들은 상황이 날로 악화되는 정세를 우려해 아직은 군말 없이 식량을 충당했다.

우선 노보로시야 전진초소 상태를 파악하기 위해 경천은 몸이 날랜 청년 둘을 뽑아 정찰병으로 보냈다. 선발된 청년들은 의병대의 사활이 걸린 임무를 수행한다는 자부심에 차 있었다. 이틀 뒤 그들이 돌아왔다. 노보로시야 외곽 계곡 입구에 일본군 진지가 가설되어 있는데 병력은 약 오십여 명이고 장갑차 한 대가 포신을 덮은 채로 진지 한가운데 배치되어 있다고 했다. 뒤쪽이 계곡, 앞쪽이 개활지인 전형적인 방어 지형이었다.

경천은 작전 회의를 거듭했다. 장갑차가 은근히 걱정되었다. 청년들에게 장갑차는 공포의 대상일 것이었다. 만주감모에서 회복한 정재관이 러시아 적군과 합동작전을 구사할 것을 제안했다. 적군들 중에는 장갑차나 탱크와 대적한 용사들이 많다는 점을 일러 줬다. 앞으로

도 연대해야 할 사태가 벌어질 경우를 대비하여 미리 손발을 맞춰 놓는 것이 어떻겠냐는 제안을 경천이 받아들였다.

정재관이 우수리스크 적군 사령부와 연락을 취했고 곧 옐리센코 사령관의 승낙이 왔다. 1개 중대를 파견한다는 것이었다. 적군 중대장 세르게이와 작전을 짰다. 각 대원들은 5명씩 조를 짜서 산맥을 넘는다, 다음 날 저녁 6시경 일본군 진지 5백 미터 전방에 집결하고 야간이 되면 일제 공격을 개시한다, 적군과 의병대 특공조가 먼저 기습공격을 감행하여 기관총을 제압하고, 후방으로 침투한 병사들 또한 급습을 가한다. 장갑차는 적군 파괴조가 맡는다는 요지였다. 경천은 출발 명령을 내렸다.

경천이 대장을 맡고 이학운과 임병극이 2개 중대를 인솔한 의병대 백여 명이 다우지미 포수동을 출발했다. 남은 병사들과 한인들은 승전勝戰을 고대하며 환송했다.

출정出征이었다. 마적단과 전투는 서너 차례 했지만 일본군과의 교전은 처음이었다. 경천은 설레었다. 북간도로 간 지청천은 일본군과 여러 차례 교전하여 상당한 전과를 올렸다. 경천도 일본군과 맞붙기를 꿈에 그릴 정도였지만 변변한 군대가 없었다. 이제 경천에게는 1년 이상 훈련한 군대가 있다. 정예병 1백여 명이 자신을 따라 산악을 넘고 있었다. 흐뭇하고 자랑스러웠다.

저녁 7시경 노보로시야 일본군 진지에 도착했다. 망원경으로 살피니, 멀리 철조망으로 둘러싸인 진지가 보였고 한쪽에 높은 망루가 설치되어 있었다. 뒤쪽은 험준한 산악으로 들어가는 계곡이 길게 전개되었다. 대원들은 양쪽으로 매복했다. 경천은 날이 저물기를 기다렸다.

망루에 서치라이트가 켜졌다. 빛줄기가 어둑하고 후미진 곳을 찾아 이리저리 돌아다녔다. 빛이 지나칠 때마다 밭과 수목들이 나타났다 사라졌다. 경천이 서치라이트를 조준하여 파괴하는 것을 신호로 공격을 개시했다.

탕, 탕, 탕.

사방이 캄캄해졌다. 매복조가 포복 자세로 전진했다. 일본군이 놀라 뛰쳐나왔다. 당황한 그들은 기척이 있는 곳을 향해 기총 사격을 해 댔다. 일본군의 대응 사격이 워낙 거세서 매복조는 쉽게 전진하지 못했다. 의병대원 몇이 총에 맞았다.

이학운 부대가 좌측을 공격했다. 대응 사격이 다시 옆쪽을 향하는 사이 철조망에 접근한 임병극 부대가 일제히 수류탄 공격을 시도했다. 수류탄은 철조망을 넘어 불꽃처럼 터졌다. 특공조가 철조망을 잘라 냈다. 철조망에 큰 구멍이 뚫렸다. 일본군의 반격에 다시 대원 몇 명이 쓰러졌다. 그때 후방에서 러시아 적군들이 침투했다. 적군은 전투 경험이 많은 노련한 병사들이었다. 그들은 뒤쪽 철조망을 간단히 부수고 진지 안으로 돌진했다.

일본군의 대응 사격이 한층 격렬해졌다. 수류탄이 터지고 화기가 불을 뿜었다. 장갑차 엔진 소리가 났다. 장갑차가 뒤쪽으로 방향을 바꾸는 사이, 적군 병사들이 휘발유 병에 불을 붙여 던졌다. 화염 공격이었다. 장갑차는 폭발음을 내며 주저앉았다. 양쪽의 기총사격이 사방에 울렸고 총알이 천지사방으로 튀었다. 경천은 기관총 진지를 찾아 돌진했다. 공포를 자아내던 연발 총성이 뚝 그쳤다.

한 시간 가량 총격전이 계속되었다. 죽은 병사들의 시체가 여기저기 널렸다. 어둑한 가운데 피를 흘리며 신음하는 병사도 얼핏 보였다. 워낙 열악한 환경에서 싸워 왔던 러시아 적군은 백병전에 능했다. 훈련을 잘 받은 일본군이었으나 러시아 적군의 거칠고 격렬한 기습공격에 주춤거렸다.

총소리가 잦아들었다. 승전勝戰이었다.

의병대원들과 러시아 적군이 환호성을 질렀다. 적군 병사가 횃불을 켜 철조망 울타리에 꽂았다. 진지에는 일본군 시체가 널렸고 더러는 아군의 시체도 목격됐다. 러시아 적군 4명, 의병대 대원 5명이 목숨을 잃었고 십여 명이 총상을 입었다. 일본군은 거의 전멸 상태였다. 부상자 열 명 가운데 중상자가 많았다. 부상 인원을 치료하는 동안 경천은 포로가 된 일본군 소위를 심문했다.

와다나베 소위는 다리에 총상을 입고 신음하고 있었다. 진지의 중대장이었다. 와다나베 소위는 부대원을 모두 잃었다는 사실에 괴로워했다. 경천이 심문했다.

"어디 소속이냐?"

와다나베 소위는 성명만 댔을 뿐 답하지 않았다.

"묻는 말에 대답해라. 그러면 부상자들도 치료해 준다."

그는 눈을 치켜뜨고 경천을 노려봤다.

"나는 죽으면 죽었지 조선인에게 절대 굴복하지 않는다. 나는 대일본제국의 장교다."

경천이 말했다.

"나도 대일본 제국 장교였어. 그런데 이젠 일본 군대를 경멸해, 왜인지 아나? 잔인하기 짝이 없고 반인륜적이야, 네놈들은."

와다나베 소위는 그래도 치켜뜬 눈을 내리감지 않았다.

"좋아. 질문은 하지 않겠다. 대신 너와 부상당한 부하들을 이대로 두고 간다. 몸은 묶어 두지."

그때 진지를 둘러보던 세르게이가 다가왔다.

"이놈들이 생존자요? 내게 맡겨 두시오."

세르게이는 부하 몇 명을 호명하더니 일본군을 계곡으로 끌고 가라 지시했다. 경천이 다소 주춤하는 사이, 와다나베 소위와 패잔병들은 손이 묶인 채 어둠 속으로 사라졌다. 부상을 당해 탈출할 수도 없으니 이곳에 그대로 두고 귀대하자고 했으나 허사였다. 총소리가 들렸다. 그리고 러시아 적군 병사들은 의기양양한 표정으로 돌아왔다.

경천은 남은 무기와 총탄, 전투 장비를 회수하라 일렀다. 세르게이에게 경의를 표했고 러시아 병사들과 작별 인사를 나눴다. 혹시 통신을 접하고 인근 일본군이 반격해 올지 몰라 서둘러 진지를 떠나야 했다. 경천은 전사한 대원들을 인근 기슭에 묻었다. 무덤에는 나뭇가지를 꽂고 천 조각에 이름을 써서 걸어 예를 표했다. 일본군 진지에서 달리 방법이 없었다.

경천과 독립대원들은 밤길을 재촉했다. 새벽까지 산악을 타야 다우지미에 도착할 것이다. 경천은 계곡에서 총살당한 와다나베 소위를 생각하고 있었다. 꼭 그렇게까지 해야 했을까. 러시아 적군의 증오는 무서웠다.

아들을 잃은 원호 한 사람이 독립의병대 본부에 와서 분통을 터트렸다. 식량을 대고 온갖 물품도 제공했는데, 결국 아들까지 공납했다고 경천의 멱살을 잡고 따졌다. 삼대독자라 했다. 아들을 잃은 통에 재물이 다 무슨 소용이 있냐며 대성통곡을 했다. 중대장들이 말렸지만 아무런 소용이 없었다. 경천도 울음을 그치지 못하는 촌로 앞에서 할 말을 잃었다. 죄의식이 앞섰다. 경천 자신의 가족도 이렇게 죽었다면 마음이 미어졌을 것이다. 죄송하다는 말밖에 다른 도리가 없었다.

이 일을 계기로 원호와 여호 간 갈등이 또 불거졌다. 독립의병대든 뭐든 여호 자식들이 앞장서라는 말들이 메아리쳤다. 부대의 사기가 수그러들었다.

그때 들려온 자유시自由市사변 소식은 대원들의 의지를 꺾기에 충분했다. 정재관이 침통한 표정으로 얘기했다. 자유시에 모인 우리 독립군들이 서로 총질을 해서 사상자가 천여 명이나 났다고 했다. 이르쿠츠크파와 상해파의 오랜 반목이 그런 참사를 빚었다. 일본군의 대공세에 밀린 독립무장단체들은 극동공화국 자유시(스보보드니)에 모여 볼셰비키 혁명군과 연대를 모색하기로 합의했다. 북간도 통합군인 대한독립군단도 갔고, 연해주에서 공산주의 독립투쟁을 해 왔던 김표도르의 이만군대, 최니콜라이의 다반군대가 자유시로 향했다. 대한독립군단은 북로군정서, 군무도독부, 의군부, 대한정의군사를 규합해 재탄생한 북간도 통합부대였다. 그런데 이르쿠츠크파는 볼셰비키군에 편입될 것을 주장했고, 상해파는 독립적 연대가 옳다고 맞섰다는 것이다.

양파의 대립이 격해지자 코민테른 동양비서부는 임시고려혁명군 정회를 조직해서 이르쿠츠크파의 손을 들어 줬다. 볼셰비키군과의 연합 전략이 독립부대 간 공조가 아니라 혁명군 내부 편입으로 변질된 것이다. 이르쿠츠크파의 내부 공작이 그 일을 더 부추겼다. 공조가 아니라 투항이었다. 상해파를 위시하여 많은 독립무장단체들의 반발이 잇달았다.

정파적 대립은 아까운 독립대원들의 죽음은 물론 각지에서 활약하던 독립무장부대들의 이합집산과 이탈을 초래하고 말았다. 볼셰비키 군대는 대표적 무장단체를 무장해제하고 강제로 혁명군에 편입시켰다. 불만이 하늘을 찔렀다. 이에 반발한 부대들이 이탈하기에 이르렀다. 볼셰비키군대와 독립군부대 간 격렬한 총격전이 벌어졌다. 특히 사할린의용대는 큰 희생을 치렀다고 했다. 사상자만 2백여 명을 넘었다. 군을 이탈해 행방불명된 자와 부상자, 체포된 자를 합하면 천 명을 족히 넘는 규모였다.

볼셰비키군의 강제 명령을 거부하고 자유시를 탈출해 북간도로 겨우 귀환한 부대도 있었다. 김좌진은 천신만고 끝에 밀산密山으로 돌아왔으나 홍범도 부대, 안무 부대는 코민테른의 명령에 따라 자유시로 되돌아갔다. 지청천은 홍범도와 같이 자유시에 남았다가 이르쿠츠크로 이동했다고 했다. 독립무장단체 간 반목은 봉합할 수 없을 정도로 커졌고 투쟁력도 형편없이 줄어들었다.*

경천은 이 소식을 듣고 우울한 나날을 보냈다. 북간도 독립무장단

---

* 자유시참변에 대해서는 네이버지식백과, 한국근현대사사전 참조.

체가 거의 아사 직전에 이른 것이다. 일본군의 파괴적 공세에 대적하려면 연합과 연대를 거듭해도 부족한 판에 분열과 반목이라니. 게다가 서로 총구를 겨눴다는 소식에 경천은 힘이 빠졌다. 사할린 의용대 사상자만 천 명을 넘었다! 만주 대륙과 연해주의 그 힘든 역경을 무릅쓰고 독립투쟁 외길을 걸어오던 대원들이 동료의 총에 죽었다.

경천은 좌절했다. 이념은 어제의 동료를 적으로 만든다. 어제의 친구도 이념이 달라지면 총질을 한다. 이념에 잠재된 배반과 증오의 힘에 경천은 경악했다. 북간도의 독립투쟁은 이제 막을 내리는가. 김좌진부대는 밀산으로 돌아왔다는데 지청천은 어떻게 됐을까. 수청 고려의병대를 앞으로 어떻게 끌고 가야 할까. 상해파가 상처를 엄청나게 입었을 텐데 상해파 정치위원인 한형권은 이 사태를 어떻게 볼까. 걱정과 함께 궁금증이 꼬리를 물었다.

달포가 지났다. 한형권에게서 연락이 왔다. 수청 북쪽 깊은 계곡에 있는 한인촌 트레치푸진에서 연해주 총회를 개최한다고 했다. 자유시참사에 대한 대응책을 논의하는 자리였다. 연해주는 장차 어떻게 할 것인지가 주요 쟁점이었다. 안 그래도 독립군 부대의 연합 전략을 궁리하던 경천은 눈이 번쩍 뜨였다. 경천은 신용걸을 대동하고 트레치푸진으로 갔다. 가을색이 깊었다. 곧 겨울이 닥칠 것이다.

트레치푸진에는 주요 무장단체 지휘관들이 모였다. 말로만 듣던 독립군 지도자들과 일일이 악수를 나눴다. 경천은 깊은 동지애를 느꼈다. 외로움이 조금 가셨다. 한형권이 운을 뗐다.

"자유시참변에 대해서 얘기를 들었을 겁니다. 슬프고 안타까운 일입니다. 우리 연해주 독립의병대에도 이런 일이 닥칠지 모릅니다. 사전에 논의하고 연대할 수 있는 길을 모색하려고 이렇게 멀리까지 오시라 했습니다. 듣기로는 자유시참변을 틈타 연해주 일본군이 대규모 공세를 준비하고 있다는 소식입니다. 이참에 아예 한인독립군을 도륙屠戮하려는 계획일 겁니다. 이대로 각자의 길을 갈지 아니면 연합 조직을 만들어 대응할지 논의하려 합니다."

연해주 동북부를 근거지로 활동하는 한창걸이 말했다. 날카로운 눈빛에 얼굴선이 굵었다.

"동북부 지역은 풍전등화와 같은 상황입니다. 니항에 연합군 병력이 진을 치고 있는데 곧 내륙으로 진격해 올 태세요. 우리 부대는 조금 더 깊은 산악지대로 이동해 대비하고 있는 중인데 물자도 무기도 부족한 형편이오. 이탈하는 병사들이 골칫거리요. 원호들이 연합군과 전투를 원하지 않소. 연합군이 일본군영의 지휘에 따르고 있는데도 말이오."

강국모가 받았다. 그는 두만강 유역 연추와 중국 국경 부근 추풍 지역이 근거지였다. 어투에 중국 발음이 섞여 해득하기가 조금 어려웠다.

"자유시참변은 이르쿠츠크파와 상해파의 대립이 직접적 원인이라 들었소. 나도 그렇게 생각하고 있소이다. 상황이 아무리 어렵다 해도 볼셰비키군과 연대하는 것이 얼마나 위험한지 알려주는 교훈 아니겠소? 전략상 공조는 필요하겠지만 그러다 보면 점차 적군에 편입될 위험이 있다고 내 진작에 주장하지 않았소? 독립부대로 싸우는 것도 어렵기는 마찬가지요. 연추에는 원호들이 많은데 볼셰비키군을 싫어하오. 수십 년 일군 재산을 몽땅 징발당하지 않을까 노심초사요. 일본군이 밀정을 풀어 원호들을 부추기고 있소. 어느 놈이 밀정인지 가려내기도 어렵소이다. 밀정의 이간질이 너무 교묘해 원호들이 우리 부대를 멀리하고 있소이다. 요즘은 별로 반겨 주지도 않아요. 큰일이오."

지휘관들도 상황이 답답하다는 데에는 모두 동의하는 눈치였는데 뾰족한 대응책이 마땅치 않았다. 한형권이 침울한 분위기를 물리치듯 말했다.

"자, 동지들, 힘을 냅시다. 우리가 언제 좋은 여건에서 싸운 적이 있소이까. 어려울수록 우리의 투쟁력이 빛을 발하는 거지요. 그러니 일단 연합 총회를 발족하고 지휘부에 해결방안을 맡기면 어떻겠소. 물자와 무기 조달도 시급하니 말이오. 우수리스크 적군 사령부가 우리에게 전폭적 지원을 약속했소이다. 내가 확인해 보니 사령부는 아직 코민테른의 직접적 지령을 받지 않는 상태요. 옐리센코 사령관을 만나 얘기를 나눴는데 백군 격멸과 일본군을 연해주에서 몰아내는 것이 더 시급하다고 했소. 자유시에서처럼 볼셰비키군 편입 같은 문제는 지금 따질 문제가 아니라고 했소. 안드레예프 사령관은 전략적 연대를 강조했소이다. 어떻습니까? 저기 김경천 대장도 얼마 전 적군과 협공해서 노보로시야 기지를 파괴했소이다."

모두 경천을 쳐다봤다. 무슨 말이든 해야 할 순간이었다.

"정재관 선생이 주선했소이다. 우리 수청부대는 전투에 익숙지 않은 청년들이 많아 장갑차를 두려워할까 걱정했지요. 마침 정 선생이 주선을 해 줘서 적군과 공조가 이뤄진 겁니다."

그러자 하바롭스크 동쪽 삼림 지역에서 활동하는 한운용이 받았다. 말은 빨랐는데 요점을 찔렀다.

"전략적 공조는 필요한 실정이오. 그런데 강국모 대장의 말마따나 점점 수렁에 빠집니다. 백군을 격파하고 일본군을 몰아내는 것도 힘들지만, 이후에 적군이 우리를 독립부대로 인정해 줄지, 고국으로 진격하는 우리의 염원을 들어줄지 캄캄한 상태요. 확신이 서지 않소이다. 게다가….."

한운용은 말을 잠시 그치더니 민감한 문제를 끄집어냈다.

"한형권 동지가 레닌에게서 40만 루블을 받았다고 들었는데 그 돈을 다 어쨌소? 그게 독립의병대 투쟁자금이라면 우리에게도 혜택이 있어야 하는 것 아니오? 안 그래도 지원이 끊긴 판국인데…."

분위기가 숙연해졌다. 모두 형편이 궁핍해 레닌 자금에 기대를 걸었던 눈치였다. 날카로워진 분위기를 의식하며 한형권이 천천히 말했다.

"그 돈은 상해파에 전달했습니다. 내가 작년 돈을 받자마자 상해임시정부로 가서 상해파 위원들에게 풀었어요. 이르쿠츠크파가 눈독을 들이고 다른 임시정부 요원들도 그 돈을 요구해서 그렇게 썼다간 아무 일도 안 되겠다 싶었지요. 나는 상해파 일원으로서 임시정부 자체를 연해주로 이주해야 한다고 주장했습니다. 상해에는 정치인과 이론가들이 많아 일본군과의 전투는 먼 훗날에나 가능하다고 봤어요. 상해파가 임시정부에서 위상을 굳게 하는 데에 엄청난 힘이 됐어요. 남은 자금을 또 받으러 갈 텐데 그때에는 우리 연해주 의병대에게도 지원이 가게끔 노력하지요. 그것만은 알아주시기 바랍니다."

레닌의 자금은 볼셰비키가 되는 조건이 달렸다. 이것도 진퇴양난이었다. 자유시참변 대비책도 그랬다. 공조와 연대는 필요한 일이지만, 결국 볼셰비키군에 편입되는 것은 아닐지 갈팡질팡했다. 이참에 아예 볼셰비키군에 소속되기를 주장하는 사람도 있었다. 그러자 여러 사람들의 비난이 터져 나왔다.

논의는 겉돌았다. 뾰족한 대안이 없는 상태였다. 일본군의 공세에 맞서려면 적군의 협력이 주요하고 물자와 무기 공급도 원활히 이루어져야 하는 판에 진퇴양난이었다. 총회가 무산됐다. 절박한 사정이 발생할 때까지는 당분간 각자의 길을 가자는 잠정적 합의로 마무리됐다. 뚜렷한 결론을 내지는 않았지만 그래도 공조를 논의했다는 사실은 성과였다.

다음 날, 지휘관들은 뿔뿔이 헤어졌다. 무고하기를 바란다는 인사말을 나눴다. 경천도 무거운 마음으로 길을 나섰다. 그때 마차 뒤편에 앉은 한 여인이 눈에 들어왔다. 참모 두어 명과 얘기를 나누고 있었다. 경옥, 장경옥이었다. 아, 장경옥이 여기에. 잘못 봤을지도 모른다. 떠나는 마차를 붙잡을 수는 없었다. 괜히 실없다는 소리를 들을 수도 있다. 말을 탄 강국모 뒤를 따르는 마차는 곧 시야에서 사라졌다. 경옥이 여기에 나타날 리가 없었다. 경천은 곧 먼 기억을 지웠다.

일본군의 대대적 공세가 시작됐다. 상황이 절박했다. 수청 동북쪽 항구인 올가항에 백군과 일본군 대대 병력이 집결해 치모우 쪽으로 진군하고 있다는 정보였다. 러시아 적군은 경천의 부대에 병력 지원을 요청했다. 어차피 공조 체제에 들어갔으므로 경천은 중대장 회의를 소집했다. 그동안 독립투쟁에 경험이 많고 유능한 청년들이 속속 수청 고려의병대를 찾아와 중대장급 인원이 늘었다. 김광택, 김유천,

이창선이 그들이었다.

김광택과 김유천은 우수리스크와 하바롭스크에서, 이창선은 연추와 추풍 지역에서 독립투쟁을 해 왔다고 했다. 이들은 의병대 중대장 임무를 맡는 데에 부족함이 없었다. 중대장 회의에서 뜻밖에 신용걸이 나섰다. 이참에 전투 경험을 쌓고 싶다고 자청했다. 다른 중대장들이 우려를 표명했지만 막무가내였다.

경천은 결단을 내렸다. 신용걸의 인솔하에 대원 오십 명을 올가항으로 보냈다. 무운을 빌었다. 촌락민들과 부대원이 모두 나와 신용걸의 부대를 환송했는데 걱정하는 표정이 역력했다.

며칠 뒤 비보가 날아들었다. 몰살 소식이었다. 침통했다. 경천은 가슴이 미어졌다. 촌락이 울음바다가 됐다. 독립의병대를 비난하는 소리가 온 마을에 진동했다. 달리 방법이 없었다. 자신이 나설 수도 없는 상황에서 신용걸을 희생시켰다는 회한이 가슴속에 휘몰아쳤다. 빨리 사태를 수습해야 했다.

겨울로 접어든 11월 중순, 우수리스크 적군 사령부에서 온 공문이 접수됐다. 적군 사령관 옐리센코가 서명한 공문이었는데 전령이 직접 경천에게 전했다. 출동 명령이었다.

— 치모우항에 일본군이 집결하고 있음. 수청 전 지역 러시아 적군과 독립군이 타깃임. 김경천 대장은 수청 고려의병대를 인솔해 조속히 신영동 북쪽 적군 주둔지로 이동하기 바람. 다른 한인독립군도 합류할 예정임. 이상.

추구예프 계곡

컹, 컹, 컹.

멀리서 개가 짖었다. 고향 마을 누렁이가 짖는 소리 같았다. 어깨에 쿡 하고 통증이 스쳤다. 경천의 눈이 가느다랗게 떠졌다. 흐릿했다. 천장을 엮은 통나무가 어지러웠다. 장작 난로에 남은 불씨가 방 안을 어둑하게 비췄다.

"음…. 물, 물."

경옥이 의자에서 졸다 다가왔다.

"대장님, 대장님, 정신이 드셨어요?"

경옥이었다. 어둠 속에서 그녀의 갸름한 얼굴 윤곽이 드러났다.

"여태 여기 있었소? 시간이 얼마나 지났소?"

경옥은 팔로 경천의 고개를 안아 일으키며 물그릇을 입술에 댔다. 부드럽고 미지근한 액체가 입과 목을 죄고 있던 갈증을 헹구며 목구멍을 넘어갔다.

"해가 바뀌었어요. 며칠 주무셨어요. 통증은 좀 어떠세요?"

"한결 나아졌소. 그런데 내가 며칠을 잤다고?"

"중국인 의원이 탕약을 끓여 줬어요. 상처를 아물게 하는 약인데 졸음이 올 수도 있다 하대요."

총상을 치료하고 체력을 보강하는 약이었다. 경천은 오른쪽 다리를 움직여 봤다. 한결 가벼웠다. 어깨도 살짝 들어 올려 봤는데 약한 통증이 느껴지는 것 외에는 참을 만했다.

"상처가 깊고 출혈이 심해서 아물 때까지 한동안 누워 지내셔야 한답니다."

"이거 큰일이군. 일본군이 추격해 올 텐데."

"셰프첸코 대장이 어제 얘기해 줬어요. 일본군은 치모우항으로 돌아갔다네요. 해항과 수청 지역 치모우 해안을 봉쇄하고 봄 대공세를 준비하고 있답니다. 우수리스크 적군 사령부가 전황을 살피고 있는데 북쪽 하바롭스크에 주둔하는 백군이 일본군과 협공 작전을 펼지도 모른다고 해요. 지난 전투에서 아군 사상자가 워낙 많이 나와 겨울 동안 여기서 당분간 전열을 재정비하는 걸로 결정한 모양이에요. 연해주 한인독립군 지휘관들이 소강상태를 틈타 이리로 다시 집결하는 중이라고 해요."

"여기가 어디요? 트레치푸진?"

"트레치푸진으로 가는 길목이에요. 추구예프 계곡. 한인 여호들이 많이 사는 곳이래요. 여기는 계곡이 워낙 깊어 일본군이 쉽게 들어올 수 없다나요. 강물이 얼어붙긴 했으나 혹한에 눈이 쌓여 일종의 천연 요새라고 해요. 저는 강국모 대장이 여기 남아 간호할 것을 허락해 줬어요. 허락하지 않아도 남았을 거예요."

"음, 그렇다면 안전하겠군. 아무튼 고맙소. 남은 병사들은 어떻게 됐소?"

"일단 귀가 조치했대요. 뿔뿔이 흩어져 각자 살던 집으로 갔는데 봄에 다시 소집 명령을 내린다고 했어요. 겨우내 부모와 가족을 우선 건사해야 하니까요."

경옥은 난로에 장작을 넣었다. 불이 타오르자 방 안이 밝아졌다. 창문에 희뿌연 여명이 비쳤다. 경옥은 경천에게 미음 그릇을 건네줬다. 옥수수와 조를 으깨 끓인 죽에 중국인 의원이 달인 탕약을 섞은 환자용 식사였다. 죽 한 그릇을 비우자 한결 기운이 돌았다.

"출정 전 봤을 때엔 기회가 없었는데 이 얘기를 해줘야겠소."

"저도 얘기하고 싶은 게 많았어요."

"경옥 씨 오빠, 장경호를 만났소."

경옥의 눈이 휘둥그레 커졌다.

"오빠를요? 저도 지난여름 부대가 이만(달네레첸스크)시市로 이동할 때 오빠 소식을 들을까 기대했어요. 그런데 바로 연추로 복귀하는 바람에 수소문을 못 했어요. 그래서요, 언제요? 건강하던가요?"

"내가 압록강을 건너 탈출할 때 단둥으로 갔소. 거기서 조선독립청년단원이 신흥무관학교까지 길 안내를 맡았는데 장경호라고 하더군. 무척 반가웠지. 경옥 씨 얘기를 해줬어. 눈물을 흘리더군."

경옥은 목이 메었다. 유일한 혈육이자 그토록 고대하던 오빠 소식이었다.

"살아 있네요! 살아 있어요!"

경옥은 와락 경천의 가슴에 얼굴을 묻고 눈물을 흘렸다. 경천은 움칫 놀랐지만 기쁨에 벅차 흐느끼는 경옥의 머리를 토닥였다. 외로웠구나. 낯설고 물 설은 타지에서 마음고생이 많았겠구나, 오빠 소식이 희망이었겠구나, 하는 생각에 애처로움이 왈칵 솟았다.

"그렇게 결의에 찬 청년을 보고 힘이 솟았지. 잘 왔구나, 여기서 청년들의 꿈을 이뤄 줘야겠구나 하고 말이야."

경옥이 정신을 수습하고 물었다.

"소속은 어디였나요?"

"신흥무관학교, 연락책."

경천은 그동안 일어났던 일들을 얘기했다. 장경호는 신흥무관학교 연락책이자 역사 교관이었다. 그는 학교 설립자인 이상룡, 김동삼을 흠모했다. 북간도 독립군을 지원하는 한상우와도 통신망을 갖고 있었다. 간도로 탈출하고자 하는 국내 청년들을 모집하고 서간도와 북간도 독립군과 연결시키는 임무를 담당했다. 그 자신 또한 굳건한 독립군이기도 했다. 청춘을 독립운동에 바치려는 결의가 그렇게 단단할 수가 없었다.

동행했던 지석규(지청천)도 그의 각오에 감동한 눈치였다. 곳곳에 깔린 마적과 민간인 밀고자를 피해 천신만고 끝에 도착한 신흥학교는 중국인 촌락에서 멀리 떨어진 유하현柳河縣 고산자 계곡에 초라하게 세워져 있었다. 마적단의 횡포와 일본군의 기습공격에 대비한 요새였는데 문제는 2백여 명에 달하는 학생들 식량과 무기를 조달하는 일이었다.

고산자 계곡에 고립된 신흥학교의 재정은 날로 궁핍해졌다. 이상룡이 망명할 때 가져온 재산은 거의 고갈된 상태였다. 마적단은 신흥학교까지도 기습을 가해와 경천이 도착하기 한 해 전 학생과 교관 몇 명이 납치됐고 비축 식량과 무기고가 털리는 사태가 발생했다. 학생들과 교관들의 사기는 여전히 충천했으나 생필품이 모자라고 교재도 없었다. 교관들 또한 체계적인 교육을 하지 못할 정도로 지식이 얕았다.

일본 육사 출신 장교 두 명이 합류하자 시들어 가던 신흥학교의 사기가 한껏 치솟았다. 장경호는 두 살 선배인 지석규를 형처럼 잘 따랐다. 경천이 만난 교관 중 탁월한 사람이 있었다. 대한제국 무관학교 장교 출신 신팔균이었다. 경천보다 여섯 살 위인 신팔균은 다부진 체격에 천생 군인이었다. 신팔균은 군대 해산 당시 군문을 떠나 서상일, 김동삼과 함께 비밀결사인 '대동청년단' 활동을 벌이다가 만세 운동 이전에 서간도로 망명한 애국지사였다. 그는 신흥무관학교 학생들 사이에서 인기가 높았다. 무기술과 군사학에 밝았고 분열된 독립운동단체들의 규합에도 온 힘을 쏟았다. 신팔균도 장경호를 동생처럼 아꼈는데 지석규와 셋이 마치 형제처럼 지냈다.

"오빠가 좋은 사람들을 만나 그나마 다행이에요. 아버지 소식을 모를 텐데…."

경옥은 금세 슬픈 표정으로 돌아갔다.

"저도 경흥에 남아 있었더라면 일본군 손에 죽었을 거예요. 작년 훈춘사건 때였어요. 경흥 시가지가 화염에 휩싸였으니까. 연추 지역에서 봤어요, 밤새 불타는 시가지를. 온 산이 붉게 물들었으니까요. 그래서, 그래서 어떻게 됐나요?"

경옥은 경천이 연해주로 온 연유를 알고 싶어 했다. 경천이 천천히 얘기를 다시 시작했다.

"그해 가을, 그러니까, 1919년 가을이었소. 마적단의 기습 첩보를 입수했지. 그런데 무기가 바닥이 났소. 앞으로 일을 대비해야 하고, 교관 가족들과 학생들의 안전을 지켜내려면 무엇보다 무기가 필요했소. 그런데 일본군의 감시와 사찰 때문에 서간도에는 무기를 구입할 루트가 없었지. 할 수 없이 회의를 열어 북간도와 연해주로 사람을 파견하기로 결정했어요. 지석규, 신팔균, 장경호, 나 그렇게 넷이 길을 떠났는데, 장춘에서 세 사람은 북간도로 갔고, 나는 하얼빈을 거쳐 연해주로 왔지. 내가 함경도 출신이라 연해주에 쉽게 연줄이 닿을 수 있을 거라는 판단에서였고. 세 사람은 북간도 용정에 잘 도착해서 한상우의 보살핌을 받은 모양이오. 작년 가을인가 석규에게서 안부 전갈을 받았어요. 봉오동 전투를 이끌었던 홍범도 장군 부대와 합류해 다시 전투를 준비하고 있다고 말이야. 후에 보니 청산리 전투였더군."

숨을 죽이며 듣고 있던 경옥이 말했다.

"그러면 오빠도 청산리 전투에 나섰겠군요. 산을 넘으면 집이 빤히 보이는 곳인데 얼마나 가고 싶었을까. 그 직후에 제가 고향을 떠났는데 오빠는 그걸 모를 거예요. 살아 있겠지요?"

"셋이 모두 잘 살아 있다고 안부 편지를 받았소. 올여름 자유시에서 큰 참변이 있었는데, 무사히 탈출해 밀산密山으로 퇴각했다나. 지청천은 이르쿠츠크로 갔고. 북간도도 정세가 쉽지 않은 모양이오."

"여름…. 그사이 별일 없었겠지요?"

경옥은 아직 안심이 안 되는 모양이었다. 일본군이 중국군과 합작해서 독립군을 공격하는 일이 잦아진 때문이었다. 마적단과 중국군은 일본의 계략에 말려들거나 매수되는 일이 빈번했다. 만주 일대 독립군들은 36개 부대에 약 3천 7백 명에 달했는데 지도부의 이념 노선과 성향이 워낙 복잡해 이합집산을 반복하고 있었다. 거기에 여기저기 흩어진 한인 이주민들은 대체로 가난해서 독립군을 지원할 여력이 없는 것도 문제였다. 일본군은 그런 점을 파고들었다. 마적단을 매수해 독립대원들을 공격하기 일쑤였고, 중국군은 언제 일본군에 붙을지 믿을 수 없었다.

"괜찮을 거요. 지석규와 신팔균은 그리 호락호락한 사람이 아니니. 신흥무관학교 시절, 우리 셋은 운명을 하늘에 맡긴다고 모두 천天자를 써서 개명을 했소. 누가 들으면 웃겠지만, 우리 셋은 비장했소. 피로 맺은 혈맹이랄까. 신팔균은 신동천, 지석규는 지청천, 나는 김경천으로 말이오. 삼천三天으로 불렸지. 이름만으로는 어지간해서 죽지 않을 테니 안심하시오."

날이 밝았다. 창문으로 겨울 햇살이 비쳐 왔다. 오빠가 살아 있다는 소식을 들어서인지 경옥의 표정은 아침 햇살처럼 밝았다. 햇살이 비친 그녀의 얼굴이 고왔다.

여동생이 있으면 그녀처럼 아름다웠을 거라는 생각이 스쳤다. 배다른 누이가 있기는 하다. 옥진은 경성 어딘가에서 살고 있을 거다. 정화는, 아이들은? 내가 망명하고 난 후에 종로경찰서로 끌려갔을 텐데, 고문을 당하지는 않았는지, 아이들은 굶지는 않는지 걱정이 밀려왔다. 몸이 쇠약한 둘째 딸 지혜는 잘 견디고 있을까? 꾹꾹 누르고 있었던 애비로서의 책임감과 그리움이 경천의 마음을 아리게 했다. 그걸 눈치챘는지, 경옥은 자리에서 일어났다.

"대장님, 미음을 드셨으니 잠시 눈을 붙이세요."

꿈이었다. 신주쿠 찻집에 성은 형이 대한제국 장교 차림으로 앉아 있었다. 웃는 얼굴이었다.

'형, 괜찮아? 아팠을 텐데.'

성은은 목에 난 칼자국을 보였다.

'안 아파, 이젠. 다 지나간 일인걸. 넌 어쩌려고 거길 갔니? 춥지 않니, 시베리아 동부 끝에? 제국은 무력을 키웠어. 누구도 겁을 내지 않을 만큼. 미국은 물론 영국, 프랑스, 독일, 중국도 일본의 행군 앞에 두려움에 떨고 있지 않니? 넌 제국 장교야. 어쩌려고?'

경천의 아버지가 요코하마 식당에 앉아 있었다. 얼굴과 몸이 시퍼렇게 멍이 들어 있었다. 그래도 웃는 낯이었다.

'광서야, 그렇게 말렸는데 결국 갔구나. 집안 꼴이 말이 아니구나. 대를 이어야 하는데 손녀만 득실하니 내가 너를 탓할 수도 없고.'

'아버지, 아프지 않으셨어요?'

'아프긴, 잠시 그랬지만 정신이 아득해지니 평화롭더구나, 제주도로 유배 간 박영효 대감을 모시지 못해 내내 송구하더니만 세월이 지나니 이젠 고만고만하다. 광주 묏자리가 참 편해, 뒤쪽에 남한산성이 있는데 가끔 올라가서 멀리 한양을 살펴본단다. 요즘은 행인이 보이지 않던데 무슨 일이 있는 거냐?'

'아버지, 만세 시위가 벌어졌어요. 사람들이 많이 잡혀갔어요. 죽기도 했고요.'

'그래, 많이 죽었다고들 하더구나.'

그때 포성이 울렸다. 경천의 몸이 공중에 날렸다가 떨어졌다.

'퇴각해, 퇴각하라고 했잖아!'

아베 대위였다.

'광서, 퇴각해야 해! 대적하기엔 힘들어. 생명을 부지해야 또 만나

지. 광서, 광서….'

아베가 울부짖었다.

'피해!'

신열이 났다. 땀이 흥건히 흘렀다. 파편을 제거한 부위에서 진물이 났다. 통증이 다시 퍼졌다. 경옥은 중국인 의원을 급히 불러 상처에 약재를 으깨 발랐고 탕약을 끓여 먹였다.

얼마나 지났을까. 포성이 멎고 아베가 멀리 사라졌다.

'아베, 아베….'

"저예요, 정신이 드세요?"

경천은 눈을 떴다. 꿈이었다. 옷과 이부자리가 흥건히 젖었다. 약간 오한이 났다. 경옥이 장작 난로에 불을 지폈다.

"오래 잔 모양이군. 밖은 여전히 혹한인가? 지휘관들도 꼼짝없이 이즈바에 갇혀 있나?"

"예, 이것저것 하면서 소일하고 있어요. 얘기도 나누고, 앞으로 해야 할 일도 논의하고, 극동공화국이 언제까지 지속될는지도…. 그런데 우수리스크에서 한형권 씨가 왔대요. 대장님을 만나고 싶어 해요."

"한형권이? 만나야겠소. 경옥 씨, 나를 좀 일으켜 주시오."

경옥은 경천의 상체를 일으켜 침상에 기대게 했다. 그리고 문을 열고 나갔다. 밖은 벌써 어둠이었다. 시베리아 겨울의 냉기가 확 끼쳐왔다. 자그마한 서랍장 위에 세 개의 촛불이 일렁이는 불꽃을 만들고 있었다.

얼마 후 한형권이 들어왔다. 러시아식 코트로 온몸을 감싸고 여우

털모자를 눌러썼는데 입 언저리에 콧김이 하얗게 서렸다. 건강하고 지적인 얼굴이었다. 러시아 적군과 두어 번 연대전투를 치르고 나니 한형권에 대한 경계심이 무너졌다.

"아이고, 김 동지, 이게 웬일이오? 총알도 피해 가는 백마 탄 장군을 누가 저격했단 말이오? 그놈을 잡으면 능지처참해야 마땅하겠는데…."

"어서 오시오, 한 동지! 안 그래도 안부가 궁금했소이다. 이 꼴을 보여서 영 면목이 없구면요."

"그만하기가 참 다행이오. 뼈를 다치지 않았으니 상처가 아물면 곧 일어설 거요."

"중국인 의원이 잘 치료하고 있으니 걱정하지 않아도 됩니다. 그런데 이 설한에 한 동지가 여기까지 어찌 된 일로?"

"김 장군이 다쳤다는 말을 듣고 좀이 쑤셔 가만있을 수가 없었소. 소식도 전해줄 겸 해서 불원천리 왔소이다."

한형권은 외투 안주머니에서 메모장을 꺼냈다.

"김 장군을 연해주 지역 고려혁명군 사령관으로 임명하기로 의견을 모았소. 자유시참변에서 퇴각한 북로군정서와 연해주혁명군사위원회가 얼마 전 하얼빈에서 회합을 가졌소. 아무래도 연해주와 북간도 독립군이 힘을 합쳐 협공 작전을 시도하는 것이 좋겠다는 당 지도부의 판단이오. 고려혁명군이란 이름 아래 북간도와 연해주가 뭉치는 것이지요.

북간도에서는 일본군이 중국군을 매수해서 독립군을 괴롭히고 있소. 일단 연해주 한인의병대가 러시아 적군과 힘을 합쳐 일본군을 몰아내고 나면 북간도 독립대원들과 힘을 합칠 수 있을 것이오. 아직 정식으로 임명된 것은 아니지만 곧 임명장이 도착할 것이니 미리 알아 두라고 내가 왔소이다."

"큰 임무를 맡겨 줘 저로서는 영광이오. 고맙소이다. 그런데 여기 연해주 사정이 그리 간단하지만은 않더이다. 한인들을 이끌 지도부가 부재하니 여기저기 분산된 무장대를 규합하기가 여간 어렵지 않소. 최재형께서 살아만 계셨더라면 사정이 조금 나아졌을 텐데, 안타깝기 그지없소이다."

"나도 그것이 걱정이오. 니항 부대를 이끄는 한창걸과 연추 지역 지휘관 강국모가 서로 다투고 있는 것은 잘 알고 있소. 러시아 국적을 받은 원호들은 적군이 지배하면 토지와 재산이 몰수될 것을 걱정해서 백군을 은근히 돕고, 아직 국적을 얻지 못한 여호들과 품팔이로 연명하는 외잠자리들은 볼셰비키 세상이 되면 토지를 받을까 기대하고 있는 실정 아니오.

올해 김 동지가 수청 지역에 군대를 운영해 봐서 잘 알고 있을 것이오. 독립대원들 중 여호 출신이 많고, 품팔이나 생계가 어려운 유랑자들이 많은 것도 그 때문이지요. 한창걸은 볼셰비키파로 여호를 동정하고, 강국모는 원호의 지원을 많이 받으니 노선 차이가 잘 메워지지 않을 것이구면요."

"그래도 수청 지역 군정 때에는 정재관 선생이 앞장서서 문제가 그리 불거지지는 않았소이다. 그런데 선생이 다시 몸져누웠으니 협력 동맹을 성사시킬 사람이 아쉽지요."

"이동휘 선생이나 문창범 선생이 상해에서 돌아오면 좀 나아지지 않을까 하는데. 여러 분파로 갈라진 한인의병대가 하나로 통합하기에는 시간이 좀 걸릴 것이오. 러시아 적군이 백군을 격파하고 나면 사정이 훨씬 좋아지겠지요. 일본군과의 싸움이 하나의 목표가 되니까요. 그런데 요즘 모스크바 정권이 일본과 싸우는 데에 몸을 사린단 말이오. 볼셰비키 혁명 완수가 우선이니까, 일본과 대립하고 싶지 않아 하는 눈치요. 작전상 제휴라고 할까….”

한형권의 얼굴에 수심이 돌았다. 한인사회당이나 고려공산당을 결성한 가장 근본적인 목적이 대한독립인데 러시아 혁명이 완수되고 나면 모스크바 정부가 손을 뗄까 우려가 앞섰다.

“내가 모스크바에 가서 레닌을 만난 것도 다 그런 이유 때문이었소. 연해주에서 조선을 도울 나라는 오직 러시아뿐 아니오. 미국이 그러겠소, 아니면 영국과 프랑스? 중국은 내란에 정신을 차릴 수도 없는 지경이니 다 먼 나라들이오. 러시아가 유일한 희망이지. 레닌이 왜 그렇게 큰 자금을 줬겠소? 물론, 공산당이 주도하라는 조건이 붙어 있었지만 말이오.”

“참, 한 형도 대단하오. 모스크바까지 가서 면담을 요청했다니, 게다가 자금까지 얻었으니 말이오. 레닌이 뭐라 합디까, 그 세기적 혁명가가?”

“코민테른 때문이었소. 공산주의 인터내셔널이 막 결성됐던 때였소. 모스크바에 입성한 레닌이 한껏 부풀어 있었소. 유럽은 기반이 단단하다고 판단했는데 아시아는 취약했고 중국도 공산주의 운동이 태동하고 있었을 때니까 조선을 동맹국이자 적임국으로 판단했던 거요. 내가 그럴싸하게 설명했소. 한인사회당이 결성됐고, 이르쿠츠크와 연해주, 상해에 그 기반이 조직됐다고 말이오. 사실은 약하기 그지없었는데, 희망을 불어넣어 준 것이오. 레닌이 그럽디다. 동지에게 코민테른의 희망을 걸겠다고. 공산주의 혁명이야말로 인류를 행복하게 만드는 필연적 경로라고. 200만 루블이 그렇게 나온 거요. 격려금 조로 40만 루블밖에 못 받았지만 내가 올해 다시 가려고 하오. 약속한 자금을 받으러."

"한 형 말대로 그 자금을 상해 공산당에 풀었는데 기반이 단단해졌어요? 지난번 트레치푸진 총회에서 한운용이 궁금하다 했잖소?"

"임시정부 요원들의 불평만 샀소. 사실, 임시정부 요원들은 독립투쟁 경험이 미천한 사람들이고 입만 살아서 국제외교를 한다, 강대국 지도자들을 설득해서 조선독립에 유리한 분위기를 조성한다고 허풍을 떨고 있는데 그게 말뿐이지 실질적 효과가 있는 게 아니잖소? 정치하는 사람들이지 싸우는 사람이 아니오. 우리 연해주 독립대원들이야말로 싸우면서 정치 기반을 만들어 가는 사람들이지."

한형권은 잠시 생각에 잠겼다가 다시 말을 계속했다.

"그 돈이 어디 갔냐고? 사람들이 입만 나불댈지 내가 무기를 구입했고 독립대원들 생계를 지원했다는 것은 모르잖소? 그렇지 않았으면 굶었겠지. 상해파에 자금을 풀기는 했지만 다 그런 데에 쓰였던 거요."

"한 형의 공로가 큽니다. 체코제 무기도 다 그렇게 산 것이오?

"볼셰비키 정부가 독일과 휴전을 선언하면서 체코군은 갈 곳이 없어졌어요. 러시아 적군에 저항하면서 이르쿠츠크로, 치타로 내몰렸던 거지요. 이르쿠츠크에 웅거한 체코군 사령관을 만나 협상했어요. 그 친구들은 혁명이고 뭐고 집에 갈 수만 있다면 뭐라도 팔 사람들이었소. 전쟁이 끝났는데, 체코군을 받지 않겠다고 모스크바 정부가 독일에게 약속했는데 그들이 무슨 수로 귀국선을 탈 수 있겠어요? 무기를 파는 수밖에. 우리 독립대원들이 그걸로 무장할 수 있었던 거지요."

"가엾게 됐군요. 낙동강 오리알이란 말이 꼭 맞소. 그들도 전선에 뛰어들 때에는 조국을 구한다는 애국심이 활활 탔을 텐데."

"국제 정세가 그렇게 무섭다는 실감을 처음 했소이다. 투쟁은 내가 결의할 수 있지만 그 운명을 결정하는 것은 나와 무관한 다른 곳에 있다? 좀 무섭지 않소?"

"가끔 그런 생각이 들기도 합니다…. 그나저나 한 형은 경흥에 가족이 있소?"

한형권은 생각에 잠겼다. 경천은 능력이 저렇게 탁월한 사람이 자신의 인생을 온통 연해주 독립투쟁에 바치는 신념과 열정이 대체 어디서 나는지 궁금했다.

"다 흩어졌소. 논마지기와 과수원을 갖고 있던 중소 지주였는데 내가 독립운동에 뛰어든 다음부터 헌병과 순사들이 가족을 괴롭혔소. 연로하신 부친은 멋도 모르고 3·1 만세 시위 때 북청에 가셨다가 체포돼 감옥에서 돌아가시고 어머니도 시름시름 앓다 죽었소. 아내와 자식들은 두만강을 건너 연추로 피신하다가 경신참변* 때 모두 죽었다는 소식을 들었소. 우수리스크에 사는 강콜랴가 작년에 소식을 전해주었지요. 내가 죄인이지…."

---

* '간도참변'으로도 불리며, 1920년 일본군이 청산리 전투 패배를 설욕하려는 의도로 만주를 침략해 간도에 거주하던 한국인을 대량 학살한 비극적 사건.

"미안하오, 그런 질문을 해서. 진심으로 위로를 드리리다."

"자, 자. 가족 생각을 하면 마음이 약해지니 앞날을 도모합시다. 아무튼, 오늘 반가운 얼굴을 다시 보게 돼서 고맙기 그지없소이다. 내가 모스크바에 갔다가 다시 오리다. 선물을 한 보따리 갖고 올 테니…. 고려혁명군 사령관이라, 저 두만강을 건너 고향으로 진격할 날을 고대합시다, 김경천 장군!"

한형권이 돌아가고 달포가 흘렀다. 경옥의 극진한 간호 덕에 총상은 많이 아물었다. 침상에서 일어나 방 안을 어슬렁거렸다. 창밖 풍경은 백설이었다. 맹추위 속에 바람이 맹렬했다. 이즈바를 눈이 덮었다. 시베리아의 맑은 아침 햇살에 고드름이 반짝였다. 숲속에서 가끔 여우가 이쪽을 살피다가 사라지곤 했다. 꿩꿩, 하는 울음과 함께 푸드득 소리가 났다. 꿩이 날아올랐다. 먹을 것이 없을 텐데 저놈들이 어떻게 겨울을 나는지 궁금했다.

러시아의 음식은 형편이 없었으나 시장기를 가시게 해 줬다. 흑빵과 감자가 주식이었는데 가끔 채소에 버무린 돼지고기와 닭고기가 올라왔다. 조선의 것과는 달리 러시아식 양념은 고기 잡내를 잡지 못해 비릿했지만, 보드카 생각이 나는 걸 보니 건강이 회복되고 있다는 신호였다. 경천은 자신이 살아 있음에 감사한 마음이 들었다. 운명을 하늘에 맡긴 혈맹의 끈끈한 동지애가 힘을 솟게 했다. 경옥이 음식과 차를 갖고 들어왔다.

"아, 대장님, 오늘은 일어나셨네요!"

"덕분에 건강이 많이 회복됐소. 다 경옥 씨 덕분이오."

"아니에요, 워낙 건강하시니 이겨 낸 것이지요."

"이제 주사는 필요 없을 듯하고, 중국인 의원이 끓인 탕약만으로 좋겠네요."

"그 탕약이 정말 쓰던데…. 약효가 제법 있는 모양이오?"

"이 지역에 제법 알려진 명의라나요? 집안 대대로 의원이었대요."

"그런데 오늘 경옥 씨 안색이 그리 밝진 않은데, 무슨 일이 있어요?"

힘이 없어 보였다. 스물일곱 나이의 여인이 누리고 싶은 평범한 일상과는 동떨어진 이 숲속에서의 시간이 그녀를 우울하게 만들었을 거다. 오갈 데 없는 자신의 신세가 처량했을 거다. 의지할 곳, 의지할 가족을 잃고 전장을 떠도는 자신이 애처로웠을지 모른다. 게다가 전투를 앞두고 있지 않은가.

"예, 사실은 요 며칠 우울했어요. 대장님은 그렇지 않은 거 같은데 무슨 비결이라도?"

경천은 경옥의 마음을 읽었다. 외로웠던 것이다. 어딘가 정착해서 평범하게 살고 싶은 거다.

"왜 아니겠소? 나도 자주 불안하고 의지할 곳을 찾지요. 그럴 때마다 혈맹 동지들을 생각하곤 해요. 그들도 외로울 테니, 내가 더 단단해져야 한다고 말이오."

"저는 평범하게 살고 싶어요. 왜 이런 시대에 태어났는지 원망도 해요. 왜 전쟁을 해야 하고, 왜 어렵게 사는 인민들이 괴롭힘을 당하고, 왜 생존을 위협받고 낯선 이국땅에서 뿌리째 뽑혀 죽어 가야 하는지…. 이 마을 여호들이 무슨 죄가 있어요? 먹을 걸 찾아 낯선 땅에 들어온 것 외에는."

232

"내가 군인이 되려고 한 것은 그런 사람들을 지켜 주려 한 각오 때문이었소. 군인이란 그런 직업 아니오? 인민들이 평화롭게 살게 외적을 막아 주고 치안을 지키는 일. 그럴 줄 알았소. 나라가 망하리라고는 상상조차 못 했소. 인민을 구하려면 나라를 먼저 구해야 한다는 생각에 사로잡혔소. 요코하마공원에서 경옥 씨를 만날 때가 그때였지. 나라를 빼앗은 군대에 몸을 담은 나의 모순을 벗어나는 방법을 궁리하고 있었소. 다 벗어던지는 건 어려웠소. 벗어던진다고 되는 일도 아니고. 홀로 나라를 어찌 구하겠소? 아버지와 형의 죽음이 나를 여기까지 끌고 왔소."

"운명을 탓하는 건 아니지만 운명에 복종해야 하는 지금의 처지가 너무 힘들고 한스러워 그래요."

"경옥 씨, 그 마음을 알아요. 우리 시대, 나라가 처한 상황이 우리 운명을 결정한 것이오. 내가, 나 스스로 나의 운명을 결정하고 싶었는데, 거꾸로 된 거요. 나의 결정권을 시대에 넘겨줬다고나 할까, 그걸 인정하고 싶지 않은 마음은 나도 같소."

경천은 침상에 걸터앉았다. 오랜만에 일어나 있었더니 다리 통증이 스쳤다.

"자꾸 약해지고 있어요. 작년 한인의병대에 들어올 때는 제 안에 복수심이 가득했어요. 경흥 시가지가 불에 타 인민들이 아비규환이었지요. 그 장면이 눈에 선해요. 아버지를 두고 강을 건널 때 각오했어요. 독립대원들을 보살피겠다고. 그런데 날이 갈수록 옅어져요. 허무하달까요."

경천은 경옥의 하소연에 내심 동의를 표했지만 그 허무를 더 자극

해서는 안 되었다.

"한번 생각해 봐요. 이 시대에 전장의 상처를 안고 사는 사람들이 천지요. 유럽에도 젊은 청년 6백만 명이 목숨을 잃었고, 여기 러시아에도 적백赤白 내전에 수많은 인민들이 죽어 가고 있소. 조선은 물론이고. 내가 죽인 백군들 가족을 생각하면 가슴이 미어터져요. 세상 현실이 그러하오. 여기 와서 알았지. 나처럼 부모 잃고 형 잃은 사람이 천지라고. 나만이 아니라고. 모스크바 정부는 계급투쟁이야말로 세상을 구한다고 하는데 나는 모르겠소. 계급착취가 모순이기는 하지만, 사람을 죽이는 방법밖에 없을까. 혁명은 잔인하오. 혁명은 위대하다고 레닌이 말하는데 얼마나 많은 사람이 죽을까? 혹시 그 죽음의 대열에 우리가 끼는 것은 아닐지 그런 생각도 들어요. 내 인생의 결정권을 혁명이라는 시대 상황에 넘겨줬으니, 시시각각 닥쳐오는 위험을 피하고 맡겨진 임무를 수행할밖에. 혁명에 인생을 맡긴 이 시간이 지나면 다시 결정권을 회수할 때가 올 거요."

경옥은 눈물을 흘리고 있었다. 알지만 인정하고 싶지 않다는 호소였다. 눈물은 인생과 세태의 접점을 스스로 어쩌하지 못한다는 인간의 표현이었다. 경천은 약해지는 마음을 다잡았다. 표시를 내서는 안 되었다. 그때 경옥이 의자에서 몸을 일으켜 천천히 다가왔다. 그리곤 경천의 무릎에 얼굴을 묻었다. 한동안 흐느꼈다.

"죄송해요, 눈물을 흘려서, 약한 모습을 보여서."

경옥의 목소리가 애잔했다. 무슨 말을 해도 위로가 되지 않을 거였다. 세상에 홀로 남은 스물일곱 살 여인의 한과 호소가 눈물로 빚어졌다.

경천은 갑작스런 경옥의 행동에 어찌할 바를 몰랐다. 경옥의 머리를 쓰다듬었다. 달래야 했다. 달리할 방법이 없었다. 마치 조선 여인들이 당하고 있는 모든 고난이 거기에 있는 듯했다. 머리의 따뜻한 온기가 손을 타고 가슴으로 전해졌다. 그 온기는 경천이 꼭꼭 누르고 있던 눈물을 자극했다. 조선인들의, 조선 여인들의 한이었다. 이를 악물었다. 경천을 무장해제하는 전율이 손을 타고 올라왔다. 두 사람은 한동안 그러고 있었다. 창문에서 한낮의 햇살이 쏟아져 들어왔다. 경옥이 작은 목소리로 말했다.

"대장님, 저는 결심했어요. 제게 남은 마지막 자율권으로. 대장님 곁에 있을래요."

낯설고 얼떨떨했지만 감미로웠다. 서른넷 젊지 않은 나이에 처음 맞는 여인의 눈물에 경천은 몸을 떨었다. 자신의 울타리에 어떤 여인이 문을 두드릴 거라고는 상상조차 하지 못했다. 울타리는 아내 정화와 가족이 만든 경계였다. 이성에 눈뜨기 전 아버지가 점지해 준 인생의 반려와 쌓은 울타리 문을 한 여인이 두드렸다. 맑은 영혼을 가진 여인, 그 영혼에 무한한 동정과 연민을 느끼게 한 여인. 가슴이 뛰었다. 처음 느끼는 감정이었다. 아내와는 평상적 정을 주고받았다. 가슴이 뛰지는 않았는데, 이 여인은 대체 누구란 말인가. 시베리아 동부 산골짜기 마을에 고립된 그를 찾아온 여인의 한숨은 더 마음을 때렸다. 적의 총부리에 둘러싸인 상황에서 찾아든 작은 빛이었다.

경천은 숨을 크게 쉬었다. 가슴을 진정시켜야 했다. 여인이 아니라 누이여야 했다. 그래, 혈육의 정을 맺은 누이…. 그녀에게 남은 마지막 자율권으로 경천을 지키겠다고 고백하는 여인을 경천은 누이처럼 지켜 주리라 마음먹었다. 죽음의 문턱에 이를 때까지, 그에게 아직 남은 자율권으로.

며칠이 지났다. 우수리스크에서 당위원장 안드레예프가 문병차 찾아왔다. 적군 대장 셰프첸코와 당정치위원 레우쉰이 수행했는데 한인 한 명이 끼어 있었다. 수청 지역당위원인 김아파나시였다. 그와는 두 번째 만남이었다.

호방한 성격의 셰프첸코가 인사말을 건넸다.

"김 동지, 이거 오랜만이요. 상처는 잘 치료되고 있다고 보고를 받았소이다. 일찍 오려다 건강을 회복한 후에 보는 게 좋을 것 같아서 발걸음이 늦었소. 미안하오. 여기 보드카 한 병!"

셰프첸코는 회복의 선물로 보드카를 식탁 위에 내려놓았다.

"안 그래도 보드카가 자꾸 떠올랐는데 내 마음을 어찌 알았소? 귀신이네!"

레우쉰이 웃으면서 안드레예프 당위원장을 소개했다.

"안드레예프라고 하오. 동지의 무용담은 익히 들어서 알고 있소. 지난 수청 전투에서 고생이 많았소. 하마터면 전멸당할 뻔한 걸 요행히도 잘 빠져나왔소. 아군 손실이 많은데 곧 보강할 테니 걱정하지 마시오."

"우리 손실에 내 책임이 큽니다. 포병의 위력을 얕볼 게 아니었는데⋯. 그 골짜기까지 포를 끌고 올 줄을 예상하지 못했지요."

그러자 레우쉰이 안주머니에서 서류를 꺼냈다.

"이게 당중앙위에 올리는 보고서예요. 퇴각한 상황과 아군 손실의 실상을 서술한 문서인데 한 번 읽고 서명해 주기를 바라오."

"저는 아직 러시아어에 서툴러서 김아파나시 동지가 대신 설명해 주셨으면 합니다."

"아, 대규모 전투가 벌어지면 그 상황과 결과를 간추려 으레 올리는 보고서예요. 별 걱정 안 하셔도 됩니다. 부대를 지휘한 대장이 늘 하는 서명이니까요. 여기 셰프첸코 대장도 서명을 했고, 나자렌코 대장도 서명했어요."

김아파나시의 얘기를 듣고 경천은 레우쉰이 내민 서류에 서명했다. 레우쉰이 말했다.

"이 기회에 김 동지도 볼셰비키에 이름을 올리면 어떨까요? 어차피 백군과 전투를 해야 하고, 일본군과 대적을 해야 하니까요. 그래야 군비 지원도 받고 훗날 영웅 대접을 예약할 수 있어요. 한인들이 영웅 대접을 받기가 매우 어렵습니다. 아, 물론 여기 김아파나시 위원은 예외지만…."

경천이 주변을 둘러보며 말했다.

"솔직히 말씀드리면, 볼셰비키가 되기엔 저는 아직 준비가 부족합니다. 조선독립을 위해 싸우는 건데 러시아 혁명군을 도우면 독립에 한 발짝 다가갈 수 있다는 생각 외에 더 심각하게 고민할 틈이 없었습니다."

김아파나시가 레우쉰 뒤쪽에서 눈짓했다. 그렇게 단정하지 말라는 표정이었다. 경천은 곤혹스러웠다. 볼셰비키에 가입하라니. 공산당에? 일본 육사에서 공산주의를 인류의 적으로 배웠던 자신이 어떻게 신념과 철학을 급선회하지 않고 볼셰비키에 불쑥 가입하겠는가. 난망했다. 김아파나시의 눈짓과 레우쉰의 능글맞은 권유를 다 만족할 어떤 말과 방법이 생각나지 않았다. 그러자 안드레예프가 나섰다.

"전장에서 다친 사람한테 다그칠 일은 아니요. 더 급한 일이 있소."

경천은 궁지에서 약간 벗어났다. 상체를 침상 뒷벽에 더 올려 앉아 안드레예프의 다음 말을 기다렸다.

"우리 첩보에 의하면 백군이 하바롭스크에서 퇴각해 이만시로 집결하고 있다고 하오. 시베리아에 남은 마지막 백군 군단이요. 이들을 격멸하면 이제 볼셰비키 혁명은 완수되는 것이오. 모스크바 정부에서도 우리를 지원하기로 약속했소. 그런데 일본군이 변수요. 블라디보스토크와 치모우에 집결한 일본군이 이들에게 화력과 식량을 제공한다고 해요. 봄이 오길 기다려 우리 적군을 아래위에서 협공한다는 계획이지요. 우수리스크 군당위원회는 일본군이 작전을 개시하기 전 이만시의 백군을 치기로 했소. 한 달 뒤 3월 중순이 되지 않을까 하오. 김 동지도 그전에 완쾌해서 출전 준비를 갖추기 바라오. 김 동지가 연합군 사령관이니."

경천이 흔쾌히 답했다.

"그때까지 출전 준비를 갖추겠습니다. 다만, 한 가지 부탁이 있습니다. 이건 당위원장 동지께 특별히 드리는 요청인데, 이만시 백군을 격멸하면 일본군과 싸우게 해 주시오. 그때 러시아 적군도 도와주시기를 부탁드립니다. 그걸 약속하신다면 내 한목숨 바쳐 싸우지요."

책상 위에 놓인 보드카를 잔에 따라 들면서 안드레예프가 호쾌하게 답했다.

"약속합니다. 김 동지의 건강 회복을 위하여 한잔 들겠습니다."

당위원장을 대동하고 셰프첸코와 레우쉰, 김아파니시가 방을 나갔다. 김아파나시가 흘낏 뒤를 돌아봤다. 뭔가 할 말을 남긴 우려가 섞인 눈빛이었다. 방문으로 침입한 시베리아 냉기가 한꺼번에 몰려들었다.

창밖에 눈발이 휘날렸다. 시베리아의 눈은 폭풍처럼 몰려왔다. 가문비나무 가지가 눈 무게를 이기지 못해 부러지는 소리가 여기저기서 났다. 천장이 무너지는 소리 같았다. 우두두두. 소리가 날 때마다 경천은 천장을 올려다봤다. 소나무 줄기로 만든 천장은 괜찮은지 걱정이 됐다. 눈은 그치지 않았다. 고향 북청에도 한겨울 눈은 키만큼 쌓였었다. 눈 터널을 만들어야 겨우 이웃집과 왕래가 가능할 만큼 온통 눈 세상이었다.

사람들은 그 속에 갇혀 길쌈을 하거나 화로 옆에서 부침을 지져 먹었다. 부침이래 봐야 말린 산나물과 김장 김치가 다였다. 가끔 민가로 내려온 멧돼지와 노루가 얼어 죽었다. 그날은 통로로 연결된 집끼리 잔치가 열렸다. 눈 속에 고립된 채 먹는 야생 고기 잔치는 얼어 있던 인정을 녹여 주었다.

연해주에서 맞은 세 번째 겨울에 경천은 고향 겨울 풍경이 그리웠다. 눈은 친숙했지만 눈 속 풍경은 낯설었다. 통나무집은 마을과 약간 떨어진 거리에 있어 의무대원 경옥과 중국인 의원, 음식과 식량을 나르는 일꾼 외에는 인적이 끊겼다. 상처는 많이 아물었다. 방 안을 홀로 어슬렁거리다 문밖에도 잠시 나가 보고는 했다. 고요와 적막이었다. 자연의 소리 외에는 인공적인 흔적을 찾을 수 없었다.

경천은 평온함을 느꼈다. 육사 시절 이후 처음 맞이하는 평화로움이었다. 이렇게 살 수 있을 것 같았다. 경옥과 함께라면 타이가 삼림 속이면 어떠랴 싶었다. 아직 젊은 육신으로 식량을 조달하고 작은 밭뙈기를 일궈 야채와 과수도 심고, 삼림 야생동물을 벗 삼아 충분히 한평생살 수 있을 것 같았다. 경천은 기지개를 폈다. 세상사가 멀리 가 버렸다. 아니 눈에 파묻혔다. 세상사가 눈 속에서 완전히 결빙되면 경천과경옥을 다시 공격해 오지 않을 것이다. 오랜만에 느끼는 행복이었다.

대한독립은 먼 곳에 있었다. 그걸 향한 혁명가의 생애는 거칠고 험난하기 그지없었다. 혁명은 꿈이다, 나의 인생을 바친 꿈이자 먼 곳에서 울리는 포성이다…. 사랑은 혁명 의지를 허무하게 만든다. 사랑은혁명의 집을 허무는 달콤한 향연이다. 그 향연에 몸을 맡기고 싶었지만 경천은 마음을 다잡아야 했다. 사랑과 혁명은 둘 다 이뤄지지 않는다. 사랑과 혁명은 서로 시기하고 서로 헐뜯어 결국 둘 모두가 진창속에 내동댕이쳐질 것임을 깨닫는다. 혁명을 버리고 경옥과 함께 어디론가 갈 수도 있다.

시베리아는 광활하고 익명이다. 삼림과 더불어 사는 사람들은 야생동물처럼 이름이 없다. 늑대에 이름을 붙이지 않듯, 그냥 늑대고 여우다. 경천과 경옥이 아니고 그냥 사람이다. 익명을 보장하는 삼림이 마치 부드러운 이불 마냥 느껴졌다.

혁명을 버리고 어디론가 숨어 들어갈 수 없을까. 인생을 괴롭히는세상사로부터 도피해 아늑한 자연 속으로 영원히 망명할 수는 없을까. 경천은 퍼뜩 정신을 차렸다. 현실이 돌아왔다. 눈발이 휘몰아쳤다. 가문비나무는 눈을 잔뜩 이고 힘겹게 휘청거렸다.

2월 하순 경천은 건강을 거의 회복했다. 우수리스크 사령부에서 작전 명령이 하달되었다. 귀가했던 지휘관과 독립대원들이 하나둘씩 소집 명령을 받고 돌아오고 있었다. 일본군경의 감시망을 뚫는 일은 어려웠지만 대원들은 추구예프 계곡으로 오는 비밀 경로를 잘 알고 있었다. 북쪽에서 왔고, 동쪽과 남쪽에서도 왔다. 대원들은 살이 조금씩 올라 혈색이 좋아 보였다. 다시 전투에 나선다는 각오를 다진 병사들은 사기가 높았는데, 더러는 소집 명령을 이행하지 않는 병사들도 있었다. 집안에 애환이 생겼거나 부모가 몸져누웠거나 전투에 겁을 먹은 이들이었다.

지휘관 회의가 소집됐다. 부대 지휘관이 약 십여 명이고, 당위원과 보좌관이 십여 명 됐다. 한형권과 김아파나시가 왔고, 강국모, 한창걸, 북연해주 고려의병대 한운용의 얼굴이 보였다. 소대장들도 모습을 나타냈다. 김광택, 김유천, 이학운, 이창선, 임병극, 강신관. 용맹하고 믿음직한 장교들이었다. 서로 안부를 묻고 반가운 인사를 나누자 한형권이 입을 열었다.

"독립의병대 여러분, 겨우내 무사하셨네요. 고맙습니다. 이 어려운 시절에 대한독립을 위해 싸움터에 나설 여러분께 경의와 존경을 보냅니다."

우레와 같은 박수가 터져 나왔다. 사기가 충천하다는 신호였다.

"백군이 하바롭스크에서 퇴각해 이만시에 집결했습니다. 블라디보스토크와 치모우에 진을 친 일본군이 백군과 연합해 우리 적군과 독립군을 협공한다는 첩보입니다. 백군을 섬멸하고 일본군을 몰아내 볼셰비키 혁명을 완수합시다. 볼셰비키군과 협력 작전으로 국내로 진격할 날이 머지않았습니다. 일본군의 압제에 신음하는 그리운 고향 산천을 해방시킵시다. 우리 민족과 동포의 숨통을 죄고 있는 일본군을 우리의 총과 칼로 끝장냅시다!"

"대한독립 만세! 대한독립 만세!"

독립의병대의 함성에 나뭇가지의 눈발이 휘날려 떨어졌다.

"작전 개시일은 3월 중순입니다. 구체적인 날짜는 곧 하달될 것입니다. 우수리스크 적군 사령부가 그동안 여기 독립의병대 본부로 탄약과 수류탄, 박격포와 기관총, 전투복 등 군수 장비를 공급해 줬습니다. 장비와 무기는 충분합니다. 자 이제, 작전회의로 들어갑시다."

김아파나시가 대동한 적군 장교가 공격 작전을 설명했다. 이르쿠츠크에서 파견된 미하일로프라고 했다. 건장한 체격에 목소리는 굵었으며 칼날에 베인 얼굴 상처가 그의 전력을 말해 주었다. 미하일로프는 지도를 펴 벽에 붙였다.

"3월 모일 새벽 6시에 공격을 개시합니다. 새벽까지 이만시 외곽에 도착하면 여명에 공격 개시를 알리는 신호탄이 오를 겁니다. 이만시 시청 청사에 백군 지휘 본부가 있고, 그 주변을 여러 개 중대가 둘러싸고 있습니다. 병력은 약 2천 명, 청사 건물에 기관총을 설치했고 저 뒤쪽에 박격포 부대가 진을 치고 있습니다. 청사 주변이 개활지여서 기관총 부대를 가장 경계해야 합니다. 우리 적군 포병대가 청사에 포탄을 퍼부을 겁니다. 그러고 나면 적군과 한인의병대 연합군은 동서남북으로 나눠 일시에 공격합니다. 포위 작전이지요. 이들 뒤통수와 옆구리를 치고 청사 내부로 진입해 섬멸하는 작전입니다. 백병전이 일어날 경우를 대비해야 합니다. 청사에 접근하면 소총에 칼을 장착하시기를 바랍니다. 한인의병대 병력은 약 6백여 명, 아군 병력은 1천여 명입니다. 청사 정면은 김경천 사령관과 강국모 대장이 맡고 측면은 한창걸 부대, 후방 공격은 한운용 부대가 맡습니다. 우리 아군은 나자렌코 대장 지휘하에 4개 대대로 나눠 독립군들과 일시에 공격합니다. 이상."

미하일로프가 작전 계획 설명을 마치고 방을 나갔다. 찬바람이 휙 들어왔다.

김아파나시가 나섰다.

"여러분 작전 계획에 질문 있으십니까? 더 좋은 생각이 있으면 기탄없이 말해 주십시오."

잠시 침묵이 흘렀다. 강국모가 손을 들었다.

"왜 내가 정면을 맡아야 하는 거지요? 지난번 수청 계곡 전투에서도 전면에 배치돼 병력 손실이 컸는데 우리 연추부대를 희생시키려는 거 아니오?"

강국모의 항의에 침묵이 흘렀다. 나름 일리 있는 항의였다. 연추부대는 지난번 전투에서 병력 절반을 잃고 겨우내 충원해야 하는 어려움을 겪고 있었다. 그로 인해 강국모의 지도력이 커다란 상처를 입었다. 한창걸이 조심스레 입을 뗐다.

"용맹으로 말하면 강 동지 부대가 최고 아니오. 백군과 조력하는 연추 원호들에게 이참에 본때를 보여주는 것이 어떻겠소?"

"뭐라고요? 백군과 조력한다? 그런 한 동지는 지난번 전투에서 왜 먼저 퇴각했소? 명령도 없었는데?"

"아니, 예상치도 않았던 포탄이 쏟아지는데 그러지 않을 도리가 있나요?"

"이봐요, 한 동지, 거기서 먼저 퇴각하는 바람에 건너편 백군 포화에 가장 많이 노출된 게 우리 부대 아니었소? 우리 부대 부상자들에게 뭐라 변명할 작정이오? 저기 건너편 가옥에서 아직도 부상자들이 치료받고 있지 않소이까? 내가 면목이 없소이다."

한형권이 나섰다.

"지난번 전투의 잘잘못을 따지지 맙시다. 모두가 상처를 입었는데 그런 실수를 다시 반복하지 않기를 각오하면 되겠지요."

"말씀 잘하셨습니다. 이참에 수청 전투의 패배 원인을 따져 봐야 합니다. 사령관의 무모한 지휘도 이 자리에서 지탄받아야 하고! 포병이 진을 치고 있다는 첩보였는데 왜 무작정 진격 명령을 내렸는지?"

경천의 가슴에 통증이 스쳤다. 침상에 누워 있던 그를 내내 괴롭히던 문제였다. 아베의 전갈을 무시했던 실수가 대참사를 불러왔다. 삼림 지역이라도 포의 사정거리가 훨씬 개선됐음을 고려했어야 했다. 자신을 따르던 이들이 지른 단말마斷末魔의 비명 소리가 귓가에 다시 들려오는 듯했다.

분위기가 썰렁해졌다. 강국모의 목청이 높아졌다.

"이번 전투에서도 포병의 위치나 규모가 파악되지 않았습니다. 그런데 무작정 돌격하라고요? 김 동지, 그렇게 함구하지 말고 좀 말해 보시지요! 게다가, 이번에 협공하면 적군이 국내 진격을 돕겠다는데 그 약속을 믿을 수 있나요? 나는 이 약속에 대한 우수리스크 적군 사령부의 서명을 받아와야 한다고 생각합니다. 말로 하는 거야 쉽지요. 볼셰비키 혁명군이 약속을 어긴 적이 어디 한두 번이었나요? 나도 우리 대원들로부터 불신을 받아 궁지에 몰린 상황이니 또다시 정면 공격을 맡으라고 요구할 수는 없습니다."

경천은 할 말이 없었다. 그건 맞는 말이었다. 포병 위치를 정확히 파악하지 않고 진격 명령을 내렸었다. 산 후사면에 포진하면 포격을 일단 피할 수 있으리라는 계산 때문이었다. 타이가 삼림이 길게 퍼져 있어서 산 정상은 유효 사정거리에서 벗어나 있을 것으로 예상했고 혹시 포격을 하더라도 울창한 숲이 포격 피해를 막아 줄 것으로 기대했다. 패전의 책임은 누군가 져야 한다. 우선 부상 치료가 급했기에 당 지도부에서 그냥 뒀을 것이다. 지난번 안드레예프와 레우쉰이 방문했을 때 서명한 그 서류가 언뜻 생각났다. 북연해주 고려의병대장 한운용이 나섰다.

"백군과 일본군이 극동 지역을 무력 점령하면 우리는 끝장인데 서명은 무슨 서명? 우선 이들을 섬멸하고 나서 공적을 요구해도 늦지 않소이다."

강국모가 큰소리로 반박했다.

"내가 적군을 돕는 것은 볼셰비키 이념에 동조해서가 아니오. 연추 지역에 일본군이 진을 치고 인민을 노예처럼 부리고 있으니 우선 막아 보자는 것이오. 진지 구축에는 물론, 병영을 짓고 항만을 만드는 데에 인민들을 강제 동원하고 있소. 그런데 우리 지역 인민들은 적군에 대한 경계심도 높아요. 어떻게 마련한 토지요? 가옥은 어떻고. 적군이 들어오면 토지와 가옥을 접수한다는 소문이 돌아 혹시 일본군보다 더 한 거 아닌지 의구심이 커지고 있어요. 이번 이만시 전투에 참여하기는 하겠지만 연추 원호들의 원성을 감당하기 어려워요. 그들

자식들이 죽어 나간 마당에 날 더러 책임지라는데 내가 어찌할 수 있겠소? 게다가 정면 공격을 맡으라니!"

김아파나시가 나섰다.

"작전 명령을 바꿀 수는 없습니다. 우리가 알지 못하는 내부 기밀 작전이 이미 상세히 세워졌기 때문입니다. 우수리스크 혁명군사위는 한인의병대의 혁혁한 공적을 무시하지 않을 겁니다. 구두 약속이라도 반드시 지킬 것입니다. 당위원인 제가 생명을 걸고 약속하지요."

"김아파나시 당위원! 꺼내기도 싫지만 작년 6월 자유시에서 러시아 혁명군이 사할린 한인의용군과 간도 독립군을 무장해제하고 총격을 가한 사건은 뭐였소? 러시아 혁명군이 약속을 지키지 않고 일방적으로 자기 이익을 관철한 사건 아니오? 한인 포로 1천 명을 강제로 러시아 혁명군에 편입시켜 마음대로 부려 먹었는데 약속은 무슨 약속?"

연해주에 온 지 겨우 2년 남짓한 경천은 그 사정을 헤아리기 어려웠다. 갈등의 골은 깊었고 러시아 적군과 백군, 일본군에 둘러싸인 미로에 갇힌 그들이었다. 연해주 한인총회는 자유시참변을 거울삼아 작년 여름 볼셰비키군과 연대를 모색하긴 했었다. 그러나 아무 결론 없이 무산되었다.

늦은 가을 수청 북동쪽 니항에 상륙한 일본군과 시베리아 북부지역에서 패퇴한 백군이 힘을 합세해서 수청 지역으로 몰려들었다. 수청 고려의병대가 이들을 대적해야 했다. 강국모 부대와 한창걸 부대가 소식을 듣고 급히 합류했다. 경천이 부상당하고 일본군과 백군의 화력에 밀려 퇴각한 지난번 수청 전투가 그렇게 벌어졌다. 러시아 혁명군도 합세한 전투였다. 경천은 한인의병대들 간의 사정을 상세히 헤아릴 수 없었다.

강국모 대장이 비장하게 결론을 내렸다.

"작전 명령을 바꿀 수 없다면 저는 참여하지 않으렵니다. 우리 대원들을 더는 총알받이로 내몰고 싶지 않습니다!"

회의는 그렇게 끝이 났다. 강국모는 소집 명령을 취소하고 남은 부대원을 데리고 추풍으로 떠났다. 강국모 부대 의무대원인 장경옥은 남았다. 자율적 결정이었다. 이만시 출동은 3월 8일 저녁 6시로 정해졌다. 이틀을 이동해 10일 새벽 이만시 포위 작전이 개시될 것이었다.

진격進擊

새벽이었다. 이만시는 어둠에 잠겨 고요했다. 이른 봄추위가 부대원들을 움츠리게 했지만 한겨울 혹한과는 달리 상쾌하기까지 했다. 러시아식 외투가 냉기를 막아 줬고 긴 행군으로 인한 구슬땀에 털모자가 젖었다. 입김과 땀김이 섞여 허연 포말을 그려 냈다. 추구예프 계곡에서 2백 리를 행군해 이만시 외곽에 도착한 한인 부대는 우수리스크에서 이동한 러시아 적군과 조우했다. 셰프첸코 대장이 호쾌한 인사를 건넸다.

"오늘 끝장을 냅시다. 김 동지. 지난번 원수도 갚고 말이오."

"좋습니다. 이제 나도 회복했으니 패배의 아픔을 씻을까 합니다."

경천이 망원경으로 적진을 살폈다. 시청 청사에는 백기만 펄럭일 뿐 별다른 움직임이 보이지 않았다. 어둠이 아직 가시기 전이라 기척을 포착하기엔 좀 일렀다. 청사는 넓었다. 폭이 백 미터가량인 2층 벽돌 건물이었고 백 미터 떨어진 주변에 부속 건물들이 있었다. 시가지 후방 뒤편에는 나지막한 구릉이 보였다. 경천은 그 구릉이 마음에 걸렸지만 청사 주변에 정신을 집중했다. 출입구로 보이는 아치문이 사이사이 보였고 보초가 경계를 섰다. 아치문 앞 드럼통에 장작불을 쬐고 있는 보초들도 보였다. 적군 기습 작전을 모르고 있는 듯했다. 비

248

밀 작전이라 정보를 철저히 봉쇄한 덕분이었다. 보좌관인 폴랴코프가 말했다.

"다행히 백군이 눈치를 못 챈 것 같습니다. 하기야 저놈들은 이제 패배의 두려움에 떨고 있으니 군영을 탈출해 집으로 돌아갈 기회만 노리고 있지요. 기습공격을 하면 선봉대만 빼고 나머지 병졸들은 혼비백산 도망칠 겁니다."

레우쉰이 받았다.

"폴랴코프 동지, 저들을 얕봐선 안 됩니다. 궁지에 몰린 쥐가 고양이를 물듯이 절망 바로 앞에서 혼신의 힘으로 저항할 수도 있어요. 지난번 치타 시청 공격 때도 백군을 얕봤다가 큰코다쳤지요. 별거 아니라고 생각했는데 백군 저항이 워낙 심해서 우리 아군 손실이 컸어요. 야포와 기관총 위력이 대단했지요. 우리 적군 사망자를 시청 앞 공터에 묻어야 했어요. 뼈아픈 기억입니다. 오늘도 저 개활지에 우리 아군을 묻지 않기를 기도해야지요."

정찰병과 연락병의 첩보가 속속 도착했다. 양쪽 측면과 후방을 공격할 부대가 도착해 전투 대형을 만들고 있다는 전갈이었다. 정면 공격 부대도 대형을 갖춰야 할 시점이었다. 경천과 셰프첸코가 의견을 교환했고 강신관이 통역을 했다. 폴랴코프 보좌관과 레우쉰이 거들었다. 전투 대형에 밝은 경천이 말했다.

"저기 우측 작은 동산 뒤쪽에 기병 30기를 배치하고, 개활지를 가로지르는 개천에 보병을 우선 배치하는 것이 좋겠습니다. 기관총 다섯 문을 같이 보냅시다. 정면 돌파에는 기관총이 제일이지요. 일차 포격이 끝난 시점에 기관총을 발사하고, 보병이 포복 자세로 공격하는 것

249

이지요. 어느 정도 적진 화력이 잦아들 때 기병이 일제 공격합니다."

"좋은 생각이요. 측면 공격도 동시에 이뤄질 테니까 여기에 레우쉰을 남겨 둬서 청사 중앙 지점으로 포격을 가하라고 연락병을 띄우면 됩니다."

숲속에서 기병대 말이 푸르르 입김을 날렸다. 보병들은 일제히 웅크렸다. 약 1킬로미터 전방에 있는 청사로 돌진하려면 낮은 자세로 포복해야 했다. 백군 기관총 사수에게 발각되면 그대로 끝장이다. 백군 포격을 유의해야 한다. 진지도 없는 개활지에서 혹시 포탄이 쏟아지면 눈 바닥에 바짝 엎드려야 한다. 전면 기습이기 때문에 백군의 반격이 시작되기 전에 적의 화력을 괴멸시켜야 아군 희생을 줄일 수 있다.

공격을 앞두고 병사들은 긴장을 늦추지 않았다. 생사가 갈리는 이런 긴장의 순간에는 가족도 사랑하는 사람도 생각나지 않는 법이다. 그저 생존하기를 고대하고 부상당하지 않기를 기도하는 수밖에 없다.

경천과 셰프첸코는 개활지를 가로지르는 개천까지 포복 자세로 접근하라고 보병들에게 명령을 내렸다. 보병들은 몸을 낮췄다. 눈 바닥을 기어가기 시작했다. 꾸물대며 기는 모습이 마치 눈 위에 풀어 놓은 뱀 같았다. 삼십여 분이 지나자 보병들은 개천에 도달해 몸을 숨겼다. 얼어 있는 개천은 기습공격에는 훌륭한 진지였다. 삼십여 기의 기마병이 구릉 뒤에 정렬을 마쳤다. 기관총 사수들이 무거운 기관총을 머리로 밀며 개천 쪽으로 기어갔고, 탄약 상자를 든 보조병이 뒤를 따랐다. 아직 날이 밝으려면 시간이 더 필요했다. 새벽바람이 불었다. 삼나무에 쌓인 눈이 떨어져 내렸다.

경천은 뒤편에 말을 탄 경옥에게 말했다. 레우쉰과 여기에 남아 전황을 지켜보고 있다가 청사에 적군 깃발이 오르면 그때 건너오라 일렀다. 털모자에 얼굴을 가린 채 눈만 내놓고 있는 경옥이 고개를 끄덕였다. 그녀의 눈빛이 새벽 여명을 받아 빛났다. 이틀 밤을 행군했는데 그리 피곤하지 않은 기색이었다. 그때 신호탄이 올랐다. 붉은 발광체가 하늘 높이 솟았다가 포물선을 그리며 낙하했다.

포격이 시작되자 보병들은 일제히 정면에 총을 겨누었다. 포착되는 물체는 총알 세례를 받을 것이다. 포탄은 청사 중앙에 정확히 떨어졌다. 지붕이 무너지는 광경이 희끄무레한 하늘을 배경으로 보였다. 청사 창문이 열리고 기관총 대응이 시작됐다. 기습공격을 당하고 있음을 그제야 깨달은 것이었다. 기관총이 난사됐다. 목표물을 정확히 조준하지 않은 난사였다. 보병들이 개천에 몸을 숨기고 있으니 어떤 움직임도 포착되지 않을 것이지만 포탄 세례를 받은 백군들은 창밖 개활지를 향해 총을 난사하지 않을 수 없었다.

포격이 계속됐다. 창문이 떨어져 나가고 건물 한 귀퉁이가 무너져 내렸다. 보초들은 어디론가 몸을 숨겨 보이지 않았다. 무너져 내린 건물 조각들이 장작이 타는 드럼통을 그대로 덮쳤다.

측면에서 한 무리의 백군 기병대가 쏟아져 나왔다. 기관총 사격 소리가 새벽을 울렸다. 적군 기병대가 그들을 맞았다. 난투전이 벌어졌음이 틀림없었다. 경천은 숨을 죽이고 기다리고 있었다. 개천에 은닉한 보병들이 전방을 향해 기총사격을 시작했다. 포격은 멈췄다. 기관총이 거치된 청사 창문은 포격으로 무너졌고 아치문을 통해 일단의 백군들이 헐레벌떡 뛰쳐나왔다. 중앙의 건물이 무너졌음이 분명했다. 경천은 이때라고 판단했다.

구릉 뒤편 기마병에게 진격을 지시했다. 기병 30기가 아치문을 향해 돌진했다. 눈 깜빡할 사이였다. 경천은 명령을 내렸다. 개천에 몸을 숨긴 보병과 경천의 기마병이 동시에 청사를 향해 돌격했다. 이창선과 임병극이 뒤를 따랐다. 김광택과 김유천 소대장은 개활지 보병을 이끌고 있었다. 청사의 기관총이 다시 난사됐다. 경천은 개천을 뛰어넘어 빠른 속도로 질주했다. 폴랴코프가 뒤를 따랐다. 청사에 이르렀을 즈음 폴랴코프가 총에 맞아 말에서 떨어졌다.

"폴랴코프!"

경천은 소리쳤지만 질주하는 기마를 멈출 수가 없었다. 적의 기총 사격이 계속되고 보병과 기병이 동시에 진격하는 대열에서 빠져나올 수가 없었다. 뒤를 얼핏 보니 폴랴코프는 눈바닥에 나뒹굴었다. 폴랴코프, 폴랴코프…. 셰프첸코는 그 광경을 보지 못했다. 아치문으로 돌격하는 보병과 기마병을 독려하는 데에 정신이 팔려 있었다.

아치문을 통과하자 작은 광장이 나왔다. 경천과 기마대는 칼을 빼들었다. 보병들은 소총에 칼을 장착했다. 건물은 포격으로 무너졌고 여기저기 백군의 시체가 나뒹굴었다. 경천은 건물 안쪽을 들여다봤다. 층계에 시체가 널브러져 있었는데 방 안에는 기척이 없었다. 포격에 놀라 뒤쪽으로 퇴각한 것 같았다. 뒤쪽에서 총소리가 연발했다. 후방을 맡은 한운용의 부대일 것이었다.

측면을 돌파한 러시아 적군들과 한인의병대가 동시에 건물 안으로 진격해 들어왔다. 건물은 거의 비어 있는 듯했다. 예감이 좋지 않았다. 백군이 어디로 갔을까. 2천 명이라고 했는데. 한운용 대장과 광장 중앙에서 마주쳤다.

"한 대장, 어찌 된 거요? 다 어디로 숨었을까?"

"몇십 명 사살하기는 했는데 병력이 이렇게 적을 리가 없는데요."

이창선과 임병극도 주변을 살피면서 상황이 달라졌음을 깨달았다.

"청사를 포기하고 어디론가 은신한 듯합니다. 잘못하면 포위됩니다. 여기서 빠져나가야 합니다."

그때 후방에서 박격포 탄알이 날아와 광장을 때렸다. 어디선가 총알이 비처럼 쏟아졌다. 저격수가 있음이 틀림없었다. 기마병이 말에서 떨어지고 보병들이 비명을 지르며 쓰러졌다. 김광택과 김유천도 아치문을 통과하면서 이 광경을 목격했다.

"퇴각! 퇴각하라!"

경천이 소리를 질렀다. 기마대와 보병들은 아치문으로 몰려나가 건물 벽에 몸을 숨겼다. 광장에는 피를 흘리며 죽어 가는 시체들이 그득했다. 백군과 적군 시체가 섞였다. 박격포탄은 한동안 청사 중앙을 강타했다. 포탄은 후방 구릉쯤에서 날아오는 것 같았다. 불길한 예감이 맞았다. 작전 기밀이 샜다.

경천은 급히 연락병을 불러 레우쉰에게 보냈다. 청사 후방 1킬로미터 지점에 포격을 가하라고. 연락병은 허겁지겁 말을 몰아 떠났다. 약간의 소강상태가 찾아왔다. 경천의 한인 부대와 적군 부대는 청사 주변에 산개하여 엎드린 채 숨을 돌렸다. 셰프첸코가 씩씩거리며 경천에게 왔다.

"이거 어찌된 일이오? 백군이 미리 알고 있었다는 거 아냐?"

"그런 거 같소. 그보다 후방 건물들에 배치된 저격수들을 제압하는 일이 급해요. 특공조를 뽑아 즉시 제거하라고 해 주시오."

셰프첸코는 소대장들에게 명령을 내렸다. 무슨 수를 써서라도 저격수들을 사살하라고. 특공조가 떠났다.

경천은 머리가 복잡해졌다. 이쯤 되면 전술을 바꿔야 했다. 후퇴하지 않는다면 밀고 올라가는 수밖에 없었다. 정면 대결뿐이었다. 결국 백병전으로 끝날 것이었다. 저격수들을 제거한 건물 위에 기관총을 몇 기 설치하라고 일렀다. 혹시 모를 일시 퇴각을 우려한 포진이었다. 셰프첸코는 경천의 제안에 동의했다. 연락병을 불러 양 측면 부대에게 계획을 알리라 했다. 포격이 끝나면 밀어붙인다고, 백병전을 각오하라고.

아군의 포격이 시작됐다. 포탄이 청사 건물을 넘어 날아갔다. 구릉 부근을 겨냥한 포격도 가해졌다. 백군의 화력이 그다지 강한 것은 아니어서 다행이었다. 오랜 전투와 거듭되는 패전 끝에 장비와 군수 물자가 거의 바닥난 상태일 거라 짐작했다. 백군들은 포로가 되면 감옥에서 죽거나 공개 처형을 면치 못한다는 것을 알고 있었다. 사생결단 싸우는 것도 한계가 있을 터에 화력이 약해지면 더욱 겁을 먹을 것이다. 아군 포격이 그쳤다.

경천은 명령을 내렸다. 경천과 기마병이 앞서고 보병이 뒤를 따랐다. 함성이 울렸다. 사기는 그런대로 괜찮았다. 마지막 백군 군단과 대적한다는 사실이 아군의 사기를 돕는 데에 효과를 발휘했다. 이 전투가 끝나면 당분간 평화가 찾아온다는 것, 내전은 막을 내린다는 사실을 병사들은 잘 알고 있었다.

경천과 기마대는 가옥 사이를 질주하여 시가지 북쪽 외곽에 다다랐다. 측면 공격 부대들도 구릉을 바라보는 지점에 도착해서 대열을 정비했다. 불과 오백 미터 전방이었다. 날은 벌써 밝았다. 아침 해가 개활지에 쏟아져 내렸다. 일제 공격이다. 포탄이 날아왔다. 박격포 외에 야포 공격이 더 이상 없는 것으로 봐서 탄약이 고갈된 듯했다. 기마대가 대형을 갖췄다. 측면 공격 부대가 대형을 갖췄고, 보병들도 자세를 낮춰 곧장 진격할 자세였다.

경천이 칼을 높이 들고 돌격 명령을 내렸다. 김광택과 김유천 부대가 뒤에 진을 쳤다. 이창선과 임병극은 경천의 좌우 기마 소대를 지휘했다.

"진격! 진격!"

건너편 구릉에서 백군이 쏟아져 나왔다. 예상한 대로였다. 총성이 울리고 아군의 기관총이 난사되었다. 총에 맞은 병사들의 비명이 아침 공기를 갈랐다. 경천의 기마는 적진을 향해 질주했다. 백군들이 겁을 집어먹은 듯 진지를 벗어나 도망치는 모습이 여기저기 목격됐다. 적군과 백군 기마대가 서로 엉켰다. 보병들은 소리를 지르며 약진했다. 보병들도 엉켰다. 적백을 구분하기가 어려웠다. 경천은 일본도를 휘둘렀다. 일본 육사에서 배운 그대로 좌우를 살피며 칼을 휘둘렀는데 백군 기마병의 저항도 만만치 않았다. 백군 기마병 몇 기가 칼에 베어 쓰러졌다. 러시아제국 군사학교 제복을 입고 있었다. 견장과 금줄이 햇살에 빛났고 흰 제복은 선혈로 물들었다. 쓰러진 보병 중에는 앳된 소년 병사들도 보였다. 신음이 진동했다. 소년을 죽이다니, 경천의 가슴에 통증이 스쳤지만 중단할 수는 없었다.

선전하는 기마병 중에 턱수염이 덥수룩한 백군이 보였다. 팔친! 수청 전투에서 백군에 매수돼 퇴각했던 팔친이었다. 나자렌코도 팔친을 알아봤다. 둘은 동시에 팔친에게 달려들었다. 위급한 상황을 알아차렸는지 팔친은 몸을 돌려 달아나기 시작했다. 경천은 뒤를 쫓아 팔친의 말을 베었다. 팔친이 눈 바닥에 굴렀다. 경천은 보병들에게 소리쳤다.

"저놈을 묶어라!"

나자렌코의 보병들이 팔친에게 달려들어 사지를 묶었다. 몇 시간을 싸웠는지 경천의 팔에 힘이 빠져나갔다. 헉헉대는 숨소리가 거칠었다. 적군과 백군 시체가 쌓였다. 백군 대장 몇이 투항하자 전세는 점차 적군에게 기울었다. 백군들이 등을 보이며 퇴각하기 시작했다. 아군 기마대가 그들을 포위하고 무장해제를 명령했다. 백군들은 무기를 버렸다. 개활지 여기저기서 무기를 버리고 항복한 백군은 거의 4백여 명에 달했다.

해는 중천에 떠 있었다. 시간이 많이 흘렀다. 구릉 쪽으로 도망가는 백군들을 향해 기관총이 불을 뿜었다. 경천이 배치한 건물 위 기관총 탑신이 반짝거리며 빛났다. 셰프첸코는 사격 중지 명령을 내렸다. 어차피 그들은 집으로 돌아갈 것이다. 패배한 백군들은 구릉 넘어 숲속으로 자취를 감췄다. 추격해서 더 많은 살상을 벌일 필요는 없었다. 이만시는 해방되었다. 적백 전투는 이제 끝났다. 내전도 이것으로 마무리됐다. 경천은 연락병에게 명령을 내려 청사에 적기를 게양하라고 일렀다.

아군 사상자가 많았다. 청사 광장에서 한인 부대를 점검했는데 5백여 명 중 사망 50여 명, 부상 30여 명이었다. 러시아 적군 역시 손상을 많이 입었다. 경천의 보좌관인 폴랴코프가 전사했다. 후방을 맡았던 고려의병대장 한운용이 총에 맞아 전사했다. 임병극은 어깨에 총상을 입었고, 이창선은 왼쪽 허벅지에 자상을 입었다. 장경옥이 언제 왔는지 부상병들을 치료하고 있었다. 레우쉰이 씩씩대며 손실을 살폈다.

팔친과 세 명의 백군 대장이 끌려와 광장에 꿇어 앉혀졌다. 즉결 처형이었다. 백군 장교복을 입은 세 명의 지휘관은 운명을 예감했는지 체념하는 표정이 역력했다. 심문해 보니 이르쿠츠크 제국 군사학교 대대장, 치타 군사학교 지휘관, 콜차크 부대 장군 경력을 가진 고급 장교들이었다. 팔친은 낡은 외투에 털모자를 눌러썼다.

셰프첸코는 권총을 꺼내 들고 세 명의 장교를 즉결 처형했다. 총성이 울리자 하나씩 피를 흘리며 쓰러졌다. 경천은 얼핏 생각했다. 그들에게는 오랜 전투를 마감하는 축복일지 모른다고, 자신은 이제 시작이라고. 일본군과 대적하는 긴 여정이 시작되었다고. 대한독립이 언제 올지 모르지만 나의 피와 수많은 이름 없는 병사들의 피를 요구할 것이라고.

경천은 손이 뒤로 묶인 채 광장 바닥에 쓰러진 백군 장교들을 바라봤다. 선혈이 눈을 적셨다. 붉은 피와 백색의 눈이 서로 스며 무엇을 만들어 내는가. 평화, 독립 혹은 무엇? 잔인한 광경이었다. 역사는 이토록 잔인하고 냉혹한 장면을 요구하는가? 칼에 맞아 죽은 성은 형, 독살된 아버지도 역사의 희생이었다. 가족의 독살毒殺과 자살刺殺을 자양분으로 역사는 전진할까, 아니면 또 다른 죽음을 요구할까. 헷갈렸다.

팔친 차례였다. 이번에는 레우쉰이 총을 꺼내 들었다. 팔친이 소리쳤다. 그의 더부룩한 턱수염이 흔들렸다.

"너, 레우쉰, 나한테 이럴 수 있어? 약속…."

탕, 팔친은 말을 잇지 못하고 눈 바닥에 쓰러졌다. 머리를 관통했는지 피가 흥건히 고였다. 이것으로 점령 의식은 끝났다. 적군의 만세 함성이 청사에 메아리쳤다. 백군 포로들은 지하실에 감금되었다.

강신관이 경천에게 귀엣말로 속삭였다.

"약속, 약속이라 했는데…."

경천은 전투 직전 청사 뒤편 구릉을 보며 떠올린 불길한 예감이 맞았다고 생각했다.

평화가 찾아왔다. 피비린내 나는 평화였지만 러시아 적군들도 한인 부대원들도 모두 흥겨워했다. 사망자를 개활지에 예의를 갖춰 매장했다. 비석을 세우지 못해 굵은 나뭇가지를 꺾어 무덤마다 세웠다. 러시아 병사들도 적군과 백군을 구별해 매장했다. 폴랴코프를 묻고 경천은 예포를 발사했다. 청사 너른 방에 부상병 치료소를 설치했다.

경옥은 눈코 뜰 새 없이 바빴다. 우수리스크 사령부에서 보내온 약품과 치료 물품이 거의 동이 날 지경이었다. 표정은 밝았다. 전투가 끝났다는 사실과 이 험난한 세상에 자신이 원하던 업무에 골몰하는 것만큼 좋은 일이 있으랴. 광장에서 승전 파티가 열렸다. 사령부에서 식량과 고기, 술을 풍족하게 보내 줬다. 승전이자 종전이었다. 안드레예프 당위원장이 친히 이만시까지 왔다. 모두 모인 자리에서 안드레예프가 부대를 치하했다.

"동지 여러분, 드디어 우리가 승리를 쟁취했습니다. 볼셰비키가 이끄는 새로운 국가가 출범한 지 여러 해입니다만, 극동 지역 백군을 무찌름으로써 그 웅대한 목적을 완수하게 되었습니다. 우리 적군의 희생이 많았습니다. 한인독립대원 여러분, 여러분의 고투가 아니었다면 내전은 더 오래갔을지도 모릅니다. 한인독립대의 용맹은 천하에 떨치고도 남음이 있습니다. 우리는 한인독립대와 우정을 영원히 지킬 것이고, 여러분의 역사적 행군에 세계에서 유일한 동지가 되고자 합니다."

우레와 같은 박수가 터졌다. 무슨 말을 해도 흥분을 가라앉히기 어려운 분위기에서 양국의 돈독한 우정을 거론하니 한인독립대원들의 사기는 치솟았다.

"자, 축배를 듭시다. 러시아 만세! 대한독립 만세!"

흥을 못 이긴 병사들은 광장 한가운데로 나가 러시아식 춤을 췄다. 경천에게는 연해주로 온 이후 처음 맞는 축제였다. 마음 놓고 즐기는 시간이었다. 언제나 조바심이 났고 긴장을 늦출 수 없었다. 한인 청년들에게 군사훈련을 시킬 때, 마적단과 대적할 때 항상 마음을 졸였다. 한인 부대 소대장들이 한데 모여 보드카를 마셨다. 부대원들과 어울리는 경옥의 옆모습이 보였다. 웃음이 넘쳤다. 안드레예프와 러시아 지휘관들이 보드카 잔을 들고 경천에게 다가왔다.

"자, 한잔합시다. 오늘은 마음 놓고 취해 봐야지요."

경천은 잔을 높이 들었다.

"다 동지들 덕분이지요. 셰프첸코 대장의 용맹은 알아 줘야 해요. 백군들이 겁을 먹고 다 도망가더군요!"

"김 대장 기마술 덕분이지요. 기마대가 질주하면 백군들은 쪽을 못

써요. 오줌을 질질 쌀 정도니까. 아무튼 카레이스키도 참으로 용맹했습니다."

나자렌코가 거들었다.

"지난번 수청 전투 패배를 깨끗하게 설욕했어요. 김 동지가 총상까지 입고 퇴각할 줄이야 누가 알았겠어요. 이번에는 김 동지의 민첩한 전술 변화 덕분에 백군이 당했지요. 나는 백군 포탄이 떨어질 때 독 안에 든 쥐가 되는 줄 알았어요. 간담이 서늘해지더군. 기마대 백병전이 아니었다면 몰살당할 뻔했어요."

벌컥벌컥 마신 보드카 때문이지 레우쉰은 약간 취해 있었다.

"김 동지, 나도 이번에 김 동지의 작전이 실패하는 줄 알았어요. 연락병이 왔을 때 있는 대로 포를 쏘라고 명령했지요. 포탄이 거의 떨어질 지경이었는데, 마침 김 동지가 백병전으로 백군을 괴멸시켜 전세를 역전시켰소. 김 동지의 공로가 크오. 팔친, 이 배신자를 내 손으로 즉결 처형해서 얼마나 속이 후련한지 몰라요. 자, 한잔합시다!"

그의 취기 속에서 배신의 징후가 어른거렸다. 셰프첸코는 얼핏 그 낌새를 눈치챈 듯했는데 승전이라는 대전환의 분위기에 묻고 싶은 표정이었다. 봄밤의 바람은 상쾌했다. 장작불이 불꽃을 지피고 병사들은 전쟁의 오랜 피로를 마음껏 불살랐다. 흥겨운 봄밤이었다.

전투의 후유증과 상흔을 정비하는 데에 며칠이 걸렸다. 이창선과 임병극 소대장이 부상에서 회복했다. 돌아가야 할 날이 다가왔다. 한인독립대원들의 전쟁은 이제부터 시작일 것이다. 일본군이 블라디보스토크와 치모우에 진을 치고 있고, 항만에는 병력과 군수 물자를 실어 나를 수송선이 두 척 정박해 있었다. 무슨 일이 진행되고 있는지 수송선 굴뚝에서 검은 연기가 피어올라 상공으로 흩어졌다. 이제 돌아가 재정비를 시작해야 했다.

경천은 한인 부대원들에게 간곡한 당부의 말을 했다. 5백여 명이 조금 넘는 규모였다.

"동지 여러분, 여러분의 용맹과 희생은 적군에게 커다란 선물이 됐습니다. 이제 우리의 과업을 실행할 시간이 다가오고 있습니다. 우리의 본업인 독립항쟁에 나서는 일입니다. 우리의 전쟁은 이제 시작입니다. 요 몇 달 고향에 돌아가 심신의 피로를 푸시기 바랍니다. 여름이 오면 재소집을 통보하겠습니다. 그때에는 우리의 모든 힘과 결의를 합쳐 고향 땅으로 진격합시다!"

힘찬 박수와 함성이 동시에 일었다. 부대원들은 짐을 쌌다. 지휘관들도 별도 회의를 열어 각자 돌아갈 곳과 돌아올 일정을 논의했다. 한운용을 잃은 고려의병대는 하바롭스크 서쪽 한인마을로 돌아가기로 했고, 한창걸 부대는 니항 부근 한인촌으로 귀환한다고 했다. 나머지 소대장들은 딱히 갈 곳이 마땅찮다며 경천과 같이 행동하기로 했다. 수청 지역 트레치푸진 한인마을로 가기로 합의했다. 거기서 여름을 보내고 다시 병력을 규합해서 해안에 포진한 일본군 주둔지역을 공격하기로 했다. 소대장들의 결기가 대단했다.

경천은 치료소로 경옥을 만나러 갔다. 한인을 포함해 부상자가 70여 명을 넘었다. 보조원이 따라붙긴 했지만 어떻게 많은 부상자들을 간호하고 있었는지 의아할 지경이었다. 경옥이 반가운 얼굴로 경천을 맞았다. 경천은 경옥을 청사 밖으로 데리고 나갔다. 바람도 쐴 겸 같이 걷고 싶었다.

청사 바깥엔 언제 전투가 벌어졌는지 모를 정도로 시민들이 북적댔다. 거리엔 장이 섰다. 음식과 장식품, 그릇과 일용품, 채소와 고기들이 좌판에 깔려 고객들을 유혹하고 있었다. 청사 게양대엔 적기가 펄럭였다.

경천은 어렵게 입을 뗐다.

"경옥 씨."

경천은 스스로 쑥스러움에 얼굴이 발개졌다.

"경옥 씨라고 하니 다른 느낌이 드네요. 낯설지만 기쁜 느낌."

경옥의 마음은 살짝 들떠 있었다.

"이번 전투에서 또 패하는 줄 알았소. 사력을 다했지요. 경옥 씨가 뒤에 있으니 살아야겠단 생각만 가득했소."

"가슴을 졸였어요. 박격포탄이 뒤쪽에서 날아올 줄이야 누가 짐작이라도 했겠어요? 저는 아예 눈을 감았어요. 기도하면서."

"경옥 씨는 기독교인? 처음 알았는데….'

"아버지가 손을 놓으면서 간곡한 부탁을 했어요. 기독교인이 되라고. 나를 위해 기도해 달라고요. 기도를 배웠지요. 성경책을 갖고 다니면서요."

"나를 위해 기도했구나. 하느님의 보살핌으로 내가 살아남은 거요!"

경옥은 땅을 뚫고 올라온 민들레꽃을 보고 소리를 질렀다.

"이것 보세요, 이것 봐요! 생명이 이렇게 끈질겨요. 신비하지요."

눈에 덮였던 개활지가 노르스름한 색으로 변했다. 불쑥불쑥 솟은

잔목 가지에도 연두색 이파리가 매달렸다. 봄이 오고 있었다. 경옥은 두 팔을 벌려 몸을 한 바퀴 돌렸다. 상쾌한 표정이었다.

"이렇게 살았으면. 생명이 도는 이런 풍경 속에서 평화롭게 살면 얼마나 좋을까요? 그런 날이 오겠지요?"

"그럴 거요. 기도합시다. 하늘이 경옥 씨 기도를 들어줄 거요."

풀꽃이 지천인 개활지로 성큼성큼 걸어가는 경옥의 뒷모습은 아름다웠다. 누이를 안듯 힘껏 안아주고 싶었다. 그녀는 동지다. 가슴이 벅차고 때론 쿵쿵 뛰고 세상 풍경이 아름답고 바람이 다정해지는 그런 마음 속 반란을 경천은 꾹 눌렀다.

"할 말이 있소. 나는 트레치푸진으로 돌아갈 것이오. 거기서 한인 병사들을 규합해 다시 독립투쟁에 나서려 하오. 그게 내 운명이니. 경옥 씨는 갈 곳이 마땅찮으니 우수리스크에 있는 강콜랴를 찾아가시오. 내가 강콜랴에게 편지 띄우리다. 그가 거처를 마련해 줄 거요."

"곁에 있겠다고 다짐했는데…."

"트레치푸진은 일종의 군영이오. 한인들이 살고는 있지만 안주하기는 적당치 않아요. 또 전투에 나설 텐데 경옥 씨를 전장에 내보내고 싶지 않아 그러오."

"마음은 알겠어요. 그래도 대장님 가는 곳에 있고 싶어요."

"내 부탁이오. 강콜랴가 일자리도 봐줄 거요. 그는 부상富商의 아들인데, 한인독립군을 은밀히 지원하는 일을 하고 있소. 모든 연락도 그를 통해서 해요. 일종의 지원 본부라고 할까."

경옥은 말이 없었다. 이윽고 작은 소리로 입을 뗐다.

"그러면 약속 하나 해주세요. 연추로 진격할 때 저도 같이 가겠어요. 고향엘 가고 싶어요."

개활지에 석양빛이 드리웠다. 지평선으로 붉은 해가 넘어가고 있었다. 남쪽에서 올라온 철새 한 무리가 개활지에 내려앉았다.

바람이 일렁이는 아침이었다. 청사에 적기가 나부꼈다. 러시아 적군의 송별식은 조촐했다. 소총 사수들이 하늘을 향해 수십 발 예포를 발사했고, 코자크 기병대가 도열한 중앙 통로로 한인독립대원들이 길고 느리게 빠져나갔다. 그동안 정이 들었는지 악수를 청하고 서로 포옹하는 러시아 병사들도 보였다. 이별이란 언제나 눈시울을 적시게 만든다. 러시아 부상병들은 경옥의 이름을 크게 외쳤다. 경천은 기마를 타고 거수경례를 했다. 예포가 다시 발사되었다.

셰프첸코와 나자렌코가 자세를 곧추세우고 답례했다. 몇 번의 죽을 고비를 같이 넘긴 동지애가 거기 묻어 있었다. 경천은 서서히 청사를 빠져나와 트레치푸진으로 가는 길로 접어들었다. 거리에 한인독립대를 환송하는 인파가 손을 흔들었다. 흐뭇한 광경이었다. 그런데 이제 시작하는 자신의 운명적 과업에도 그들은 손을 흔들어 답례할지 모를 일이었다. 행렬이 길게 이어졌다. 마치 낮은 산길을 구불구불 기어오르는 뱀처럼 보였다. 산꽃들이 더러 피어날 준비를 하고 있었고, 고향에서 보던 진달래가 여기저기 성급하게 피었다. 상큼했다.

이틀을 행군해 경천은 트레치푸진으로 돌아왔다. 한인 원호와 여호들이 한결같이 기쁘게 맞아주었다. 원호들의 태도는 이미 변해 있었다. 적군 천하에서 운명을 받아들이는 수밖에 다른 도리가 없었다. 원

264

호들은 볼셰비키 혁명의 본질을 깨닫지 못했다. 정부가 사유 재산을 몰수한다는 것을 어떻게 상상할 수 있으랴. 그걸 몰수해 빈자에게 나눠줄 것을 기대하는 여호들도 집단농장 같은 것을 예상하기란 어려웠다. 농사를 어떻게 같이 짓고 곡물을 공동 분배하는가, 그게 무언가에 대해 깊이 이해하기는 어려웠다. 아예 이해하려고 들지 않았다. 원호든 여호든 토지와 재산을 원하기는 마찬가지였다.

그러나 이제 상황이 달라졌다. 볼셰비키 정부의 명령을 기다려야 했다. 마을 한복판에 당위원회 분소가 설치되고 우수리스크에서 정치국원이 파견됐다. 깡마른 얼굴에 눈빛이 매서웠다. 니항 출신 칼리닌이라 했다. 대대로 소농이었고, 가족들을 니항 전투에서 잃었다. 블라디보스토크와 치모우 해안 지역에 일본군이 주둔하는 중이어서 본격적인 혁명 정치가 시행되지는 않았는데 그 매운 눈발에 숨겨진 증오가 섬뜩했다.

정재관이 죽었다. 만주감모의 후유증을 이기지 못해 파란만장한 삶을 뒤로하고 눈을 감았다. 경천은 애도했다. 당신이 못 다한 과업을 이뤄 영혼을 위로하겠다고 다짐했다. 그의 유해를 수청 산기슭에 묻었다. 무덤 주변에 꽃이 지천으로 피어났다.

경천은 전투로 지친 심신을 초여름 따스한 햇볕에 달랬다. 마을 촌장이 마련해 준 통나무집에서 늦은 아침을 먹었다. 어깨가 뻐근했지만 신경을 쓰지 않아도 될 만큼 회복했다. 허벅지 상처도 아물었다. 마을 숲에 나가 산책을 했다. 평화로웠지만 마음은 그리 편하지 않았다. 마적과 싸우고, 백군과 싸웠다. 일본군과 싸우러 왔는데 지난 3년 세월은 러시아 내전에 주로 휘말렸다. 연해주로 올 때는 그런 상황을 예상하지 못했다. 독립투쟁과는 거리가 멀었다.

북만주에 남은 청천은 일본군과 싸울 텐데, 나의 적은 백군이었다. 나하고 백군은 대체 무슨 상관이 있었을까. 태어날 때부터 불구대천 지 원수지간은 아니었을 텐데 왜 나는 아까운 청춘을 바쳐 백군과 싸워야 했을까. 경천은 회의가 일었다.

그는 자신도 모르게 빠져든 이 미궁을 초여름의 싱그러운 숲과 바람으로 달랬다. 타이가 삼림의 여름밤은 매혹적이었다. 달이 뜨고 별들이 총총 피어났다. 새들이 울었다. 가끔 호랑이의 포효가 들렸다. 평온했지만 괴로웠다.

우수리스크 강콜랴에게서 전갈이 왔다. 한형권과 김아파나시가 긴히 상의할 문제가 있다고 했다. 경천은 이른 아침에 말을 타고 길을 나서 저녁 무렵에 도착했다. 한형권과 김아파나시, 강콜랴가 반갑게 맞았다. 포옹과 악수가 오갔다. 식탁에 음식과 술이 차려졌다. 한형권이 서두를 뗐다.

"한인촌장이 무척 잘해 주는가 보오, 건강해 보이는군요."

"나는 아무래도 러시아 체질인가 봅니다. 시베리아 숲이 이리도 좋을 수가 없어요."

김아파나시가 거들었다.

"저도 처음엔 시베리아 기후가 맞지 않아 고생을 좀 했는데 차츰 사랑하게 됐지요. 연해주 풍토가 사람 살기엔 세계 으뜸 아닐까 하는 생각마저 해요."

"뭐 으뜸까지야…. 김아파나시 위원이 다른 곳을 가 보지 않아 하는 말이겠지요."

한형권이 너털웃음을 날렸다. 김아파나시가 응수했다.

"당정치위원이야 의당 그렇게 인민을 설득해야 하지 않겠어요?"

"그건 그렇고, 지난번 귀띔했듯이 김 동지를 연해주혁명군사위에서 고려혁명군 사령관에 정식 임명했어요. 여기 임명장을 갖고 왔습니다. 축하합니다!"

내심 기다리던 소식이었다. 사령관이 문제가 아니라 독립투쟁을 시작한다는 공식적인 승인이었다. 한인공산당과의 관계는 일단 미뤄 두기로 했다. 경천은 다소 들뜬 목소리로 말했다.

"내가 고대하던 소식이군요. 타이가 삼림 속에서 몇 번이고 되뇌었습니다. 백군과 투쟁하러 온 것이 아니라 일본군과 싸우기 위해 여기 온 것인데, 그게 내 소원인데. 이제야 그 소원을 풀어 주시는군요. 감사합니다!"

"연해주혁명위에서 물자와 장비를 제공할 겁니다. 볼셰비키 정부에서도 승인한 사안입니다. 일본군을 몰아내고 국내로 진격합시다!"

넷은 보드카로 축배를 들었다. 즐겁고 흐뭇한 밤이었다. 이제 숙원 사업을 할 수 있게 됐다고 생각하니 경천은 감개무량했다. 취해도 좋을 소식이었다. 한형권이 흥을 돋웠다.

"내레 사령관 뒤를 쫄래쫄래 따라서 내 고향 경흥에 가 볼라우! 그게 내 평생 소원임메!"

다시 축배를 들었다. 강콜랴의 얼굴에 희색이 돌았다. 한형권이 다시 말을 꺼냈다.

"그리고 김 동지, 이번에 내가 모스크바로 가 보려 하오. 혁명군사위 명의로 공문을 띄웠는데 답신이 며칠 전 도착했어요. 이달 말에 출발하려 하오. 아직 160만 루블 잔금이 남았거든요. 그거면 독립투쟁 군비로 족하고도 남지요. 기다려 보겠소?"

그것도 기쁜 소식이었다. 김아파나시가 거들었다.

"모스크바 정부가 한인독립대를 인정한다는 얘기지요. 볼셰비키 혁명의 한 축으로."

'볼셰비키 혁명의 한 축'이라는 말이 다소 거슬렸지만 경천은 목청을 높여 화답했다.

"그거야 정말 희소식입니다. 힘이 납니다. 기다리겠습니다!"

밤이 늦었다. 한형권과 김아파나시가 취한 채 본부 숙소로 돌아갔다. 강콜랴가 서신을 꺼냈다.

"며칠 전 지청천 장군에게서 온 편지예요."

고물고물한 글씨체로 수신인 김경천이라 씌어 있었다.

― 선배님, 이만시 승전은 여기서도 소문이 자자합니다. 존경과 축하를 보냅니다. 저는 이르쿠츠크에서 3개월 감옥살이를 하다가 풀려나 밀산에 합류했습니다. 공산당을 주의하셔야 합니다. 그리고 안타까운 소식을 전합니다. 지난달, 장쭤린 군대와의 전투에서 장경호가 그만 전사했습니다. 아까운 사람이었는데 밀산 부근 산에 묻었습니다. 이만 총총.

흠, 경천의 입에서 신음이 새 나왔다.

'다행히 풀려났구나. 그런데….'

애국심이 넘쳤던 장경호의 얼굴이 떠올랐다. 경옥의 얼굴이 그 위에 포개졌다.

'어떻게 해야 하나. 알려야 할까. 결국 알게 될 텐데…. 그냥 숨겨야 하나.'

경천의 굳어진 얼굴을 궁금해하던 강콜랴에게 편지를 내밀었다.

"아, 그렇게 됐군요. 슬픈 일인데…."

경천은 마음먹었다. 강콜랴가 경옥의 숙소를 알려줬다. 밤이 이슥했고 거리는 적막했다. 걸어서 십여 분 거리, 러시아식 통나무집 2층에 세를 살고 있었다. 문을 두드리자 경옥이 놀란 듯 호롱불을 들고 나왔다. 예고 없이 찾아온 손님을 경옥은 환한 얼굴로 맞았다.

"상상하지 못했는데, 이 늦은 밤에 고대하던 분이 오셨어요! 들어오세요!"

"오랜만이오. 기별도 없이 찾아와 미안하오. 결례인 줄 알지만 일이 그렇게 됐소."

경옥은 기쁨에 넘쳐 예고 없이 찾아온 사정에는 별 관심이 없었다. 작은 등불이 켜지자 방 안이 드러났다. 책상과 식탁이 놓였고 구석에 아담한 침상이 보였다. 혼자 살기에는 적당한 공간이었다.

"그래 어떻게 지냈소? 강콜랴가 일자리를 알선해 줬소?"

"그분 정말 좋은 사람이에요. 시내 병원에 간호원 자리를 알아봐 줬어요. 그걸로 생활에는 충분합니다. 일도 보람이 있고요."

"그럴 줄 알았어요. 내가 여기 처음 왔을 때 강콜랴가 거처를 마련해 줬소. 연해주로 오는 사람들은 대개 그의 도움을 받는답니다."

경옥은 들뜬 표정을 감추지 못했다. 그리운 사람이 자신의 숙소에 찾아왔으니 우선 방 안을 정돈해야 했다. 경옥은 침상을 정리하고 이불을 갈고 부엌을 정리하느라 분주했다. 어느 정도 만족했는지 경옥이 술을 한 병 내왔다.

가슴이 아렸지만 경천은 침묵했다. 어떻게 말해 줘야 할지 생각했다. 술을 몇 잔 들이켰다. 들뜬 마음을 주체하지 못한 기색으로 경옥이 물었다.

"술이 느셨네요. 트레치푸진이 그런대로 편한가 봐요."

"그렇기는 한데, 꼭 그런 건 아니고…."

"무슨 고민이 생겼군요. 대장님 표정에 씌어 있어요."

경천은 술을 한잔 더 들이켰다. 취기를 빌리지 않고는 입을 뗄 수 없었다. 일본 육사 시절, 아버지의 부고를 전해 주던 일본 장교도 머뭇거리지 않았던가. 장교는 흔히 겪는 부친의 부고라 생각했을 뿐 경천이 의지할 마지막 언덕, 하나 남은 혈육이 사라졌음은 모르고 있었다. 말이 나오지 않았다. 경천의 마음속에 복잡한 말들이 교차했다. 그의 침묵에 경옥은 점차 들뜬 기색을 가라앉히고 근심 어린 얼굴로 변했다.

"말씀해 주세요. 무슨 일인지…."

경천은 뜸을 들였다.

"저, 경옥 씨 오빠가…."

경옥은 드디어 올 게 왔다는 짐작에 전율했다. 눈치를 챘는지 목소리가 잦아들었다.

"오빠가, 오빠가 왜요…?"

270

"지난달 중국군 기습으로 전사했어요."

경옥은 몸을 일으켜 방으로 들어갔다. 침상에 몸을 던지더니 통곡이 새어 나왔다. 서러운 울음이었다. 경천은 그 울음의 의미를 안다.

의지할 혈육이 사라졌다는 것, 고아가 됐다는 것, 이제 이 힘든 세상을 홀로 견뎌야 한다는 것.

경천은 경옥이 혼자 울게 내버려 뒀다. 술을 한잔 더 들이켰다. 보드카가 식도를 타고 찌르르 내려갔다. 식탁 위 호롱불이 움찔거렸다. 저녁부터 마신 술에 취기가 올랐다. 석유가 다했는지 호롱불이 잦아졌다. 어둑해진 방에 경천은 홀로 앉아 있었다. 눈물의 계곡을 지나면 체념의 초원이 펼쳐질 것이었다. 경천이 할 수 있는 일은 절망의 시간을 함께해 주는 것뿐이었다. 서럽고 깊은 밤이었다.

가을로 성큼 접어들었다. 트레치푸진 한인촌은 밀, 옥수수, 콩, 조 농사로 식량을 조달했다. 어른 키보다 큰 조와 수숫대가 밭에 그득했다. 거인 병사들이 열병식을 하는 것 같았다. 경옥으로부터 가끔 편지가 왔다. 마음을 많이 추슬렀다고, 대장님이 계셔서 잘 버티고 지낸다고 했다. 편지를 읽고 또 읽었다.

경천은 여름내 일본군과의 전투 전략을 구상하며 시간을 보냈다. 많은 정보를 구해 검토하고 소대장들과 논의하는 시간은 즐거웠다. 총상을 당해 죽거나 부상당할 위험이 없는 상상의 전쟁이었다. 경천은 연해주혁명군사위원회의 명령에 따라 고려혁명군 소집령을 내렸다. 연락병이 지역마다 설치된 연락 분소에 공문을 접수했다. 추수철이라 그런지 돌아오는 병사들은 그리 많지 않았다. 적군 정부가 대신 일본군을 몰아내 주기를 기대한 탓도 있었다. 구태여 이주 농민이 나서야 할 명분도 그리 크지 않았다. 웃는 얼굴로 돌아오는 병사들이 반갑지 않을 수 없었다. 먼 길에서 아득히 보이는 귀환 병사들에게 달려나가 안아주고 싶을 정도였다.

9월 중순, 5백 명 정도가 소집령에 응했다. 귀한 자식들이었고 소중한 대한 청년들이었다. 경천은 고마움과 존경심을 표했다. 아침에는 농사를 돕고 오후에는 체력단련과 군사훈련을 병행했다. 농사일을 도와야 그나마 군량을 확보할 수 있다. 혹시 여기서 한겨울을 나게 된다면 민폐가 이만저만이 아닌 것도 고려했다.

한인들은 이들을 자식처럼 아꼈다. 내전에서 자식을 잃은 촌로들은 이들을 애지중지했다. 허무한 마음을 채울 수 있고, 아침나절이나마 대화 상대가 생겨 외롭지 않았다. 김광택, 김유천, 이창선, 임병극 중대장은 마치 맏형처럼 이들을 돌보고 전술을 가르쳤다.

혁명군사위에서 소형 트럭 편으로 물자가 왔다. 탄약과 박격포, 소총, 군복, 비상식량 등이었는데 기대보다 적은 양이었다. 경천은 불평할 수 없었다. 고맙기 그지없었다. 이동할 거리가 그다지 길지 않기에 고갈되면 또 요청하면 되리라 판단했다. 지원 물자에 무전기를 발견하고 경천은 반가움이 솟았다. 독일제 무전기였다. 연락병이 필요 없게 됐고, 본부와 즉각 협의해 빠른 결정이 가능해졌다.

김아파나시에게는 연락이 없었다. 안드레예프와 레우쉰도 깜깜무소식이었다. 지원 세력도 도착하지 않았다.

그러고 보니 볼셰비키 본부에서 일본군의 동향에 대한 어떤 정보도 받지 못했음을 깨달았다. 어디를 먼저 진공할 것인지 결정되지 않았다. 일본군이 여전히 해안 지역에 주둔하고 있는지도 궁금했다. 김아파나시에게 무전 연락을 취했는데 주파수가 맞지 않았다. 한형권도 소식이 없었다. 성공하고 잘 돌아왔는지 궁금했다. 한형권이 있다면 일본군에 대한 공격 계획이 착착 진행됐을 것이었다.

출정 준비는 어느 정도 마쳤다. 공격개시일이 다가오자 대원들은 긴장하기 시작했다. 이제 경천의 독자적 과업에 첫발을 내딛는 순간이었다. 감개무량했다.

초가을에 접어들자 연해주 혁명군사위와 우수리스크 볼셰비키 본부로부터 동시에 무전을 수신했다. 연추 지역 강국모 부대가 러시아 적군과 교전을 해서 문제가 발생했다는 내용이었다. 사실 경천은 연추 진격을 우선으로 구상했었다. 그곳 일본군을 격파하기만 한다면 두만강을 건너 국내 진격이 가능하기 때문이었다. 얼마나 멋진 상상인가! 그런데 사고가 발생했다니, 거기를 포기하라니, 어찌 된 일인지 어리둥절했다.

엎질러진 물, 경천은 공격의 방향을 치모우로 돌렸다. 일본군이 주둔하고 있는 치모우를 직접 치는 것은 위험하므로 북쪽 약 삼십 킬로미터 전방까지 진격해서 동향을 살피기로 했다.

10월 초순 아침 햇살에 냉기가 섞인 가을이었다. 경천은 도열한 소대장들과 5백 명 고려혁명군에게 출정을 명령했다. 목적지까지는 하루가 걸릴 것이다. 촌락의 한인들이 모두 나와 열렬히 환송했다. 주먹밥을 나눠주거나 과자 등속을 주머니에 넣어 주는 이도 있었다. 앳된 소녀가 연신 뒤를 돌아보는 병사를 보며 눈물을 훔치는 모습도 보였다. 병사들이 〈독립군아리랑〉을 합창했다.

이조 왕 말년에 왜 난리 나니
이천만 동포들 살길이 없네
아리아리 쓰리쓰리 아라리 났네
독립군 아리랑 불러를 보세
일어나 싸우자 총칼을 메고
일제 놈 쳐부숴 조국을 찾자
내 고향 산천아 너 잘 있거라
이 내 몸 독립군 떠나를 간다
태극기 휘날리며 만세 만만세
승전고 울리며 돌아오거라
아리아리 쓰리쓰리 아라리 났네
아리아리 쓰리쓰리 아라리 났네

산 능선을 몇 개 타고 계곡을 돌았다. 오후 늦은 시각, 산 정상에 오
르니 멀리 치모우 해안이 드러났다. 조금 더 행군하면 인근 지역까지
진군할 수 있을 것이었다. 멀지 않은 야트막한 구릉이 보였다. 경천은
망원경으로 구릉을 살폈다. 일본군 정찰대 진지였다. 일장기가 날렸
고 야포가 위장포로 덮여 있었다. 일본군 십수 명이 부지런히 움직이
는 모습이 눈에 잡혔다. 정찰 임무를 띤 전진초소라고 직감했다.

일단 저걸 치고 나서 일본군의 반응을 보는 것도 좋겠다는 생각이
들었다. 워낙 정보가 없어서 일본군 동향 파악이 급했다. 고지이기는
하지만 좌우에서 접근하면 충분히 승산이 있었다.

274

김광택과 김유천 중대만으로 공격조를 편성했다. 나머지 부대원은 산기슭에 진을 치고 전황을 살피기로 했다. 이창선, 임병극 중대장에게 지시를 내렸다. 만약 아군이 불리해지는 상황이면 주저하지 말고 공격하라고.

고려혁명군 중대는 저녁 무렵 석양을 이용해 각개 접근을 했다. 보초가 경계를 늦출 시간이었다. 구릉 밑까지 포복해 양 사면에 접근한 소대원들이 구릉을 기어올랐다. 진지 일본군들은 아무 낌새도 눈치채지 못했다. 김광택 중대장이 수류탄을 던지는 것을 신호로 대원들은 진지를 향해 돌진했다. 몇 개의 수류탄이 터지고 소총이 불꽃처럼 튀었다.

일본군이 허둥지둥 반격을 개시했다. 수류탄이 몇 개 터지고 소총을 아무렇게나 쏴 댔다. 지휘관이 총에 맞은 것이 틀림없었다. 일본군은 지휘관이 부재할 경우 지리멸렬한다는 것을 경천은 터득했다.

저항할 수 없는 기습전이었다. 진지는 순식간에 점령되었다. 김유천 중대장이 진지 내부를 살폈는데 사상자 스무 명에 하사 한 명이 중상을 입고 신음하고 있었다. 일장기가 내려졌다.

경천은 부대원을 끌고 유유히 진지로 진입했다. 시체를 수습해 인근에 묻고 부상자를 지하실에 가뒀다. 응급처치로 정신을 차린 하사를 심문했다. 이름은 오카모토, 시모노세키 출신이라 했다. 다리 출혈이 심해 하사는 신음소리를 냈다. 경천이 물었다.

"일본군은 어디에 주둔하고 있나? 몇 개 사단인가?"

하사는 경천의 유창한 일본어에 다소 놀라는 기색이었으나 말을 아꼈다.

"당신을 죽이지는 않겠다. 그 대가로 묻는 말에 대답하면 된다. 정 입을 다문다면 나도 생각이 있다."

"너 같은 조선인에게는 말하지 않겠다."

피를 흘리면서도 하사는 단호했다. 할 수 없었다.

"나는 도쿄기병연대 김광서 중위다. 육사 출신이지. 자네 같은 일본인을 많이 봤지. 자네 신념은 어디서 온 것인가? 무엇을 위한 것인가? 가족들이 자네를 그리워하겠지."

하사가 고개를 떨궜다. 육사 출신이라는 말에 기가 죽었고, 가족을 들먹이자 풀이 죽었다. 그래도 입을 열지 않았다.

"좋다, 그러면 자네를 여기에 묶어 두고 하산한다. 출혈 부위는 치료하지 않고 그대로 둔다. 무기들을 걷어 간다. 잘 있게."

그러자 하사가 입을 뗐다.

"저를 살려 주신다고 약속하면 말씀드리겠습니다."

오카모토의 목소리가 애원조로 바뀌었다. 하사가 아는 대로 불었다. 대강 이러했다. 일본군 4개 사단이 블라디보스토크와 치모우 해안에 집결해 있다. 웬일인지 지난봄 이후 전투다운 전투는 없었다. 다만 주둔지 주변에 초소를 설치해 적군의 동향을 살피고 경계 임무를 수행하라 했다. 적군을 발견하면 즉각 보고하고 대응 사격에 들어가도 좋다고 허락했다. 여름내 경계 임무만 수행했다. 작년 말에는 3개 사단 증파 소식이 돌았는데 아직 파견하지 않았다. 백군이 항복한 이후로는 이렇다 할 전투를 수행하지 않았다. 블라디보스토크 항구에 정박한 수송선이 곧 이항離港할 것이라는 소문이 들리는 정도다.

대강 짐작한 대로였다. 그러나 왜 주둔지를 사수하고 있는지, 적군과 접전을 피하고 있는지 여전히 궁금했다. 정치적 문제일 것이라고 짐작이 갔다. 무엇일까.

경천 부대는 그날 밤 고지와 구릉 부근에 진을 쳤다. 치모우를 치기에는 무모하기 짝이 없으므로 다음 행선지를 정해야 했다. 하사는 밤새 끙끙 앓았다. 총알을 빼냈고 지혈 치료를 했다. 생명에는 지장이 없을 것이었다. 초기 전투치고 조금 싱거웠다. 대원들은 전투 무용담을 주고받으며 흥거운 분위기였다. 그만하면 사기는 걱정하지 않아도 좋았다.

다음 날 아침 작전회의에서 행선지를 아누치노로 결정했다. 우수리스크로 가는 길목에 있는 아누치노에는 규모가 제법 큰 한인촌이 형성되어 있었다. 거기서 혁명군사위와 볼셰비키 혁명 본부의 지시를 기다리기로 했다. 혹시 지원군이 합류할 수도 있었다.

구릉에서 맞은 아침은 상쾌했다. 구름 한 점 없는 가을 하늘이었다. 무전기가 울렸다. 무전병이 주파수를 맞췄다. 개활지라서 송신 음향이 크게 울려 나왔다. 통역관 강신관 중대장 얼굴이 상기됐다.

— 모든 빨치산 부대는 무장해제 하라. 고려혁명군도 예외가 아니다. 반복한다. 모든 빨치산 부대는 즉시 무장해제 하라. 무기를 내려놓아라. 오늘 새벽 0시 볼셰비키 사령부의 결정이다.

폭풍 속으로

레닌이 죽었다. 모스크바 정권은 권력 투쟁에 요동쳤다. 멀리 연해주에서도 그 진동을 느낄 수 있었다. 적군 사령관과 군 지휘관, 정치국원 모두 몸을 사렸다. 러시아 정국은 이들도 예상할 수 없을 만큼 급박하게 돌아갔다. 어떤 일도 할 수 없는 진공 상태가 지속되었다.

블라디보스토크 항구에서 수송선이 일본군과 장비를 싣고 떠난 지 1년 세월이 흘렀다. 볼셰비키 정부가 일본과 제휴를 선언했기에 백군이 몰락한 연해주에서 일본이 할 수 있는 일은 없었다. 미국, 영국, 프랑스가 철수하라 요구하지 않아도 적군이 점령한 연해주에서 일본은 손을 빼지 않을 도리가 없었다.

시베리아에서 철수하면서 일본은 사할린을 전초기지로 남겨 뒀다. 정세가 바뀌면 즉각 군대를 상륙시키려는 전략적 결정이었다. 일본은 만주로 눈을 돌렸다. 관동군 주둔지인 뤼순과 랴오둥반도를 거점으로 점차 만주 전역으로 세력을 뻗어갔다. 북만주 독립군들이 분주해졌다. 일본군과 장쭤린 군대를 동시에 상대해야 하는 어려운 국면으로 빠져들었다.

무장해제된 연해주 독립군들은 목표물을 잃었다. 모스크바 정권이 권력 투쟁 중이어도 정보국 체카는 느슨하게나마 감시망을 가동했다.

뭔가를 도모했다간 연행될 위험이 상존했다. 체카가 합동국가정치국으로 바뀐다는 소문이 돌았다. 모스크바 중앙정부 내무인민위원회가 관장한다는 소문이었는데, 기존의 당정치원과 군사위원들은 모스크바에 줄을 대려고 안달이었다.

연해주 한인촌은 오랜만에 진정한 해방을 즐겼다. 누구 하나 간섭하는 사람이 없었다. 내전 때는 그토록 잔인하고 냉혹했던 정치원이나 서기들도 인간적인 모습으로 돌아왔다. 인간의 탈을 쓴 것인지 본성이 그러한지 헷갈렸다. 전쟁은 인간을 야수로 만들고, 정치는 인간을 위선자로 만든다. 권력 투쟁 소문이 퍼질수록 한인촌 이주민들은 한인독립군이 적군을 도왔다는 사실을 떠올리며 불안을 달랬다.

해방투쟁에 그토록 목숨을 바쳤는데, 누가 권력을 잡든 한인들을 자국민처럼 평등하게 대해 줄 것을 기대했다. 더욱이 일본이 물러가지 않았는가. 적이 사라진 마당에 또 인민을 착취하고 이주민들을 괴롭히지는 않을 것이라 믿었다.

그 근거 없는 믿음은 한인들이 많이 사는 곳일수록 강해져서 일종의 신념처럼 굳어졌다. 평화롭고 희망에 부푼 한 해였다. 들판에는 곡식이 익어갔다. 조와 수수가 알을 굵게 맺었고, 옥수수가 튼실하게 자라 농민의 창고를 그득 채워 줬다. 블라디보스토크를 위시하여 도시들도 활기를 되찾았다. 전차가 경적을 울리며 운행했고 자동차가 괴성을 지르며 달렸다. 상점 가판대에 사람들이 흥정하는 소리가 흥겨웠다. 노점상은 어디든지 둥지를 틀고 물건을 팔았다. 새로운 상품은 드물었고 집 안에 오래 보관한 중고 물품들이 쏟아져 나왔다.

연해주가 활기를 띨수록 경천의 마음은 무거웠다. 적이 사라졌다. 도쿄에서 경성으로, 경성에서 신의주를 거쳐 신흥무관학교와 연해주로 그 길고 위험한 여정을 감행한 것은 일본과 싸우기 위함이었다. 연해주 일본군을 격파하고 국내로 진공하기 위함이었다. 아버지와 형의 영정 앞에 그렇게 맹세했다.

　지난 3년 동안 경천은 마적단과 싸웠고 백군과 싸웠다. 해안에 상륙한 일본군을 대적하기 위하여, 시베리아를 점령하려는 일본의 야욕을 부수고 두만강을 건너 진격하기 위해, 고향 북청을 해방시키고 경흥 시민에게 해방의 기쁨을 주려고. 가능하다면 여세를 몰아 경성으로 진격하는 꿈을 꾸는 것만으로 연해주의 고난은 참고 견딜 만했다.

　그런데 갑자기 적이 사라졌다. 볼셰비키 정부도 일본과 협상 관계로 들어갔다. 무기를 내려놓으란 명령은 이제 더 이상 무력투쟁을 하지 않는다는 선언이었다.

　경천은 거처를 아누치노로 옮겼다. 우수리스크로 가는 길목일 뿐만 아니라 한인들이 많이 모여 사는 곳이어서 촌민들은 독립군 사령관으로 알려진 경천의 일상을 도왔다. 연해주혁명군사위가 경비를 보내줬다. 아마 블라디보스토크 신한촌과 여기저기 흩어진 한인촌의 부호들이 지원한 자금일 거라 생각했다.

　마을 촌장이 식량과 음식을 조달했고, 땔감과 의복, 생필품을 지원했다. 생활은 편안했지만 마음은 들끓었다. 들판에 나가 걷거나 산길을 걸어 봐도 마음 한구석에 자리 잡은 고통은 쉽게 가시지 않았다. 오히려 더 날카로워졌다.

280

연해주가 답답하게 느껴진 것은 처음이었다. 일본군과 전투가 벌어지는 만주로 갈까도 깊이 고민했다. 무장해제와 함께 일본군이 철수한 후 북만주나 상해로 이주한 독립투쟁 지도자가 없는 것은 아니었다.

김규면이 그런 경우였다. 그는 경천이 연해주에 처음 왔을 당시 창해청년단을 같이 조직해 활동한 독립운동의 대부였다. 만주와 연해주 독립군 지대를 통합시키고자 종횡무진이던 김규면은 사회주의든, 공산주의든, 민족주의든 가리지 않았다. 모두 대한독립의 길로 통하면 된다고, 힘을 합치는 것이야말로 지선의 과제라고 주장했고 설득했다. 경천은 그의 신념에 동의했고 따랐다.

그런데 무장해제 명령이 내려지자 좌절감을 감추지 못했다. 그는 상해로 떠났다. 우수리스크 기차역에서 경천은 작별 인사를 했다.

"상해에서 만납시다."

그가 남긴 짧은 별사別辭였다.

아누치노 시내에 독립대원이었던 병사들이 떼를 지어 다니는 모습이 자주 목격됐다. 대원 가운데에는 막일로 생계를 잇는 날품팔이가 많았다. 원호와 여호 자식들은 모두 돌아갈 집이 있지만, 이들은 의지할 곳이 없어 부랑자나 걸식자가 되기 일쑤였다. 노역꾼을 구하는 러시아 상인들의 홍보물이 이들을 유혹하기도 하지만, 어디로 끌려갈지 모르는 불안함에 선뜻 응하지 못했다. 누구는 시베리아로 사라졌고, 누구는 광산에 끌려갔다는 등 소문이 돌았다.

경천은 그러한 무리를 목격할 때마다 가슴이 쓰렸다. 어제도 한 무리 유랑자들이 시끌벅적하게 집 앞을 지나쳤는데 감히 그들을 불러 세울 용기가 없었다. 무력하고 무료했다. 소대장들도 그러했는지 아누치노로 경천을 방문하겠다는 연락이 왔다.

5월 중순, 그들이 한자리에 모였다. 그간 안부를 묻고 가족들의 근황을 서로 나눴다. 가족이 있는 김광택과 김유천은 대체로 편안해 보인 반면 이창선과 임병극은 무료함을 달래려 이곳저곳을 떠돌았다고 했다. 블라디보스토크에 둥지를 튼 강신관은 작은 교실을 빌려 한인 청소년들에게 러시아어를 가르친다고 했다. 청소년들이 똑똑해서 몇 개월 만에 러시아어로 농담할 정도라고 자랑했다. 한창걸은 니항 부근 한인촌에서 농사일에 열중한다고 했고, 강국모는 러시아 적군과 교전한 주동자로 지목돼 감옥에 있다고 했다.

반가운 얼굴들이었다. 반가운 만큼 일본군과의 전투 기회가 사라진 것은 아쉽다는 표정이었다. 전투에 이골이 난 이창선이 말했다.

"몸이 근질근질해서 만주에라도 가야 할 것 같은데…. 막상 떠날라니 연해주가 뒷골을 당겨서, 내 참."

역전의 용사인 이학운이 받았다.

"나도 그래. 그런데 북간도 사정이 엉망이라네, 장쭤린과 싸우면 마적단이 오고, 마적단을 피하면 일본군이 오고. 혼이 나간다나."

김광택이 정색을 하고 물었다.

"대장님은 어떻게 하실 작정이세요?"

"나라고 뾰족한 수야. 볼셰비키가 일본과 협상에 들어갈지 누가 생각이라도 했겠나?"

경천은 몇 달간 수집한 정보를 살피고 세계 혁명 사례를 대강 훑어 얻은 시사점을 얘기했다. 육사에서 배웠던 지식을 동원했다. 자신은 없었지만 동지들과 논의하다 보면 적당한 행동 지침이 발견될 것을 기대했다. 경천이 최근의 정세를 진단했다.

— 혁명은 국제 정세가 어떻게 흘러가는지에 영향을 받는다. 레닌 사후 일어난 권력 투쟁은 러시아 사회주의의 노선과 볼셰비키의 급박한 과업을 두고 벌어진 일대 격돌이다. 모스크바에서는 지금도 정리되지 않은 채 노선 투쟁이 격화되고 있는데 트로츠키의 영구혁명론과 스탈린의 일국사회주의론이 대치하는 중이다. 트로츠키파가 승리한다면 러시아가 독립군을 지원해 일본과 투쟁할 수 있는 기회가 열린다. 영구 혁명은 세계 모든 지역에서 공산주의 혁명의 불꽃을 계속 피우는 일이다. 러시아 한 나라만 사회주의를 채택한다 해서 온전하길 기대할 수 없다. 코민테른을 확대하고 활성화해서 자본주의의 종말을 향해 계속 전진하기를 고대한다.

그런데 스탈린이 승리한다면, 일본과 투쟁할 수 있는 문은 닫힌다. 스탈린은 러시아 내부를 단속하고 공산주의체제를 완수하는 것을 최우선 과제로 설정하기 때문이다. 만국 공산주의 혁명으로 나아가는 것은 러시아의 국력이 강해진 다음의 과제다. 지금 러시아는 강대국에 둘러싸여 힘을 못 쓰고 있지 않은가. 내부 응집력을 길러야 한다. 사회주의 내부 세력을 통일하는 것이 우선이다. 세계 역사에서 공산주의 국가는 러시아가 최초다. 중국에서 공산당이 흥기하고 있다는데 그것은 초기에 불과해서 어떻게 될지 모른다. 공산주의 국가의 정치는 그 어느 나라에서든 보지 못한 초유의 사건이다. 역사적으로 최초이지 않은가.

내 예감은 이렇다. 공산주의 혁명을 위해서라면 인명 살상과 변방국 민족 압제를 서슴지 않을 태세다. 적군이 백군을 몰살하는 것을 우리는 이미 여러 차례 경험했다. 자유주의자들을 처형해서 매장하고 니콜라이 황제 목을 베고, 귀족들을 추방하지 않았는가. 쿨라크(부농)들은 재산을 몰수당했다. 적군의 행진에는 사람 목숨이 죽어 나갔다. 우리가 그걸 거들었지. 트로츠키든 스탈린이든 어느 한쪽이 승리하면 노선이 다른 자들에 대한 대대적인 숙청이 일어날 공산이 크다. 러시아는 광활하기 때문이다. 광활한 영토에 다종의 민족을 규합하고 분열된 이념 세력을 하나로 묶어 내자면 폭력은 필수적일 거다. 극단적 공화주의라 할 수 있겠는데 불란서 공화혁명 때 단두대가 발명된 것을 보면 짐작이 간다. 로베스피에르는 폭력주의자였다. 인민의 이름으로 대량 학살을 감행할지 모른다.

모두 입을 다물었다. 술잔을 비울 뿐 말이 없었다. 그렇다면 할 일이 없다는 결론을 수긍할 수밖에 없는가? 영구혁명론이든 일국공산주의든 어느 쪽이 이겨도 연해주 사람들은 볼셰비키가 되어야 한다는 사실에는 변함이 없었다. 일본군과 싸움이 허락되려면 트로츠키파가 승리하기를 고대하면 된다. 하지만 볼셰비키가 되는 것이 전제다. 스탈린이 집권하면 일본과의 투쟁은 중단이다. 지금처럼 손발이 묶인 채로 볼셰비키가 돼야 한다.

대체 볼셰비키란 무엇인가? 대한독립에 볼셰비키가 되는 것이 필요한가? 이동휘, 한형권, 김아파나시는 이런 여건을 받아들여 스스로 볼셰비키가 되었다. 농민과 노동자가 주인이 되는 세상, 부르주아지의 착취와 모순을 부수고 프롤레타리아가 권력 주체로 등극하는 이념을 받아들였다. 프롤레타리아가 주인이 되는 세상이 어떤 것인지는 누구도 모른다. 아직 한 번도 출현하지 않았다. 지금 러시아에서 진행되고 있다.

스스로 의병대를 조직해 백군과 싸웠던 한창걸과 강국모도 러시아 적군의 세상이 어떤 것인지 모른다. 그들이라고 알 수 있을까? 혁명에 몸을 던진 노동자와 농민이 그걸 알 수 있을까? 단지 러시아 귀족과 부농들이 미울 뿐이다. 그들이 소유한 토지와 재산을 빼앗아 누리고 싶을 뿐이다. 그들이 사라진 세상을 보고 싶을 뿐이다. 그 이후는? 그들도 모른다.

강신관이 입을 열었다.

"어차피 연해주에 살려면 볼셰비키가 되기를 선택할 수밖에 없어요. 볼셰비키당에 가입 신청을 하는 것은 어떨까요?"

"가입 신청을 한다고 무조건 받아 주는 것은 아니요. 성분을 따져 봐야 하고 충성심을 입증해야 해요. 일본군과 전투 경력은 도움이 되겠는데, 우리 한인들이 어떻게 출생 신분과 인생 이력을 제대로 입증할 수 있나요? 어려운 일이지요."

"그럼 김아파나시는 어떻게 당위원이 된 거요?"

"학창 시절부터 볼셰비키로 활동했대요. 볼셰비키가 제국 경찰의 감시를 받을 때지요. 부친도 적군파였는데 1차 대전 당시 적군 세포로 러시아군대에 침투했다고 해요. 체코 전선에서 사망했답니다."

"그럼 볼셰비키 귀족이네!"

이학운이 던진 농담이 한바탕 폭소를 자아내자 얼었던 분위기가 풀렸다. 이창선이 불쑥 물었다.

"그럼 나처럼 집도 절도 없는 사람은 뭐지? 연추에서는 호적도 없는데 어떻게 출생 신분을 증명해? 부모도 죽고 집도 날아간 판에 천생 고아지 나는, 고아는 프롤레타리아야 아니야?"

"그걸 무산자無産者라고 해. 무산자. 기본 조건은 된다는 뜻이지. 이 창선은 신청서를 내도 되겠군!"

"이력은 증명할 수 있잖아. 백군과 싸웠던 그 혁혁한 공로 말이야. 그런데 이민족도 볼셰비키로 받아 주나?"

"그게 문제지. 트로츠키라면 이민족이고 뭐고 동맹 세력으로 인정할 텐데, 스탈린은 아닐 거란 말이야. 내부 단결! 슬라브 민족주의!"

"내가 알기론 스탈린은 그루지아 태생이라던데 그루지아는 러시아야, 아니야?"

"그게 어디 붙은 나라야?"

"터키 위쪽. 흑해 옆에 바짝 붙은 나라인데 아르메니아, 아제르바이잔, 그루지아 이렇게 모여 있지. 러시아 같기도 하고 아닌 것 같기도 하고 애매한데."

"그럼 아니잖아, 스탈린은 왜 러시아 민족 내부 단결을 그리 강조하는 거지?"

"자신의 약점이라 그럴지 모르지. 스탈린이 권력을 잡는다면 이곳 연해주에는 광풍이 불겠군."

"그럼 연추로 가봐야 소용이 없겠군. 아예 이참에 간도로 망명할까? 중국 애들 상대하기가 싫은데. 여숙에 한번 가 봤는데 중국 상인들 냄새 때문에 잠을 설쳤어. 코를 막고 자야 할 판이야. 시끄럽고 싸움질 잘하고 욕설에다가 주먹질…. 뭘 믿고 그리로 간다?"

진지한 표정을 하고 있던 강신관이 화제를 바꿨다.

"그런데 이런 소문 들었어요? 내가 블라디보스토크 한인들을 더러 만났는데 레우쉰 있잖아, 그놈, 그 능글맞은 놈."

"뭔데?"

"블라디보스토크 시내에 근사한 집을 마련했대요. 종전이 되면서 어디론가 부지런히 쏘다니는데 나타날 때마다 옷이 바뀌고 여자가 바뀐대요. 큰돈이 생겼나 봐."

소대원들의 궁금증이 커졌다. 이창선이 물었다.

"어디서 났는데?"

"그… 소문인데, 왜 이만 전투에서 셰프첸코가 사살한 콜차크 출신 장군이 있었잖아. 그 귀족 장군이 숨겨 놨던 보물을 찾아냈다는 소문 이야. 금괴였다나."

"그 나쁜 놈, 어쩐지 능글맞더라. 무슨 꼼수를 부릴 거라 짐작은 했 었지."

"게다가 말이야. 모스크바 당중앙에 줄을 대서 합동국가정치국 연해주 책임자로 임명될 예정이라나. 셰프첸코가 거기에 달라붙었대요. 군사위 책임자로 해 달라고. 나자렌코는 한직으로 밀려날 모양이고."

"볼셰비키 혁명이건 뭐건, 인간사는 똑같네. 뇌물로 통하는 건 다 비슷하군."

"그나저나 금괴가 얼마나 있었다는데? 그건 어떻게 알았대?"

강신관의 얼굴에 긴장감이 돌았다. 그날 광장에서 팔친이 총을 맞 던 순간 단발마로 내지른 단어가 떠올랐다. 약속, 약속….

"그건 몰라, 상당한 양이라던데. 아무튼 그놈은 부자가 됐음에 틀림없어. 그러면 볼셰비키 자격이 없는 거 아냐?"

"당중앙에 상납했으면 얘기가 달라지겠지. 트로츠키파냐, 스탈린파냐가 문제겠지만."

"혁명은 한몫 잡는 것이구면."

누군가의 얘기에 정의로운 길을 논의하는 진지한 분위기는 끝났다. 연해주에 남든 중국으로 망명하든, 한몫 잡으려는 혁명의 대열에는 끼고 싶지 않았다. 인생 이야기로 화제가 바뀌었다. 보드카가 거의 동이 날 지경이었다. 거리엔 어둠이 내리고 있었다. 싱그러운 5월의 밤이었다.

아침이 되자 길을 잃은 동지들은 각자의 길을 찾아 떠났다. 말이 없던 김광택과 김유천이 자신들의 결심을 말했다. 경천은 놀랐다.

"레닌그라드 국제사관학교에 지원하려 해요. 새로운 길을 찾아서."

가을로 접어들었다. 아누치노 거리가 노란색으로 물들었다. 곧 서리가 내릴 것이다. 경천은 외로웠다. 목표를 잃어 외로웠고 말동무가 없어 외로웠다. 자신의 혁명이 타인의 혁명에 좌우된다는 사실에 무력감이 찾아왔다. 자신의 운명을 결정할 타인의 결정을 기다려야 하는 현실이 괴로웠다.

경옥이 보고 싶었다. 무기력에 빠질 때 찾아오는 새로운 습관이었다. 억제해도 자꾸 고개를 들었다. 위로가 필요했던 거다. 무기력을 나눌 사람이 필요했던 거다. 외로움을 나누면 상처가 아물고 새로운 삶의 길이 열릴지 모른다.

탈출구가 없는 사람에게, 미래가 엉망진창 망가진 사람에게 연민은 삶의 의욕을 돋게 하는 명약이다. 마치 얼어붙었던 개활지에 작은 손을 내민 새싹처럼 말이다.

한형권에게는 아직 소식이 없다. 상해에서 개최된 국민대표회의에 나타났다는 소문은 들었다. 레닌에게 20만 루블을 더 받아와서 소위 창조파에게 풀었다고 했다. 상해임시정부는 창조파와 개조파 싸움으로 엉망이 됐다는 후문이다. 현 지도부와 노선을 고수하자는 개조파와 아예 지도부를 대폭 교체하고 본부를 연해주로 옮겨 투쟁하자는 창조파의 대립이 심각했던 모양이다. 한형권은 창조파의 이론가였다. 레닌에게서 혁명 자금을 받았으니 그럴 만했다.

중국이 내란에 접어들고 북만주에서는 일본군과 장쒜린 군벌 군대가 야합하고 있는 판이니 상해임시정부의 앞날을 예측하기 어려웠을 것이다. 국민당 장제스 주석의 후원이 여전하고 상해 프랑스 조계에 은신하고 있으니 당분간은 괜찮을 것이지만, 국민당이 패하고 프랑스가 조차권을 내놓으면 임시정부는 갈 곳이 마땅치 않다. 연해주에서 독립투쟁의 길이 막힌 것처럼 조만간 중국에서도 그런 사태가 벌어질지 모른다.

경천은 방황했다.

스탈린이 마침내 권력을 잡았다. 레우쉰이 더 활개를 치고 있다는 소문도 돌았다. 그렇다면 문은 결국 닫힌 셈이다. 일본과 협상하던 스탈린 정권은 중국 문제로 눈을 돌렸다. 남만주 중앙철도권을 두고 일본과 새로운 협상에 들어갔다. 연해주 독립투쟁은 뒷전이었다.

안드레예프가 약속하지 않았는가. 백군을 물리치면 다음은 한인 독립투쟁이라고. 그들은 어디로 갔는가. 그 약속을 초개와 같이 던져 버렸는가? 안드레예프의 행방도 묘연했다. 셰프첸코가 군사위원회 자리를 차고앉았다 하니 안드레예프는 시베리아로 유배 갔을까? 시베리아 유배가 말 그대로 유행이었다. 시민들의 공포를 낳았다. 광산에 투입되고 강제노역에 시달린다고 했다.

스탈린은 신경제정책의 방향을 바꾸었다. 자본가나 부자들을 끌어들이는 유화정책이 아니라 아예 중공업정책으로 선회했다고 신문들이 전했다. 농촌은 중공업정책의 후방 기지로 전락했다.

농민이 프롤레타리아 주력 부대인데 왜 부국강병의 자원으로 희생돼야 하는지 경천은 의아했다. 혁명은 그토록 무서운 것이었다. 역사의 상식적 진로를 중단하고 전면 교체하는 것을 의미했다. 거기에 희생되는 인민들은 아예 관심 밖이었다.

우수리스크 강콜랴의 전갈을 받았다. 두 가지였다. 경성에 있는 아내 정화로부터 온 편지, 다른 하나는 연해주 국민대표회의를 개최한다는 통보였다. 국민대표회의라면 한형권이 올 것이다. 한형권은 작년에 상해 대의원 회의에서 연해주 국민대표로 임명되었는데 상해임시정부 내 갈등을 수습하느라 여태 동분서주하고 있었다. 그를 만나면 새로운 활로를 찾아낼 수 있으리란 희망이 솟았다.

정화의 편지는 반갑고 심각했다.

— 독립투쟁 소식이 〈동아일보〉에 실려 가끔 접하고 있어요. 당신

활약 소식이 몇 번 신문에 실려서 저와 우리 애들이 기뻐하고 있답니다. 경시청이 우리 가족을 사찰 대상에 올리고 항시 감시해서 자유롭지가 않아요. 잘 버티고 있는데 먹고사는 게 벅차고 아이들도 아버지를 찾아 자주 울어요. 아무래도 가족을 데리고 그리로 이주해야겠어요. 죽어도 당신 곁에서 죽을래요. 재산은 정리하고 있어요. 요 몇 달 궁리 끝에 결심한 것이에요.

목울음이 올라왔다. 예상하지 못한 울음이었다. 가족이 그토록 그리워하는데 그만큼 정을 주지 못한 자책감, 아이들이 자랑스러워하는 그 마음을 정작 채워 주지 못하는 신세 한탄이 뒤섞인 울음이었다. 아직은 이르니 좀 더 기다리라 하기도 난망했다. 정화는 결단력이 강한 사람이다. 그리운 가족이 합류하는 것은 뛸 듯이 기쁜 일이나 걱정이 앞섰다. 가족을 두고 싸움터로 나간다, 그리고 돌아온다?

과거 로마 시대에도 출전을 앞두고 가족과 결별하는 의식이 행해졌다. 건강하게 돌아오라는 절절한 소원은 전사들의 의지를 꺾을 위험이 크다. 아예 결별하는 것, 그게 적진을 향해 돌진하는 전사들의 용맹을 북돋우는 비인간적 관습이다.

가족이 온다. 볼셰비키 혁명이 완료되고 성분 차별과 민족 차별이 생애를 결정할 위험이 상승하는 여기 연해주에. 경천은 기쁘고 착잡했다.

연해주 국민대표회의가 개최됐다. 바다가 보이는 블라디보스토크 외곽 언덕에 위치한 신한촌 한인구락부에서였다. 이동휘가 굵은 손으로 악수를 청했다.

"김 장군, 오랜만이오. 김 장군의 혁혁한 전공은 익히 들었소이다. 작년에 상해임시정부에서 김 장군을 연해주 혁명군사령관으로 임명했다오. 그 소식은 들었소?"

"예, 듣기는 했는데 후속 조치가 없어서 기다리는 중이지요. 한형권 씨도 왔습니까?"

"한 형은 국내로 침투했소. 국내 공산당과 접촉해서 독립운동을 거들고 있소."

"국내로? 그래서 소식이 없었군요. 자금을 거기에 쓰려고 하는군요."

"일단 10만 루블을 갖고 들어갔소이다. 그런데 레닌이 죽었으니 다음 행보가 걱정이지요."

초로에 접어든 엄인섭이 부드러운 표정으로 물었다.

"김 장군, 생활은 어렵지 않은가요? 우리가 약간의 자금을 대고 있으니 걱정하지 말고 독립투쟁에 전념해 주시오."

"배려에 감사드립니다. 그런데 워낙 정국이 요동치고 무장해제가 풀리지 않으니 어디 활동할 공간이 있어야지요."

"그럴 겝니다. 우리 한인회도 예의 주시하고 있는 중이오. 볼셰비키에 협조한다고 공문은 띄웠는데 답은 없고 무기는 창고에 쌓여 있으니 진퇴양난 아니오. 내가 며칠 전 김아파나시를 만났는데 볼셰비키당에 가입신청서를 내라 해요. 그래야 한인회가 안전하다고."

"가입신청서를 내면 받아 준답니까?"

경천이 물었다.

"그건 모르지요. 개별 자격 심사를 할 텐데 누군 안 되고 누군 되고

그런 사태가 벌어지겠지요. 그건 한인회를 다시 분열시키는 요인일
수도 있어요."

다른 사람들이 와서 악수를 청하는 바람에 엄인섭과 멀어졌다. 한
인 유지들이 많이 보였고, 개중에는 여성도 끼었다. 볼셰비키에 속한
당원이거나 오랫동안 혁명군 뒷바라지를 해 왔던 요원들이었다. 그들
은 활기차 보였다.

국민대표회의가 시작됐는데 임시정부의 소행을 비난하는 말이 쏟
아졌다. 연해주를 자신들의 하위 기관으로 격하시켰다, 독립투쟁 역
사도 없는 놈들이 주도권을 행사하고 있다, 쓸데없이 자리에 연연하
는 놈들이 많아서 허례와 허욕에 빠져 있다, 자금도 한형권 씨가 어렵
게 갖고 왔는데 그걸로 뭘 하고 있는가, 그런 비난들이 주종을 이뤘다.

안건은 상정하지도 못한 상태였다. 주도권을 우리가 가지고 와야
한다는 나이가 지긋한 노인의 주장에 우레와 같은 박수가 쏟아졌다.

"상해에서 대체 뭐르 할 수 있습네까? 독립운동이문 우리가 선배
아니오? 시상이 통 어째 돌아가는 기요?"

주도권과 정통성 다툼은 경천이 연해주로 온 후 지겹게 들어 왔던
터였다. 다른 원로가 나섰다.

"그러니께, 짐 싸들고 이리로 오라! 김구인가 이승만인가 허는 것
들은 입 나발만 불고 있는디, 워디 싸움 한번 제대로 해 봤능가? 나가
여기 사십 년 살았어. 지금 자식들이 장성해서 레닌군사학교에 가 있
구만. 다 도와줄 텐끼, 오라!"

보다 못해 의장 이동휘가 나섰다. 국제 정세가 그리 만만치만은 않
다고 말문을 열었다.

— 중국이 내란에 돌입했고, 북만주에서 이회영, 이시영 선생이 견디다 못해 상해로 갔다. 북간도 홍범도, 김좌진 장군이 새로운 활로를 모색하기 위해 밀산에 집결해 있는데 러시아 적군의 경계가 삼엄해 이동하지 못하고 있으며, 군비 조달도 어려움을 겪고 있다. 우리 연해주 독립군도 사정은 마찬가지다. 무장해제 후 독립군은 한인촌에 여기저기 흩어져 사는데 우리의 명령을 기다리고 있는 형편이다. 우리는 모종의 결정을 내리기 전에 이들의 생계부터 책임져야 한다. 자금이 필요하다. 유지들의 배려와 지원을 바란다. 독립은 한순간에 이뤄지는 꿈이 아니다. 우리가 살아 있는 동안 지속해야 하는 평생의 과업이다. 일본군은 지금 만주 공략에 나서고 있고 결국은 중국 본토를 삼키려 할 것이다. 그때가 되면 상해임시정부는 이리로 이전하든지 중국 내륙 깊숙한 곳으로 이동하든지 둘 중 하나다. 연해주 동포들은 상황을 예의 주시하면서 우리끼리 단결을 도모하는 것이 제일 급선무다.

그걸로 국민대표회의는 끝났다. 결론은 없었다. 유지들은 싱겁다는 표정으로 자리를 떠났다. 그때 강콜랴가 다가와 편지를 전했다. 지청천의 전갈이었다.

— 선배님, 신동천과 추풍에 왔습니다. 당분간 여기 머물 예정인데, 만나기를 요청합니다.

반가운 소식이었다. 수이푼은 중국 국경 도시이기에 넘어갈 수 없으니 러시아 국경 역인 포그라니치니에서 만나자고 답신을 띄웠다.

경천은 다음 날 블라디보스토크역에서 기차에 몸을 실었다. 하루 꼬박 걸려 새벽녘에 포그라니치니역에 도착했다. 경천은 여숙을 잡고 잠시 몸을 쉬었다. 정오 무렵 약속한 식당에 갔다. 주인이 방으로 안내했다. 그들은 먼저 나와 있었다. 사복 차림이었다. 마치 중국에서 온 상인처럼 보였다. 서로 부둥켜안았다. 삼천三天의 재회였다.

어언 4년 세월이 흘렀다. 그들의 어깨에서 화약 냄새가 났다. 싸움에 이골이 난 표정이었지만 얼굴엔 굳은 신념이 역력했다. 경천이 입을 뗐다.

"어찌 지냈소이까? 나는 준비가 안 돼 있는데 이렇게 먼 길을 오셨으니 뭐라 할 말이 없소이다."

지청천이 웃으며 말했다.

"준비가 안 돼 있기는요, 지난번 이만시 탈환 때 선배님의 용맹은 북만주에 자자합니다. 초빙해 오자는 소리도 있어요."

셋은 웃었다. 쓸쓸한 웃음이었다.

"연해주 사정은 어떻습니까?"

"무장해제 상태이니 뭘 할 수가 없어요. 스탈린이 볼셰비키 정권을 잡았으니 뭔가 뚜렷한 정책이 나오겠지요. 일본군과 중국 철도를 두고 협상 중이라서 연해주 독립운동에는 신경을 쓰지 않을 것 같습니다. 스탈린은 외교 관계보다는 내부 단속에 심혈을 기울이고 있어요. 일국사회주의를 완성한다나. 내부 분파에 대한 숙청작업이 막 시작됐어요. 그게 더 무서워요. 지금은 지노비예프와 카메네프 파와 손을 잡고 있는데 그들의 하부조직들을 제거하는 걸로 봐서 이들도 곧 숙청 대상이 되지 않을까 합니다."

셋은 한숨을 쉬었다.

"그럼 연해주 독립투쟁은 문을 닫는 건가요?"

"오랜 역사를 가졌고 연해주 볼셰비키당에 협조하고 있으니 약간 숨통이 트이긴 할 겁니다만, 그게 언젠지가 문제지요."

한숨을 돌리고 나서 지청천이 제안했다.

"그러지 말고 우리와 함께 상해로 가시는 것은 어떠세요? 저는 동천 선배와 오래 상의했는데 북만주에서도 독립투쟁이 쉽지 않고 중국군이 일본군에 매수돼 우리를 공격하고 있으니, 참 난망한 상태예요. 요 몇 달 지켜보다가 신 선배와 그렇게 결의했습니다."

"그럼 김좌진 장군과 홍범도 장군은 어떨 요량인가요?"

"김좌진 장군은 죽어도 여기서 죽겠다고 북만주에 남는답니다. 홍범도 장군은 이르쿠츠크로 갔고요. 아무래도 북만주에서는 힘들고, 이르쿠츠크 고려공산당과 합세해서 독립운동 노선을 고민하겠다고 말이지요."

"두 분이 빠지면 김좌진 장군이 허탈할 텐데 그래도 되겠어요?"

"며칠 전 수락했어요. 우리들 갈 길을 찾아가라고. 그래서 온 겁니다. 선배님도 같이 가자고 제안해 보려고요."

경천은 느닷없는 제안에 할 말을 잃었다. 사실 무장해제 후 줄곧 고민하던 문제였다. 결론은 쉽게 나지 않았다. 정세가 바뀔지 모른다는 것, 한형권이 오면 출구가 생길지 모른다는 막연한 기대 같은 것이 상해행行을 망설이게 했다. 기실 그것도 평계에 불과할지 모른다.

상해로 넘어갈 수는 있겠지만 독립투쟁의 장소로 택한 연해주에서 끝장을 보고 싶었다. 상해에는 아직 독립군이 없다는 점도 걸렸다. 상해에는 지식인들과 정치인들이 우글거렸다. 각종 이론이 난무하고, 각종 이해관계가 엉켰다. 임시정부 요원들 사이에서도 정통성 시비가 붙어 깨어지기 일쑤였다.

대통령으로 추대된 이승만은 상해에는 나타나지도 않고 미국에서 활동하고 있는데 임시정부의 수반이라는 자가 근무지를 떠나 있다는 사실을 경천은 이해할 수 없었다. 이승만은 외교가 우선이라 했다. 허나 그것은 정치인의 문제이고, 천성이 무관인 경천에게는 투쟁이 먼저였다. 지청천의 말마따나 일단 합류해서 군대를 조직하면 될지도 모른다. 시간이 오래 걸릴 것이다. 어떤 이념을 가진 군대인지, 어떤 부류로 구성된 군대인지도 분열 요인이 된다. 무엇보다 오랜 전통을 가진 연해주가 완전히 막을 내릴 것 같지는 않았다.

셋은 느지막이 술잔을 기울였다. 저녁 땅거미가 졌다. 신동천 선배는 말이 없었는데 북만주에서 약간 지친 기색이 역력했다. 새로운 환경을 찾고 싶다고도 했다. 나이 탓인지도 모르겠다. 오랜만에 동지들과 터놓고 한 대화에서 경천은 깨달았다. 연해주를 떠나고 싶지 않음을, 연해주 한인들이 눈에 밟힌다는 사실을. 공중에 떠다니는 말을 들으며 경천은 전장에서의 버릇처럼 손목시계를 들여다보았다. 2시간이 흘렀다. 되돌릴 수 없다는 걸 안다. 되돌린다 한들 달라질 건 없다. 허나 시작한 곳에서 끝장을 보고 싶다는 욕심이 무용하더라도, 그렇게 하고 싶었다. 지청천과 신동천은 그러한 경천의 마음을 헤아렸다.

밤이 이슥해진 시각에 둘은 길을 나섰다. 국경을 몰래 넘으려면 산을 타야 했다. 경천은 작별 인사를 하고 떠나는 두 사람의 뒷모습을 오랫동안 지켜봤다. 경천은 포그라니치니역으로 가서 야간열차를 기다렸다. 수이푼에서 출발해 국경을 넘은 기차가 플랫폼에 들어섰다.

차창으로 시베리아 초원이 펼쳐졌다. 초원은 달빛으로 은은했다. 달빛이 온통 초원에 쏟아져 내려 은백색 풍경이 됐다. 구릉이 가끔 지나갔고 자작나무 숲이 끝없이 이어졌다. 스치는 마을도 은백색 풍경에 얌전히 안겨 있었다.

몇 자리 앞에 중국 상인으로 보이는 노부부가 서로 끌어 앉은 채 잠들어 있었다. 저런 게 인생이려니 싶었다. 국경을 넘나들면서 필요한 물품을 팔고 사는 사람들의 인생을 그려 봤다. 우수리스크 야시장으로 가는 상인일 것이다. 거기서 또 중국인들이 좋아하는 말고기와 양고기를 잔뜩 짊어지고 기차에 오를 것이다.

국경을 오가는 삶, 양쪽의 인민들이 좋아하는 상품을 조달하는 삶도 아름다울 것이란 생각이 들었다. 달빛 때문이었다. 오늘 유난히 달빛이 환해 기차는 경천을 싣고 옛날 젊은 시절로 데리고 가는 듯했다. 은빛 차창에 정화의 얼굴이 비쳤다. 지아비 없는 생활에 정화는 얼마나 힘들었을까. 경찰서의 성화가 얼마나 힘들었으면 밀항을 결단했을까. 경천의 마음은 쓰렸다. 둘째 딸 지혜는 그 허약한 몸으로 어려운 여정을 잘 견뎌낼 수 있을까. 감시망을 피해 무사히 탈출하겠지. 경천은 초조해졌다. 험한 파도가 밀항선을 덮치는 상상에 몸이 떨렸다. 경천은 가방에서 보드카를 꺼내 마셨다. 경옥의 얼굴이 비쳤다.

'결심했어요. 평생 대장님 곁을 지킬 거예요.'

경옥이 지켜 줄 만큼 과연 나는 의미 있는 사람인지 확신이 서지 않왔다. 이제 투쟁을 시작해야 하는데 투쟁의 목표가 사라졌으니 나의 진정한 가치는 무엇인가.

끝없는 초원에 옛날 고구려 부여 사람들이 말을 달렸으리라 생각하니 가슴이 다시 벅차올랐다. 나, 경천도 그러고 싶다. 그러려고 여기 연해주로 왔다. 옛 조상들의 웅비가 묻힌 이곳에서 2천 년 후손이 그걸 배우고 독립전쟁의 깃발을 휘날리려고 여기를 왔다.

몇 년 전 탈출할 때 단둥에서 집안集案으로 가는 길에 고구려 유적을 봤다. 피라미드처럼 쌓은 왕의 무덤을 봤고, 고구려 군대가 주둔하던 고지대를 목격했다. 외적이 침입하기 어려운 곳이었다.

연추 지역 끝자락에서 경천은 발해 유적을 본 일이 있었다. 시내 한가운데로 발해가 쌓은 성벽이 가로지르고 외곽에는 멀리 동해를 바라보는 망루가 아직 건재했다. 거기서 발해 특산물을 싣고 일본과 교역하는 돛단배가 떠났다고 했다. 교역항이었을 것이다.

만주 일대를 그렇게 호령했던 민족이었는데 이제는 만주와 연해주에서 쫓기는 신세가 됐다. 발을 붙일 여지가 없어졌다. 대체 2천 년 동안 무슨 일이 벌어졌기에 후손의 숨통을 죄어 오는가. 대한 청년들이 이 초원에서 더 목숨을 잃으면 독립은 올 것인가.

경천은 생각에 빠졌다. 나는 시작일 뿐이다. 요원한 독립을 향해 첫발을 떼는 것이 나의 운명일 거다. 그런데 그 운명의 첫 발자국조차 뗄 수 없는 소용돌이에서 빠져나올 출구는 어디에 있는가. 중국, 일본, 러시아의 냉혹한 각축전에서 첫발을 뗄 빈틈이 생길까, 아니면 내가 만들어 내야 하나. 병력도 조직도 없는 내가 어떻게? 상해로 가면 병력과 조직을 만들 수 있을지 모른다. 그래도 시간이 걸린다.

어디든 문은 활짝 열리지 않는다. 일본은 날로 강해지고 만주와 시베리아로 뻗는 야욕의 칼끝은 날로 번득인다. 그 칼날에 내 생명을 바치면 저 달빛은 조국 땅에도 은백색 환희를 내려줄까.

아베의 얼굴이 떠올랐다. 그는 일본으로 돌아갔을까, 아니면 관동군에 배속되었을까. "제발 퇴각해!" 왜 그 말을 듣지 않았을까. 평화를 사랑하는 내 친구 아베와 살아생전 재회할 수 있을까. 내 이웃 나라를 일본이 어떻게 하겠어? 평화주의자의 희망을 자기의 조국 일본이 여지없이 깨뜨렸는데 재회하면 아베는 뭐라고 할까.

'친구, 미안하이.'

이렇게 얘기할까. 폭력에 복무해야 하는 아베보다 폭력에 저항하는 경천이 인류의 염원에 더 가까이 있다는 생각이 들었다. 불쌍한 아베. 술을 한 잔 들이켰다. 막막했다. 앞으로 어떤 일이 펼쳐질지 상상하기 어려웠다.

새벽녘에 경천은 살포시 잠이 들었다가 기차가 덜컹 서는 바람에 깼다. 우수리스크역에 도착했다. 새벽 공기가 서늘했다.

기차역을 나오는데 누가 팔을 잡았다. 국가정치국 요원이라 했다. 그는 목소리에 힘을 넣어 말했다.

"잠시 같이 가십시다."

"어딜 간단 말이오?"

"가 보면 압니다."

대기한 자동차에 올라탔다. 양쪽에 그 요원과 경호원이 앉았다. 자동차는 우수리스크 시내를 달려 청사 옆 건물로 들어섰다. 새로 출범한 합동국가정치국 건물이었다. 경천은 취조실로 끌려갔다. 삼십 대 중반으로 보이는 그 요원이 담배를 물고 책상 건너편에 앉았다. 단호한 어투였다.

"난 자카로프라고 하오. 국가정치국 요원이오. 지금부터 묻는 말에 정직하게 답해 주시오. 그렇지 않으면 투옥을 면치 못합니다."

영문을 몰라 어리둥절한 경천은 정신을 차렸다.

"천천히 말해 주시오. 러시아어에 아직 서투니."

"좋습니다. 우선, 귀하는 어제 국경 도시에서 한인 무장단체 요원들을 만났소. 그들은 밀입국자로서 당국에 신고도 하지 않은 첩자들이오. 그렇지요?"

경천은 경악을 금치 못했다. 그걸 알고 있다니. 자신 주변에 감시망이 가동되고 있음을 깨달았다. 그렇다면 그들은 잡혔을까. 갑자기 걱정이 쏟아졌다. 가슴이 쿵 내려앉았다. 경천은 솔직히 답했다. 꾸며 봐야 소용이 없을 것 같았다.

"그렇소. 만났소. 오랜 친구들이오."

"그들은 반란 책동 분자들이오. 북만주에서 폭력과 선동을 일삼는 불법 무장단체요. 우리 정치국이 벌써 조사를 마쳤소. 한 사람은 지청천, 본명 지석규. 다른 이는 신동천, 본명 신팔균."

자카로프는 두 사람의 이름을 똑똑히 발음했다. 러시아 억양이 들어갔지만 분명한 발음이었다. 정교한 감시망이 작동하고 있음을 깨닫자 경천은 기운이 빠졌다. 둘러대 봐야 소용이 없었다.

"그 사람들은 불법 무장단체가 아니라 독립투쟁 단체요. 백군 세상에서 당신들도 빨치산 아니었소? 일본군과 싸우는 빨치산 부대요."

"그 사실을 모르시는군. 일본이 우리에게 빨치산 부대를 제거해 달라고 요청한 지 오래요. 우리는 이제 빨치산이 아니오. 러시아를 통치하는 볼셰비키정권이오."

"우리가 당신들을 도와 적군 세상이 되도록 싸웠는데, 이건 너무하지 않소?"

"그건 모르겠고, 나는 정부의 명령을 수행할 뿐이오. 여기 자술서요. 당신이 어제 그들을 만나 무슨 얘기를 했는지 자세히 서술하시오. 거짓은 용서하지 못하오."

자카로프는 종이를 내밀고 방을 나갔다. 기가 막혔다. 출구는커녕 체포 위험에 직면한 것이다. 경천은 눈을 감았다. 어제 차창에서 본 초원 풍경이 스쳤다. 은백색 축복이 아니라 검은 장막이 그를 둘러싸는 것 같았다. 질식할 것만 같은 순간이었다.

그들은 무사히 국경을 넘었을까. 여기 어디엔가 잡혀 왔을지도 모른다. 경천은 숨을 돌리고 자술서를 작성하기 시작했다.

둘러댈 수도 없는 상황임을 직감하고 경천은 솔직히 써 내려갔다. 몇 시간이 지났다. 관식官食이 들어왔다. 경천은 식욕을 잃었다. 얼마나 지났을까, 창문이 없는 취조실은 갑갑했다. 자카로프가 한인 통역을 대동하고 다시 들어왔다. 자술서를 훑어보더니 다시 쓰라 했다. 자기들이 파악한 정보와 다르다는 이유였다. 그는 문을 닫고 나가 버렸다. 기가 막혔다. 다시 썼다. 그러기를 두어 번 반복하고 나서야 고위층으로 보이는 사람이 문을 박차고 들어왔다.

자카로프가 아니라 레우쉰이었다.

"김 대장, 고생이 많소이다. 여기에 데리고 와서 미안합니다만, 우리의 일이 그러하니 협조해 주시오."

"이거 너무한 거 아니오, 옛 동지에게?"

"너무하다니, 아직 정신을 못 차리셨구먼."

레우쉰은 자술서를 옆에 치워 두고 의외의 심문을 시작했다.

"김 대장, 이만 점령 때 내가 팔친 그놈을 총살한 거 기억하시지?"

경천은 그 당시 사건을 떠올리는 이유를 직감했다.

"용감했소, 그 행동은. 배신자는 죽어야 하지요."

"그렇소. 그때 팔친이 뭐라 중얼거렸는데 당신에게 통역이 말을 전하는 모습을 봤지. 그 통역이 뭐라 했소?"

그것이었다.

'약속, 약속….'

레우쉰은 그 말을 영원히 제거하고 싶은 것이었다. 그렇다면 강신관도 잡혀 와 있는가? 그를 협박해서 무언가 얻어 냈을 거였다. 뭐라 했을까. 절체절명의 순간이었다. 두 사람의 말이 맞아야 했다. 경천의 두뇌가 빠르게 회전했다.

"살려 달라고 했다지요. 강신관 소대장이 나에게 그렇게 말합디다. 두 번 말했다는데."

그는 만족스럽다는 표정을 지었다.

"맞아. 살려 달라고 했어. 그놈이, 그 배신자가. 내가 즉시 방아쇠를 당겼어. 그런 놈은 죽어 마땅해, 인민을 배반한 놈."

레우쉰이 자술서를 다시 들었다. 만족한 표정이었다.

"우리는 김 대장의 모든 일거수일투족을 다 알고 있소. 가족이 온다는 사실도 알고."

레우쉰은 약간 뜸을 들였다.

"우수리스크에 당신의 정부情婦가 살고 있다는 것도."

정부…. 운명을 헤쳐 나가는 경옥의 고결한 몸부림에 오물을 뒤집어씌우는 말이었다. 어처구니가 없었다. 경천은 어이가 없어 신음조차 나오지 않았다. 레우쉰이 말을 이었다. 충고가 아니라 협박이었다.

"좋소. 이번에는 한번 봐 주겠소. 다시는 불법 빨치산들과 접촉하지 마시오. 국가내란죄에 해당하오. 아누치노에서 조용히 사시오. 계속 지켜보겠소."

경천은 저녁 무렵에 국가정치국에서 풀려났다. 다리가 휘청거렸다. 거리에는 어둠이 깔리고 있었다. 이 저녁에 어디로 가야 할지 갈피를 잡을 수 없었다. 정부. 레우쉰의 능글맞은 말이 마음을 때렸다. 가로등이 켜지고 있었다. 경천은 행인들이 오고 가는 저녁의 거리를 물끄러미 바라보고 있었다.

사랑과 혁명

경천은 일을 잠시 멈추고 가을 하늘을 올려다보았다. 익숙지 않은 낫질을 하다 보니 허리가 아팠다. 구름 한 점 없이 쾌청했다. 트랙터가 뒤집어 놓은 밭이랑은 끝이 보이지 않았다. 사람 키만큼 자란 수숫대를 뿌리째 뽑아 쓰러트린 트랙터가 다시 굉음을 내며 돌아오고 있었다. 수숫대 머리를 잘라 곡식을 거두는 일이었다. 경천뿐 아니라 '붉은 등대' 콜호스에 속한 농민들의 공동 작업이었다.

연해주 전역에 여러 개의 콜호스가 등장했다. '레닌 등대', '수찬 빨치산', '거인', '붉은 수이푼', '제9로부', '아무르', '북쪽 등대'. 몇 년 전만 해도 지주와 소작인 관계로 먹고살던 농민들이었다.

지주의 착취에 이골이 난 소작인들은 소비에트의 집단농장화를 쌍수를 들고 환영해 마지않았는데 토지를 징발당하고 집단농장에 배치된 지주들은 거의 죽을 지경이었다. 농사일에 익숙하지 못했고, 수확물을 공동 분배해 다 같이 먹고살라는 당국의 정책에 호시탐탐 반란을 일으킬 틈을 엿보고 있었다. 연안 지역에 백군 잔당들이 여기저기 흩어져 은신해 있었고 일본의 첩자들이 활약했다.

한인들 중 집도 절도 없이 떠도는 외품자리들, 반역죄로 찍혀 당국의 처벌을 피할 수 없는 한인 부호, 무질서와 혼란의 와중에 일거에 한

305

몫을 잡아 보려는 유랑자들이 백군과 일본의 매수공작에 걸려들었다.

블라디보스토크 연해에는 해외로 탈출하려는 부호와 지주들이 밀항선을 구하느라 첩자들과 선을 대고 있었다. 러시아인, 유대인, 한인, 중국인들, 심지어는 일본 상인들까지 밀항 대열을 이뤘다. 블라디보스토크와 연추 인근 연안에는 금붙이와 각종 패물만을 챙겨 한밤중 밀항하려는 자들이 모여들었는데 당국의 감시망을 용케도 피해 원해遠海로 빠져나간 얘기가 심심찮게 들렸다. 그들이 어디로 갔는지는 확인되지 않았다. 혁명은 완수됐으나 소비에트가 원하는 사회 질서를 향한 내부 투쟁은 이제 시작이었다.

무엇보다 유산자와 무산자의 갈등을 무마하고 종파분자들을 제거하는 일이 급선무였다. 어디서부터 손대야 할지 누구를 먼저 처리해야 할지, 어떤 기관과 조직을 만들어야 할지를 가르치는 교범이 있는 것도 아니었다. 새로운 세상이 어떠해야 하는지도 분분했다. 당국은 농촌을 집단화하는 것, 도시에는 각종 기관과 학교에 적합한 인물을 찾아 배치하고, 노동자들을 공장에 배속시키는 것으로부터 시작했다. 그것만으로도 벅찬 일이었다. 생계 터전을 바꾸게 하는 것은 인민들의 불만을 촉발했다. 있는 사람들의 불만은 하늘을 찔렀던 반면, 없는 사람들은 그런대로 만족했다.

경천은 생애 처음 겪는 이러한 혁명 사회가 부자연스럽고 심지어는 기괴하게 보이기까지 했다. 경천이 꿈꾼 혁명과 소비에트의 혁명은 한참 달랐다. 경천의 현실을 짓밟은 소비에트 혁명의 소용돌이에 밀려 대한독립이라는 경천의 혁명은 멀리 물러나 있었다. 질문은 수시로 떠올랐다.

무산자의 나라, 프롤레타리아의 국가라는 사회주의의 이상은 근사해 보였지만 그것을 시행하려면 무소불위의 국가권력이 필요했다. 그 권력은 어디에서 나오는 것인가? 그 권력이 공산주의 이상 사회를 건설한 후 프롤레타리아에게 권력을 돌려주는가, 아니면 여전히 특권 집단에 의해 장악되는가? 대체 공산주의 이상사회는 건설되기는 하는 것인가? 모스크바 정권이 명명한 신경제계획은 인민을 먹여 살릴 수 있을까, 사유 재산은 노동의 의욕과 직결되는 것일 텐데, 그것을 인정하지 않고 생산물은 늘어날까?

그런데 이런 질문을 제기했다가는 시베리아 유배형을 면치 못한다. 인민들은 말을 지극히 아꼈다. 불신이 늘어났다. 이웃과도, 친구들과도 내심을 보이지 않았다. 한인사회 분위기도 급속히 냉각됐다. 누가 언제 우연히 들은 말을 전할지 모른다. 볼셰비키 정권에서 각자 품고 있는 비밀이 늘어났다. 행인들 표정에도 비밀이 숨어 있었는데 가족 간에도 대화가 거의 끊어질 지경이었다.

그 대신 사회조직과 단체가 기하급수적으로 늘어났다. 사적 대화는 줄었지만, 공적 대화는 늘었다. 소비에트 청년동맹, 학생동맹, 부녀자협회, 농업조합, 상인조합, 상조회, 공리조합, 어업조합, 건설조합 등 수없이 많은 단체들이 각종 이름을 달고 거리로 나왔다. 공산주의 이념과 노선, 필수적인 과업에 대해 논의하고 토론했다. 노동자들은 조합대회를 열어 생산성을 늘리는 방안에 열변을 토했고, 농민들도 마찬가지였다. 사회주의 여성의 자세, 양육에 관한 새로운 각성이 필요하다는 젊은 여성 당원의 외침에 여성들은 박수로 답례했다.

그들이 그런 말들을 사전에 준비하고 있지는 않았을 터인데 어떻게 저렇게 새로운 혁명 이념에 신속하게 대응하고 있는지 경천은 놀라웠다. 공적 공간에서 말이 범람하는 것과 반비례해서 사적 공간엔 언어가 말라 갔다. 국가정치국의 존재가 위력을 발휘하고 있었다. 그들은 볼셰비키 혁명의 감시 부대로 불만을 표시하는 자와 반역 혐의를 받는 자들을 귀신같이 잡아냈다. 반혁명 분자들은 물론 반란 가능성이 있는 집단과 조직을 해체하고 처벌했다.

체포당하고 연행된 사람이 부지기수였다. 한밤중 집에 들이닥치거나 대낮 대로에서 공공연하게 끌려간 사람들은 이후 행방이 묘연했다. 들리는 소문으로는 시베리아 어딘가 감옥에 있다고 했다. 국가정치국원들은 밤낮없이 감시망을 가동했다. 살벌하기 그지없었다.

지청천이 가끔 서신으로 근황을 알렸다. 국가정치국의 의심을 사지 않으려고 발신자 이름을 바꾸고 사소한 일들과 삶의 애환을 주로 얘기했는데 행간에서 중요한 단서들이 발견되곤 했다.

상해로 간 지청천은 임시정부의 형편을 따라 여기저기 옮겨 다니는 모양이었다. 일본군의 본토 침략이 본격화되면서 위험에 처한 상해임시정부는 항저우로, 다시 난징으로 거처를 옮기고 있었다. 아직 지청천이 소망하는 군대는 조직되지 않은 모양이었는데 그의 열정은 여전히 하늘을 찌르듯 했다. 그때 갈 걸 그랬나, 하는 후회가 들 때마다 연해주 한인들을 등진다는 것은 경천에게는 일종의 죄의식을 유발했다. 지청천이 결국 군대를 조직해 용감하게 국내로 침공하기를 경천은 간절히 바랐다.

신동천은 전사했다. 경천과 국경 도시에서 만나고 돌아간 그해 장쭤린군의 총에 맞았다는 것이다. 독립군의 요새인 왕청문 숲에서 무관학교 생도와 독립단원의 합동 훈련 도중 일본의 사주를 받은 장쭤린군의 습격을 받았다고 했다.1876년 강화도로 진격해 온 구로다 기요타카黑田淸隆 함대를 홀로 대적해 물리친 그의 조부 신헌申櫶이 얼마나 비통해할까. 그의 나이 43세, 동천이 꿈꿔 왔던 국내 진격을 해 보기도 전에 중국군의 총에 맞아 전사했다는 사실이 경천의 마음을 쓰리게 했다. 삼천 중 한 사람이 하늘의 부름을 받아 승천했다. 그것이 하늘의 뜻인지 의문이 들었다.

동천의 푸른 청춘은 간도에 묻혔다. 그의 무덤에서 푸른 풀이 싹트고 민들레가 피어나 조선 땅에 독립의 홀씨를 날려 준다면 그의 죽음은 헛되지 않을 것이다. 그럼 사방이 막힌 연해주에서 옴짝달싹못하는 자신은 어떻게 해야 할까. 이 역경을 기어이 뚫으라는 하늘의 계시일까. 혹시 자신이 죽더라도 마지막 남은 청천만은 그 꿈을 일궈 낼 것을 염원했다. 경천은 진심으로 명복을 빌었다.

가족이 왔다. 아내 정화가 세 딸을 데리고 어떻게 국경을 넘었는지 나중에 들어도 간담이 서늘할 지경이었다. 일경日警의 감시망을 피해 세 딸과 망명을 감행하는 것은 보통 여인의 담력으로는 감당하기 어려운 일이었지만 정화는 해냈다. 경원선을 타고 원산에 도착해 하룻밤을 묵고, 어선을 타고 청진으로, 청진에서 다시 어선을 바꿔 타고 국경을 넘었다고 했다. 며칠을 걸려 어두운 밤에 블라디보스토크 부근 해안에 상륙했다. 밀항을 도와주는 정보원은 곧장 돌아갔다.

경천은 블라디보스토크 해안 가까운 접선 지점에서 딸 셋을 껴안았다. 지리, 지혜, 지란. 어린 티가 가시지 않은 소녀들이었다. 지란이 태어났다는 소식을 경천은 서간도 신흥학교에서야 들었다. 아내 정화는 거의 쓰러질 듯 경천의 품에 안겼다. 6년 만의 재회였다.

볼셰비키당서기국에서 통나무집을 알선해 줬다. 붉은 등대 콜호스에서 가까운 곳이었다. 경천의 공적을 여전히 인정하고 있다는 증거였다. 통나무집 이즈바는 재회의 기쁨을 더욱 크게 해 줬다. 세 아이에게 그 집은 신기한 곳이었고 정화에게도 색다른 환경이었다.

정국이 지극히 불안한 땅에 새로운 정착이라는 낯선 결합이 얼마나 평온한 삶을 줄 것인지는 미지수였다.

아이들은 여독에 지쳐 며칠을 내리 잠만 잤다. 정화도 긴장이 풀어졌는지 며칠을 자리에서 일어나지 못했다. 저녁을 먹고 정화가 정신을 수습했다. 6년이라는 세월이, 그들을 서먹하게 만들었다. 경천이 정화를 위로했다.

"얼마나 힘들었소? 경시청이 괴롭히지 않았소?"

"종로경찰서에 열흘을 갇혀 있었어요. 어디로 어떻게 갔는지 대라고. 간도로 가는 건 알았지만 어떻게 탈출했는지는 나도 모른다고 했어요. 윗선에서 성화였나 봐요. 형사가 사색이 다 됐더군요."

"그랬겠지, 고문을 당하진 않았소?"

"다행히 풀어 주더군요. 집에 와 보니 선돌 애비랑 북청댁이 경찰에 시달렸다고 하더군요. 눈물만 주룩주룩 흘렸어요. 그런데 당신은 무사했던 거죠? 가끔 신문에 당신 기사가 났는데 정말 자랑스러웠어요, 여보."

310

경천은 총에 맞은 얘기, 포탄 파편에 쓰러진 얘기를 할 수 없었다. 아문 상처 부위를 보여 줬다간 사선을 넘은 보람을 깨뜨릴 위험이 있었다.

"그런데 여기 연해주 분위기도 만만치 않아 보여요. 자유로운 공기가 느껴지지 않으니 말이에요."

"아니오, 지금은 당분간 그럴 테지만 어디 일본 치하만 하겠소? 걱정 말아요, 마음 푹 놓고 지냅시다."

호롱불이 잦아들었다. 경천은 정화를 안았다. 따뜻한 온기 속에 불안함이 전해졌다.

콜호스 경영책임자가 김광택이라는 사실이 조금은 위안이 되었다. 김광택은 국제사관학교를 마치고 연해주 수청으로 돌아와 콜호스 농장 책임자로 발령을 받았다. 그는 군사학보다 농경에 더 많은 소질을 갖고 있음이 틀림없었다. 생활이 어려운 옛 동지들에게 숙소와 일자리를 제공하거나 콜호스 잔일을 처리할 기회를 줬다.

정화는 콜호스 식당 업무를 배정받았다. 농사 경험이 없는 도시인이고 경성 음식을 맛보고 싶다는 농민들의 요청을 고려한 조치였다. 정화는 어렸을 적부터 조리에 소질이 있었고, 한성고녀를 다닐 적 가사 수업에서 전통 음식을 배웠다. 정화가 만든 두부 요리는 농민들의 입맛에 딱 맞았다. 콩이 많이 나서 재료를 구하기도 쉬웠다. 두부에 김치를 얹힌 두부김치는 식탁에서 인기가 높았다. 두부를 이용한 요리는 다채로웠다. 순두부국, 두부부침, 두부찌개. 정화는 설렁탕과 된장국, 순댓국을 가끔 식탁에 올렸는데 그 또한 농민들의 감탄을 자아

냈다. 쇠고기가 부족해 소뼈와 잔고기를 구해 와 끓인 설렁탕은 농민들의 피로를 풀어 줬고, 얼큰한 순댓국은 남정네들의 술맛을 돋웠다.

아침 7시에 출근해서 오후 3시 정도면 일과를 끝낼 수 있어 견딜 만했다. 처음에는 어색했지만 정화는 차츰 식당 일에 적응해 갔다. 퇴근 후에는 다음 날 조식과 오찬을 궁리하는 것으로 봐서 그런대로 재미를 붙인 것 같았다. 경천이 여전히 밭 경작에 서투른 것에 비하면 정화의 적응력은 뛰어났다.

수청 지역 농촌도 집단농장 조직령에 의해 전면 재조직됐다. 토지 소유자들의 불만이 이만저만이 아니었지만 공공연히 분노를 표출하는 것을 삼갔다. 잘못했다간 시베리아로 끌려갈 위험이 많았다. 러시아 인민들도 적응하기 어려운 일대 변혁이었다.

김유천은 국경수비대 장교로 임관했다. 가끔 블라디보스토크 한인 구락부로 외출을 나와 옛 전우들과 어울렸다. 다들 무척 부러워했는데 김유천은 국경수비대 업무가 보통 힘든 게 아니라고 손을 저었다. 일본이 만주국을 건설한 이후 중국과 러시아 국경 분쟁이 점차 심해지고 있었다. 그의 얼굴에는 긴장감이 돌았다.

경옥은 블라디보스토크 간호학교 선생으로 발령을 받아 근무하고 있었다. 안심이 되는 소식이었다. 가끔 강콜랴 편으로 잘 있다는 소식을 듣기는 하는데 최근 들어 강콜랴로부터 연락이 뜸해졌다.

경천과 정화는 콜호스 농장에 매일 출근했다. 정화가 연해주로 온 후로 첫 아들 수범과 넷째 딸 지희가 태어나 가족이 늘었다. 통나무집이 비좁아졌지만 아이들은 서로를 의지하며 고맙게도 잘 자라 줬다. 맏딸 지리는 엄마를 도와 동생들을 보살피느라 넋이 나갈 지경이었다. 지리, 지혜, 지란은 어느새 커서 인근 한인학교에 등록해 다니기 시작했고, 어린 수범과 지희는 콜호스 공동 육아소에 보냈다.

저녁 무렵 집에 돌아온 아이들은 조금 일찍 귀가한 정화와 함께 경천을 기다렸다. 시국이 불안했지만 아이들이 잘 자라고 있어 경천에게는 그런대로 견딜 만한 나날이었다.

한편, 모스크바에서 무슨 일이 일어나고 있는지 사람들은 수군거렸다. 스탈린 체제가 완성되어 가고 있었다. 쿨라크(부농)에 대한 대대적인 처형이 진행되고 있다고 했다. 많은 부호들이 시베리아 강제수용소로 끌려갔다. 콜호스가 전국적으로 퍼져 나갔다.

스탈린이 맺은 트로츠키파, 부하린파, 루이코프파와의 전략적 연합이 해체되고 스탈린 일인체제가 들어섰다. 트로츠키는 국외로 추방됐고, 레닌그라드 당서기 키로프가 암살됐다. 볼셰비키당 실력자인 지노비예프와 카메네프도 시베리아로 유배형에 처했다가 결국 형장의 이슬로 사라졌다. 스탈린 정적들은 암살이나 처형을 면치 못했다. 모스크바 정가에서도 이런 사태를 예상하지 못했다. 폴란드 전쟁 영웅인 투하체프스키가 연이어 처형됐고, 중앙당 대의원 천여 명이 반역죄나 반소비에트 혐의로 체포됐다.

강제수용소는 처형을 기다리는 정치인들과 반동 부호들로 붐볐다. 스탈린 치하 소비에트는 처형과 암살이 마치 유행병처럼 번졌다. 사람들은 입을 다물고 얼어붙었다. 공포 정치였다. 더 많은 명사들과 세력가들이 처형될 거라고 했다.

경천은 일사불란한 폭력 정치에 경악했다. 인민을 위한다는 명분하에 벌어지는 혁명 정권의 공포 정치는 제국 일본의 군국주의도 따라갈 수 없는 미증유의 사태였다. 세계가 소비에트의 폭력 정치를 숨죽여 주시하고 있었다.

모스크바발※ 공포정치가 연해주에 닿는 데에는 그리 오랜 시간이 걸리지 않았다. 경천은 아연 긴장했다. 콜호스에 몸을 담고는 있지만 여차하면 다시 일어나 독립투쟁의 전선에 나설 것을 밤마다 다짐하는 경천의 꿈을 앗아가 버릴 거라는 불길한 예감이 엄습했다. 콜호스에서 낫질을 할 때, 가족 수에 따라 곡식 배급을 받을 때, 콜호스 사람들과 저녁에 모여 한담을 나눌 때, 인근 학교에 입학한 딸들이 러시아어로 수다를 떨 때에도 경천은 마음속에 독립투쟁의 꿈을 확인하고 또 확인했다.

봄이 오고 있는 어느 날 콜호스 책임자 김광택이 옛 전우들을 불러 회포라도 풀자고 제안했다. 경천이나 광택이나 연해주 한인사회의 동향이 궁금했다. 스탈린 정권의 소수민족 정책도 궁금했다. 그것은 연해주 한인들의 운명과 직결된 문제였다. 모스크바에서 권력 투쟁이 아직 정리되지 않아서 그렇지 일단 끝나고 나면 한인사회, 특히 한인 공산당 문제를 어떻게 할지가 결정될 것이었다.

김광택은 옛 전우들이 하루쯤 소속 기관으로부터 휴가증을 받으면 된다고 했다. 휴가 명목은 농업 생산성 증대를 위한 인민의 자세로 정해졌다. 포시예트 구역 당서기로 있는 김아파나시와 우수리스크 한인

공산당서기인 한형권을 초대하여 볼셰비키 혁명에 대한 한인들의 자세 확립을 도모하는 것으로 하자고 경천이 아이디어를 냈다.

한형권은 조선에서 돌아와 두문불출, 우수리스크에 칩거 중이었다. 김광택은 공문을 발송했다. 강신관은 블라디보스토크 한인학교 교사, 임병극은 우수리스크 한인공산당 공무위원, 이창선은 블라디보스토크 신한촌 한인회에 속해 있었고, 이학운은 이르쿠츠크 한인공산당 위원으로 일했다. 이르쿠츠크는 거리가 너무 멀어 이학운에게는 안부 서신만 띄웠다.

3월 말경 약속한 날에 모두 수청으로 왔다. 반가웠다. 서로 포옹하며 어깨를 두드렸고, 악수한 손을 놓지 않으려 했다. 김광택이 인사말을 했다.

"동지들, 몇 해 만에 이렇게 모이니 반갑기 그지없고 감격스러워 말문이 막힙니다."

실제로 그의 목소리는 떨렸다. 이창선이 농을 던졌다.

"천하의 김광택이 떨 때가 다 있네. 세상이 바뀌긴 바뀌었나보네."

"제가 국제사관학교에서 배운 것과는 전혀 다른 업에 종사하게 되었는데, 해보니까 이게 내 천직 같아요. 우리 대장님은 밭에서 게으름만 피우던데, 농사일에는 영 소질이 없습니다."

한바탕 웃음이 나왔다. 술잔이 돌아가고 근황을 나누자 한형권이 본론을 끄집어냈다.

"동지들, 얘기를 들으셨겠지요. 모스크바가 스탈린 체제를 구축했습니다. 일국공산주의를 향한 행군이 시작된 것이지요. 우리들도 스탈린 동무를 도와서 공산주의의 완결에 매진해야 되겠습니다. 여기 김아파나시 동지가 포시예트 지역 당서기장에 임명되었으니 우리 연해주 한인사회도 포시예트의 선례를 따라 모범을 보였으면 합니다. 그래야 볼셰비키당의 인정을 얻을 수 있고, 향후 만주를 점령한 일본과 독립투쟁을 펼쳐 나갈 수 있을 겁니다."

이창선이 말했다.

"요즘 신한촌의 분위기로 봐서는 독립의병대를 소집하는 것이 불가능할 것 같아요. 신한촌 부호들은 토지를 모조리 징발당해 당에 대한 불만이 이만저만이 아니에요. 차라리 일본과 백군에 협조할 걸 그랬다고 후회하는 사람이 부지기수고, 빈자들은 그동안 당했던 치욕과 모욕을 갚아 주느라 싸움이 그칠 날이 없어요. 무장해제 당시 징발당한 무기와 탄약은 적군 창고에 쌓여 있는데 당의 허락 없이 그걸 꺼내 쓸 수가 없겠지요. 그렇다고 원호들에게 독립 자금을 갹출해 달라고 할 수도 없고요. 다른 지역 한인촌도 마찬가지일 겁니다."

강신관이 시무룩한 목소리로 이었다.

"블라디보스토크 시내 분위기도 그와 비슷합니다. 나는 한인 학생들을 가르치고 있는데 다들 볼셰비키 사회에서 출세할 방도를 찾기에 정신이 없어요. 부모들이 그렇게 설득하는 모양입니다. 레닌그라드 국제사관학교와 모스크바 유학을 격려하는 분위기입니다. 일본군이 물러간 이후 독립투쟁에 대한 열의는 식었어요. 좀 절망적이죠. 체념하지 말자고 저를 채근하는데, 날이 갈수록 힘이 빠지네요."

그러자 묵묵히 듣고 있던 김아파나시가 나섰다.

"동지들, 힘을 냅시다. 우리가 함께 싸웠던 것은 두 가지 목적이었어요. 하나는 적군을 도와 소비에트 혁명을 완수하는 것, 둘째는 언젠가 일본과 소비에트가 부딪힐 날이 올 텐데 그때 소비에트군 앞에 서서 일본군을 격파하는 일입니다. 일본이 만주국을 세워 기반을 구축하고 있는데 그 작업이 끝나면 곧 소비에트와 부딪힐 겁니다. 두고 보세요. 모스크바가 일본을 가상 적국으로 지목할 것을 검토 중이니 곧 그럴 날이 올 겁니다."

모스크바 중앙당에서 2년간 연수를 하고 한인사회의 혁명 권력을 위임받은 김아파나시의 예견이자 당부인 만큼 박수가 터져 나왔다. 모두 독립투쟁을 염원하고 있다는 표시였다. 기회가 곧 올 거라는 김아파나시의 말을 듣고 경천도 만족스런 미소를 지었다.

"그런데 말입니다. 연해주 한인공산당의 분열이 극심하다는 사실에 모스크바 중앙당이 매우 큰 우려를 표명했소이다. 저는 이걸 해결하는 게 급선무라고 생각합니다. 스탈린 동지가 트로츠키파와 부하린, 지노비예프파를 모조리 숙청하지 않았소? 중앙당 대의원도 거의 천 명 이상 교체하고 시베리아 강제수용소로 보냈소. 이게 뭘 뜻합니까? 분열주의자와 종파주의자들을 결코 방관하지 않겠다는 의지요. 레닌이 200만 루블을 약조하고 60만 루블을 줬는데 이 돈의 목적은 한인공산당의 일대 단합이었소. 스탈린도 그걸 알고 있어요. 연해주 한인공산당은 여전히 찢어진 상태로 있소. 단합은커녕 서로 헐뜯고 있다는 것을 모스크바가 알고 있소이다. 한인의병대들도 사정은 마찬가지 아니오?"

그러자 한형권이 한숨을 내쉬었다. 화합과 단결을 위해 동분서주했으나 역부족이었다. 한형권이 말했다.

"나야 상해파로 알려져 있으니 할 말이 없소만, 울란우데에 모여 있는 이르쿠츠크파는 상해에서 활동하는 상해파를 아직도 인정하지 않으려 하오. 정통성이 없다는 이유고, 투쟁 한 번 하지 못한 약골에 불과하다는 것이오. 신한촌 중심의 국민의회파들은 공산당을 증오하는 사람도 있으니. 민족주의는 좋은데 소비에트에서 이제는 그 적합성이 사라졌소이다. 민족보다는 계급이 우선이니 말이오. 민족주의자 연然하는 사람들이 모조리 처형되지 않았소이까?"

임병극이 입을 열었다.

"저도 상해파로 분류돼 있는데 그게 무슨 소용입니까? 가문家門도 아니고요. 종파 분쟁도 문제지만, 옛 전우들 중 첩자 노릇을 하는 사람이 꽤 나오고 있어요. 연추의 강국모가 결국 퇴각하는 백군과 부호들의 청을 들어 적군과 맞붙었다고 하니 이게 웬 오욕입니까? 한창걸이는 볼셰비키당에 대항하다가 체포됐다고 하더군요. 사실 연해주에는 수십여 개의 독립의병대에다가 여러 개의 공산주의 분파가 서로 다투고 있었으니, 단합은커녕 사분오열한 채로 볼셰비키 혁명에 휩쓸린 셈이지요. 그건 지금도 마찬가지입니다. 콜호스마다 색깔이 조금씩 다르잖습니까. 모스크바에서 어떻게 나올지 걱정입니다."

경천은 벽에 걸린 시계를 바라만 보고 있었다. 연해주 한인사회의 이념과 노선 분열은 이미 널리 알려진 사실인데, 종파분자 처형을 주저하지 않는 모스크바 정권이 어떻게 나올지 은근히 걱정되었다. 소비에트 혁명은 연해주 한인과 독립군을 격랑에 휘몰아 넣는 일대 폭풍이었다. 이런 연해주에 뛰어든 자신을 탓하기에는 너무 늦었다. 이제는 가족도 있는 몸이다. 서서히 몰려오는 절망과 체념 앞에 경천은 망연자실했다. 시간은 계속 흐르고 있었다.

어느 날 경천은 블라디보스토크 국제사범대학으로 발령이 났다. 가족들도 블라디보스토크 시내로 이주했다. 정화는 인근 관공서 청소부 일이 주어졌고, 아이들도 인근 한인학교로 전학했다. 아무래도 당서기국의 배려라고 짐작했다. 출근 첫날 정화는 거리까지 따라 나와 경천을 보냈다. 화색이 돌았다.

당서기국이 국제사범대학을 개교하여 외국인들에게 교육 기회를 제공했는데, 주로 중국인과 한국인이 대상이었다. 연해주 한인은 거의 17만 명에 달해 소련 연방의 결속력과 융화 작업을 위해 필수적이라는 서기국의 판단에서였다.

새 국가 건설이라는 취지를 만방에 고하기 위해 스탈린 정권이 구축한 소련 연방은 여러 가지로 세계 초유의 국가였다. 연방 내 수십 개의 민족과 인종이 거주하고, 폴란드로부터 터키, 중앙아시아와 중국, 몽골에 이르는 광활한 영토를 관장해야 하며 국경선은 지구의 반 정도에 달할 만큼 길고 험난하다. 수시로 발생하는 국경 분쟁과 민족 간 다툼은 소련의 정치를 불안정하게 만드는 항시적 위험 요인이었다.

연해주 국제사범대학은 여러 민족을 소련적 기치로 통합시켜 분쟁 우려를 부식시키고자 서기국이 고안한 기관이었다. 소만蘇滿 국경 분쟁으로 중국인들이 대거 중국으로 이주하자, 국제사범대학은 주로 한인 상대 교육기관이 되었다. 경천은 이 대학에 군사학 교수로 임명되었다. 군사학이라면 경천에게는 열의와 열정을 다할 수 있는 연구 대상이었고 누구보다도 자신이 있었다.

부임 첫날 경천은 그 대학에 한인 교수가 다섯 명이나 근무하는 것을 보고 놀랐다. 러시아어, 조선어, 일본어 교수와 러시아 정치경제,

그리고 간호학 교수. 놀랍게도 간호학 교수는 장경옥이었다. 아, 경옥, 경옥이 간호학교에서 이리로 전출 명령을 받은 것인가.

장경옥은 교무실에서 경천을 맞았다. 의자에서 일어나 문을 열고 들어서는 경천을 미소로 맞았다. 다른 교수들도 신임 교수를 반갑게 맞았다. 서로 통성명을 했다. 교수들은 경천의 전력을 대체로 아는 듯했다. 정치경제 담당 오정환 교수가 한인 영웅이 왔다고 인사치레를 했다. 경천은 세월이 바뀌었다고 손사래를 쳤다.

교무실은 아담했고 창문으로 거리 풍경이 들어왔다. 위층에서 학생들이 즐겁게 떠드는 소리가 들렸다. 학교 풍경은 예나 지금이나 변한 게 없어서 혁명을 비껴간 듯 보였다. 기업과 관공서, 사무소, 집단 협동조합 등 모든 조직과 생활 체계가 전면 바뀌었는데도 학교는 그대로인 것이 신기했다.

몇 년 세월이 지났기에 경옥과의 관계를 아는 사람은 드물었다. 죽었거나 다른 지방으로 이주했거나 거친 세파에 묻혔다. 자리를 정돈하고 나서 경천은 경옥과 학교 교정을 나왔다. 동료 교수들에겐 옛 전우였다고 간단히 말해줬다. 8년 만이었다. 경천의 가슴이 뛰었다. 경옥은 재회가 벅차 눈물을 참고 있었다.

학교 건너편 거리 찻집에 들어가 앉았다. 얼굴이 야위었다. 얼굴에 세월의 흔적이 조금씩 자리 잡는 듯했지만 고운 자태를 여전히 간직하고 있었다. 경옥이 감격해 입을 열었다. 목소리가 거의 젖었다.

"선생님, 어떻게 지내셨어요? 가끔 근황은 들었는데 달려갈 수가 없었어요. 여기 오신다는 말을 듣고 며칠 밤 잠을 설쳤어요."

"궁금했소. 가 보고 싶었지만 어쩌겠소, 이게 우리의 형편인데."

"이젠 마음대로 뵐 수 있겠죠, 그것도 아침에서 저녁까지 하루 종일이요, 누가 뭐라 하지도 않겠지요. 명령을 받고 부임한 직장인데."

경옥은 희열에 들떠 있었다. 지난 8년 견뎠던 세월의 고통을 모조리 잊을 듯이, 그리고 지금부터 공식적으로 인정된 만남이 시작되는 것을 자축하듯이.

"그렇소, 다른 사람들 눈에 안 띄게 조심스럽게만 행동하면 무슨 일이 있겠소? 경옥 씨 곁에 있는 것만으로 축복이지. 현실이 이렇게 냉혹한데 경옥 씨가 무사하다는 게 얼마나 엄청난 축복이오!"

경옥은 경천의 얼굴을 뚫어지게 바라보면서 미소를 멈추지 않았다.

"그런데 왜 나를 여기로 임명한 거요?"

"제가 알기론, 최근 일본, 독일과 전쟁 가능성이 높아져 군사학을 가르치는 것이 필요하다고 당서기국이 판단했어요. 간호학은 결국 군사학을 보완하는 건데, 평시에는 시민들 건강을 보살피는 훈련이 필요하다 해서 제가 우선 지명된 거였어요. 일본 유학이 이렇게 쓰일 줄을 누가 알았겠어요?"

"그럴 만하지. 경옥 씨 실력을 따라갈 사람이 이 연해주에 있겠소? 사실 그때가, 도쿄 시절이 가끔 그립기는 해요. 꿈을 키우던 때, 괴롭기는 했지만 결국 꿈을 찾지 않았소? 그런데 이런 폭풍이 기다릴 줄이야 어찌 알았겠소? 연해주에 불고 있는 광풍狂風에 내 꿈을 이루지 못하고 있으니 딱하게도 됐소."

광풍이라고 발음했다가 경천은 힐끗 주변을 살폈다. 요즘 새로 생긴 버릇이었다. 말을 주의해야 했다. 행인들이 비교적 가벼운 걸음으로 오갔는데 저 속에 감시원이 있을지도 모를 일이었다. 국가정치국의 위세는 날로 거세지고 있었다. 경천을 그림자처럼 따라붙을지 모른다는 강박감이 커지는 요즘이었다.

"그런데 어떻게 지냈소? 블라디보스토크 시내에 사는 것은 알았는데 불편한 건 없소?"

"집주인이 괜찮은 사람이에요. 내전 때에 아들을 잃은 러시아인 부부인데 저를 딸처럼 대해줘요. 이 층 방을 내줬는데 혼자 지내기는 안성맞춤이죠."

경천은 혼자라는 말에 가슴이 울렸다. 얼마나 외로웠을까, 라는 말이 목까지 올라왔지만 눌러 참았다. 이렇게나마 함께하는 시간이 소중했다. 경옥을 바라보다가 경천은 눈길을 창밖으로 돌렸다. 바라보는 것이 죄스럽기도 했다. 어떤 말도 혼자라는 경옥의 말을 위로해 줄 수 없었다.

노란 은행잎이 햇살을 받아 반짝였다. 요코하마공원에도 저런 노란 은행잎이 햇살에 반짝였는데, 저녁 바람에 은행잎이 우수수 떨어진 거리를 걸었는데….

"저의 운명이려니 해요."

경옥은 몸을 일으켰다. 눈이 젖어 있었다. 그녀의 몸짓을 따라 향긋한 체취가 건너왔다. 경천은 정신을 번쩍 차렸다.

"이제 자주 뵐 수 있으니 오늘은 저 먼저 들어갈게요. 하느님께 감사한 마음으로요."

경옥은 출입구 쪽으로 발길을 옮겼다. 그날따라 행인 사이로 걸어가는 뒷모습이 무거워 보였다.

322

경천은 경옥에게 닥친 몇 달 전의 일을 알 리 없었다. 경옥은 수치심을 꾹 누른 채 아무 일 없다는 듯 시침을 뗐지만, 차마 경천을 쳐다보지 못했다. 블라디보스토크 시내 인민병원에서 일을 마치고 문을 나서는 경옥을 누가 가로막았다. 자카로프 요원이라 했다. 끌려간 곳은 국가정치국 취조실이었다. 경옥은 처음 당하는 사태에 안절부절못했다. 세상이 무너지는 것 같았다. 연행과 투옥 소문이 끊이지 않았으니 어쩌면 당연한 재앙이라고 생각은 했지만 여전히 불길하고 불안하기는 마찬가지였다. 그때 문이 덜컹 열리더니 경천을 연행했던 자카로프가 들어와 앉았다. 기억하기도 싫은 그 일.

장경옥이지요? 예. 일본 지바간호전문학교를 졸업했나요? 예. 그런데, 독립의병대라. 왜 여자 몸으로 그런 험한 일에 나섰소? 그게…그게…. 우수리스크에 사는 강콜랴를 아시죠? 예. 경비를 받아서 썼다고 하는데? 조금, 정착금 조로. 강콜랴가 인민병원 일자리를 소개해 줬다고 하는데? 예. 좋소, 오늘은 늦었으니 일단 집에 가 있으시오. 내일 정오에 추가 조사를 하러 정치국에서 방문할 거요. 여자에 대한 특별 배려요.

경옥은 일단 풀려나 귀가했다. 무슨 일인지 종잡을 수 없었다. 밤이 깊었다. 경옥은 탁자에 호롱불을 켜고 누웠다. 잠이 오지 않았다. 경흥 시가지가 불타는 광경이 떠올랐다. 아버지는 어떻게 됐을까. 누가 무덤은 써 줬을까. 오빠의 시신은 누가 거둬 줬을까. 서러운 눈물이 흘렀다. 불안했다. 몸을 뒤척이다 설핏 잠이 들었는데 깨어 보니 어느새 날이 새 있었다. 경옥은 얼른 일어나 집 안을 정리하기 시작했다. 누가 온다, 누가 온다고 했다.

정오에 문을 두드리는 소리가 났다. 레우쉰이 서 있었다. 경옥은 악소리를 지를 뻔했다. 레우쉰이 문을 거칠게 열고 들어와 의자에 앉았다. 레우쉰이 방 안을 획 돌아봤다. 찬바람이 일었다. 경옥은 어찌할 바를 몰랐다. 차라도 준비해야 하나, 주방 쪽으로 몸을 돌리는데 레우쉰이 말했다. 여기 앉으시오. 경옥은 엉거주춤 맞은편 의자에 앉았다. 장경옥 씨는 지금 일본 첩자 혐의를 받고 있소. 김경천도 수상하고…. 내가 이미 조사를 다 해 놨으니 당위원회에 제출하면 장경옥 씨는 끝이오. 바로 감옥행이오.

경옥은 경악했다. 어제 취조실에서 받은 질문들이 떠올랐다. 그것이었다. 강콜랴에게 불행한 일이 닥친 것이었다. 그가 도와준 사람들이 연행되고 있었다. 강콜랴에게 덮어씌운 죄목이 무엇인지 몰라도 경옥은 옴짝달싹 못 하는 처지로 몰렸다. 레우쉰이 소름 끼치는 미소를 지으며 말했다. 하나 방법은 있소. 여기 볼셰비키 입당 신청서요. 이걸 제출하면 심사가 진행되는 동안은 안전할 거요. 그리고 오늘 밤에 내가 다시 올 거요. 잘 생각하시오. 레우쉰은 몸을 돌려 방을 나갔다. 층계 밟는 소리가 쿵쿵 들렸다. 몸이 떨려 경옥은 손 하나 까딱하지 못했다. 온몸이 저려 왔다. 운명인가, 이게 내가 겪어야 할 운명인가. 경옥은 탁자에 얼굴을 묻고 흐느껴 울었다. 그때 강콜랴가 맡아 달라고 건네준 권총이 생각났다. 러시아 토카레프 권총이오. 장전이 돼 있으니 조심스레 간수하세요.

그를 쏘고 나를 쏘면 이 사태를 끝낼 수 있다. 그래, 권총이 있었어. 그런데 경천 대장은, 그 가족은, 강콜랴는. 레우쉰을 쏜다고 이 사태가 끝날 것 같지 않았다. 일본 첩자로 찍힌 여인이 국가정치국 책임자를 저격했다는 소식이 알려지면 한인들에게 도움이 될까, 오히려 상황을 악화시킬지 모른다. 경옥은 아래 서랍 안쪽에 숨긴 권총을 꺼내 잠금 장치를 풀고 위 서랍에 넣었다. 만약의 사태를 대비해야 했다. 볼셰비키당 가입 신청서를 작성했다. 다른 방법이 없었다. 단단한 바지와 단추가 많은 옷으로 갈아입었다. 해가 기울었다. 경옥은 탁자에 몸을 기댄 채 앉아 있었다. 어둠이 내렸다. 얼마나 지났을까, 층계 밟는 소리가 났다. 문이 열렸다. 레우쉰이었다. 약간 취기가 느껴졌다. 그는 주머니에서 보드카 한 병을 꺼내 탁자 위에 쿵 소리가 나도록 내려놨다.

자, 술 한잔합시다. 경옥은 천천히 일어나 주방에서 잔을 하나 가지고 왔다. 그러지 말고 경옥 씨 것도 가져 오시오. 저는 술을 못 해요. 경옥의 목소리가 잦아들었다. 권총이 생각나자 목이 말랐다. 나 혼자 무슨 재미로? 첩자 짓을 한 여인과 같이 마셔야 맛이 나지! 밤잠을 설쳐 부스스한 낯빛을 달래며 경옥은 각오한 듯한 어조로 말했다. 조건이 있어요. 조건? 술 마시자는데 무슨 조건? 이 집에 오는 건 오늘로 끝내 주세요. 이런 말을 해야 하는 상황에 경옥은 절망했지만 다른 도리가 없었다. 레우쉰이 능글맞게 말했다. 그건 오늘 밤 그대에게 달렸소. 또 하나는…. 뭐요? 무슨 조건이 그리 많소? 또 하나는… 콜호스에 있는 김경천 대장을 국제사범대학에 발령 내 주세요. 그의 가족도 불러 주시고요. 그리고 저와 김경천 대장을 해치지 않겠다고 약속해 주세요. 정치국 국장님과 목숨 바쳐 같이 싸운 전우잖아요. 떨리는 듯 단호한 경옥의 목소리에 레우쉰은 크게 웃었다. 바깥에서 다 들릴 정도로 큰 웃음이었다. 역시 정부情婦는 다르군. 내가 그 연정戀情에 크게 감동했소. 그 정도라면 약속하지. 내가, 이 시베리아 대장부가 조선 여인 하나 간수 못 하겠소? 레우쉰은 호탕하게 웃으며 한 잔을 끄윽 들이켰다.

밤이 깊었다. 호롱불이 흔들렸다. 늦은 밤길을 질주하는 자동차 소리가 들렸다. 레우쉰은 취한 것 같았다. 또 한 잔을 들이켰다. 끄윽 트림을 했다. 이윽고 큰 몸을 일으키더니 성큼성큼 경옥에게 다가와 다짜고짜 부둥켜안았다. 우리를 탈출한 야생 곰 같았다. 노린내와 시큼한 술냄새가 한꺼번에 몰려왔다. 경옥은 권총을 생각하며 눈을 감았다.

경천이 우려하던 사태가 터졌다. 한인 공산당원들에 대한 검거 선풍이 불었다. 이르쿠츠크파와 상해파가 모두 연행돼 감옥에 갇혔다. 국가정치국은 그동안의 첩보와 모든 정보를 수합해서 한인 활동가들에 대한 검거에 돌입했다.

사전에 낌새를 알아챘는지 한형권은 행방불명됐고, 김아파나시가 전격 체포되어 감옥에 갔다. 옛 전우들도 대부분 종파분자의 혐의를 쓰고 각 지역 국가정치국 분소에 연행됐다.

임병극은 우수리스크에서, 이창선은 신한촌에서, 강신관은 블라디보스토크 학교에서 체포됐다. 울란우데로 간 이학운 소식은 없었다. 아마 이런 정도의 광범위한 구금 사태라면 이학운도 피하지 못했을 것이다. 불안한 표정을 감추지 못한 김광택은 연행된 한인 활동가가 약 5백여 명에 달한다고 알려 줬다.

김아파나시의 연행과 투옥은 한인사회에 큰 충격을 몰아왔다. 김아파나시 정도라면 당서기국에서 고위직에 속한 인물이며, 모스크바 중앙당에서도 그 충성심을 입증 받은 사람이기 때문이었다. 김아파나시가 연행될 정도라면 남아 날 사람은 없었다. 죄목은 분파주의라고 했다. 종파주의와 분파주의를 모조리 제거하는 것이 모스크바의 명령이었다.

모스크바 당국이 연행한 종파주의자들은 수백만 명에 달했는데 그들은 처형당했거나 강제수용소로 끌려갔다. 수용소의 실체는 드러나지 않았다. 시베리아 어딘가에 수백 개의 수용시설이 지어졌다고 했다. 겨울에는 극한의 한파에 수형자들이 죽어 나가고, 다른 계절에는 과도한 강제 노역에 쓰러지는 사람이 부지기수라 했다. 영양실조에 걸려 죽는 사람을 목격했다는 사람도 있었다.

김아파나시는 종파분자와 첩자 혐의를 받았다. 출세 가도를 달리는 김아파나시를 누군가 음해했다는 말도 들렸다. 상해파로 지목됐다고도 했다. 김광택이 당위원회에서 들었다는 말에 의하면, 김아파나시는 장도정이란 자를 절친한 친구로 믿고 같이 일했는데 장도정이 결국 일본 첩자임이 밝혀졌다는 것이다. 그 밖에도 김아파나시가 만난 인물 중 서너 명이 일본 첩자로 활약하고 있었다는 것이 국가정치국의 결론이었다. 김아파나시는 이런 혐의를 극구 부인하는 청원서를 당 지방위원회에 올렸는데 위원회는 이를 받아들이지 않았다고 했다. 이대로라면 김아파나시는 처형을 면치 못할 운명이었다.

연해주로 온 이후 처음으로 경천은 공포에 떨었다. 같은 운명이 자신에게도 다가오는 것은 아닐까 하는 불길한 예감이 엄습했다. 혼자라면 감당하겠는데, 경천에게는 아내와 아이들이 있었다. 아내 정화가 무언가를 눈치챘는지 걱정스런 표정으로 물었다.

"여보, 요즘 무슨 일이 있지요? 이런 일을 전혀 생각지 않았는데 사람들이 잡혀간다는 소문에 뒤숭숭해요."

경천은 내색하지 않으려 안간힘을 썼다.

"정보국에서 반혁명 분자들을 색출하는 모양이오. 혁명 뒤에는 늘 이런 일들이 있기 마련이니 크게 걱정할 일은 아니오."

"한인들이 많이 잡혀간다고들 하잖아요? 개중에는 당위원회 고위직도 있는 모양이고. 일본 경찰들이 악랄하긴 해도 이렇게 마구잡이로 연행해 가지는 않았는데…. 같이 일하는 한인 청소부가 어제 귀엣말로 그러더라고요. 한인들이 많이 사는 포시예트 당위원장이 잡혀갔다고요. 불안해요, 여보."

"걱정하지 않아도 돼요. 나야 연합대 사령관이었잖소."

경천은 태연함을 가장했다. 그렇지 않아도 불안한 세상에 아내와 가족에게는 불길한 어떤 것도 비쳐서는 안 되었다. 교무실에서 경천을 바라보는 경옥의 시선에도 걱정이 스몄다.

'괜찮을 거요. 나야 공산주의자가 아니니 파당을 이루지도 않았고, 다만 백군과 일본군을 대적해 싸운 죄밖에 없지 않소? 왜 공산주의자가 아니냐고 다그치면 할 말은 없소. 그렇다고 볼셰비키 혁명에 해를 입힌 것도 없잖소?'

건너편에서 불안한 눈길을 보내는 경옥에게 침묵의 언어를 보냈다.

사정은 달라지지 않았다. 그러던 어느 날 김광택이 연행됐다는 소식이 들렸다. 내란죄 죄목이었다. 누군가 무고했음에 틀림없었다. 의지하던 마지막 벽이 와르르 무너진 느낌이었다. 콜호스 경영책임자는 러시아인으로 바뀌었다고 했다. 김광택이 반역자라면 경천에겐 어떤 죄목이 기다리고 있을까. 불안했다.

경옥이 쪽지를 보냈다.

— 불안해하지 마세요. 우린 괜찮을 거예요.

경천은 고개를 끄덕였다.

'괜찮을 거요. 걱정하지 않아요.'

복도 계단에서 학생들이 내려오는 발걸음 소리가 들렸다. 평소에는 즐겁던 그 소리가 가슴을 쿵쿵 때렸다. 재잘거리는 소리도 마치 심문하는 소리 같았다.

'오늘은 일찍 퇴근합시다. 아무 걱정 말고 편안한 시간을 보내요.'

경천은 경옥에게 눈짓을 보냈고, 다른 교수들에게는 내일 보자고 인사를 했다. 경천이 교문을 나서는 바로 그때 정체불명의 사내 둘이 팔을 잡았다.

"갑시다."

블라디보스토크 시내 국가정치국 건물이었다. 취조실은 작은 창문이 하나밖에 없어 음산했다. 한가운데 책상이 있고, 벽 쪽에 간이침대가 놓여 있었다. 저녁 햇살이 키 높이에서 비쳐 들어왔다 곧 사라졌다. 경천의 머릿속에는 온갖 생각이 난무했다.

'결국 이렇게 끝나는가. 혁명의 꿈은 사라지는가. 아내와 가족은 어찌 될까. 혼자 남은 경옥은 버텨낼 수 있을까.'

문이 덜컥 열렸다. 수사관이 맞은편 의자에 털썩 앉았다. 몸집이 크고 수염을 기른 전형적인 러시아인이었다.

"자, 김경천 선생. 당신은 일본과 내통한 죄목으로 구속될 것이오. 여기 자술서를 작성하시오. 일주일 후 정식 재판이 열릴 것이오."

그의 굵은 목소리는 몸집만큼이나 위압적이었다. 사내는 종이 한 장을 내밀고 방을 나갔다.

경천은 정신을 가다듬었다. 일본과 내통한 혐의라니…. 내통한 사실이 없는데 어떻게 자술서를 쓰는가. 어디부터 잘못된 것일까.

호흡을 가다듬어도 정신은 하나로 모이지 않았다. 어수선했다. 가슴이 심하게 뛰었다. 위장에 통증이 왔다. 경천은 배를 움켜쥔 채 책상 위에 쓰러졌다.

경옥은 며칠째 독방에 감금된 경천을 생각하며 수치심과 배신감에 떨었다. 경천에게는 가족 면회도 허용되지 않았다. 경천은 오직 자술서 쓰는 일만 반복했는데 그의 인내심은 거의 고갈되었다.

일주일이 지났을까, 문이 덜컥 열리더니 나오라고 했다. 경천이 끌려간 곳은 법정이었다. 작은 방에 판사, 검사가 앉았고 피고인 지정석이 마련되어 있었다. 방청석은 십여 석 될까 말까 했다. 아내 정화가 울면서 앉아 있었다. 뒤편에는 대학 관계자들이 앉았는데 그 속에 경옥이 보였다.

검사가 혐의를 낭독했다.

"여기 피고인 김경천은 일본 육사를 나온 자로 연해주로 망명한 후 우리 적군과 협력해 싸우면서도 일본군과 내통한 자입니다. 세 가지 증거가 있습니다. 이를 입증하도록 허락해 주신다면 증거를 대겠습니다."

"계속하시오."

검사는 증인을 데려오라 했다. 놀랍게도 포승줄에 묶인 엄인섭이었다. 엄인섭이 증인석에 앉았다. 초췌했다. 검사는 엄인섭에게 물었다.

"반란죄를 저지른 엄인섭은 일본 영사관에서 자금을 받아 볼셰비키 혁명을 교란하는 역모에 썼습니다. 자금을 받은 자가 수도 없이 많습니다. 여기에 그런 사람이 있으면 손으로 가리키세요!"

그러자 엄인섭이 경천을 가리켰다. 경천은 기가 막혔다. 생계비를 두어 번 받은 적이 있는데 그게 신한촌 한인회가 마련해 준 거라고 말했었다. 엄인섭은 포승줄에 묶인 채 방을 나갔다.

두 번째 증인이 불려 왔다. 놀랍게도 강콜랴였다. 얼굴이 사색이 되어 있었다.

"증인은 일본 공사관의 자금을 받아 독립군을 지원했습니다. 경비조로 자금을 받은 사람이 많습니다. 그리고 중국 반혁명 분자들로부터 편지를 받아 전달해 주는 역할을 했습니다. 편지를 그들에게 전해주기도 했습니다. 이 방에 그것들을 받은 사람이 있으면 손으로 가리키세요!"

그는 얼굴을 푹 수그린 채 경천을 가리켰다. 경천은 체념에 빠졌다.

강콜랴가 나가고 검사가 마지막 죄목을 설명했다.

"여기 이 자는 일본군과의 전투에서 우리 아군에 치명적인 손상을 입혔습니다. 몇 년 전 수청 계곡 전투에서 우리 인민 60여 명이 죽었는데, 이 자가 당시 전투를 지휘하던 자입니다. 아직 아무도 그 책임을 지지 않았는데 이제 그 책임을 물어야 합니다. 죄수 김경천이 일본군과 내통했다는 증거를 가진 자가 있습니다. 증인을 들여보내세요."

문이 열리고 훤칠한 키의 한인 청년이 들어섰다. 국경경비대 복장을 하고 있었다. 경천은 누군지 분간하지 못했다.

"자, 증인에게 묻습니다. 몇 년 전 수청 계곡 전투를 기억하지요?

거기서 일본군 장교로부터 쪽지를 받아 건네준 사람이 누구였습니까? 이 방에 있으면 손으로 가리키세요."

방청객에 앉았던 경옥은 거의 실신할 뻔했다. 쪽지를 전해 준 그 소년이 이제는 장성한 청년이 되어 증인으로 불려나온 것이다. 국가정치국의 치밀한 공작에 소스라치게 놀랐다. 눈앞이 캄캄했다.

청년은 손을 들어 경천을 가리켰다. 경천은 그제야 사태의 심각성을 깨달았다. 그 소년이구나. 어렸을 때의 이목구비가 지금의 얼굴과 겹쳐왔다. 온몸에 힘이 빠져나갔다.

"그때 저 죄인이 뭐라 했나요?"

"여불비餘不備라 했습니다."

"그걸 일본군 장교에게 전달했습니까?"

"예, 그러지 않으면 그 장교가 목을 벤다고 했어요."

검사는 모든 죄상을 입증했다는 듯 만족스런 표정을 지었다.

"자, 반역에 해당하는 세 가지 죄를 입증했습니다. 검사는 반역죄를 저지른 죄인에게 3년 형을 구형합니다. 판사님께서는 구형을 받아 주시기를 요청합니다."

판사가 무표정한 얼굴로 좌중을 돌아봤다. 그리고 언도했다.

"반역죄인 김경천에게 3년 형을 선고한다!"

정화는 그 자리에서 기절했고 경옥은 의자에 엎드린 채 울음을 터뜨렸다. 경천은 천천히 일어났다. 정신을 수습한 경옥이 정화를 부축해 일으키는 광경이 보였다. 그 모습에 경천은 왠지 모를 안도감이 들었다. 방청석 가장 뒤편에는 언제 들어왔는지 레우쉰과 자카로프가 미소를 띠고 앉아 있었다.

경천은 블라디보스토크 감옥 독방에 수감되었다. 가족 외에 일체 면회는 금지되었다. 독방에서 경천은 지난 일을 복기해 보았다.

이렇게 끝나는가. 나의 혁명은 이렇게 물거품이 되고 마는가. 차라리 일본군과 전투에서 전사하는 것이 나았을지 모른다. 이렇게 비참하게 끝날 바에는, 자신의 의지와는 상관없이 감옥에 갇힐 바에는 광활한 시베리아 벌판에서 장렬하게 죽는 것이 나았을지 모른다.

신팔균이 떠올랐다. 가엾은 영혼이다. 그러나 지금의 자신보다는 훨씬 나았다. 타국의 혁명에 휘말려, 그것도 무고와 음해에 휩쓸려 독방 신세를 지는 것보다 깨끗이 세상을 하직하는 것이 축복받은 인생일지 모른다.

신용걸, 그래 저세상에서 행복하겠지. 자신의 신념을 저버리지 않고 목숨을 스스로 끊은 용맹한 전사가 부러웠다. 나는 왜 생명을 끊지 못하는가. 생명을 끊는 것이 더 나은 선택인가.

독방을 둘러보았다. 목을 맬 수도, 동맥을 끊을 날카로운 도구도 없었다. 맨바닥에 달랑 간이침대뿐이었다. 가족이 생각났다. 가엾은 딸들, 가엾은 정화, 여기까지 사선을 넘어왔는데 애비는 감옥에 갇히고 애비 잃은 가족들은 얼마나 불안해하고 있을까. 경옥. 의자에 엎어져 울던 경옥은 어떻게 살아갈까.

'아버님, 형님, 저는 결국 이렇게 초라하게 타국의 감옥에 갇혔답니다. 아버님과 형님의 원수를 갚으려고, 억울한 죽음을 한풀이하고 고국에 군대를 몰고 들어가 일본군을 무찌르려 했던 저는 결국 여기에 갇혔습니다. 아무것도 못 하는 빈손일 뿐입니다.'

경천은 통곡했다. 간수가 와서 조용히 하라고 윽박질렀다.

며칠이 지났다. 정화가 면회를 왔는데 초췌하기 짝이 없는 얼굴이었다. 몸져누웠다 일어난 듯했다. 경천은 짐짓 별일 아닌 척했다.

"여보, 뭔가 착오가 있을 거야. 그러니 걱정하지 말고 아이들 잘 챙겨요. 나갈 수 있을 거요. 내가 청원서를 넣었으니 곧 받아들여지겠지. 그동안 한인 콜호스에 생계를 부탁해 봐요, 그들이 도와줄 테니. 너무 염려 마오."

정화는 경천의 손을 잡고 눈물만 흘렸다. 목이 잠겨 말은 거의 나오지 않았다.

"살아남으셔야 해요, 꼭 살아남아야 해요. 천지신명께 매일 빌겠어요, 흑!"

정화가 잡은 손에서 따스한 온기가 전해졌다. 그래, 이 온기가 세상의 마지막 위로라고 경천은 생각했다. 한동안 얼굴을 손에 대고 있었다. 이 온기를 간직하면 세상 끝이라도 갈 수 있을 것 같았다.

"애들은 잘 크오? 애비를 찾을 텐데…. 지희는 여전히 칭얼댈 테고. 콜호스에서 먹을 건 잘 주오? 애들이 많이 먹을 때인데 걱정이오."

"예, 밥은 그럭저럭 먹어요. 아버지가 어디 갔느냐고 자꾸 물어요."

"여보, 무슨 일이 있겠소? 저들이 잘못 생각한 거요. 내가 저들의 혁명을 도왔는데 하늘이 그냥 두고 있지는 않을 거요."

"맞아요, 여보, 우리를 이렇게 내버려 두지는 않겠지요. 애들도 있잖아요. 천지신명께, 천지신명께 빌게요…."

정화를 보내고 돌아온 독방에서 경천은 숨죽여 울었다.

달포가 흘렀다.

이번에는 경옥이 왔다. 대학의 공식적 업무 협의차 신청한 면회가 허락되었다고 했다. 경옥의 얼굴도 초췌했다. 세상의 마지막 지평선을 걷고 있는 듯한 표정이었다. 체념의 그림자가 어른거렸다.

　경천이 위로할밖에 다른 도리가 없었다. 마른입을 추슬러 겨우 입을 뗐다.

　"경옥 씨, 기운을 차려요. 사람 목숨은 하늘에 달렸으니 이렇게 죽도록 내버려 두지는 않을 거요. 우리가 한 일을 그들이 곧 인정하게 될 거요. 아무리 혁명이라지만, 인간 생명을 이렇게 내팽개치는 일은 천명에 거역하는 것이니…."

　"각오는 했지만 이렇게까지 나올 줄은 상상도 못 했어요. 무서워요…."

　"우린 사선을 많이도 넘었지. 그때는 무섭지 않았잖소? 추구예프 계곡 그 겨울이 푸근하게 느껴지는구려. 전투를 앞두고 희망을 얘기할 때가 그립긴 하오…."

　"대장님과 함께 연추로 진격하는 꿈을 꿔왔어요. 고향 마을이 건너다보이는 강둑에서 진격 명령을 내리는 대장님을 그려 왔어요. 제가 두만강에서 전사하더라도 여한이 없었을 거예요…."

　"그럴 날이 올 거요. 내 꿈이 경옥 씨의 인생에 봄꽃으로 피어날 날이 꼭 올 거요."

　경옥은 눈물을 주르륵 흘렸다.

　"아니요, 다 허망한 꿈이 될지 몰라요. 모스크바… 모스크바에서…."

　경옥은 창살 사이로 경천이 내미는 손을 잡았다. 경천의 손은 따스했지만 미약했다. 그토록 잡고 싶었던 손이었건만 사랑의 온기는 체념의 늪으로 빠져나가고 있었다. 경옥이 울음을 그치고 어렵게 입을 뗐다.

"대장님, 모스크바에서 명령이 내려왔어요. 연해주 한인들을 모두 중앙아시아로 이주…."

경옥은 말을 잇지 못하고 고개를 숙였다. 단 6일 기한이라 했다. 집과 가축과 가재도구를 모두 그대로 두고 엿새 지나 블라디보스토크 중앙역에 집합하라는 모스크바 중앙당의 명령이었다. 경옥은 국제사범대학 러시아 후임자들에게 인수인계를 완료하고 인민병원 환자들을 간호하라는 통지를 받았다. 별도의 조치가 있을 때까지 업무를 보라는 지시였다. 레우쉰이 베푼 마지막 보상이었다. 경옥은 차마 입을 떼지 못했다.

"이럴 줄 알았으면 그때, 일본군이 온 마을에 불을 지를 때, 경흥에서… 아버지와 같이 죽을 걸 그랬나 봐요. 흑!"

달빛 유언

이반, 어디 있니? 아부진 또 어디 갔노? 글씨 이래 가지고 어디 몸
이 성하겠나. 올가야, 약 챙깄나? 그거 없으믄 어무인 자주 기절하는
데 그걸 이자 뿐나. 에고 내가 뭐라캤는디 어젯밤에 미리 챙기라 했잖
소, 큰일이네.

아나스타샤야, 저 개 좀 붙잡아라! 저놈 또 달아나네. 소비에트 경
찰이 무서워 그런가배.

나도 무서버. 어젯밤에 집 안에 신발도 안 벗고 들어와 서랍을 뒤지
고 난리법석을 떨었는데 글쎄, 패물을 몽땅 털어 갔어요. 무서버서 말
도 못 하겠더만. 이불만 갖고 와서 어쩌노? 재산 다 털리고 빈손인데
저 기차가 어디까지 갈지 아무도 모르는데, 옷가지도 덜 갖고 왔으니
난리 났네.

보리스 엄마, 먹을 건 챙겨 왔어요? 기차가 몇 날 며칠을 간다는데
빵을 줄까 몰라 쌀 좀 갖고 왔는데, 이걸로 식구를 다 멕일 수 있을까?

함흥댁, 내 배탈이 나서 화장실으 좀 갔다 와야겠는디, 이 짐 좀 봐
줄라우? 알렉세이두 똥이 마렵다 해서 데리구 갔다 와야겠슴메. 주룽
주룽하니 영 정신없네.

아 참, 미치겠네! 닭은 왜 싸갖고 와서 저 지랄인고. 저놈 쥐뎅이를

337

콱 틀어막았으면 좋겠는디.

이반아, 이반아, 이노무 자식이 어딜 갔노? 열차가 곧 떠난다는데 사람들이 이리 많으니 당최 찾을 수가 없네.

그건 버려라, 이놈아! 그 무거운 거를 갖구 하냥 어디까지 갈거니? 대신 이거르 들으라우. 춥은 데서 얼어 죽지 않을라문.

평양댁은 무스거 싸갖구 왔습메? 고민하다가 떡하고 쌀하고 옥수수 찐 거하고 씨앗으 조꼼 챙겼으라우. 그 땅이 어딘지 모르지만 먹고 살라믄 씨앗이 좋지 안컸슴둥.

저기 알렉세이가 오네, 용케도 찾아오네.

올가 엄마, 나는 어쩌면 좋아. 나탈리아가 어제 친구하고 작별한다고 나갔는데 안 돌아와. 그년이 누굴 좋아하는 모양인데 애인하고 어디 숨었는지 밤새 기다리다가 잠이 들었는데 새벽에도 안 와서 그냥 왔어. 큰일이네. 나탈리아가 경찰에 잡혀서 쥐도 새도 모르게 어디로 끌려가면 어떡하지, 에고. 나탈리아 아부지요, 저기 가서 경찰 붙잡고 사정해 보소. 어디 있는지라도 좀 알게.

으으, 엄마 나 배고파.

아부지, 나 저 탑에 가서 놀고 싶은데 보리스하고 손 붙잡고 갔다가 오믄 안 돼요?

저기 경찰이 뭐라 하는데. 여보시오, 좀 조용해 봐요. 뭐라 하는지 좀 들어야 속이라도 풀리지요. 경찰이 뭐라 해요, 뭐라고 응응.

곧 열차가 떠나니 입구로 한 사람씩 들어가라 하네요. 증명서를 꼭 손에 들고 있으래요.

338

알렉산드르, 증명서 갖고 있지?

할부지요, 증명서 어제 내가 줬잖아요, 갖고 있지요?

수범아, 지희 좀 업어라, 칭얼거려 안 되겠어. 지란아, 저거 보따리 잘 잡고 있어, 잃어버리면 큰일 난다. 옷은 잘 챙겼지? 어제 엄마가 챙기란 거 챙겼니? 아버지 서류하고 일기장. 지리야, 동생들 손 꼭 붙잡아야 한다. 놓치면 영영 못 본다. 엄마가 앞장설 테니 동생들 손을 꼭 잡아. 지희 잘 업어. 얘들아, 엄마 치맛자락 꼭 잡아야 돼.

이자 들어가는 모양이네. 짐을 챙겨, 이반 짐을 챙겨. 이놈아! 저 작은 가방이라도 들어. 손을 놓지 말아라, 손 놓으면 너 평생 못 봐.

밀지 마시오잉, 어차피 들어갈 건데 밀어 봐야 소용없시오.

알렉세이는 아이 옴메. 아구, 큰일이네. 이저 막 들어가는데.

아부지요, 저기 갔다 와 볼라우. 엄마하고 일리야가 저리로 갔는데.

아, 밀지 말아요. 급한 거 하나도 없으이.

근데 짐이 와 이리 무겁노. 어제 버리라고 한 거 몽땅 싼 모양이네. 에고 내 팔자야 말을 들어 먹어야지. 아이고, 무거버라!

저 소달구지 타고 집으로 갔으면 좋겠는데. 어디로 가냔 말이고. 게우 터를 잡았는데 또 떠돌라니 천지신명께 빌어 봐야 아무 소용이 없으니 에고.

이 양반아, 밀지 말라니까.

속이 울렁울렁하는데 열차를 어찌 탈꼬. 한 사흘 간다믄요, 어디라 켔드라.

니콜라이 엄마, 남편은 못 왔어요? 큰일이네, 아부지가 같이 가야 니콜라이가 울지 않을긴데.

블라디보스토크 중앙역 혁명광장에 운집한 한인들이 꾸역꾸역 입구로 밀려들었다.

기차가 경적을 울렸다. 가을 아침은 쌀쌀했다. 연해주 한인들을 새로운 땅으로 싣고 가라는 당중앙위원회의 명령을 수행할 첫 기차였다. 사람이 아니라 가축이나 군수 물자를 적재하는 화물 차량을 80편 정도 달고 있었다. 열차는 쉭쉭 소리를 내며 하얀 김을 뿜었다. 한인 2천 명을 태우고 미지의 땅을 향해 출발한다는 신호였다.

경찰과 호송원들은 군중을 플랫폼으로 밀어냈다. 밀고 밀치고 넘어지는 사람들을 밟고 군중은 화물열차에 올라탔다.

아비규환이었다. 손을 놓쳐 가족과 생이별을 한 사람들도 열차에 태웠다. 차량 한 칸에 호송원 한 명씩 배치됐다. 호송원들은 소총으로 무장했고 차량 지붕에는 기관총이 거치되어 있었다. 철커덩하고 차량 문이 닫혔다. 가족을 찾는 고함소리는 잦아졌다. 기차가 경적을 두어 번 울리더니 플랫폼을 서서히 빠져나갔다.

광장에는 이들이 두고 간 물건들이 곳곳에 널브러져 있었다. 군중을 둘러싸고 이탈을 막았던 경비대는 철수했다. 주인 잃은 개가 여기저기 물건 냄새를 맡으며 돌아다녔다. 이부자리, 작은 나무 상자, 보따리, 가방, 수저통, 작은 솥, 병, 걸레, 수건, 종이 상자, 먹다 버린 과일, 모자, 프라이팬, 냄비, 천 기저귀, 오줌통, 밥 부스러기, 먹다 남은 찬, 유리그릇, 젓가락과 국자, 액자, 부서진 시계, 패물 상자, 놋주발, 여름옷, 신발 등속이 혁명광장 바닥에 나뒹굴었다.

유랑 걸식자들이 종종걸음으로 도망 다니는 닭을 잡느라 야단법석이었다. 버리고 간 오리도 몇 마리 보였다. 광장에 똥오줌 냄새가 진동했다. 화장실이 없어 여기저기 용변을 봐야 했다.

소달구지가 광장 옆에 방치되어 있었는데 주인 잃은 소를 두고 시민들이 실랑이를 벌였다. 곧 잡아먹을 태세였다. 경비대원 몇 명이 다가오더니 소달구지에서 소를 떼어 내 어디론가 끌고 갔다.

시민들이 광장에 모여들었다. 혹시 좋은 물건을 건질지 모른다는 눈초리로 코를 쥐고 여기저기 뒤졌다. 어떤 이는 버리고 간 지갑에서 돈을 찾아냈고, 어떤 이는 작은 나무 상자에서 귀걸이를 건졌다. 동전이 가득 찬 작은 저금통이 버려져 있었다.

작은 항아리들이 깨져 고추장과 된장이 은은한 냄새를 풍겼다. 간장 통에서 검은 액체가 흘러나와 버려진 이불에 스며들었다. 보따리에서는 토지 소유 허가증과 시민증이 나왔고 색 바랜 가족사진과 부모님 영정사진이 담겨 있었다.

신발과 슬리퍼를 줍는 사람, 옷가지를 들고 몸에 재 보는 사람도 있었다. 가재도구를 챙겨 가는 사람, 액자를 한 손에 들고 다른 손에는 가방을 챙긴 사람들이 웃으며 어디론가 사라졌다. 이 모두가 러시아인이었다. 이들은 기차가 왜 한인들을 태워 가는지 이유를 몰랐지만, 6일마다 들어서는 군중 행렬에서 필요한 물건을 건질 수 있다는 사실은 알았다.

당중앙위원회는 6일 기한을 정해 광장으로 집합하라는 통보를 한인촌에 발령했다. 연해주 한인촌은 6일마다 소개疏開됐다. 신한촌은 다음 차례였다. 17만 명에 달하는 연해주 한인들을 모두 이주시키려면 적어도 화물 열차 80량이 필요했다. 한인들은 이탈과 도주를 그려봤지만 삼엄한 경비와 감시망을 뚫기란 난망했다. 혹시 이탈에 성공한 한인들이 더러 나와도 체포되기 일쑤였다. 갈 곳은 없었다. 혼자 유랑하는 한인들을 러시아인들이 경찰에 신고했다. 이들은 즉시 체포되어 수감되거나 반역죄로 즉결 처형을 면치 못했다.

당서기국원들이 돌아가며 한인촌에 통보했고, 경찰은 일자가 통보된 마을에 투입되어 집집마다 돌아다녔다. 가재도구는 그대로 둬라, 옷가지만 싸고 와라, 집은 압수됐다, 가축도 그대로 둬라, 소달구지와 운반 도구는 역 광장에서 징발한다, 음식과 식량은 챙겨도 좋다, 일체의 항의와 저항은 금한다, 우리도 목적지를 모른다, 소집 일정에 응하지 않는 사람들은 처형된다, 6일 기한이다, 돈은 쓸모가 없다.

한인들은 영문을 몰랐다. 연해주로 이주한 후 조상 대대로 일궈온 땅을 왜 버려야 하는지, 어렵사리 지은 집을 왜 그냥 내줘야 하는지, 학교에 다니는 아이들은 장차 어떻게 되는지, 수확해야 할 곡식들은 왜 그냥 둬야 하는지 도무지 알 도리가 없었다.

먼저 간 사람들로부터 전갈이 없었다. 이들이 어떻게 되었는지도 몰랐다. 들려오는 풍문이 있기는 했는데 좋은 땅에 정착했다는 말이 들리고 농사가 불가능한 초원에 버려졌다는 말도 들렸다. 불안감과 공포심이 한인촌을 맴돌았다.

촌장들은 당서기국원의 통보를 들고 여기저기 알리고 다녔는데 불안하기는 마찬가지였다. 경찰은 무자비했다. 신발을 신은 채 집 안을 들쑤셨고, 좋은 물건을 닥치는 대로 징발했다. 텅 빈 한인촌에 러시아인들이 입주했다. 당원들은 좋은 터와 그럴싸한 집을 차지했고 나머지는 입주민들에게 분배했다. 가축들은 그대로였다. 입주한 러시아인들은 소와 돼지를 잡아 잔치를 벌였다. 볼셰비키 중앙당의 결정에 대만족이었다. 살맛이 났다. 부호와 지주들은 사라졌고 빈농과 유랑자들은 집을 얻었다.

텅 빈 한인촌마다 콜호스가 결성돼 당위원의 지도하에 집단농장 채비를 차렸다. 러시아인과 결혼한 한인들이 마지막 통보를 받았다. 러시아인과 한인 사이에서 난 아이들이 문제였다. 한인 남자와 러시아 여자 사이에서 태어난 아이들은 이주 대상이었고, 러시아 남자와 한인 여자 사이 아이들은 제외됐다. 한인 남편과 한인 아내는 모두 이주 통보를 받았다. 생이별이 따로 없었다.

중일전쟁이 개시되자 소비에트연방은 긴장했다. 일본군이 중국과 만주를 점령하고 몽골을 거쳐 러시아로 진격해 올 것이 점점 명확해졌다. 소비에트연방은 일본을 적국으로 선포했다. 독일은 연합국에 선전포고를 하고 폴란드로 진격했다. 소련 진격은 불 보듯 뻔했다. 소비에트연방은 연해주를 위험지대로 분류했다. 블라디보스토크 연해에 해군 군함을 배치하고 해안 지역 경계 태세를 강화했다.

모스크바 당국은 연해주 한인 소개疏開 작전에 흡족한 표정이었다. 수십 년간 연해주 불모지를 개간했던 한인들을 모스크바 당국은 위험한 첩자로 분류했다. 거기에 분파와 종파주의자들로 가득 찬 한인 공산당을 신뢰하지 못했다. 재판을 받고 처형됐거나 투옥됐다. 일본군과 내통할 여지를 사전에 제거한다는 중앙당의 전략이었다. 모스크바 당국은 전쟁 준비에 돌입했다.

1939년 봄, 한인을 태울 마지막 열차가 중앙역 플랫폼에 들어섰다. 첫 기차가 떠난 지 2년 반이 흘렀다. 중앙역 광장은 6일 혹은 열흘마다 아비규환을 반복했다. 러시아인들은 광장을 둘러싼 경비대 외곽에서 이들이 떠나기를 기다렸다. 광장에 남겨진 물건들을 챙기기 위해서였다. 마지막 열차는 아비규환이 아니었다. 질서정연했다.

러시아인과 결혼한 수백 명 조선 여인들이 불려 나왔다. 아이들 손을 잡고 러시아 남편들이 떠나가는 아내를 경비대 틈 사이로 바라봤다. 엄마를 소리쳐 부르는 아이들을 아버지가 애써 달랬다. 남편은 눈물을 훔쳤다. 러시아 여인이 낳은 아이들 수백 명과 함께 열차에 태워졌다.

아이들은 비명을 지르고 아빠엄마를 불렀지만 경찰은 짐을 부리듯 아이들을 화물칸에 올렸다. 관공서 직원, 서기, 그들의 가족이 버스에 태워져 광장에 부려졌다. 이들은 오랫동안 한인 소집 장면을 봐 왔기에 준비가 잘 되어 있었다. 다음 부류는 상공업 그룹이었다. 기술자, 건설업자, 납품업자. 상인들과 가족들이 버스에서 내려 도열했다. 이들의 표정은 시무룩했고 체념 속에 아무 말도 없었다. 이미 강제 이주 소식을 수십 차례 접하고 학습한 사람들이었다.

마지막은 죄수 그룹이었다. 잡범, 흉악범, 살인범, 사기범들은 두 명의 무장 호송원이 지키는 별도의 차량에 태워졌다. 그리고 반역자, 반혁명 분자, 지식인들이 호송 버스에서 내려 플랫폼에 정렬했다. 플랫폼에 정차한 기차도 조용했고, 열차에 오르는 마지막 한인 그룹도 말이 없었다. 우수리스크역과 이르쿠츠크역에도 같은 유형의 그룹들이 마지막 열차를 탈 예정이었다.

경비대 군인들과 경찰들은 2년 반 동안 반복된 이 북새통을 더 이상 겪지 않아도 된다는 사실에 안도했다. 당중앙위의 결정을 수행한다는 애국적 자부심은 도저히 눈 뜨고 볼 수 없는 이별 장면이 수도 없이 반복되자 어느샌가 죄의식으로 바뀌었다. 비인간적 업무로부터 하루빨리 벗어나고 싶었다. 개중에는 평소 친하게 지냈던 사람도 있었고 사돈뻘 되는 사람도 있었다. 열차에 올라타기 전 마지막 숨을 몰아쉬는 중환자를 처리하는 일에도 진이 빠졌다. 그들은 대부분 혁명 광장에서 삶을 마감했는데 시체를 치우는 일이 만만치 않았다.

　경옥은 마지막 그룹에 끼어 있었다. 국제사범학교 업무를 러시아인에게 인계하는 작업을 완료한 후 인민병원에 근무를 계속했다. 다섯 명 교수 중 세 명이 체포돼 학교 업무가 마비되었고, 의료진이 턱없이 부족한 상황을 고려해 내려진 결정이었다. 한인들이 소개된 블라디보스토크 시내를 걸어 학교와 병원에 매일 출근하는 것은 고역이었다. 침울한 나날이었다. 들려오는 소식들은 모두 절망적이었다. 촘촘한 감시망을 뚫고 탈출하는 것은 불가능했다.

　탈출한다고 어디 은신할 곳도 없었다. 몰래 밀항선을 타면 가능하기는 하겠지만 해안은 이미 오래전 봉쇄되었다. 감옥에 갇힌 경천을 두고 가고 싶지도 않았다. 중앙아시아든 어디든 이주 열차를 타고 경천과 멀리 가는 것만이 레우쉰의 악령에서 벗어나는 길인 듯했다. 열흘 전 경옥도 마지막 열차에 탑승하라는 통보를 받았다. 아침에 병원장이 불러 가 보니 당서기 명의로 된 통지서를 건네줬다. 한 줄 명령서였다. 러시아 여인이 낳은 아이들과 한인 여자가 함께 탄 8호 차량에서 간호를 담당하라는 지시였다. 그날 오후 국제사범대학 책임자가 작별 인사를 하면서 경옥이 탈 마지막 열차에 교수 몇 명과 경천이 같이 호송될 것임을 귀띔했다. 이미 체념의 나날을 지내던 경옥은 그나마 안도의 한숨을 내쉬었다.

열차에 올라타기 전 행렬을 두리번거리던 경옥은 옛 전우들과 지식인 무리 속에서 경천을 발견했다. 이름만 듣던 독립투사들과 지역 신문을 발행하던 인사들이 더러 눈에 띄었다.

경옥은 군중을 헤치며 경천에게 다가갔다. 경찰의 눈길이 번득였는데 마지막 열차라 그런지 제지하지는 않았다. 당국의 허락을 받고 1년에 두어 번 면회해 온 터였지만, 경천은 흠칫 놀라는 표정이었다. 경옥은 경천의 손을 잡았다. 손에는 힘이 없었다. 작년 가을 면회 때보다 훨씬 수척해진 모습이었다. 경천은 손에 힘을 주려 안간힘을 썼다. 이 세상에서 느끼는 마지막 온기를 영원히 간직하려는 작은 희망이 경옥에게 전해졌다. 경옥은 어깨에 둘러 맨 의료가방에서 작은 봉지를 꺼내 경천에게 건네주며 귀엣말로 속삭였다.

"위장약이에요. 저는 8호차에 배정됐어요."

경천은 대답 대신 손에 힘을 줬다. 경옥이 고개를 끄덕이곤 군중 속을 헤쳐 나갔다. 옛 전우들이 경옥의 뒷모습을 보긴 했는데 뭐라 인사를 건넬 여유가 없었다. 반가운 마음을 절망이 금세 채웠다. 경찰이 호루라기를 불며 탑승하기를 채근했다. 플랫폼이 비었다.

기차가 경적을 울렸다. 이주 행렬을 실은 마지막 열차가 플랫폼을 빠져나갔다.

경천은 차량 한구석에 몸을 누였다. 옷가지와 담요를 배정받았다.

기차가 덜컹거리며 몇 시간을 달려 우수리스크역에 도착했다. 문이 열리고 같은 유형의 인사들이 열차에 올랐다. 학교 선생, 지역 서기국 직원, 국가안보국 정보원과 밀정, 지역 신문을 냈던 사람들이 차량에 탑승했다. 모두 체념한 표정에 말을 잃었다. 옛 전우들이 더러 보였다. 초췌했다. 기차가 우수리스크역을 출발하자 호송병이 목소리를 높여 러시아어로 주의 사항을 일렀다.

"나는 호송병이다. 이 기차는 한 이십여 일을 서쪽으로 달려…."

그때 열차 안 누군가 소리쳤다.

"조선어로 말해라!"

호송병이 움찔 말을 멈췄다 다시 시작했다. 이번에는 조선말이었다.

"내는 호송병 박아나톨린디요, 이 기차는 이르쿠츠크역에 잠시 정차했다가 한 이십여 일을 서쪽으로 달려 중앙아시아에 도착할 예정이라 캅니다. 탈영자는 사살하라는 명령을 받았으니께. 이 소총은 장전돼 있고, 이 차량 지붕 위에 기관총이 거치 돼 있다카이. 잘 따라 주시요. 당신들은 중죄를 범한 반역자들로 특별히 감시하라는 당국의 명령 아입니까."

"저눔이 경상도 눔이네 그랴. 박아나톨리? 어디 박씨냐?"

"내도 모릅니데이. 우리 아부지가 그냥 박씨라 안 쿱니껴."

"밀양 박씬가, 반남 박씬가? 어이 호송병 밀양이 어딘지 아능가?"

"모릅니데이, 기냥 조용히 하이소, 고만."

경천은 호송병이 법정에서 불리한 증언을 했던 바로 그 소년병임을 알아차렸다. 국경경비대에 들어갔다가 결국 호송병으로 차출됐고 중앙아시아 강제 이주 행렬에 끼었다는 것을 알았다. 호송병이지만 같은 운명이었다. 경천은 눈을 감았다. 한꺼번에 몰려오는 피로 속에 위장 통증이 서서히 재발하고 있었다. 경천은 경옥이 준 약을 손에 쥔 채 잠이 들었다.

이르쿠츠크역을 떠난 기차는 초원지대로 접어들었다. 몽골, 중국, 중앙아시아로 연결되는 국경을 따라 기차는 한 보름 정도를 달릴 것이다. 기차 소리 외에는 아무 소리도 들리지 않았다. 가끔 먼 곳에서 늑대 울음이 들리기는 했지만 곧 바퀴 소리에 묻혔다. 일정한 리듬을 타고 울리는 바퀴 소리는 적막을 안겼다.

차량 중앙에 석탄 난로가 데워지자 물동이 물이 끓었다. 차량 한편에는 옥수수와 감자 포대가 보였는데 탑승자들이 먹을 식량이었다. 그 옆에는 키 높이로 칸을 막은 변소가 설치됐다. 대소변 누는 통 하나가 전부였다. 달빛이 작은 창에 비춰 들었다.

며칠 새 옛 전우들이 경천의 주변으로 자리를 옮겼다. 경천은 몸을 일으켜 옛 전우들의 깡마른 손을 일일이 잡았다. 침묵의 말들이 서로 잡은 손으로 전해졌다.

절망과 체념 속에서 말은 오히려 거추장스러웠다. 모두 생명의 끈을 놓은 사람들 같았다. 절망이 깊을수록 마음은 편안해지는가, 그들의 표정은 한결같이 평온했다. 2년 넘게 지속된 감옥 생활 끝에 터득한 지혜일 것이다. 사형을 당하지 않은 것만 해도 다행이었다. 아니 차라리 사형을 당했더라면 이런 꼴을 보지는 않았을 거라는 절망적 언어도 마음 한구석에서 꿈틀거렸다.

작은 쪽창에서 비춰드는 달빛이 위안이었다. 고향 마을에서 쬐던 달빛처럼 은은했다. 그 달빛을 타고 아버지와 어머니, 동생과 누이들 얼굴이 아련하게 내려앉았다. 평범한 생활의 아름다움이었다. 그 평범함을 회복하기 위해 인생을 던졌다. 타인들의 평범함, 이웃들의 평범함이란 얼마나 소중한 것인가. 그 속에서 평범하게 살아가고 싶은 소망은 왜 이렇게 어렵고 불가능한 것인가. 사랑하는 사람과 평화롭게 한평생 살아가는 것을 막는 이 역사란 대체 무엇인가.

답을 얻은 사람은 없었다. 체념이 오히려 평화였다. 절망이 오히려 희망이었다. 며칠을 입을 다문 채 서로의 얼굴을 무표정하게 바라보던 사람들은 땅뙈기만큼 비춰 드는 달빛에 뭔가를 기록하고 싶어 했다. 빛은 유언장이었고, 호송병 박아나톨리는 그들의 유언 집행자였다. 박아나톨리는 젊었기에 중앙아시아 초원에 버려져도 이날들을, 이 시간을, 이 사람들을 또렷이 기억할 것이었다. 침묵의 유언이었다.

결코 털어놓고 싶지 않은 말들, 결코 인정할 수 없는 현실을 밀쳐 내고 건진 손톱만한 희망의 조각들, 유언이어서는 안 되었지만 유언이 될 수밖에 없는 말들. 유언 집행자가 먼저 무언의 고백에 나섰다.

— 내는 박아나톨리라예. 올해 스물아홉 살, 아직 인생이 창창하이 젊심더. 밀양 박씬지, 반남 박씬지 모르겠는데 우리 아부지 말이 대구 근처에서 살았답니더. 의병 운동인지 뭔지 일어나가꼬 할배가 그거 나섰다 고마 관군한테 몰살당하는 바람에, 아부지도 고향에서 못 살고 일단 함경도로 왔습니더. 거기서도 일경에 쫓겨 원산에서 밀항선 타고 블라디보스토크에 내린 기 1910년경이라카네예. 거기서 달구지로 어무이를 싣고 수청 북쪽 지역에 짐을 부리고 원호 머슴을 살았심더. 그때 제가 태어났심더.

먹는 기야 걱정은 없었는데, 일본군이 상륙하고 나서 한인들을 억수로 못살게 굴었고 어느 날 마을이 불바다가 됐심더. 원호 주인도 죽고 아부지 어무이도 그때 폭탄 맞아가 죽었심더. 집집마다 찾아댕기믄서 걸식하다가 싸움이 났어가 일본군들한테 잡혔심더.

수감소에 갇히가 있었는데 그때가 편했심더. 밥도 줬꼬 옷도 줬꼬 잠자리도 있었으니까예. 병사들이 내를 장교한테 델꼬 갔심더. 난중에 알고 보이 아베 대위라 카데예. 그가 쪽지를 주면서 그걸 수청 계곡에 있는 독립의병대 대장한테 전해주라 했심더. 위치를 갈켜 주데예. 제가 길을 잘 알거든예. 새벽에 길을 떠나 이틀 걸려 도착해서 대장에게 쪽지를 줬심더. 저기 구석에 누워 계신 대장 말이라예.

저는 무서워서 벌벌 떨었는데 대장님이 쾌안타꼬, 어깨를 뚜딜면서 말해 줬심더. 일본군 장교가 줬다꼬. 대장님이 뭐라캤는데 아마 '여불비'라 캤던 것 같심더. 무신 뜻인지는 모르지만예. 또 밤낮으로 걸어 장교에게 얘기해 줬심더. 그랬더니 머릴 쓰다듬더니 인자 가라 카데예. 먹을 거 입을 거를 넉넉히 주고서.

그길로 나와가꼬 수청 또 다른 한인마을로 갔심더. 부호한테 통사정을 해가꼬 머슴을 살았는데, 그 집 딸이 예뻤심더. 김나타샤. 살맛이 났지예. 한 팔 년쯤 단디 농사를 지었심더. 근디 그 집 아부지가 중풍으로 쓰러지서 다시는 못 일어났어예. 결국 죽었다 아임니꺼. 그 집 어무이가 그라대예. 나타샤하고 결혼하고 이 집을 물려받으라꼬. 저는 세상을 다 얻은 기분이었심더. 결혼해가꼬 아이를 낳았심더.

그리고 생각해 봤심더. 살아남을라카믄 경비대 군인이 돼야겠다고. 수청 지역 경비대 대장한테 가서 통 사정을 했지예. 재산을 반쯤 바치고 러시아군에 입대해꼬 결국 치모우 항구 경비대로 발령을 받았심더. 이젠 됐다 싶었는데 이런 사태가 벌어졌심더.

이주 한인들을 끝까지 기차에 태워 보내는 일을 했는데 한 달 전쯤 통보를 받았심더. 호송원으로 타라꼬. 집사람이랑 아아는 저 옆 차량에 탔심더. 내가 태웠지예. 물 거를 충분히 쥐가꼬서. 어디든 새 땅이니까 중앙아시아로 가면 우리 가족 건사하고 기어이 잘 살낌더. 아자씨들은 연배가 있어 힘들다 캐도 저는 이제 시작이거든예. 다 털어놓으소. 제가 이래봬도 기억력은 좋심더. 쎄 빠지게 고생하는 거는 다 똑같잖아예.

— 자네 아들이 옆 차량에 타고 있구먼. 내 딸도 거기 타고 있소. 나는 강신관이라 하오. 블라디보스토크에서 학교 선생을 하다가 붙잡혀서 2년 수감 생활을 했소. 처음에는 견딜 만했는데 날이 갈수록 힘들어졌소. 아이가 보고 싶고 아내가 그리웠소. 아내 이름은 타티아나고 블라디보스토크에 있다오. 딸아이와 생이별을 했지.

무장해제당하고 블라디보스토크에서 빈둥대다가 한인학교가 세워져서 거길 다녔는데 재미있었다오. 아이들이 똑똑하고 천진난만해서 가르치는 맛이 났소. 기회가 닿으면 독립투쟁에 또 나서야 하는데 점점 자신이 없어지더군. 사는 데에 재미를 붙였다고 할까. 그러다가 아내를 만났소. 아내도 그 학교 선생이었는데 사랑스럽더군. 아무튼 결혼까지 했소.

그전에 나는 저기 경천 대장과 독립의병대에서 싸웠소. 일본군과 사생결단하고 싸웠을 때가 그립군. 무장해제만 없었더라면 국경을 넘어 쳐들어갔을 텐데. 허나, 역사는 우리 의지와는 상관없이 흐르니 역부족이오. 수청 계곡 전투는 무서웠소. 몰살당할 뻔 했지. 이만 전투는 통쾌했고. 그 레우쉰인가 뭔가 하는 자가 적과 내통했는데 내가 눈치를 챘거든. 경천 대장에게 말했는데 모른 척하라고 했소. 그게 화근이 될 줄 누가 알았겠소. 그놈이 국가정치국 고위관리가 되더니 한인 재산을 몽땅 회쳐 먹었소. 이제 큰 부자야, 그놈은. 산속 어디엔가 금괴를 숨겨 놨다는 소문도 들리더군. 옛날 백군 장군이 갖고 있었는데 그걸 빼돌렸다나.

아무튼, 타티아나가 나를 찾아온다고 했는데 중앙아시아가 어디라고 올까. 딸아이 데리고 어쨌든 살아야지 별수 있겠소. 우리 의무대원 경옥 씨가 데리고 있다고 하니 안심은 되오.

— 내 임일林—이라 함메다. 나이느 올해 스물일곱 살, 함경도 북청에서 태어났슴메다. 내 어째 이 기차에 타고 있는지 영 이해가 아이됨메다. 북청 집에 어마이가 살아 계시데 기리로 가려다 경찰에 체포됐스꾸마. 아바지느 임표林彪임메다. 아바지가 1936년 처형되셨는데 그게 억울해 당국에 청원서르 내고 호소르 하고 댕기다가 시간으 지체했슴메. 참말로 억울함메. 어마이르 두고 아무도 모르는 데로 간다니 억장이 무너집데다.

우리 아바지느 북청 상인으로 돈으 꽤 벌었슴메 그 돈으로 독립운동으 지원하러 자주 연해주르 다녀왔슴메다. 1920년에 대한의용군사회 참모장으 지냈고, 1922년에느 로서아 이만에서 결성된 대한혁명통군서 참모부장으로 활동했슴메다. 아바지 말로는, 그 당시 아무르 흑룡강 유역에 박일리아 부대, 자유시 근처 홍범도 부대, 수청 지역에 김경천 부대, 수청 북쪽에 한창걸 부대가 활약했답니다. 아바지는 이만하고 하바롭스크 사이 어드메 지역 부대르 운용했다고 합데다. 한운용과 황하일 대장두 같이 싸웠다고 들었슴메. 그런데 1924년에 이만 근처 콜호스에서 일하던 중 경찰에 붙잡혀 투옥됐다가 풀려났고, 1933년에 국가정치국에 다시 체포됐다가 석방됐고, 1936년에 또 체포됐다가 결국 감옥에서 돌아가셨슴메다

나느 1931년 아바지 권유로 블라디보스토크 조선사범 노동학원에 들어가 공부하고 있었슴메다. 그러다가 1935년 정월에 하바롭스크 농촌 경리 공산주의 학교에 입학해서 이듬해 졸업했슴메. 아바지돌아가신 거이 그때였슴메다. 나느 영 억울하고 황당해서 아바지가 어째 처형당했는지 알아보려고 백방으로 뛰었지비.

그 와중에 알게 됐슴메다. 한창걸이가 우수리스크랑 블라디보스토크 정치국에서 일하메 독립투쟁 지도자덜으 대거 검거해 감옥 보내는 일으 뒤에서 도왔다느 사실 말임메다. 독립투사덜으 일본 정탐꾼으로 몰았고 그러다가 나두 체포됐슴메다. 1938년 가을에 니콜스크에서. 아마 한창걸이 촉수에 걸려 들어갔지비. 나느 이런 신세가 되었는디 아바지 원수르 언제 갚을 수나 있을지 모르갔슴메.*

─ 나느 황운정임메다, 1899년 함경북도 온성에서 태어났슴메다. 클아바지는 지주 집에서 머슴살이르 하다가 그 집 딸과 결혼으 해서

* 박환, 《재소한인민족운동사》, 국학자료원, 2015.

살았는데 갑자기 세상으 뜨셨습메. 그래서 나느 노아배 손에 자랐습메다. 1919년 만세 운동이가 벌어져서 참여했다가 경찰에 잡혀갔는데 감시가 소홀한 틈으 타 도망쳐 나와서 두만강 넘어 연추 지역으로 도망갔습메다.

거기서 고려혁명군 얘기르 들었지비. 천신만고 끝에 고려 빨치산 부대르 찾아내대원이 됐습메. 1921년 우리 부대느 3백여 명으로 불었는데 인근 한인촌으 습격하는 마적단과 싸웠습메다. 그놈들으 순전히 강도단이었스꾸마. 한인촌락으 불 지르고 사람 직이고 강간하고 노략질하는 그런 놈들. 우리느 영 용감하게 싸웠습메. 신이 나서 무섭지두 않았습메. 리진구라느 뛰어난 친구르 만났는데 그 친구느 빨치산으 이끌고 전투르 홀령히 지휘했습메. 그런데 왜놈 간첩이 밀고하는 바람에 잡혀 죽었습메다.

나느 연해주로 깊숙이 들어가 고려인 빨치산 부대에 다시 가담했습메. 남조선, 리재곤, 심창호, 한금파, 리신일이 나의 동료였습메. 당시 우리 부대느 레베제브, 소로킨 같은 적군 사령부 마우재(러시아인)들으 지휘르 받았습메. 연전연승이었지비. 백군과 일본군으 물리칠 때마다 피가 솟구쳤습메. 아누치노, 니콜스크, 하바롭스크 등 안 가 본 데가 없습메다.

그러다가 1922년 11월에 무장해제됐습메다. 당이 권고에 따른 것이었습메다. 나느 부즈런히 일해서 당위원회의 인정으 받았는데 1925년에느 라스돌노예로 파견돼 거기서 콜호스르 결성했고 책임자로 일했습메.

거기서 돌아오니 당위원회가 포시예트로 가라고 했습메. 거기에느 고려 주민 6천여 호가 운집해 살고 있었고 김아파나시가 서기국으 맡아 일하고 있었슴메. 영 똑똑한 친구였슴메. 나느 열심히 했슴메.

그 후 몇 년 있다가 하바롭스크 공산대학에서 공부할 수 있는 기회가 생겼고, 거기르 마치고 나와 우수리스크에 있는 조선사범전문대학에 교수로 일했슴메. 거기서 일이 터졌슴메. 채안드레이가 나르 시기해서 음해르 했슴메. 안드레이느 김학근이라느 다른 교원으 끌어들여 내 일기장으 훔쳐서 정보국에 팔아넘겼슴메. 그 일기르 진작에 아이 없앤 게 내 실수였지비. 젊었을 때 공산주의에 의구심을 품었던 구절이 있었는데 그걸 몰랐던 거임메. 1935년 가을에 결국 국가안보국에 체포됐슴메. 우스리스크 감옥에 갇혀 있다가 이 열차를 탔슴메다.

내 청춘 시절에 대해서느 후회가 없지마느, 그 한 구절로 모든 내 행적과 공적이 날아가 버린 것은 억울합네다. 언젠가 청원해서 명예르 되찾으려 함메다. 내래 끝까지 살아남을 것임메다.*

— 내 이름 박정훈이오. 내 이력이 쪼까 복잡허요. 1883년생, 고향은 황해도 신천군 남해면 화남리. 황해도에서 서당과 신식 학교인 승명소학교를 댕겼소. 경성으로 가서 고향 사람 백영은이 교사로 일하는 진명여학교에서 밥을 얻어먹다가 3·1 만세 운동 때 황해도에서 잽혀가 감금되었소. 이후 풀려나서 만주로 갔는디, 그해 장작림 경찰에 또 잽혀가 구금되었다가 풀려났소.

내 인생은 잽히고 구금되고 도망치고 연행되는 일색으로 돼 있소.

* 위의 책.

어렸을 때에는 그렇게 될 줄 몰랐제. 장쮜린 경찰에서 풀려나서 독립 자금 모금책으로 다시 서울로 잠입혔다 일경에 잡혔소. 그놈들이 지독한 고문을 혀서 내 몸이 그때 반병신이 됐소. 경성에서 화요회에 가담혔는디 그게 내 일생을 망칠 거라곤 생각도 못 혔소.

1924년 봄에 다시 만주로 와서 비밀단체에 가입혔다가 여의치 않아 1925년 봄에 연해주로 왔소. 내가 밀고혔던 일본 정탐원 동생이 나를 죽이려고 찾아댕겼던 때문이오. 블라디보스토크 이형근이란 자가 코민테른 고려국을 결성혔는디 나는 거기에 가입혀서 일꾼으로 일혔소. 신문도 발행혔소.

무장해제 이후 나는 연해주로 망명혀 온 가족들 허고 함께 연해주 한카 지역 콜호스를 결성혔소. 거기서 소비에트 위원, 모프르(국제혁명운동 희생자 위원회) 위원, 연합문화부 선전위원으로 활동혔소. 1927년 봄에는 블라디보스토크 한인기관지인 선봉 신문사 기자로 일허다가 여름에는 소비에트 경찰 첩보원이 됐소. 살아남아야 혔기 때문이오. 비밀첩보원이라 혀서 조선인을 밀고헌 것은 맹세코 한 건도 없소이다. 믿어 주시오. 소비에트가 나를 신임혀서 1931년에는 소련공산당후보당원이 되었소. 근디 문제가 생겼소.

1935년 이동휘가 죽었는디 그의 장례식에서 조사弔辭를 읽었소. 그 직후 국가안보국에 불려갔소. 심문을 받았소. 화요회 김찬과 김한을 알고 있는가 물었소. 알고 있다고 혔소. 그들은 일본의 정탐꾼이라 혔소. 이동휘가 상해파 수령인 줄은 알고 조사를 읽었는가를 또 물었소. 알고 있었다고 혔소. 그랬드만 바로 투옥시켰소. 3년 형을 살다가 이 열차를 타게 된 것이오.

내 인생이 파란만장허지만 결단코 조선을 배반헌 적도 없고 소비에트를 배신한 적도 없소. 중앙아시아에 도착허면 곧장 청원서를 낼 작정이오. 믿어 주시오. *

— 내 이름은 강콜랴라고 합니더. 조선 이름은 강신호라예. 아부지를 따라 연해주로 온 기 1915년이었심더. 내 나이 스무 살 때라예, 대구에서 학교를 고마 치아 뿌고 무작정 아부지를 따라왔심더. 아부지는 대구에서 상업을 하셨는데 장사가 억수로 잘돼가 돈을 억수로 마이 벌었심더. 어무이는 대구 귀족 출신이었고예. 대구 비밀결사에 돈을 대다가 일경에 적발돼 뿟심더. 아부지는 고마 투옥되었다가 돈을 주고 풀려 나왔심더. 그 직후 재산을 정리해가 연해주로 왔다 아입니까.

만주에는 마적단이 설치고 다닌다캐서 연해주로 왔는데, 막상 와 보이까네 사정도 만주하고 비스무리 하대예. 마적단이 여개저개 출몰하고 한인촌을 습격하고 난리도 아니니까예. 그래가 우수리스크에 정착해가 무역업을 시작했심더.

지는 우수리스크 한인학교를 댕기면서 시간이 나믄 아부지 일을 도왔다 아입니까. 어무이는 여인숙 하셨는데, 하다 보이 연해주로 오는 망명객들을 돕게 됐심더. 대구 출신 여자들이 애국심 하나는 강해예.

하루는 집에 일경이 들이닥치가, 아부지를 고마 끌고 가 뿟다 아입니까. 첩자들이 아부지를 볼셰비키 사회주의자라꼬 음해하고, 어무이가 비밀 공작원이라꼬 밀고를 해 뿟다 아입니까. 블라디보스토크 감

* 위의 책.

옥에 갇히가 고문을 받았는데, 결국 아부지는 돌아가시고 어무이는 목숨을 끊어 삤심더.

지가 부모님 주검을 걷어서 우수리스크 산에 묻어 드렸심더. 얼매나 서럽던지, 그때 결심했심더. 아부지 어무니가 못 다한 일을 지가 하겠다고예. 유산이 쪼매 있었으니까네, 그걸로 독립군도 지원하고 만주하고 연해주 연락책도 해꼬, 망명객들 거처도 마련해 줬다 아입니까. 근데 이 일이 오래 못 갈 거를 짐작은 했심더.

독립의병대 무장해제 직후에 국가정치국 고위 간부가 된 레우쉰이 찾아 왔심더. 돈을 내라 카데예. 안 그라믄 감옥에 처넣는다꼬 협박을 해 대는데, 무서버가 일단 있는 돈을 좀 줬다 아입니까. 그게 시작이었심더. 그노무 자슥이 지속적으로 지를 괴롭히더니 결국은 재산을 다 뺏들어가 감옥에 가둬 삤다 아입니까. 자카로프라는 부하 놈은 더 지독하데예. 재산 뺏드는 건 물론이고, 모찬 고문을 해대면서 지 주변을 샅샅이 훑드라 아입니까. 결국은 다 털어놨다 아입니까. 고통스러버가 겐딜 수가 있어야지예. 그래 심한 고통은 첨 겪어 봤다 아입니까.

저기 경천 대장이 잡히간 것도 지가 고해 바쳤다 아입니까. 용서하이소. 지가 못난 놈이라예. 그 자리서 고마 죽어 삐야 했는데, 목숨이 이래 끈질기다니까네 지도 참말로 우짤 수가 없다 아입니까. 미안하게 됐심더, 동지들.

— 나느 김광택이라느 사람임메다. 함경도 출신이고 올해 서른 아홉입네다. 아바지는 무관학교 군관이었는데 한일합방에 반대해서 가족과 함께 연해주로 망명으 왔으 왔슴메다. 그게 1910년이니 내 열

358

살 때였지비. 수청 지역 한인촌에 정착했습메다. 로서아 정부에서 땅도 주고 국적도 줘서 처음엔느 오손도손 잘 살았습메. 기러다가 고려의병대가 생기고 청년들으 모집할 때 나느 자원해서 독립군에 들어갔습메다. 아바지가 결사반대했지만 어쩌갔슴둥. 나라르 찾는디. 어마이두 반대했지만 결국 나르 대견하다 했습메다.

3·1 만세 시위가 시작이었습메다. 일본군과 싸웠던 게. 마적단으 소탕하기도 하고, 일본군과 여러 전투르 치렀습메. 그러다가 저기 경천 대장으 만났습메. 믿음직합데다. 거기에 일본 육사르 나온 실력파였습메. 그전엔느 의병대 대장들이 통 의지만 넘쳤디 군사작전이나 훈련 같은 전문 지식이 짧았지비. 경천 대장이가 나타나자 통 황홀해했습메. 나두 그랬구. 저 양반으 따라다니문 멋진 일 해내겠구나, 그런 희망이 생겼습메다. 나느 저 경천 대장과 숱한 전투르 치렀습메. 수청 계곡 전투와 이만 전투느 아직 기억에 남아 있습메다.

무장해제 후 무스거 하까 고민하다가 레닌국제사관학교로 갔습메다. 김유천과 같이. 아마 김유천이가 유학하고 와서 연해주 국방경비대 장교가 되었는데 이 난리 통에 어디로 갔는지 행방이 묘연했습메. 나느 수청 지역 콜호스르 조직해서 책임자가 됐지비. 농업 경영이가 무척 재밌었습메다. 인민들으 먹이는 일이 그리 흐뭇할 수가 없었습메다. 1930년대에 들어 대숙청이 벌어질 때도 나느 레닌국제사관학교르 나왔으니 저 광풍으 피해갈 수두 있갔구나, 작은 희망으 가졌습메다. 게다가 로서아 여인과 결혼까지 했으니 말임메다. 콜호스 운영에 모범으 보였다고 당위원회에서 상장까지 받았으니 말임메다

그런데 마우재르 너무 믿었던 게 탈이었습메다. 콜호스르 넘보는

사람이 많았지비. 그중에 레우쉰이 있었는데 그놈이 결국 음해했슴메다. 나르 상해파라고, 종파분자라고 몰아붙였슴메. 나느 곧 경찰에 체포됐고 투옥됐슴메다. 2년으 블라디보스토크 감옥에 있다가 지금 이 열차르 타게 된 거 임메다. 아마 연해주에 나 같은 사람이 넘칠 거임메. 모스크바 정권이 그러하니 불가항력임메다.

몇 년 전 로서아 여자와 결혼해서 아아가 둘 있슴메. 우리 아아덜으 저기 옆 차량에 같이 탔을 거임네다. 내 아내 나탈리아느 서른 다섯인데 생활력이 대단한 여자인데, 블라디보스토크 역에서 헤어졌메. 기차 종착역이 어딘지 알게 되문 아아덜으 찾아 기어이 사막이라도 건너가겠다 했슴메다. 나느 내 아내르 믿지비. 꼭 올 거임메. 중앙아시아에 도착하문 연락하겠다고 약속했슴메다. 여건이 어떨지 모르지만 아아덜으 위해서라도 사력으 다해 농장으 다시 일구가겠네다. 아내르 만나기 전에느 결코 죽지 않갔슴메다.

기차는 덜컹거리며 계속 앞으로 나아갔다. 달빛은 기울었지만 아직 침묵의 유언장을 쓸 사람은 많이 남았다. 내일도 유언장을 쓸 시간은 있다. 그들은 잠에 들었다. 박아나톨리도 소총을 어깨에 맨 채 잠에 빠졌다. 경천은 누운 채로 유언을 들었다. 경천 자신은 아직 유언을 말할 때가 아니라고 생각했다. 운명의 끝과 맞닥뜨리고 싶었다

혁명을 좇아 연해주로 온 것은 운명이었다. 한 시대가 자신의 인생 속으로 걸어 들어온 것도 운명이었다. 인간과 혁명이, 혁명과 시대가 운명과 맞닿아 지피는 포연砲煙에 길을 잃을지라도 내처 가야 했다. 인생은 꿈과 현실의 접전接戰이 그리는 궤적이다. 그러나 사랑은 불현듯

나타나 그 접전을 흩트려 놓는다. 삶은 그렇게 흔들린다. 사랑은 그 흔들림을 새로운 지평으로 옮겨 놓는다.

경천은 다짐했다. 혁명은 끝나도 또 다른 꿈을 꾸는 사람이 태어나는 한, 정화와 가족이 초원 저쪽 어딘가에서 기다리고 있는 한, 경옥이 차량 벽에 기댄 채 같이 흔들리고 있는 한 침묵의 유언은 아직 이르다고. 아버지와 형이 말하고 있었다. 아직 네 일은 남아 있다고, 지구 어딘가에 버려져도 네 할 일이 남아 있다고.

경천은 스르르 눈을 감았다. 고향 달빛이 쏟아졌다.

에필로그
역사는 몸속을 흐른다

필자는 이 소설의 무대인 북간도와 연해주 일대를 두루 답사하는 기회를 가졌다. 2015년 초겨울, KBS가 광복 70주년을 맞아 특별 기획한 〈동아시아 기행〉이라는 프로그램이었는데 자료에서만 보던 그 장소에 직접 가 보니 감회가 새로웠다.

창춘에서 하얼빈으로, 하얼빈에서 국경 도시인 쑤이펀허^{綏芬河}, 여기서 국경을 넘어 우수리스크를 거쳐 블라디보스토크에 닿았다. 이 소설의 주인공 김경천이 연해주로 망명한 경로였다. 수많은 독립지사들의 결기와 애환이 묻혀 있었다.

초겨울 블라디보스토크 항구에는 짙은 바다 안개가 피어났다. 그 해무^{海霧}는 신한촌, 스베트란 거리, 혁명광장에 내려앉았다가 서서히 북쪽으로 이동해서 타이가 삼림과 만난다. 숲 안개로 변하는 순간이다. 겨울 햇빛에 잠시 증발했다가 다시 살아나는 숲 안개처럼, 17만 명 러시아 이주민들의 숨결은 땅과 숲에서 여전했다.

볼셰비키 혁명은 한인 독립운동과 이주민들의 삶을 덮쳤다. 조선인들이 1863년 두만강을 건너 연추 지역에 새로운 터전을 일구고 해안을 따라 북쪽으로 삶의 영역을 넓혀갈 때 그런 일이 닥치리라곤 상상하지 못했다. 김경천이 연해주를 독립투쟁의 근거지로 결정할 때조차 볼셰비키 혁명은 고려 대상이 아니었다.

무오독립 선언서가 길림에서 공표되었고, 최재형, 이상설, 이동휘, 정재관 같은 독립투사들이 연해주에서 활약했다. 김경천은 러시아 적군과 연합해 백군과 싸우리라곤 전혀 예상하지 못했을 것이다.

김경천이 연해주로 건너갔을 때는 우연히도 콜차크 극동 정부가 무너지고 백군의 마지막 잔당이 연해주로 퇴각한 시기였다. 그 공간은 《닥터 지바고》의 마지막 장면과 겹친다. 작가 파스테르나크는 소설 말미에서 그 공간에서 일어난 사건들을 여주인공 라라의 딸로 추정되는 타티야나의 기억으로 재현했다. 타티야나는 2차 대전 대독일 전선에 투입된 러시아 병사들의 옷을 빨아 주는 세탁부다. 그녀는 1920년 초반 극동 어느 지역에서 구출돼 러시아 전역을 떠돌다가 동부 전선에 투입됐다. 1943년이었다. 전선에는 수용소군도에서 차출된 병사들이 많았다. 그들에게 전쟁은 해방이었다. 전쟁은 정화의 폭풍우, 신선한 공기, 구원의 바람이었다. 타티아나는 병사들에게 왜 자신이 떠돌이가 됐는지를 말한다. 그녀는 어렸을 때 시베리아의 동쪽 끝, 카자크 지역 저편, 중국 국경 근처에서 일어난 일을 상세히 기억했다. 영화의 마지막 장면은 1920년대 타티야나의 어린 시절 기억을 상징적으로 처리했다.

'화염이 치솟고 건물이 불탔는데 아버지가 내 손을 놓았어요.'

화염이 치솟고 건물이 불타 무너지는 공간이 연해주다. 볼셰비키 적군의 공격에 의한 것이거나 일본군과 백군의 반격에 의한 것일지 모른다. 김경천이 뛰어든 공간이다. 운명이었을까.

17만 한인 이주민들은 중앙아시아 불모지에 버려져 고려인으로 피어났다. 간도에 살고 있는 조선인들과 함께 코리아 디아스포라Korea Diaspora의 원적元籍이 됐다. 연해주 독립투쟁은 중국 충칭으로 옮겨져 광복군으로 살아났다. 1940년, 김경천이 수용소군도에 강제노역을 할 때다. 김경천의 소원대로 지청천이 지휘한 광복군은 상해임시정부의 적통을 살려 대한민국 건국의 밑거름이 됐다.

'침묵의 유언'이 소원대로 집행된 것은 아니다. 역사는 개개인의 소망을 짓밟고 질주하는 야생마 무리와 같다. 우리가 운위하는 '역사'는 도덕적이고 진보적인 개념이지만 역사라는 피륙을 짜는 현실의 올들은 대체로 그렇지 않다. 역사는 개별 주체들의 고통의 총합이다. 역사는 우리 몸속에 흐른다. 육체와 혼, 의식과 무의식에 산재된 흐름에 길을 터 주는 것은 비단 문학만의 일은 아니다.

이 소설에 등장하는 인물들은 어떻게 되었을까. 자료로 밝혀진 것만 보면 이렇다.

최재형(1860~1920)은 소설에 묘사한 대로 연해주의 한인 사회를 이끈 대부였다. 자수성가한 그는 사업으로 축적한 재산 대부분을 러시아로 이주해 온 한인 동포와 독립지사들을 위해 썼다. 대한민국 정부는 그를 기려 1962년 건국훈장 독립장을 추서했다. 현재 최재형의 후손들이 러시아 모스크바와 카자흐스탄 알마티 등지에 거주 중이다.

지청천(1888~1957)은 자유시사변 이후 권토중래하여 독립군단을 새로 이끌었다. 1925년 북만주에서 정의부正義府를 조직해 군사위원장을 맡았고, 1930년 한국독립당 창당을 주도하였으며, 그 산하에 한국독립군을 창설해 사령관이 되었다. 중국공산당의 압력이 거세지자 재만在滿 독립부대를 규합해 산해관으로 이동했다. 이후 1940년 충칭 임시정부가 창설한 광복군 총사령관에 임명돼 항일투쟁을 지속하다가 1945년 광복과 더불어 귀국, 1957년 서울에서 사망했다.

항일투쟁사에서 지청천(이청천으로 개명)은 활약상과 활동 범위, 충격에 있어 김경천보다 더 중요한 위치를 점한다. 2018년 국가등록문화재로 지정된 〈지청천 일기〉를 토대로 대하드라마를 써야 할 정도다.

한창걸(1892~?)은 1920년경 러시아 공산당에 입당해 수청 올가항 전투를 비롯해 주요한 전투들을 치렀다. 이후 제2고려혁명군을 지휘했는데 무장해제가 발령되자 콜호스 '붉은 별' 건설에 참여했다. 1930년대 초반 정보국인 체카 정보원으로 활약했고 결국 숙청당했다.

박정훈(1893~1937)은 카라칸다에 도착한 후 재판을 받고 그곳에서 처형되었다.

김광택(1898~1957)은 우즈베키스탄에서 콜호스를 경영해 모범농업인상을 받았고 오랫동안 그곳에 살았다. 아내 나탈리아가 왔는지 기록은 없다.

황운정(1899~1989)은 카자흐스탄 카라칸다에서 살다가 1950년대 후반 모스크바 인근으로 이주했다. 청원서를 계속 내서 결국 사면을 받았다.

임일(1910?~?)은 카자흐스탄에 생존해 살면서 모스크바에 청원서를 계속 제출해 아버지 임표에 대한 사면을 받아 냈다.

그리고 김경천은 카자흐스탄에서 가족과 상봉했다. 아내 정화는 집단농장에서 식당 일을 하며 억척스레 가족을 먹여 살렸다. 경천은 아픈 몸을 일으켜 카라칸다 농장에서 잡역부로 일하기 시작했다. 그런데 두어 달 만에 '인민의 적'이라는 혐의로 다시 체포되어 8년 형을 받고 모스크바 부티르스카야 감옥으로 이송됐다. 그는 우랄산맥 북쪽 감옥으로 다시 이송됐는데 악명 높은 수용소군도 중 하나였다. 그곳의 기록은 없다. 김경천은 1942년 1월 사망해 그 인근에 묻혔다.

카자흐스탄 불모지에 버려진 정화는 악착같이 자녀들을 키웠으며 그의 아들과 딸은 중앙아시아에서 성장해 후손을 낳았다. 그 후 1998년, 대한민국 정부로부터 건국훈장이 추서되었을 때 막내딸 지희와 막내아들 기범이 입국하여 아버지를 대신해 수훈했다. 그리고 2015년, 김경천의 손녀와 외증손이 대한민국 국적을 부여받았다.

중앙아시아 한인 동포와 그 후손들의 귀국 후 정착을 돕기 위해 조성된 광주광역시 '고려인마을'은 김경천 일기 〈경천아일록〉의 영인본 및 《경천아일록 읽기》(학고방, 2019)와 연보를 발간했으며, 이외에도 연해주에서 활약한 독립투사들에 대한 숭모사업을 이어가는 중이다. 김경천의 시간이 다시 흐르고 있다.

참고문헌과 인물들에 대하여

구당矩堂 유길준 선생의 사상과 행적을 연구하다가 이기동 교수가 쓴《비극의 군인들: 근대한일 관계사의 비록》(일조각, 1982)을 접했다. 이 책에 수록된〈김광서의 꿈과 모험〉이 이 소설을 구상하게 된 가장 중요한 계기였다.

1900년 일본에 체류 중인 유길준 선생이 일본 육사 출신 조선인 장교들과 쿠데타 모의를 했던 사건이 있었다. 이 사건 당시 김성은 참위(소위)가 조선인 장교 모임인 일심회에 소속돼 있었다. 김성은의 친동생이 김광서(당시 김영은, 훗날 김경천)다. 김광서는 3·1운동 당시 연해주로 망명했다. 김광서는 연해주 활동을 간략하게 적은 일기를 남겼다. 김경천(김병학 탈초 및 현대어 역 / 유 콘스탄틴 러시아어 역),《경천아일록 읽기》(학고방, 2019)가 그것인데 숭실대 한국문학과 예술연구소에서 간행했다. 이 일기를 기초로 동국대학교 겸임교수이자 작가인 이원규가《김경천 평전: 백마 탄 김장군의 전설》(도서출판 선인, 2018)을 냈다. 세 저서가 이 소설의 구상과 집필에 근간이 되었다.

이 소설의 인물은 실제와 허구가 섞였으나, 위 세 저서에 나오는 실존 인물이 주를 이룬다.

신팔균의 죽음은 필자도 안타까웠다. 그의 조부 신헌申櫶 장군은 1876년 강화도조약 체결 당시 접견대관이었다. 화륜선 열 척을 끌고 온 전권변리대신 구로다 기요타카黑田淸隆를 강화도성에서 홀로 대적한 장부였다. 필자가 일찍이 소설《강화도》(2017)에서 살핀 내력이다. 그의 손자가 북간도에서 전사했으니 조부가 얼마나 원통했을까. 신헌과 그의 아들 신정희, 신석희의 묘소는 춘천 용산리 북한강변 언덕에 있다. 신석희의 아들 신팔균은 러만 국경 어딘가에 묻혔다.

연구자의 평가가 일치하지 않는 실제 인물들이 많다. 독립 영웅, 친일, 첩자, 배반 혐의를 받는 독립투사들은 그 행적을 더 꼼꼼히 따져볼 필요가 있는데 소비에트연방이 장악한 1925년부터는 자료 부족으로 세밀한 추적이 어렵다.

그 외에 참고한 책으로는 권보드레가 지은《3월 1일의 밤》(돌베개, 2019), 한국역사연구회가 엮은《3·1 운동 100년 2: 사건과 목격자들》(휴머니스트, 2019), 박환이 지은《재소한인민족운동사》(국립자료원, 1998),《만주독립전쟁》(도서출판 선인, 2021),《러시아 한인 독립전쟁》(도서출판 선인, 2022) 등이 있다.

김경천 연보

1888. 6. 5.	함경남도 북청군 북청읍에서 부친 김정우(金鼎禹)와 모친 윤옥련 (尹玉蓮)의 막내아들로 출생. 이름을 영은(英殷)으로 지음.
1895.	아버지 김정우가 맏아들 성은(成殷)을 데리고 일본으로 유학.
1899(11세).	어머니 윤옥련 사망. 아버지와 형을 대신해 장례를 치름.
1900.	형 김성은이 대한제국 육군공병부령으로 임명 받아 귀국. 아버지 김정우도 곧 귀국해 대한제국 육군군기창장으로 취임.
1904.	황실유학생 선발 시험 합격. 일본으로 유학.
1906(18세).	일본 육군중앙유년학교 예과 2학년 편입. 형 김성은이 27세의 나이로 요절.
1907. 8. 1.	대한제국군 해산.
1908(20세).	아버지 김정우 사망.
1909.	일본 육군중앙유년학교 본과 졸업. 도쿄 기병 1연대에서 근무.
1910. 8. 29	한일합방 발표.
1911(23세).	일본 육사 23기로 기병과 졸업. 소위로 임관. 이름을 광서(光瑞)로 개명. 유정화(柳貞和)와 결혼.
1915.	장녀 지리(智理) 출생.
1917.	차녀 지혜(智慧) 출생.
1919(31세).	2월, 병가를 얻어 귀국. 3월 1일, 종로 YMCA 회관에서 윤치호를 만난 뒤 탑골공원의 만세 함성을 듣고 시위 대열에 합세.

4월, 삼녀 지란(智蘭) 출생.

6월, 일본 육사 후배 지석규와 만주로 탈출 후 이름을 경천(擎天)으로 개명. 간도 신흥무관학교에서 지석규, 신팔균과 함께 독립군을 양성. 이 셋은 '남만삼천(南滿三天)'으로 불림.

11월, 러시아 연해주로 건너가 무력 항쟁을 준비.

1920.　일본군의 사주를 받아 연해주 한인 부락을 약탈해 온 마적단을 공격, 괴멸시킴. 이때 '백마 탄 김 장군'이라는 별명이 고국에까지 퍼짐.

1921.　자유시참변 발생.

수청 고려의병대 사령관으로 추대됨.

1922(34세).　1월, 이만(달네레첸스크)으로 이동.

2월, 러시아 백군과 일본군 연합 부대를 괴멸시키고 이만 점령. 이후 연추(얀치혜)로 이동하여 고려혁명군 동부사령관으로 추대됨.

가을, 소비에트 정부가 한인유격연합대 무장해제 명령을 내림.

1925.　아내 유정화가 세 딸을 데리고 연해주로 망명.

1926.　수청 다우지미 지역으로 이사, 콜호스의 위원장으로 추대됨.

장남 수범(秀凡) 출생.

1929.　사녀 지희(智姬) 출생.

1932.　차남 기범(奇凡) 출생.

1933(45세).　블라디보스토크 국제사범대학 교수로 임명됨.

1936.　종파·반역 혐의로 소비에트 당국에 체포, 3년 금고형을 선고받음.

1937.　스탈린이 연해주 한인의 강제이주 명령서에 서명.

17만여 명의 한인들이 중앙아시아로 강제이주.

1939(51세).　2년 반을 복역하고 석방됨.

카자흐스탄에서 가족과 합류, 독일인 농장 콜호스의 작업부로 일함.

한 달 만에 간첩죄로 다시 체포, 카라칸다 정치범수용소에 구금됨.

1941.　북부 철도 수용소로 이송, 건설 노역을 시작.

1942(54세).　심장 질환으로 사망, 수용소 인근에 묻힘.

1998.　대한민국 정부로부터 건국훈장 대통령장이 추서됨.

허송세월

김훈 산문

'생활의 정서'를 파고드는 김훈의 산문 미학.

생사의 경계를 헤매고 돌아온 경험담, 전쟁의 야만성
을 생활 속의 유머로 승화해 낸 도구에 얽힌 기억, 난세
에서도 찬란했던 역사의 청춘들, 인간 정서의 밑바닥에
고인 온갖 냄새에 이르기까지, 늘 치열하고 치밀했던
작가 김훈의 '허송세월'을 담은 40여 편의 글이 실렸다.

신국판 변형 | 336쪽 | 18,000원

다시, 빛 속으로

송호근 장편소설

빛은 어디로부터 오는가?

일제강점기, 도쿄제국대학 재학 중 집필한 소설《빛 속
으로》로 일본 아쿠타가와상 후보작에 오른 천재 작가
김사량. 그럼에도 분단 이후 이데올로기의 시대, 한국
문학사는 김사량을 잊었다. 무엇이 그의 극적인 변신을
이끌었나? 그가 그토록 찾고자 했던 '빛'은 무엇인가?

신국판 변형 | 358쪽 | 14,800원

강화도

송호근 장편소설

봉건과 근대가 맞부딪힌 역사의 섬, 강화도.

강화도는 19세기 조선의 격전지이자 20세기 대한민국
이 기억해야 할 곳이다. 소설가 송호근의 광대무변한
문학적 상상력과 치열한 문제의식으로 빚어낸 걸작으
로, 강대국에 둘러싸인 오늘날의 한반도 자화상이기도
하다.

신국판 | 296쪽 | 13,800원